王英志 注譯

新譯

袁枚詩文選

三民書局 印行

袁枚八十壽辰畫像

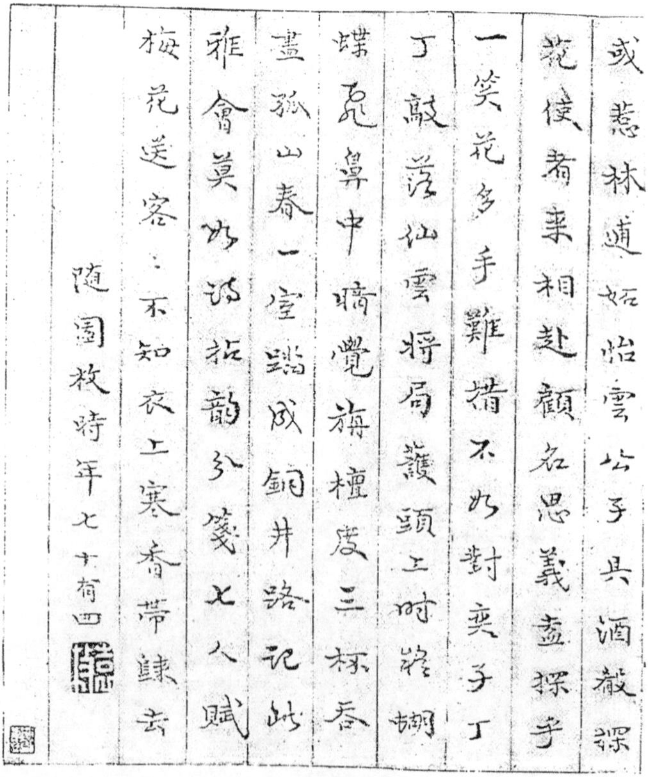

或惹林逋妬怡雲公子具酒徵探
花使者來相赴顧名思義盡採手
一笑花多手難描不如對奕子丁
丁敲落仙雲將局護頭上時粘蝴
蝶亂鼻中聞覺旃檀度三杯吞
盡孤山春一室踏成銅井路記此
雅會莫如詩社韻分箋人人賦
梅花送客客不知衣上寒香帶隸去
隨園枚時年七十有四

袁枚手迹

刊印古籍今注新譯叢書緣起

劉振強

人類歷史發展，每至偏執一端，往而不返的關頭，總有一股新興的反本運動繼起，要求回顧過往的源頭，從中汲取新生的創造力量。孔子所謂的述而不作，溫故知新，以及西方文藝復興所強調的再生精神，都體現了創造源頭這股日新不竭的力量。古典之所以重要，古籍之所以不可不讀，正在這層尋本與啟示的意義上。處於現代世界而倡言讀古書，並不是迷信傳統，更不是故步自封；而是當我們愈懂得聆聽來自根源的聲音，我們就愈懂得如何向歷史追問，也就愈能夠清醒正對當世的苦厄。要擴大心量，冥契古今心靈，會通宇宙精神，不能不由學會讀古書這一層根本的工夫做起。

基於這樣的想法，本局自草創以來，即懷著注譯傳統重要典籍的理想，由第一部的四書做起，希望藉由文字障礙的掃除，幫助有心的讀者，打開禁錮於古老話語中的豐沛寶藏。我們工作的原則是「兼取諸家，直注明解」。一方面熔鑄眾說，擇善而從；一方面也力求明白可喻，達到學術普及化的要求。叢書自陸續出刊以來，頗受各界的喜愛，使我們得到很大的鼓勵，也有信心繼續推廣這項工作。隨著海峽兩岸的交流，我們注譯的成員，也由臺灣各大學的教授，擴及大陸各有專長的學者。陣容的充實，使我們有更多的資源，整理更多樣化的古籍。兼採經、史、子、集四部的要典，重拾對通才器識的重視，將是我們進一步工作的目標。

古籍的注譯，固然是一件繁難的工作，但其實也只是整個工作的開端而已，最後的完成與意義的賦予，全賴讀者的閱讀與自得自證。我們期望這項工作能有助於為世界文化的未來匯流，注入一股源頭活水；也希望各界博雅君子不吝指正，讓我們的步伐能夠更堅穩地走下去。

新譯袁枚詩文選　目次

小倉山房文集選

小倉山房尺牘選

隨園詩話選（取每則首句為標題）

子不語選

附錄

導讀

一、袁枚生平與文學成就

袁枚（西元一七一六—一七九八年），字子才，號簡齋，又號存齋，晚年自號倉山居士、倉山叟、隨園老人等，世稱隨園先生。錢塘（今浙江杭州）人。祖籍慈溪（今屬浙江寧波）。乾隆四年（西元一七三九年）進士，選庶吉士，入翰林院。乾隆七年（西元一七四二年）外發江南，歷任溧水、江浦、沭陽、江寧等地知縣。乾隆十四年（西元一七四九年）辭官，居於江寧（今江蘇南京）小倉山隨園。以後除了乾隆十七年（西元一七五二年）出於生計曾赴陝西任職不到一年外，終生絕跡仕途。袁枚主持乾隆詩壇，為性靈派領袖。一生著述甚豐，有《小倉山房詩集》三十九卷、《小倉山房文集》三十五卷、《子不語》三十四卷、《小倉山房外集》八卷、《小倉山房尺牘》十卷、《隨園隨筆》二十八卷、《隨園詩話》二十六卷等。

袁枚所處時代是所謂的「乾隆盛世」，學術思想十分活躍，崇理學與反理學、重漢學與反漢學的鬥爭頗為激烈，袁枚是堅定地站在反理學與反漢學的戰線上的；與學術思想上的鬥爭相應，文藝上復古與反復古、重教化與主性靈的鬥爭也一直未停止，袁枚則是乾隆詩壇反復古、主性靈思潮的傑出代表。他集結的性靈派是乾嘉詩壇最富生氣的詩人隊伍，袁枚作為主將不僅在詩歌理論、詩歌創作，而且在散文、尺牘、筆記小說等方面都卓有建樹，是乾隆三大家（袁枚、蔣士銓、趙翼）中文學創作成就最高的作家。

二、《隨園詩話》與性靈說

袁枚影響最大的就是編撰了《隨園詩話》，以倡導性靈說詩論，反對乾隆詩壇流行的主張復古與詩教的沈德潛格調說，並批評翁方綱以漢學考據作詩的不良風氣。《隨園詩話》一方面對性靈說作理論上的闡釋，一方面選錄大量符合性靈說理論要求的詩歌作品進行印證，通俗易懂，廣受青睞。恰如蔣湘南《游藝錄》所說，「袁簡齋獨倡性靈之說，江南江北靡然從之。自薦紳先生下逮野叟方外，得其一字，榮過登龍，壇坫之局生面別開。」袁枚性靈說的內涵可作這樣歸納：袁枚性靈說的理論主旨是從詩歌創作的主觀條件出發，強調創作主體須具有真情、個性、詩才三方面的要素。在這三塊理論基石上又生發出創作構思需要靈感，藝術表現應具有獨創性並自然天成；作品內容以抒發真情實感、表現個性為主，感情所寄寓的詩歌意象要靈活、新鮮、生動、風趣；詩歌作品以感發人心，使人產生美感為其主要藝術功能等觀點。《隨園詩話》的精華在於「話」，而基礎卻在於「詩」，因此書中採錄了大量可以印證性靈說詩論的作品，其不拘時代、流派，不拘作者身分、性別，尤可稱道者是採錄閨秀之作甚多，為鼓勵女子作詩作了努力。《隨園詩話》還記有不少詩壇掌故、詩歌本事、詩人軼聞，從中可見清代文化狀況的一個側面。錢鍾書評《隨園詩話》「往往直湊單微，雋諧可喜，不僅為當時之藥石，亦足資後世之攻錯」（《談藝錄》頁一九五—一九六），不失為公允之論。

三、《小倉山房詩集》的思想意旨與藝術特徵

《小倉山房詩集》始於乾隆元年（西元一七三六年），終於嘉慶二年（西元一七九七年），收袁枚二十一至八十二歲所作詩四千四百八十餘首，加上蔣敦復所編《隨園集外詩》近四百首，《雙柳軒詩集》集外詩二百三十餘首，《庚午辛未壬癸手稿》集外詩九十餘首，零散集外詩約九十首，則袁枚存詩約五千二百首，大多數詩為其性靈說理論的實踐，可稱為性靈詩。其詩歌的思想意旨主要有四方面。一是狂放之性。袁枚自幼較少受封建禮教束縛，養成獨立自主的性格，加上晚明反叛傳統之思想猶有影響，故早年產生輕視封建傳統、追求個性解放的思想。在詩中表現為一種狂放的個性、不羈的激情。有些詩是直抒胸臆，直接表達自由狂放、唯我所適的個性。如〈子才子歌示莊念農〉就是一篇披懷的個性宣言，所謂「六經雖讀

不全信，勘斷姬、孔追微茫」，有「非聖無法」的意味，「不甚喜宋人，雙眸不盼兩廡旁」，則公開向宋理學挑戰。又云「鄭、孔門前不掉頭，程、朱席上懶勾留」（〈遣興〉），既反漢學，又反理學；「滄溟數子見即嗔，新城一翁頭更痛」（〈除夕讀蔣苕生編修詩……〉），直接表明對明七子與王士禎的態度。有些詩是借描寫山水景物以烘托獨特的氣質個性，高揚詩人主體意識。如〈登最高峰〉，先極力描寫鳳翔峰的獨立無羈、昂然向上的精神，目的是襯托「我來登此如登天，無物與我堪齊肩」的詩人自我形象與氣質個性。而〈獨秀峰〉「青山尚且直如絃，人生孤立何傷焉」，則以山襯托自己甘願「孤立」而不與世俗妥協的個性。二是風雅之懷。這是繼承白居易「風雅比興」之精神，表現為仁愛之心與諷諭之情。前者體現為與百姓休戚相關，特別是百姓遇到天災人禍，更生出同情之心，感同身受。如〈苦災行〉寫沭陽連年發生水旱災，百姓陷入浩劫，〈捕蝗曲〉寫沭陽蝗災，詩人發出「蝗兮蝗兮去此鄉……毋餐民之苗葉兮，寧食吾之肺腸」的哀告，真有「捨身飼虎」的仁愛精神。後者體現為對統治者與社會邪惡勢力的揭露，飽含批判與憤恨之情。如〈隴西將軍歌〉、〈老將行〉揭露統治者賞罰不明、用人不公等政治弊病；〈征漕嘆〉、〈南漕嘆〉揭露貪官惡吏對百姓的敲詐盤剝。詠物詩〈雞〉以比興揭示君與主對臣與奴的欺騙、利用。這類詩袁枚雖然並不多，但不應該忽視。三是真摯之情。此指表現個人的性情遭際、無深刻社會意義的私人感情。包括抒寫天倫之樂、手足之情、朋友之誼、男女之愛等。袁枚生性多情善感，一旦與親人悲歡離合乃至永訣，就於心靈深處掀起感情的波瀾。如〈歸家即事〉、〈隴上作〉、〈哭三妹五十韻〉等皆是真情流淌乃至血淚浸透的詩作。而〈哭蔣心餘太史〉、〈瘞梓人詩〉則飽含對朋友包括傭人的深情。袁枚的情詩如〈寄聽娘〉、〈病中贈內〉等亦發自性靈，十分感人。至於一些寫與妓女關係的豔情詩，則另作別論了。四是閒適之趣。袁枚歸隱後，悠閒自在，超然物外，處於平和恬靜的心境。其詩頗多抒寫這種消閒、超脫情致之作。如〈水西亭夜坐〉「感此玄化理，形骸付空冥。坐久并忘我，何處塵慮攖」；〈春日雜詩〉之一「山上春雲如我懶，日高猶宿翠微巔」，於園田林泉中體驗到與世無爭、閒適自得的樂趣。

袁枚性靈詩在乾隆詩壇崇唐模宋的創作風氣中別樹一幟，具有自己的藝術特色。一是選材平凡、瑣細。這類素材缺乏社會意義，但貼近詩人基本生活狀態，而真實真切。如〈到家〉、〈鬥蟋蟀三十韻〉、〈削園竹為杖〉、〈齒痛〉等，僅從題目即可看出都是生活小事，細枝末節。二是意象靈動、新奇、纖巧。所謂靈動，即既有靈性，有情味，又活潑，有生趣。有時原本無生命的「木然之物」，詩人會賦之以生命、靈性，變得有人情味，如「金、焦知客到，出郭遠相迎」（〈渡江大風〉）。有時意象化靜為動，〈同金十一沛恩遊棲霞寺望桂林諸山〉中的山皆靈奇善變，充滿活力與動感，化美為媚。新奇即有獨創性、新鮮感，如「帆如雲氣吹將盡，燈近銀河色不紅」（〈江中看月作〉），帆與燈皆被「異化」而別具情趣。纖巧指意象的細微、小巧，得益於細緻的觀察與敏銳的感受。如「月下掃花影，掃勤花不動。停帚待微風，忽然花影弄」（〈偶作五絕句〉之四），「露零螢光濕，屧響蛩語停。」（〈水西亭夜坐〉）「花影」、「帚」、「露零」、「螢光」等意象皆甚纖巧細小，表現出清幽的意境。三是情調風趣、詼諧，具有喜劇意味，是對人生的樂觀態度，或暫時的輕鬆心境的反映。袁枚詩題多「戲題」、「戲筆」即可見一斑。如：「愛好由來落筆難，一詩千改始心安。阿婆還是初笄女，頭未梳成不許看。」（〈遣興〉之一）以女子梳妝比喻創作的嚴謹認真，妙語解頤，十分風趣。四是白描手法與口語化。白描乃借用國畫技法說明詩歌語言的自然簡潔，特別是不用典故。口語化是指語言淺顯易懂，家常語、俗語皆可入詩。這在袁枚詩中隨處可見。當然袁枚性靈詩成就有限，與其理論要求還有一定距離。人們所詬病的纖佻、無聊之作，不值一哂。

四、《小倉山房文集》的古文特色

袁枚還是傑出的古文家。其於古文創作也主張獨創精神，反對優孟衣冠、摩秦仿漢、謹守唐宋八大家空套，不自出心裁，與其性靈說詩論笙磬相應。其《小倉山房文集》古文體裁涉及碑文、墓誌銘、行狀、傳、序、記、祭文、書、論、說、表、啟等。內容則囊括論理、記事、寫人、寫景、抒情等方面，限於篇幅，本文只簡略介紹傳記、山水、悲悼內容的古文。

袁枚的人物傳記古文吸收了《左傳》、《史記》等先秦古文傳統，既基本遵循了其實錄的原則，又繼承了其塑造人物形象的藝術手法；故既具有真實性，又不乏文學性。此類古文取材廣泛，類型眾多。例如：神道碑多記當代名公巨卿、封疆大吏等政壇高層人物，從中亦可見國家政治風雲之變幻。墓誌銘則以記中層官吏為主，可見當時吏治概況；同時亦記社會中層文士及命婦、節婦等。傳記寫人物，其身分不限，三教九流皆有。這些人物構成乾隆時期不同階層、不同身分、不同個性的豐富的人物畫像長廊。袁枚寫人物擅長白描手法，以寥寥數筆，勾勒人物的相貌神情，間接地表現人物個性。如〈書魯亮儕〉寫晚年魯亮儕：「余避東廂，窺偉丈夫，年七十許，高眶大顙，白鬚彪彪然，口析水利數萬言。心異之，不能忘。」奇特的風采，使人感受到魯氏內含非凡、正義的人格力量。或者不作外貌描寫，但重視人物語言、動作細節的刻劃。如〈廚者王小余傳〉寫傳主高超的烹飪技藝，就選取了王氏烹飪過程中全神貫注、乾淨利落的指令動作，完成了人物塑造。袁枚寫人與記事結合，人物的性格、思想是在事件或情節的展開中顯示的。神道碑類多寫人物參與的政治、軍事、經濟等大事；小人物則寫感人的生活瑣事。有時還以唐人傳奇手法寫人物，情節曲折跌宕，富於戲劇性。如〈書馬僧〉寫馬僧的豪俠性格及高超武藝，就是通過曲折、紆徐的情節發展而表現的。

袁枚的山水古文，反映出其酷愛自然的天性，及捕捉與表現山水之美的藝術功力。山水在袁枚筆下，是具有生命力的人化的自然，常被賦予感情、個性，是有靈性之物。人與自然是一種和諧的關係，是天人合一的境界。如〈遊黃山記〉，寫雲、松、石、峰，都具有人一樣的情感，活潑的靈性；〈遊丹霞記〉寫溪中觀山：「尤奇者：左窗相見，別矣，右窗又來；前艙相見，別矣，後艙又來。山追客耶？客戀山耶？」山被性靈化，有情有義，與人合一。袁枚山水古文，還經常即景悟理，抒寫一種理趣。如〈隨園記〉先寫修治隨園因地勢置景，命名「隨園」，最後又生發出「余之仕與不仕，與居茲園之久與不久，亦隨之而已」的感嘆，表達任隨自然的生活態度。〈遊丹霞記〉寫丹霞之美被人發現遲，而想到名山大川湮沒無聞者甚多，進而引申出「愈知聖人經義更無津涯。若因前賢偶施疏解，而遽欲矜矜然闌禁後人，不許再參一說者，陋矣，妄矣，殆不然矣」，闡釋的是人間萬事萬理都需要不斷探索、不斷發現新義的道理。袁枚山水古文描寫各地山水名勝，善於發現並表現其獨具的審美特徵，互不雷同。如〈遊桂林諸山記〉，一是緊扣七星岩洞的地貌特徵，二是抓住諸山「孤峭」的山貌特徵。〈浙西三瀑布記〉，明確將雁蕩大龍湫與天台石梁瀑布作比：「石梁武，龍湫文；石梁喧，龍湫靜；石梁急，龍湫緩；石梁衝盪無前，龍湫如往而復：此其所以異也。」後寫青田石門山瀑布，則突出表現其「在石洞中」，位置奇特，「激盪之聲如考鐘鼓于甕內」的特點。三瀑布各自的美皆得到表現。

袁枚的悲悼古文主要是祭文、悼辭類，數量雖不是很多，但其動人心魄的藝術力量與影響卻甚大，值得重視。此類古文並不憑空抒情，而是借助於記事來抒寫性靈，表達作者的深情。如名篇〈祭妹文〉，為王文濡評為同韓愈〈祭十二郎文〉、歐陽修〈瀧岡阡表〉「鼎足而三」的祭文。祭文回憶幼年與三妹袁機手足情深，「羅縷記存」一些家常瑣事，夾敘夾議，事事皆含悲喜之情，加上不時插以悲呼哭號之語，淋漓盡致地宣洩了對三妹的懷念與悲思。〈韓甥哀詞〉悼念四妹之子韓執玉，借簡略的記事，抒發了「尤哀其能類我也」的真情，以及自己事業後繼無人的悲惋。〈胡稚威哀詞〉悼念友人胡天游，悲惋的記事，再配以哀詞，極其真摯沉痛。

五、《小倉山房尺牘》的靈活形式與直率性情

袁枚的《小倉山房尺牘》，收尺牘一百五十餘篇。徐鵬展評袁枚「一生聰穎悉露於《尺牘》中」，譽其「議論之雄，筆情之委，旁通曲暢，生機汩汩然來矣」（《小倉山房尺牘詳注・序》）。尺牘嚴格說來不屬古文體，尺牘是一種短小精悍的書信，大多可列為性靈小品的範疇。其題材廣泛，形式靈活，寫來信手任心，不拘一格，文詞雅麗簡潔，又不失風趣，頗富意味。尺牘由於可以任意而談，故最宜表現袁枚真率的性情，反映袁枚獨特的個性。

袁枚一生反理學，而其好友程魚門信奉理學，其一些言行，袁枚確實看不慣，如骨骾在喉，乃於〈答魚門〉（《小倉山房尺牘》卷二）中直言批評云：「僕恰有進規於足下者：足下高談心性，不事生產，家中豪奢，業已出千進一矣。又性喜泛施，有求必應，己囊已竭，乞諸其鄰，一家之慼未終，一家之怨已伏，久之逋負山積，自累其身……惟恐不節之嗟，債臺獨上，徒然仰屋，不能著書，白駒過隙，沒世無稱，可為寒心刻骨也。」其中對魚門「高談心性，不事生產」的針砭，毫不客氣；而對其不知節儉，債臺高築的批評亦頗直接；對其碌碌無為，「沒世無稱」的擔憂，又充滿友愛、關心。恨鐵不成鋼與友于深情，皆表現得淋漓盡致。

袁枚辭官後除乾隆十七年（西元一七五二年）曾短期出山赴陝外，已決意隱居一生，徹

底脫離仕途，這一思想亦直接表現於尺牘中。如〈再與西圃〉，陶西圃新任縣令，袁枚賀他「無異登仙」，異日當「頭角崢嶸」，仕途上大有前程。但對自己隱居之志已定並不隱瞞，儘管此時言隱居之事有些殺風景，不合時宜，但他並不忌諱，稱「僕已挈家入山，隨園構草屋數間，畜五母之雞，二母之彘，採山釣水，息影蓬廬。從此永賦遂初，雖韓、白按劍於前，蘇、張巧說於後，必不出雷池半步矣。昔元微之以州宅誇於樂天，僕則以山房傲於西圃，故人交好，情在於斯。」態度堅決，語句簡潔，點綴故事，表白了自己決意遠離仕途，歸隱隨園，任隨自然的性情。

袁枚向以「護花」使者自許，對其憐香惜玉之心毫不掩飾。如〈與蘇州孔南溪太守〉，寫蘇州妓女金三姊受人牽連而觸法，袁枚毅然為之向孔南溪太守說情，稱「但念小妮子蕉葉有心，雖知捲雨；而楊枝無力，只好隨風。偶茵溷之誤投，遂窮民而無告，管敬仲女閭三百，生此厲階，似乎君家宣聖復生，亦當在少者懷之之例，而必不以杖叩其脛也」，極力渲染金三姊之柔弱可憐，無辜蒙冤，敦請孔太守以其先祖孔子「少者懷之」的仁愛之心予以寬容，語極急切，憐香惜玉、助人為樂的性情，在娓娓訴說中顯露無遺。孔太守收信後果然釋放了金三姊，可見此信因感情真率而具有打動人心的力量。

袁枚尺牘有不少辯論說理文字，雖然篇幅多不長，但邏輯性頗強，文鋒犀利，寸鐵殺人。如〈答相園勸獨宿〉，因恩師尹繼善相國知袁枚身體有疾，勸其「隔絕群花，單身獨宿」，袁枚覆信辯駁。首先是從大處著眼，認為讓自己與妻妾分居，「殊乖燮理陰陽之義」；且「更有說焉」：「人惟與花相遠，故聞香破戒者有之，逢花必折者有之。」並以「鄧尉種梅之夫，洞庭栽橘之叟，終日見花，如不見花」之喻相比附。最後結合自身具體情況申辯云：「枚自幼以人為菑，迄今四十年矣，橫陳嚼蠟，習慣自然。顏淵侍於孔子，自稱『坐忘』，若枚者，可稱『臥忘』者也。願夫子之勿慮也。」儘管有些近於「強詞奪理」，但層層辯駁，亦有理有據。

袁枚性靈詩幽默詼諧的特色，在尺牘中同樣有鮮明的表現。有些尺牘如同詩一樣明確題為「戲」，則更詼諧風趣。這都顯示出袁枚樂觀開朗的個性。如〈戲答慶都統〉，乃覆慶都統書。慶來札雖念袁枚「今歲有秋，可免饑寒」，「見相愛之深」，但札尾卻有「荷包業已製就，專等詩來再寄」之言。慶都統當為慶樹齋，係尹繼善之子，與袁枚關係甚密，故袁枚可大膽戲嘲，極盡詼諧之致。其中有引經據典，似莊實諧：「夫周、鄭交質，衰世之文也；朋友先施，聖人之訓也。世兄不法聖人，而學衰世，何耶？若寄一荷包，必索一詩；倘寄一冠一靴，必索一賦；有如四世兄之寄我一袍一褂，必索我萬言書矣！徵求無已，山人比受饑寒更苦矣。」更有戲弄：「在世兄身為都統」，「賞罰嚴明之號令，平時用慣，故以待軍士者移以待故人乎？」「且荷包雖華，不過妾婢之手爪；詩雖劣，恰是老叟之精神。世兄以老叟之精神，易妾婢之手爪，是重妾婢而輕朋友也」。後乃「威脅」：「閒居無俚，戲作駁數行，干犯麾下。如怒之，則荷包永遠絕望；如悔過，則荷包作速飛來。詩之有無，問荷包便悉。」這類朋友之間的戲言，蘊含的是深厚的友情。

六、筆記小說《子不語》的內容評述

袁枚筆記小說《子不語》（又名《新齊諧》），書名乃與「不語怪、力、亂、神」的孔子唱反調，又稱「《子不語》一書，皆莫須有之事，遊戲讕言，何足為典要；故不錄作者姓名」（《答楊笠湖》）。其內容之一是記鬼神狐仙之事，但人不怕鬼、人可勝鬼是袁枚的基本思想。如〈趙大將軍刺皮臉怪〉，寫趙良棟大將軍宿有怪之察院衙門，夜半怪至，趙拔戟連刺之，「正中其腹，膨亨有聲，其身面不復見矣」，表現了武將的剛勇之氣。〈蔡書生〉則寫書生亦不怕鬼，與吊死鬼周旋調侃，使其伏地再拜而去。《子不語》不僅寫了鬼怪的兇惡可怕，更揭露了其虛弱的本質，這是人不怕它們的原因。如〈鬼有三技過此鬼道乃窮〉，就揭露了鬼「一迷、二遮、三嚇」的三技，「三技畢矣」，而人仍然不怕，鬼就無計可施了。當然袁枚對於人間是否有鬼是持「二元論」的，所謂「亦在有無之間」，並非如王充那樣的無神論者。內容之二是反對佛道，揭露僧侶、道士害人騙人伎倆。如〈凡肉身仙佛俱非真體〉，寫惡僧為騙取信徒香火錢，逼迫一和尚演出「活佛升天」的醜劇，將其活活燒死；〈清涼老人〉寫五臺山僧清涼老人淫亂行徑，揭露僧侶「戒淫欲」的虛偽。而〈李通判〉則寫一道士採取騙術，蒙蔽李通判家人可使李通判死而復生，圖財貪色，終被雷震死。〈煉丹道士〉寫朱道士哄騙大宗伯張履投「白銀百萬」煉長生之丹，結果朱道士竊銀而逃。另外對風水客的騙人手段也進行了抨擊，如〈風水客〉、〈擇風水賈禍〉等。內容之三是批判理學，嘲諷、斥責理學家。如〈全姑〉記某縣令殘忍地處罰自由戀愛的陳生與全姑，被劉孝廉斥為「以他人皮肉，博自己聲名」。袁枚則採用春秋筆法曰：「縣令某自負理學名。」〈麒麟喊冤〉則不僅批理學，且批漢學，漢儒鄭玄、孔穎達，宋理學家周、程、朱、張，皆被嘲諷。內容之四是抨擊吏治。如〈莆田冤獄〉，揭露縣府兩級官吏貪贓枉法、昏庸無能；〈平陽令〉憤慨地揭露「性慘刻」的平陽令朱鑠極其猥瑣、淫穢的變態心理，凡涉案婦女，必引入姦情訊之；村妓，則以杖抵其陰，使腫潰數月，「看渠如何接客！」簡直是性虐待狂！內容之五是批判科舉弊病。如〈秀民冊〉堪稱代表作，藉「大王」之語，批評科舉狀元無真才實學，所謂「韓文公孫兗中狀元，人但知韓文公，不知有兗」，而倡導「實學」。又如〈科場二則〉記考官批卷無標準，應試者中第全憑偶然性，以揭示科舉錄取缺乏公平性。當然《子不語》也不乏糟粕，「頗多蕪穢」。《子不語》藝術上比較粗糙，記事簡單，篇幅多短小，大部分重記事，而忽略人物性格塑造，筆記意味濃，小說氣味淡。長處是魯迅所說「其文屏去雕飾，反近自然」，寫人記事語言簡樸，多用白描手法，淺近的文言，接近口語。

袁枚文學成就在性靈派三大家中無疑是最全面、最巨大的。

此外，袁枚的賦體文、駢體文，成就亦不可忽視，本文從略。

本書詩、文、詩話以清嘉慶隨園刻本為底本，小說以乾隆刻本為底本。

王英志　謹識

小倉山房詩集選

錢塘江懷古

【題解】此詩作於乾隆元年（西元一七三六年）。此處錢塘江專指由杭州閘口以下注入杭州灣一段，江口呈喇叭狀，海潮倒灌，成著名的錢塘潮。懷古，追念古昔之事。《小倉山房詩集》卷一以此詩為起始。

江上錢王❶舊蹟多，我來重唱〈百年歌〉❷。勸王妙選三千弩❸，不射江潮射汴河❹。

【注釋】❶錢王　指五代時吳越國建立者錢鏐（西元八五二—九三二年）。相傳其築「捍海塘」，怒濤洶湧，版築不成。錢鏐造竹箭三千，命水犀軍用強弩五百以射潮，迫使潮頭西向，遂奠基成塘。❷百年歌　樂曲名。

據《舊五代史・莊宗紀》，唐末李克用打敗孟方立後，置酒於三垂崗，樂作，伶人奏〈百年歌〉，陳其衰老之狀，聲調淒苦。李克用斟滿酒杯，捋鬚指李存勗曰：「老夫壯心未已，二十年後，此子必戰於此。」詩藉此表達設想激勵錢王「壯心」之意。❸三千弩　蘇軾〈八月十五看潮五絕〉其五：「安得夫差水犀手，三千強弩射潮低。」（據原注，吳越王嘗以弓弩射潮頭與海神戰，從此潮水湧進城。）弩，用機括發箭的弓。❹汴河　唐宋時稱隋代所開古運河通濟渠之東段為汴河。汴河經汴京（今河南開封），故指代建都汴京的後梁太祖朱溫。開平元年（西元九〇七年）羅隱曾勸錢鏐討伐後梁，但未被採納。

【語　譯】錢塘江上，留存著不少當年錢王修建海塘的遺跡，我來江畔很想重唱〈百年歌〉激起錢王的壯心。勸他精選三千弓弩手，不要去射潮頭與海神作戰，而要去討伐汴京的朱溫後梁，建功立業。

【研　析】袁枚寫此詩時年僅二十一歲，少年氣盛，壯志凌雲。因此當他閒來錢塘江畔，即景懷古而鬱勃著一股雄直之氣，詩人與五代吳越王錢鏐相距近千年之遙，但他發奇思異想，竟衝破歷史之隔膜而與之對話。這種使時間錯位的構思，堪稱「無理而妙」（賀裳《載酒園詩話》）。其「勸」錢鏐「妙選三千弩，不射江潮射汴河」，乃謂繼羅隱之後，再次激勵錢鏐舉兵伐梁，「縱無成功，猶可退保杭越，自為東帝」（《資治通鑑》卷二六六）。詩人於射潮治海塘與射朱溫圖帝業之間，傾慕後者，可見其當時的雄心壯志。

同金十一沛恩遊棲霞寺望桂林諸山

【題　解】作者於乾隆元年（西元一七三六年）赴桂林，探望在廣西巡撫金鉷幕府中供職的叔父。在夏六月的一天與排行第十一的金沛恩（可能是金鉷之子）出遊桂林城外棲霞山，並環顧桂林群山而有此作。本詩原見《小倉山房詩集》卷一。

奇山不入中原❶界，走入窮邊❷才逞怪。桂林天小青山大，山山都立青天外。我來六月遊棲霞❸，天風拂面吹霜花。一輪白日忽不見，高空都被芙蓉❹遮。山腰有洞五里許，秉火直入銜烏鴉。怪石成形千百種，見人欲動爭谽谺❺。萬古不知風雨色，一群仙鼠❻依為家。出穴登高望眾山，茫茫雲海墜眼前。疑是盤古死後不肯化❼，頭目手足骨節相鉤連；又疑女媧氏一日七十有二變❽，青紅隱現隨雲烟。蚩尤❾噴妖霧，尸羅❿袒右肩，猛士植竿髮⓫，鬼母⓬戲青蓮⓭。我知混沌⓮以前乾坤⓯毀，水沙激湯盪風輪⑯顛。山川人物鎔在一爐⑰內，精靈⑱騰踔⑲有萬千，彼此游戲相愛憐。忽然剛風⑳一吹化為石，清氣既散濁氣堅㉑。至今欲活不得、欲去不能，只得奇形詭狀蹲人間。不然造化㉒縱有千手眼，亦難一一施雕鐫。而況唐突㉓真宰㉔豈無罪，何以耿耿㉕群飛欲刺天㉖？金臺公子㉗酌我酒，聽我狂言呼否否㉘，更指奇峰印證之，出入白雲亂招手。幾陣南風吹落日，騎馬同歸醉兀兀㉙。我本天涯萬里人，愁心忽掛西斜月㉚。

【注釋】❶中原　泛指黃河流域平原地區。❷窮邊　指荒遠之地桂林。❸棲霞　棲霞山，在桂林城外。❹芙蓉　蓮花。喻桂林諸山狀如蓮花。❺谽谺　原為山深貌。此處形容山石似張口貌。❻仙鼠　蝙蝠。《方言》八：「蝙蝠，自關而東，或謂之仙鼠。」❼盤古死後不肯化　《述異記》：「盤古氏之死也，頭為四嶽，目為日月，脂膏為江海，毛髮為草木。」盤古，神話中開天闢地首出創世的人。化，化身。❽女媧氏一日七十有二變　《楚辭・天問》王逸《注》：「傳言女媧人頭蛇身，一日七十化。」女媧氏，神話中人類的始祖。❾蚩尤　神話中戰神，能呼風喚雨，與黃帝戰，失敗被殺。見《山海經・大荒北經》。此句喻山間霧氣。❿尸羅　據《拾遺記》：沐胥國有術士尸羅，「善蠱惑之術，噴水為氛霧，暗數里間」。⓫猛士植竿髮　張衡《西京賦》：「(夏)育、(烏)獲之儔……植髮如竿。」⓬鬼母　《述異記》載：「南海小虞山中有鬼母，能產天地鬼，一產十鬼。朝產暮食之。」⓭青蓮　青色蓮花，原產印度。此喻山花。⓮混沌　古人想像中的世界開闢前的狀態。《白虎通・天地》：

「混沌相連，視之不見，聽之不聞。」⓯乾坤　指天地。⓰風輪　佛家語。《華嚴經》：「金輪水際，外有風輪。」此指狂風。⓱一爐　指天地間。賈誼〈鵩鳥賦〉：「天地為爐兮，造化為工。」⓲精靈　鬼神之類。⓳騰踔　跳躍。⓴剛風　道家語，指高空的風。《朱子全書・理氣一》：「問天地有形質否？曰：只是個旋風，下軟上堅，道家謂之剛風。」㉑清氣既散濁氣堅　《藝文類聚》卷一引《三五曆紀》：「天地開闢，陽清為天，陰濁為地。」此句指混沌開而分天地。㉒造化　此謂創造化育自然者。㉓唐突　冒犯。㉔真宰　假想中的宇宙主宰者。此謂天。㉕耿耿　內心不平。㉖群飛欲刺天　韓愈〈祭柳宗元文〉：「一斥不復，群飛刺天。」此指山勢欲刺破青天。㉗金臺公子　即詩題中的金沛恩。㉘否否　不然。㉙醉兀兀　醉沉沉。蘇軾〈鄭州別後馬上寄子由〉：「不飲胡為醉兀兀？」㉚愁心忽掛西斜月　本李白〈聞王昌齡左遷龍標遙有此寄〉「我寄愁心與明月，隨風直到夜郎西」之意。愁心，憂愁之情思。

【語　譯】奇山不會進入中原的地帶，走入荒遠的邊區才能呈現雄怪的姿態。桂林天空很窄小而青山卻十分高大，座座山峰都爭先矗立在青天之外。六月炎夏我來遊覽棲霞山，高天的冷風拂面好似吹來了霜花。一輪太陽忽然不見了，高空都被蓮花般的山遮住。山腰有棲霞洞長約五里多，手執火把直入衝起烏鴉亂飛。怪洞石頭形成了千百樣式，見人就要動起來爭著張口露牙。千萬年來洞中不進風雨，一群蝙蝠以洞為家。步出洞口登上山頂環望眾山，茫茫雲海就在眼前。我懷疑群山是盤古死後不肯變化其身，於是頭眼手腳骨節相互鉤連；又疑山光是女媧氏一日七十二變，隨著雲煙青紅變幻忽隱忽現。雲氣好似蚩尤呼雨化作妖霧，又似尸羅祖肩作法噴吐水煙。竹竿如同猛士的怒髮，山花宛若鬼母戲弄的青蓮。我知定是世界開闢以前天地都毀壞了，洪水席捲沙石狂風大作。山川人物鎔化在天地的火爐內，神怪活潑跳躍有萬萬千，彼此戲鬧玩耍又相互愛憐。忽然高空的風一吹精靈都化為山石，清氣飄散後濁氣凝結成地更堅硬而天地分開。它們至今想活動不得、想走也不能，只得奇形怪狀地蹲踞在人間。否則造化即使具有千手眼，亦難以一一雕刻得如此活靈活現。何況冒犯老天乃是滔天大罪，怎能心懷怨氣欲飛刺蒼天呢？金家府上公子為我斟上美酒，聽我一通狂言連連搖頭呼否否，我又手指四周奇峰作印證，群山出沒雲霧中齊向我招手。幾陣南風吹落了銜山的夕陽，我們二人醉醺醺地騎馬回衙了。我本來是萬里天涯作客的人，一顆愁心忽然飛掛上西沉的月亮。

【研　析】這首詩採用參差不齊的歌行體，並以軼群之才、騰空之筆驅遣古代神話傳說與佛道典籍中的奇人異事，比喻之、鋪寫之，賦予了「桂林諸山」以神奇的色彩，灌注以飛動的氣勢，使「桂林諸山」具有了新奇炫目的靈性，同時亦顯示出當時年僅二十一歲的年輕詩人壯闊的胸襟與非凡的才思。

詩頭四句先概括性地總寫桂林諸山之奇特風貌。前兩句意謂如此「奇山」在中原是看不到的，它只在廣西這邊遠之地「逞怪」，一落筆山即具有了靈性。後兩句則突出桂林山之大與高，以「山」與「天」相對照，因山大並多故天顯得小，因為山高故矗立「青天外」，寫得壯闊而有氣魄。

接下四句寫作者於六月出遊棲霞山所感所見。「天風拂面吹霜花」，形容風寒，六月酷暑而覺風吹霜花，可見棲霞山之高，可謂「高處不勝寒」（蘇軾詞）。「芙蓉」形容棲霞山如蓮花，遮滿了高空，連「白日」都「忽不見」即被群山吞沒，此亦是誇張棲霞山之高大。

再接下六句轉寫進入山腰棲霞洞之景象，極力描摹山洞的陰森冷寂與神奇古老，須「秉火直入」，可見洞中之昏黑陰冷。這裡「萬古」與世隔絕，是「烏鴉」與「仙鼠」的領地，因此一見有生人闖進，則烏鴉亂衝，蝙蝠紛飛，甚至連千百種「怪石」亦成了精怪，好似齜牙咧嘴來嚇唬生人。作者入洞不啻於探險，但若沒有「入虎穴」的精神，又怎能一睹如此罕見的自然奇觀呢？

後面十句繼寫作者出洞後「登高望眾山」之狀，詩人以如椽之筆極力鋪排其非凡的想像：在「茫茫雲海」之中，眾山有的像神話中開天闢地的盤古死後所變，「頭目手足骨節相鉤連」，寫出山勢崚嶒瘦硬之狀，此用《述異記》典；有的山色像神話中煉石補天的女媧氏善於變化，「青紅隱現」於山霧之中；有的像傳說中的蚩尤噴出團團妖霧，像沐胥國的術士尸羅，「噴水為氛霧，暗數里間」（《拾遺記》），此寫山被雲霧籠罩；有些山樹木茂盛，似古代傳說中的猛士夏育、烏獲「植髮如竿」（張衡〈西京賦〉）；有些山長滿花草，如傳說中南海小虞山的鬼母，正與小鬼嬉戲青蓮。此十句寫眾山險峻、山色變化與雲霧、林木等形象，皆與神話傳說相聯繫，為桂林名山塗抹上濃厚的神奇色彩，令人為作者奇特的構思而驚嘆不已。

最為精彩的是作者接下以十三句描述對桂林山水「奇形詭狀」得以形成的神思奇想。他認為眼前凝固的山巒都是原來有生命的「精靈」所變，所謂「我知」實際是「我想像」，在天地混沌不分以前，水石激蕩，狂風大作，那時「山川人物鎔在一爐內」，有無數「精靈」都「化為石」，清氣化為天，濁氣化為地。於是「精靈」「欲活不得、欲去不能，只得奇形詭狀蹲人間」。這是說桂林眾山有如此「奇形詭狀」，乃是天地自然形成，否則造物者即使有千手觀音一樣的「千手眼」，亦不能雕刻成這樣的千姿百態；群山亦不可能心懷怨氣欲飛刺青天。這段奇想雖然荒誕不經，但說明桂林諸山在作者心目中是有靈性的，而他對靈性之被扼殺是充滿同情的。他本是自由曠達之人，這其中亦寓有對社會現實的某種憤慨。

詩最後八句又回到現實，主要寫他歸去時的心態。「金臺公子」聽罷作者的「狂言」卻連聲否定，可見他是個缺乏幻想的實在人，作者乃故意戲弄他：「更指奇峰印證之」；「出入白雲亂招手」，雲中眾山打招呼，彷彿眾山確是「精靈」。當日落西山時，兩人才喝得醉醺醺騎馬同歸。「幾陣南風吹落日」一句頗妙，好像太陽不是自己落下，而是被南風吹落，這是誇飾山風之烈。作者於飽覽桂林諸山奇觀之後，忽然產生一種愁緒。因為桂林雖美，不是久居之地。此時作者尚未登第，壯志未酬，又思念故鄉杭州，故有「我本天涯萬里人，愁心忽掛西斜月」之句。作者身在「窮邊」桂林，只能把其「愁心」寄託於「西斜月」，因為此「月」既照著桂林，也照著故鄉，同時亦照著作者嚮往的京都，可謂「千里共嬋娟」（蘇軾詞）也。

作者在這首歌行中以獨特的審美眼光，展開上天入地的神思，借活脫的形象、奇妙的比喻，描繪出桂林諸山鮮明壯美的特徵，並寄寓內心一種不平之氣，是一篇極具藝術個性的性靈詩。

別常寧

【題　解】乾隆元年（西元一七三六年）作者從家鄉赴桂林探望叔父，受到廣西巡撫金鉷賞識，乃推薦他赴京應博學鴻詞試。叔父家有小僮僕常寧，與二十一歲的袁枚關係密切，二人建立了真誠的友誼。袁枚遠行，常寧送別，二人分手之際依依不捨，袁枚乃寫下此詩。本詩原見《小倉山房詩集》卷一。

六千里外❶一奴星❷，送我依依遠出城。知己那須分貴賤？窮途容易感心情❸。灕江❹此後何年到？別淚臨歧❺為汝❻傾。但聽郎君❼消息好❽，早持〈僮約〉❾赴神京❿。

【注釋】❶六千里外　此指作者赴京後與桂林相距將十分遙遠。❷奴星　奴僕，此謂常寧。係作者叔父袁鴻家奴僕。❸感心情　感知對方內心的情誼。❹灕江　此代指廣西桂林。❺臨歧　即臨岔路，面對惜別之地。高適〈別韋參軍〉：「丈夫不作兒女別，臨歧涕淚沾衣巾。」❻汝　你，指常寧。❼郎君　此袁枚自稱。❽消息好　指中進士。❾僮約　西漢王褒撰，內稱僕人若來當幫助其生計。❿赴神京　指來北京，意謂幫助常寧安排生活。

【語譯】距京城六千里外的叔父家有個小奴僕，依依不捨地送我離開桂林城。既為知己哪裡要分別誰貴誰賤？我正處窮途最易感知真正的友情。今灕江一別此後哪年能重新回來呢？分手之際悲淚如雨為你傾瀉。一旦聽到我袁某人中了進士，你要早持〈僮約〉儘快來北京找我啊。

【研析】首聯點題寫別常寧情景，表現小奴星「依依」不捨之情。頷聯議論寫自己的感受，前句表現了人生知己不分貴賤的思想，難能可貴，是詩人切身的體驗，在他寄人籬下的「窮途」，曾感受到常寧淳樸善良的心靈。頸聯轉寫自己分別時的惜別之情，想到此次離別不知何時才能返回，乃悲從中來，於是出現了「別淚臨歧為汝傾」這感人的一幕。尾聯是設想自己此次進京應試，可能步入仕途，那麼就有機會幫助常寧擺脫貧困，這既是對常寧的安慰，也是對常寧未來生活的關心。雖然因為落第，作者這一設想未能實現，但詩人的品格仍是值得稱道的。此詩寫得樸素、平易，如同口語，而感情真摯。

黃金臺

【題解】此詩作於乾隆二年（西元一七三七年）留寓北京時。黃金臺，又稱金臺、燕臺。故址在今河北易縣東南北易水南岸，相傳為戰國燕昭王所築。置千金於其上，以招致天下賢士，故得名。後世慕名，在北京等地皆有臺以「黃金」為名，此詩所詠即北京黃金臺。據《長安客話》：「都城黃金臺，出朝陽門循濠而南，至東南角，巋然一土阜是也，日薄崦嵫，茫茫落落，弔古之士，登斯臺者，輒低徊眷顧，有千秋靈氣之想，京師八景有曰『金臺夕照』即此。」本詩原見《小倉山房詩集》卷一。

東海泱泱❶大風猛，燕王❷積怨何時逞❸。築臺願招英雄人，黃金❹之高與天等。臺未築時如無人，臺既築時人紛紛。不知公等❺竟安在❻，劇辛、樂毅❼來成群。殘兵一隊山東走❽，頃刻齊亡如反手❾。回問當年豪舉❿心：果然值得黃金否？於今蔓草縈臺⓫綠，千年壯士尋臺哭。為道⑫昭王今便存，不報仇時臺不築。

【注釋】❶東海泱泱　東海，指東面的大海渤海。泱泱，水深廣貌。❷燕王　燕昭王（？—西元前二七九年），原為燕王噲的太子。❸積怨何時逞　指燕王噲將王位禪讓給宰相子之，不及三年燕國大亂，齊宣王乃乘機伐燕，殺噲及子之，燕國幾乎滅亡。燕昭王即位後對齊積恨於心，欲報仇雪恨。❹黃金　置於臺上之千金，亦即指黃金臺。❺公等　指樂毅、劇辛等賢士。❻安在　在哪裡。❼劇辛樂毅　劇辛，趙國人，破齊之計多由其策劃。樂毅，魏國名將樂羊之後，事燕昭王為上將軍，統兵伐齊，破齊七十餘城。❽殘兵一隊山東走　謂樂毅與秦、楚、三晉合謀以伐齊，齊兵敗，齊閔王敗兵逃走狀。❾頃刻齊亡如反手　謂齊國很快就殘敗不堪，燕兵一直攻破齊國都城臨淄，盡取其寶，燒其宮室，燕昭王終於雪了破國殺父之恨。❿豪舉　謂燕昭王築黃金臺以延請天下士的舉動。⓫蔓草縈臺　蔓生的野草纏繞著黃金臺，形容一派衰敗景象。⓬為道　為此說。

【語譯】東面的大海無比深廣，大風猛烈捲起了海浪，這就好像燕昭王對齊國的積怨很深，立誓要報仇雪恨。燕昭王築起黃金臺想招納天下的英雄，放置千金的高臺上可摩天。黃金臺沒築時好像天下沒人，黃金臺一築英豪賢士就紛紛投來。不知以前英豪賢士都在哪裡，怎麼忽然劇辛、樂毅等都成群而來。英豪賢士們出謀伐齊，打得齊閔王兵敗山東，頃刻之間齊國滅亡像反手一樣容易。我回問燕昭王當年築臺延請天下士的豪舉，真的是像黃金一樣有價值嗎？你看如今蔓生的野草纏繞著黃金臺遺址，破敗不堪，千百年來有多少壯志難酬的英雄到黃金臺痛哭。因為燕昭王即使今日還健在，他若不為報仇是不會高築黃金臺的。

【研析】燕昭王築黃金臺以招天下賢士，終於使弱小的燕國戰勝了強大的齊國，報仇雪恨，成為千古佳話，受到後世的讚揚。誠然，燕昭王此「豪舉」是成功的，他不愧為古代有為之君。對此，詩人亦作了肯定。但是詩人又獨具慧眼，目光如劍，看到了歷代統治者利用人才為個人效力的目的。因此他對燕昭王之「豪舉心」是否亦如「黃金」一樣有價值表示懷疑；對因統治者「不報仇時臺不築」，而使「千年壯士尋臺哭」，即有才之士無法施展才能的坎坷遭遇寄予同情。因此他的發思古之幽情就具有了諷刺的鋒芒。詩先褒而後貶，使此作與歷史上單純為黃金臺唱讚歌之什相比，立意更顯深刻。袁枚在此之前應博學鴻詞試落第，大有懷才不遇之感，故借詩弔古而慨今也。

隴上作

【題解】此詩為乾隆四年（西元一七三九年）年底作者於京城考中進士授庶吉士後歸杭州完婚時作。隴，通「壟」，墳墓。此指作者祖母墳墓。本詩原見《小倉山房詩集》卷二。

憶昔童孫❶小，曾蒙大母❷憐。勝衣❸先取抱，弱冠❹尚同眠。髫❺影紅燈下，書聲白髮❻前。倚嬌頻索果，逃學免施鞭❼。敬奉先生饌❽，親裝稚子❾綿。掌珠❿真護惜，軒鶴望騰騫⓫。行藥⓬常扶背，看花屢撫肩。親鄰驚寵極，姊妹妒恩偏。「玉陛臚傳夕⓭，秋風榜發天⓮；望兒終有日⑮，道我見無年⑯。」渺渺言⑰猶在，悠悠歲幾遷。果然宮錦服⑱，來拜墓門烟。反哺⑲心雖急，含飴夢已捐⑳。恩難酬白骨㉑，淚可到黃泉㉒。宿草㉓翻殘照，秋山泣杜鵑㉔。今宵華表㉕月，莫向隴頭圓！

【注釋】❶童孫　幼年的孫子，此袁枚自稱。❷大母　祖母柴氏，死時八十八歲，葬於杭州半山陸家牌樓。❸勝衣　謂兒童稍長能穿成人衣服。❹弱冠　《禮記・曲禮上》：「二十曰弱，冠。」弱，年少，古代男子二十歲行冠禮，故弱冠用以指男子二十歲左右年齡。❺髻　挽束在頭頂的頭髮。此指祖母的髮髻。❻白髮　祖母的白髮，代指祖母。❼免施鞭　免挨鞭子抽。❽先生饌　《論語・為政》：「有酒食，先生饌。」先生，長輩，從袁枚的角度言，此當指袁枚祖父。饌，飲食。❾稚子　幼兒。此指袁枚一輩孫子、孫女。❿掌珠　掌上明珠。此袁枚自喻其如祖母之「掌珠」。⓫軒鶴望騰騫　此句講祖母盼自己如鶴高飛。《左傳・閔公二年》：「衛懿公好鶴，鶴有乘軒者。」軒鶴，比喻受寵幸的人，後也指不同凡響的人。此袁枚自喻。騰騫，騰飛。⓬行藥　魏晉南北朝士大夫喜服一種烈性藥以養生，服藥後，漫步以散發藥性，叫「散藥」。此謂服藥後散步。⓭玉陛臚傳　指殿試之後，皇帝傳旨召見新科進士，依次唱名傳呼。玉陛，帝王宮殿的臺階。臚傳，即臚唱。⓮秋風榜發天　謂秋天鄉試後發榜公佈考中舉人的時候。⓯望兒終有日　盼望孫兒終會有出頭之日。⓰道我見無年　料想我（祖母自稱）沒有見到的時候了。⓱渺渺言　指前四句祖母的話很遙遠了。⓲宮錦服　宮錦袍，用宮中特製的錦緞製成的袍子。指官服。⓳反哺　典出成公綏〈烏賦〉：「雛既壯而能飛兮，乃銜食而反哺。」原謂小烏鴉長大後銜食餵養其母。此用以比喻自己要報答祖母多年養育之恩。⓴含飴夢已捐　此句謂昔日祖母口含飴糖逗自己玩的情景像夢一樣逝去了。用「含飴弄孫」之樂，形容老人晚年自娛。典出《後漢書・明德馬皇后紀》。

㉑恩難酬白骨　此句意謂難以報答死去的祖母的恩情。白骨，指祖母屍骨。㉒淚可到黃泉　淚水可流到陰間。黃泉，陰間。《左傳・隱公元年》：「不及黃泉，無相見也。」㉓宿草　隔年的草。亦指代墳墓。《禮記・檀弓上》：「朋友之墓，有宿草而不哭焉。」㉔秋山泣杜鵑　秋山裡杜鵑悲啼。杜鵑傳說為望帝杜宇之魂所化，詩詞常為令人腸斷的意象。按：據袁枚《隨園詩話》卷四：「己未（乾隆四年）冬，余乞假歸娶。」這表明當時已為冬季。此句實乃詩人虛構之景，藉以襯托悲涼之感。㉕華表　此指大母墓前石柱。

【語　譯】回憶當年自己還是小孫子的時候，曾得到祖母的憐愛。長大已能穿成人的衣服了，見面祖母仍先要擁抱我，二十來歲了還與祖母同床睡覺。夜晚燈光映照著祖母的白髮髻，我坐在旁邊朗讀著書籍。我常向祖母撒嬌索要糖果，有時逃學有祖母保護而免被父母抽打。祖母平時恭敬地服侍祖父的飲食，又親手為孫子孫女縫製棉衣。把我當作掌上明珠真是愛護珍惜，盼望我能像仙鶴一樣高飛。祖母服藥後我常攙扶著她散步，有時一起賞花祖母會愛憐地撫摸我的肩膀。親戚鄰居都驚訝祖母對我的極度寵愛，姊妹也會妒忌祖母對我偏愛。「我希望皇帝在宮殿召見新中的進士唱名傳呼的時候，或者秋天鄉試後發榜公布考中舉人的日子，我孫兒也有高中的運氣，可惜我老了已經看不到了。」祖母這些很久之前的話語我還記得，歲月悠悠已經過了好多年。今日我果然身穿官服，來祭拜祖母的墳墓。我報答祖母養育之恩的心情雖然急切，但祖母已不能再享受含飴弄孫般的快樂了。我雖然無法回報祖母的恩惠，但我悼念的淚水卻可流到黃泉。眼前只見夕陽下隔年的野草在搖曳，耳邊似乎又聽到秋山傳來杜鵑的悲鳴。希望今夜華表墳墓上空，不要出現圓圓的月亮！

【研　析】袁枚於乾隆四年終於脫穎而出，中進士，授庶吉士，入翰林院深造。是年冬，他由北京回錢塘故里與王氏完婚，可謂春風得意，衣錦還鄉。但當他於一個月夜來到祖母墓前祭奠時，又轉喜為悲，觸景生情而有此悼亡之作。詩人自幼被祖母視為「掌珠」，備受寵愛；同時祖母對孫子的前程亦充滿期望，相信孫子能有騰飛之日。今天，祖母的預言已成真，但身穿宮錦服的孫子卻只能「拜墓門烟」。月圓而人不團圓，祖母的恩情已無法報答，詩人怎能不扼腕痛惜，淚如泉湧？詩採用自敘的口吻，樸素真切，拉近了與讀者的心理距離，容易打動人心。詩前半篇敘事，回憶昔日祖孫共同生活時之情景，注重細節描寫，生動有趣，從而為抒情奠定了基礎；後半篇抒情，表現今日悼念大母之悲情，發自肺腑，真摯感人。這是一首比較典型的「獨寫性靈」（《隨園詩話補遺》卷四）之作。

意有所得輒書數句（四首選一）

【題解】組詩作於乾隆六年（西元一七四一年）。輒，就。本詩屬論詩詩，藉蘇軾、韓愈為例，說明創作要刻苦。詩原見《小倉山房詩集》卷二。

落筆不經意❶，動乃成蘇、韓❷。將文用韻耳❸，揮霍非所難❹。須知此兩賢❺，騷壇❻別樹旛❼。白象或可駕，朱絲❽未容彈❾。畢竟詩人詩，刻苦鏤心肝❿。

【注　釋】❶經意　經心，注意。韓愈〈石鼎聯句詩序〉：「彌明因高吟曰：『龍頭縮菌蠢，豕腹漲彭亨。』初不似經意。」❷動乃成蘇韓　謂一動筆似乎就成為蘇軾、韓愈。蘇軾（西元一〇三七—一一〇一年），北宋文學家、書畫家，字子瞻，號東坡居士，眉山（今屬四川）人，為「唐宋八大家」之一，其詩詞書畫皆有高深造詣。韓愈（西元七八六—八二四年），唐文學家，字退之，河南河陽（今河南孟州南）人，為「唐宋八大家」之首。其詩力求新奇，以文入詩。❸將文用韻耳　謂「落筆不經意」者不過是把文章安排詩的韻腳罷了。❹揮霍非所難　謂下筆迅疾並不是難事。揮霍，迅疾貌。陸機〈文賦〉：「紛紜揮霍，形難為狀。」❺兩賢　兩位賢士，指蘇軾、韓愈。❻騷壇　詩壇。❼別樹旛　猶言獨樹一幟。❽朱絲　染成朱紅色的琴瑟弦。❾未容彈　謂彈好不易。❿鏤心肝　雕刻心肝，極言絞盡腦汁。

【語　譯】有的人創作很不用心，自以為一動筆可成為蘇軾、韓愈一樣的大家。這些人不過是把詩歌當作安排韻腳的文章罷了，下筆迅疾對他們來說自不是難事。要知道像蘇、韓這兩位出色的作家，在詩壇上是獨樹一幟的。白象或許可以駕馭，但朱絲不是那麼容易彈奏的。畢竟像蘇、韓這類真正詩人的作品，都是刻苦用功，費盡心思才得來的。

【研　析】袁枚性靈說詩論於民歌推崇其有如「天籟」般自然動聽，於文人詩則認為「詩不苦思，雖仙人亦不能工」（〈從弟牋齋詩序〉）。在詩人有性靈的前提下，他還是主張「刻苦」鍛鍊的。此詩即以唐宋「兩賢」韓愈、蘇軾為例，說明其所以能「騷壇別樹旛」，與「鏤心肝」之功是分不開的。創作是嚴肅的事情，恰如「朱絲未容彈」，對那種「落筆不經意」，或下筆千言又自以為「動乃成蘇、韓」者，顯然是一種針砭。此詩屬於論詩詩，以議論為詩，但七八兩句巧用了比喻，增加了詩的形象性，避免了枯燥乏味。

良鄉霧

【題解】此詩作於乾隆七年（西元一七四二年）作者外放江南縣令途中。良鄉是舊縣名，在北京西南部，現屬北京房山縣。本詩原見《小倉山房詩集》卷三。

不雨征鞍❶濕，方知霧裡行。曉花❷難辨色，溪水但❸聞聲。對面人千里，終朝天五更❹。前程原似夢，何必太分明！

【注釋】❶征鞍　遠行者所乘的馬。❷曉花　早晨的花。❸但　只。❹終朝天五更　謂整個早晨像五更天一樣模糊不亮。

【語譯】天沒下雨馬鞍卻潮濕了，這才意識到是在霧裡行進。清晨的野花很難分辨出什麼顏色，只聽到路旁溪水的潺潺流淌聲。對面來的人如隔千里之外根本看不見，整個早晨都像五更天一樣模糊不亮。此去前程原本就像夢一樣渺茫，又何必要求天色過於分明呢！

【研析】是年作者仕途上出現坎坷：因為清書考試不及格而被外放為江蘇溧水縣知縣。離開翰林院去做「七品芝麻官」，對詩人無疑是一個打擊，因此他對仕途前程產生渺茫之感。當他離京上任途中遇到良鄉晨霧時，即借景抒情，發「前程原似夢，何必太分明」之慨嘆。詩寫霧景純然用白描手法，分別從觸覺、視覺、聽覺各角度渲染晨霧之特徵，生動形象，使人有如臨其境之感。而賦予眼前的迷霧以象徵意義，寄託懷才不遇的情懷，更十分巧妙自然。尾句「前程」一語雙關，既是路程又指仕途，畫龍點睛，點明題旨，即前途渺茫又無可奈何的怨意。

落花（十五首選一）

【題解】組詩亦作於乾隆七年（西元一七四二年）作者外放江南縣令途中，藉詠落花表達被貶謫外放的心情。本詩原見《小倉山房詩集》卷三。

風雨瀟瀟❶春滿林，翠波簾幕影沉沉。清華❷曾荷❸東皇❹寵，飄泊原非上帝❺心。舊日黃鸝渾欲❻別，天涯綠葉半成陰。榮衰花是尋常事❼，轉❽為韶光❾恨不禁❿。

【注釋】❶風雨瀟瀟　風雨急驟。《詩・鄭風・風雨瀟瀟》：「風雨瀟瀟，雞鳴膠膠。」❷清華　清美華麗。此指花未落時之美。❸荷　承受。❹東皇　司春之神。❺上帝　天帝。此喻天子。❻渾欲　直欲。杜甫〈春望〉：

「白頭搔更短，渾欲不勝簪。」❼榮衰花是尋常事　謂花的盛開與凋落都是平常的事情。❽轉　反而。❾韶光　春光。❿恨不禁　指為春光的流逝而忍不住遺憾。

【語　譯】暮春時節，園林裡滿是風狂雨驟，池塘的碧波與窗門的簾幕都暗影深沉。清美華麗的春花曾承受司春之神的寵愛，今日落花飄泊並非天帝的意願。舊日的黃鸝直要飛走，天邊的花樹只剩下半樹綠葉灑下了陰影。繁花的盛開與凋落都是平常的事情，我反而為春光的流逝而忍不住遺憾萬分。

【研　析】作者論詠物詩當「不是此詩，恰是此詩」（《隨園詩話》卷七）。意謂既要寫出物之固有神韻，又要有「物」外之深意。此詩即是這樣的詠物詩。此詩寫「風雨瀟瀟」中「曾荷東皇寵」之清華的鮮花，一旦經「風雨瀟瀟」摧殘後的「飄泊」之狀，確是寫自然界的落花，所謂「恰是此詩」。但又「不是此詩」，因為花有其言外之意。「清華曾荷東皇寵」的昔日盛開的鮮花，實寫自己當初在翰林院得意的日子；而寫「落花」飄泊，實寫如今被外放任縣令之遭際。所以詩的意旨是感嘆自己仕途的命運多舛。儘管詩人說「榮衰花是尋常事」，「生非薄命不為花」（〈落花〉另詩），還說「飄泊原非上帝心」，意謂自己的遭際與天子無關，但這只是故作曠達而已，作者內心卻充滿了被「貶謫」的痛苦，對「上帝」也不可能毫無怨言。尾句「轉為韶光恨不禁」，就有虛度年華，一事無成之憾。但這一切皆以所詠「落花」的意象表現，就顯得含蓄蘊藉了。

捕蝗曲

【題解】此詩作於乾隆八年（西元一七四三年），時作者在江蘇沭陽縣任縣令。沭陽連續三年蝗荒，給百姓帶來災難。作為父母官，作者組織百姓捕蝗，並寫下此詩。本詩原見《小倉山房詩集》卷三。

亟❶捕蝗！亟捕蝗！沭陽❷已作三年荒。水荒猶有稻，蝗荒將無粱❸。
焚以❹桑柴火，買以柳葉筐。兒童敲竹枝，老叟圍山岡。風吹縣官❺面
似漆，太陽赫赫❻燒衣裳。折枝探鷇❼慮損德，惟有殺汝❽為吉祥。我聞
苛政猛於虎❾，蠹吏❿虐於蝗；又聞劉昆⓫賢令蝗不入，劉澄剪穢⓬蝗為
殃。爾今蠕蠕⓭聲觸草，得毋邑宰非循良⓮？擊土鼓⓯，祀神蝗⓰，椒漿⓱
奠兮歌琅琅。紫烟為我凌蒼蒼⓲，皇天⓳好生萬物仰，蛇頭蝎尾⓴何猖狂！
霹靂一聲龍不起，反使九十九子㉑相扶將㉒。狠如狼，貪如羊㉓，如虎而

翼兮，如雲之南翔。安得今冬雪花大如席㉔，入土三尺俱消亡！毋若長平一坑四十萬㉕，腥聞于天徒慘傷。蝗兮蝗兮去此鄉，東海之外兮草茫茫，無爾仇兮爾樂何央㉖！毋餐民之苗葉兮，寧㉗食吾之肺腸！

【注釋】❶亟 急。❷沭陽 縣名，在江蘇省北部。時作者為沭陽縣令。❸粱 指粟，小米。❹以 語助詞，無義。❺縣官 作者自稱。❻赫赫 形容炎熱。《詩・大雅・雲漢》：「赫赫炎炎，云我無所。」❼轂 待哺食的雛鳥。❽汝 指蝗蟲。❾苛政猛於虎 煩苛的政令比老虎還要兇暴可怕。孔子語，見《禮記・檀弓下》。❿蠹吏 蛀蟲一樣的官吏。⓫劉昆 據《後漢書・儒林列傳》：劉昆字桓公，除江陵令，「時縣連年火災，昆輒向火叩頭，多能降雨止風」，後遷弘農太守，「先是肴黽驛道多虎災，行旅不通，昆為政三年，仁化大行，虎皆負子渡河」。⓬劉澄剪穢 《南史・儒林》：「遂安令劉澄，為性彌潔，在縣掃拂郭邑，路無橫草，水剪蟲穢，百姓不堪命，坐免官。」此指劉澄剪除雜草蟲穢，蝗蟲遭殃。⓭蠕蠕 指蝗蟲爬動貌。⓮得毋邑宰非循良 謂莫非縣令不是守法而有政績的官吏。⓯土鼓 古樂器名，以瓦為框，以革為鼓面。⓰祀神蝗 祭祀蝗神。⓱椒漿 用花椒浸製的美酒。〈九歌・東太一〉：「奠桂酒兮椒漿。」⓲凌蒼蒼 侵入青天。⓳皇天 天。《左傳・僖公十五年》：「君履后土而戴皇天。」⓴蛇頭蝎尾 指代害蟲。㉑九十九子 喻蝗蟲之多。㉒相扶將 相扶持。〈木蘭詩〉：「爺娘聞女來，出郭相扶將。」此言蝗蟲成群結隊。㉓狠如狼二句 語出《史記・項羽本紀》。㉔雪花大如席 引用李白〈北風行〉「燕山雪花大如席」之句。㉕毋若長平一坑四十萬 謂不要像秦國軍隊在長平擊敗趙國軍隊而坑死趙軍四十萬。長平，今山西高平西北，秦昭王四十七年（西元前二六〇年）秦、趙於此大戰。事見《史記・白起王翦列傳》。㉖樂何央 樂無央，歡樂無窮盡。霍去病〈琴歌〉：「國家安寧，樂無央兮。」

㉗寧 寧可，情願。

【語　譯】快捕蝗蟲啊！快捕蝗蟲！沭陽已經三年遭遇蝗荒了。水荒還有稻子，蝗荒連小米都要吃光。燒起柔柴火，買來柳葉筐。兒童揮動竹枝擊打蝗蟲，老翁也來圍殲上了山岡。熱風吹得縣官我臉黑如漆，烈日酷熱得像火燒衣裳。折枝捅雛鳥恐怕要損陰德，只有殺你蝗蟲最是吉祥。我聽說苛政殘暴勝於老虎，還聽說蠹吏肆虐勝過蝗蟲；又聽說劉昆賢德蝗蟲不來，還聽說劉澄剪除雜草蟲穢蝗蟲遭殃。眼下你蠢蠢蠕動聲震荒草，莫非我這縣官不夠循良？敲土鼓，祭神蝗，獻上椒漿啊歌琅琅。紫煙為我升騰上了蒼天，蒼天憐憫生靈萬物要都依仗它，害蟲趁機作祟太猖狂！春雷一聲蛟龍未騰上天空，反而使蝗蟲成群結隊。它們狠如狼，貪如羊，如同老虎添了翅膀，又似烏雲向南飛翔。如何能讓今冬的雪花大如席子，入土三尺凍得蝗蟲都消亡！不要像長平一戰坑兵四十萬，屠殺群蝗腥氣沖天太悲慘！蝗蟲啊蝗蟲快快離開這裡吧，東海之外啊有茫茫野草，沒有仇敵呵可任你樂任你狂！不要吃百姓的禾苗葉啊，寧可吃我的肺與腸！

【研　析】此詩題曰〈捕蝗曲〉，詩人雖然亦描寫了捕蝗的若干場景，但主要從蝗災與為政的關係進行自我反思，並借「祀神蝗」抒發內心願望。開頭十三句為第一層次，記敘全民捕蝗的情景，為在蝗口奪糧，不僅兒童出擊，連老翁也上陣，作者身為縣令更身先士卒。捕蝗的戰鬥氣氛表現得很濃郁。接下六句為第二層次，引用典故對自己的政績進行反思，特別是以「劉昆賢令蝗不入」，引出「得毋邑宰非循良」的自責，是否因自己「非循良」而招致「蝗為殃」呢？這反映出作者自省的精神，難能可貴。再接下十六句為第三層次，深入寫如何能捕盡蝗蟲，消除蝗災。大概靠人工捕蝗的強硬手段難以奏效，因此要改為軟辦法而向神蝗祈禱，在歷數蝗蟲「猖狂」之後，乃祈禱「安得今冬雪花大如席，入土三尺俱消亡」。最後五句為第四層次，再次表達自己的願望。因為「入土三尺俱消亡」需待嚴冬大雪之時，而眼前的蝗災十萬火急，時不我待，於是又改變主意：一是變捕蝗為勸蝗，希望「蝗兮蝗兮去此鄉」；二是懇求「毋餐民之苗葉兮，甯食吾之肺腸」，詩人的感情至此而達到高潮。後者的願望無異於以身飼虎，對於一個父母官來說，可謂鞠躬盡瘁，死而後已，反映了作者高度關心民生疾苦，與百姓感情相通的仁愛之心。這和「虐於蝗」的「蠹吏」相比自有天壤之別。詩以告白口吻抒寫，極其真切感人，我們可以體會到作者體恤民瘼的拳拳之心。全詩語言形象，基本上採用白描手法，偶爾用典亦十分貼切。

掛冠（四首選一）

【題解】組詩作於乾隆十三年（西元一七四八年）辭官時。掛冠，即辭官。《後漢書・逢萌傳》：「時王莽殺其子宇，萌謂友人曰：『三綱絕矣，不去，禍將及人。』」即解冠掛東都城門」。本詩原見《小倉山房詩集》卷五。

樂府空歌臣馬良❶，十年不召老淮陽❷。籠中野鶴少高唳❸，籬外寒
花❹多久香❺。指膝❻自憐曾汝負❼，飲泉終竟是誰狂❽？愛他嶺上孤雲

意❾，含雨空歸作小涼❿。

【注釋】❶樂府空歌臣馬良　樂府，詩體名。《樂府解題》云：「君馬黃，臣馬蒼，二馬同逐臣馬良。」臣馬良，我的馬優良。此喻賢人也。❷淮陽　在今河南東部、潁河北岸。《漢書・汲黯傳》載：西漢汲黯為人性倨少禮，常直言切諫，後被武帝召為淮陽太守，居淮陽十年而卒。❸高唳　高亢地鳴叫。❹寒花　當謂梅花。❺久香　長久芳香。❻膝　當指跪拜迎送長官之恥。❼汝負　即負汝，對不起你。❽飲泉終竟是誰狂　意謂還是飲泉閒居才狂放不羈。❾孤雲意　孤飛的片雲之意態。用李白〈獨坐敬亭山〉「眾鳥高飛盡，孤雲獨去閑」之意。❿含雨空歸作小涼　意謂自己要像孤雲一樣，掛冠歸隱。

【語譯】樂府詩白白地鼓吹我的馬兒優良，當年賢臣汲黯就十年不被漢武帝召回京城，而老死於淮陽。野鶴關進籠子裡就難以高亢地鳴叫，而竹籬外的梅花卻可長久地散發幽香。手指著膝蓋憐愛地說曾辜負了你，飲泉閒居我才可以狂放不羈。我最愛嶺上孤雲自由來去的意態，帶著幾分雨意輕鬆地歸去，化作些許清涼。

【研析】袁枚掛冠之時年方三十三歲。其之所以於盛年之際毅然掛冠，一方面有「空歌臣馬良」、懷才不遇之感，一方面是厭倦縣令生涯，而後者是主要的。他嘗於〈答陶觀察問乞病書〉中直言不諱地說：「苦吾身以為吾民，吾心甘焉。爾今之昧晨昏而犯霜露者，不過臺參耳，迎送耳，為大官作奴耳。」袁枚是要求個性解放的人，因此他終於毅然掛冠。詩上半首是鋪墊：首聯採用汲黯忠而遭貶不被漢武帝重用的典故，是自喻屈居縣令之職已有十年，仍提拔無望，這與被尹繼善推薦高郵太守職而吏部未批事有關。此道出辭職的第一個原因。頷聯借用比喻，寓意一反一正：

他豈甘心如「籠中野鶴」失去於雲天「高唳」的自由?他渴望的是似「籬外寒花」自吐芬芳。此道出辭官的第二個原因。下半首則轉向自身直接抒懷。頸聯借「指膝」的細節明確道出不甘為大官作奴跪拜迎送之意,而唯有飲泉隱居自由自在,大官不能像自己可以任意狂放。尾聯乃下定掛冠決心,自己要化作一朵孤雲乘風歸去,充滿嚮往之情,也留下不盡餘意。

浴

【題　解】此詩作於乾隆十三年(西元一七四八年)。本詩寫浴後憑欄的細緻體驗。詩原見《小倉山房詩集》卷五。

浴罷憑欄❶立,高雲掩夕陽。不知何處雨,微覺此間涼。

【注　釋】❶憑欄　依著高樓上的欄杆。

【語　譯】洗完澡依著高樓上的欄杆而立,見高空的雲朵遮住了西下的太陽。不知哪裡正在下雨,我忽然感覺到幾絲涼意。

【研　析】這一首五絕並無微言大義。詩寫的是詩人浴後登樓憑欄時一種敏銳的觸覺感受,一種細緻的體驗。而這種因遠方下雨而「微覺此間涼」的感受,乃是人人心中所有而筆下所無的。它一旦被詩人形諸筆墨即會使讀者產生共鳴，而嘆服詩人所言之真切。從中也可感受到作者隱居生活的悠閒自在。如果仍在縣衙忙碌，哪有這樣的閒情逸致？詩語言平淡自然，毫不雕琢，口頭語如同天籟。

歸家即事

【題解】此詩作於乾隆十四年（西元一七四九年）回家鄉杭州後。即事，寫眼前的事情，歸家時所見的情景。本詩原見《小倉山房詩集》卷六。

初四❶出官署❷，二十整行裝，三十抵烏鎮❸，初一❹入錢塘❺。錢塘到家近，心急路轉長。離鄉忘鄉音，入耳翻侜張❻。閽者❼問名姓，小犬吠籬旁。主人❽不復顧❾，直趨上中堂❿。阿姊⓫扶阿父⓬，老妻⓭扶阿娘⓮。眾面一齊向⓯，雜語聲滿房。阿母向我言：「為兒⓰道家常：我老多疾病，且喜無所妨⓱。不如汝之父，秩膳口頗強⓲。自汝出門後，諸親如水涼⓳。三妹⓴抱瑤瑟㉑，悔嫁東家王㉒。四妹㉓婿遠遊，季蘭㉔尸祭[25]忙。汝孀自粵歸[26]，祀竈無黃羊[27]。舅家[28]風淒淒，滿屋堆靈床[29]。告汝各甘苦，便汝相扶將[30]。」阿母言且行，手自羅酒漿[31]。阿父為我言：「望兒穿眼眶。昨得一口信，道汝頗周詳：初四出官署，二十整行裝，三十抵烏鎮，初一入錢塘。新官初攝篆[32]，米穀猶在倉[33]：三釜[34]與四釜，廩人[35]未收量。汝今雖歸家，何能長居鄉？汝食大官俸[36]，我得屋東廂；汝仰視櫨栱[37]，千金甯低昂[38]。荷花三十里，蔭柏復沿塘。金丸小木奴[39]，冉冉自垂黃[40]。老人[41]手所植，待兒歸來嘗。」我將行赴園，有人牽衣裳。一妾[42]抱女至，牙牙[43]拜爺[44]旁。佯怒告訴爺：「索乳頗強梁[45]。」一妾[46]作低語：「外婦[47]宿庚桑[48]。君毋忘萱蒯[49]，專心戀姬姜[50]。」老妻笑啞啞，打開雙青箱[51]：「謂當獲金珠，而乃空文章[52]！」阿母欲我息，吹去蠟燭光。明日大母墳，長跪奠殽觴[53]：「孫兒十八歲，懷抱猶在床。今兒得官歸，古墓生白楊。嗚呼蒼天恨，此恨何時忘？」後日走西湖，帶雨觀湯湯[54]。我行周四嶽[55]，畢竟此無雙。悠悠笑語過，忽忽燈節[56]忙。此身不自持，呼僕買舟[57]航。阿母留兒子，一日如千場。勸兒加餐飯[58]，為兒備餱糧[59]。家園筍似玉，手烘加飴糖[60]。春茶四十挺[61]，片片梅花香。阿父不受拜，但指鬢邊霜。妻妾無所言，含淚不成妝[62]；惟問幾時歸，君歸我可望。阿姊出簾拜，甥兒[63]要同行。叔母[64]亦唧唧[65]：阿品[66]交與兄。兩郎俱年少，初生別離腸[67]。親朋來一送，軟語都未遑[68]。蕭蕭[69]北門關，行李[70]搖夕陽。慈烏[71]哺[72]復去，脊令[73]聚復翔[74]。鴛鴦折荷葉，織女望河梁[75]。浮雲為鬱結[76]，驪駒為彷徨[77]。人生天地間，哀樂殊未央[78]！

【注釋】❶初四　指乾隆十三年（西元一七四八年）臘月初四。❷出官署　離開官署。實際指辭官。❸烏鎮　在吳興（今浙江湖州）東南。❹初一　指乾隆十四年（西元一七四九年）正月初一。❺錢塘　縣名。今浙江杭州。❻翻侜張　意謂反而覺得鄉音陌生，如同受到欺謾一樣。翻，反而。侜張，欺誑；欺謾。❼閽者　守門人。❽主人　作者自稱。❾顧　回頭看。❿直趨上中堂　意謂直接疾步進入廳堂之中。⓫阿姊　指二姐，名不祥，嫁陸康仲，後言「甥兒」名陸湄君（豫庭），即其長子。⓬阿父　袁枚父名濱，曾以貧遊幕四方。⓭老妻　即王氏。⓮阿娘　據袁枚〈先妣章太孺人行狀〉：母章氏，杭州耆士章師祿先生之次女。⓯眾面一齊向　意謂大家的臉朝著一個方向迎候袁枚。⑯兒　袁枚自稱。⑰無所妨　沒有大妨礙。⑱秩膳口頗強　意謂平常吃飯胃口頗好。秩膳，常膳，平常的飯食。⑲諸親如水涼　意謂諸親友境遇悲涼。⑳三妹　名機，字素文。㉑抱瑤瑟　懷抱飾以美玉的瑟。此形容三妹富有才華、美質。㉒悔嫁東家王　反用《玉臺新詠・歌辭二首》「恨不嫁與東家王」之意。王，王昌，為東平相。此謂後悔嫁給如皋高氏事，據袁枚〈女弟素文傳〉：高氏有禽獸行，而素文聞如不聞，竟嫁給高氏，備受欺淩。㉓四妹　名杼，字靜宜。其夫婿為韓思永。㉔季蘭　佩蘭的少女，此指四妹。㉕尸祭　主持祭祀宗廟，求神保佑。此指四妹祝告夫婿平安。㉖汝嬸自粵歸　指袁枚叔父袁鴻之妻繆氏從廣西歸來。袁鴻於乾隆五年（西元一七四〇年）死於廣西。㉗祀竈無黃羊　意謂貧窮無黃羊祭灶神。據《後漢書・陰識傳》：宣帝時，陰子方者，臘日晨炊而灶神形見。子方再拜受慶。家有黃羊，因以祀之。自是以後暴至巨萬。故後常以臘日祀灶而薦黃羊焉。㉘舅家　舅父名章升扶。㉙靈床　停放尸體的床。㉚便汝相扶將　意謂便於你今後給予照顧。相扶將，相扶持。㉛羅酒漿　擺酒。㉜攝篆　謂代掌印信，即代理某種官職。篆，印信的代稱，因舊時印信都刻以篆文。㉝米穀猶在倉　此指惦念官府的米倉。袁枚父此時尚不知袁枚已辭官。㉞釜　古量器名。〈考工記〉：「量之以為釜，深尺，內方尺而圜其外。其實一釜。」鄭玄《注》：「釜，六斗四升也。」㉟廩人　古官名。掌管糧食出入。㊱俸　俸祿，舊時稱官吏所得的薪水。㊲櫨栱　斗栱，柱頂上承托棟梁的方木。此指代官府廳堂。㊳千金甯低昂　意謂千斤黃金亦看得很輕，心不為所動。甯，豈。低昂，起伏；升降。㊴金丸小木奴　長著金黃色柑橘的橘子樹。㊵冉冉自垂黃　柔軟的枝條垂下金黃的柑橘。垂黃，垂下小木奴。㊶老人　袁枚父親自稱。㊷一妾　此當指乾隆八年（西元一七四三年）所納亳州（今安徽亳縣）陶姬，生女名成兒。㊸牙牙　嬰兒學語聲。㊹爺　江南人稱父親。㊺強梁　強橫。㊻一妾　此當指乾隆十三年（西元一七四八年）所納蘇州女子方聰娘。㊼外婦　舊謂正妻以外未經結婚而同居的婦人。㊽庚桑　庚桑洞，相傳為老子弟子庚桑子所居，此借指外婦所居處。㊾菅蒯　皆草類。菅可製帚，蒯可織席。此自喻為低賤之人。㊿姬姜　春秋時，姬同周姓，姜為齊國之姓，後以姬姜為大國之女的代稱，也為婦女的美稱。此指「外婦」。51雙青箱　一對收藏書籍字畫的箱子。(52)而乃空文章　意謂卻是空洞無用的文章。而，表示轉折。乃，是。(53)奠殽觴　供上酒菜，祭奠祖母亡靈。(54)湯湯　大水急流貌。(55)周四嶽　遍及四嶽。四嶽，指東嶽泰山，南嶽衡山，西嶽華山，北嶽恆山。此指到過許多山川。(56)燈節　正月十五日元宵節，唐代以來有元宵觀燈的風俗，所以又叫「燈節」。(57)買舟　實指雇船。(58)加餐飯　〈古詩十九首〉：「棄捐勿復道，努力加餐飯。」多吃飯。(59)餱糧　乾糧。(60)飴糖　用麥芽製成的糖漿。(61)挺　量詞。(62)不成妝　無心裝飾、打扮。(63)甥兒　即陸建，字湄君，號豫庭。(64)叔母　即前面所說的「嬸」。(65)唧唧　嘆息聲。(66)阿品　堂弟袁樹小名，字香亭。(67)初生別離腸　意謂初次嘗到別離的滋味。(68)軟語都未遑　委婉的話語都未來得及說。遑，閒暇。(69)蕭蕭　形容淒清寒冷。(70)行李　行旅的人，亦指行程。(71)慈烏　烏鴉的一種。相傳烏能反哺其母，故曰慈烏。此作者自喻。(72)哺　即反哺。雛烏長大，銜食哺其母。此喻作者孝敬父母。(73)脊令　鳥名。《詩・小雅・棠棣》：「脊令在原，兄弟急難。」後因以脊令比喻兄弟，此包括兄弟姊妹。(74)聚復翔　團聚又飛開。(75)織女望河梁　比喻妻妾與自己惜別。織女，神話傳說中的天帝孫女，與牛郎結婚，後被王母娘娘分隔於天河兩側，天帝許其一年一度於七月七日鵲橋相會。河梁，橋。《吳越春秋》：「渡河梁兮渡河梁」，後用為送別之詞。(76)浮雲為鬱結　意謂飄浮的雲為此而聚結在一起，使作者迷路而駐足。(77)驪駒為彷徨　意謂純黑色的馬為此而彷徨不前。(78)哀樂殊未央　悲喜的歌一直未停止。

【語　譯】臘月初四我出了官署，二十我整理好行裝出發了，年三十抵達烏鎮，大年初一到了錢塘縣。錢塘離家很近了，但歸心似箭路程反而顯得很長了。離鄉已久幾乎忘了鄉音，聽到鄉音反而很陌生好像受到欺謾。到了家看門的僕人竟然問我是誰，連小狗也在籬笆邊上朝我狂吠。我不管這些頭也不回地直奔向廳堂。只見二姐攙扶著老父，我的妻子攙扶著老母。眾親人都來迎接我，滿屋子都是問候聲。老母對我說：「我為兒說說家裡的事：我年老又多病，幸虧無大礙；但不如你父親，胃口還那麼好。自從你出門後，諸親友的境遇都很悲涼。你三妹雖然富有才情，卻後悔嫁給了禽獸般的高氏。你四妹婿外出遠遊不歸，害得你四妹天天忙於祈求平安。你嬸子從廣西回來，窮得連祭祀灶神的黃羊都沒有。你舅舅家更是陰風淒慘，連遭喪事，屋中堆著停放尸體的靈床。告訴你各家的甘苦，是讓你以後多多幫忙。」老母一邊說一邊忙著操辦酒菜。老父又對我說道：「我盼你回來盼得眼睛都望穿了。昨天得到口信，說起你的情況挺周詳：臘月初四離開官署，二十整理好行裝出發，年三十抵達烏鎮，大年初一到了錢塘縣。你為官掌管著印信，還惦念官府的米倉：那一釜一釜的糧食，廩人是否收管好。你今天雖然回家了，但怎能長期居住？你吃國家的俸祿，我造好了東廂房；你現身居官府的廳堂，我也不貪圖你的金銀。我只有三十里荷花，沿塘還有松柏。更有橘樹的柑橘，柔軟的枝條垂下一片金黃。這些都是我親手所栽，等待你回來品嘗。」我聽後正想去園子裡看看，卻有人來拉我衣裳。原來是陶姬抱著女兒成兒走過來了，成兒牙牙學語地拜在我身旁，陶姬則佯怒地向我告狀：「這孩子吃起奶來很是霸道！」然後方聽娘又過來悄悄地說：「你有外遇金屋藏嬌吧。但不要忘了家裡低賤的妻妾，只是一心迷戀外面的相好。」我的妻子只是笑呵呵地打開我的一對箱籠，說：「原以為裝的是金銀珠寶，誰知是沒用的書籍文章！」老母見時間已晚就要我早點去歇息，並吹滅了蠟燭。翌日我來到祖母的墳墓，長跪不起祭奠酒菜，並祭拜道：「孫兒十八歲時，還和您同床睡覺。今日孫兒做了官回來，您墓旁的白楊已經長得很高了。蒼天呵，這是多麼大的遺憾，此憾何時能忘掉呢？」第三天我去遊西湖，冒雨觀看了西湖的水波蕩漾。我走遍了不少山川，畢竟還是西湖山水天下無雙。日子在笑語聲中悠閒地度過，元宵節匆匆地忙完了。我身不由己不可多留，就叫僕人去雇船準備返回南京了。老母聞知就挽留兒子，一天說了無數遍。飯桌上一再勸說兒子多吃點，飯後又忙著準備路上的乾糧。有自家園子裡的春筍，親自烘烤再加上飴糖；還有春茶四十挺，片片都有梅花的幽香。老父則不受我辭拜，只是指著鬢角的如霜白髮。妻妾們都默默無語，淚水毀了臉上的粉妝；只是問我幾時能再回來，還說你回來我們才有希望。二姐出了簾子拜別，讓我帶走外甥。叔母也嘆息著說：我把阿品託付給你。兩郎都年少，初次嘗到離別的痛苦滋味。親朋好友來送別，但委婉的話語都來不及說。途徑淒冷的北門關，行船一路在夕陽下搖晃。回家孝敬了雙親又離去，與兄弟姐妹團聚後又分開。夫妻如鴛鴦曾在荷塘嬉戲，如今織女又望斷了銀河。浮雲都為此聚結要行者駐足，馬駒也為此徘徊不前。人生於天地之間，悲喜的歌聲一直未停止過！

【研　析】這是一首典型的性靈詩。詩人即事寫景抒情，真切自然，生動風趣，文字淺顯，有「妙手白描，隱隱呼之欲活」（袁枚〈宮闈雜詠序〉）之功。詩寫歸家途中的急切之情，臨近家鄉時的陌生之感，都真摯細緻。詩寫到家時闔家團聚、悲喜交集的情景尤見功力。詩描寫不同身分的親人的舉止言語，老母的慈愛，老父的矜持，妻子的喜悅，小妾的親密，皆神情畢肖，個性鮮明，栩栩如生，使讀者如見其人，如聞其聲。其中又都灌注著一種親人相逢的真實的感情，令人為之動容。詩寫離家時的情景，注重細節描寫，結尾則採用比興手法，以活脫脫的形象別致地寄寓了父子、夫妻之間生離如同死別的難捨難離的情意。詩人集中筆墨寫親人對自己的感情，實際上亦表白了自己對親人的感情。詩人本是有情人，有情人寫有情人則益加感人肺腑。

七月二十日夜

【題解】此詩作於乾隆十五年（西元一七五〇年）。此詩描寫半夜「突發事件」，寫出隱居後閒適生活的小波瀾，富有情趣。詩原見《小倉山房詩集》卷六。

寒風蕭蕭❶打窗急，半夜書翻床腳濕。直疑天壓銀河奔❷，又恐地動海潮入。披衫開門欲喚人，一峰瘦影燈前立！

【注釋】❶蕭蕭　風聲。❷直疑天壓銀河奔　極言雨大。此句化用李白〈望廬山瀑布〉「飛流直下三千尺，疑是銀河落九天」意。

【語譯】蕭蕭的寒風急打著窗戶，半夜裡書籍被吹得四處翻飛，床腳也被雨水打得濕淋淋。簡直懷疑天壓下來銀河奔流，又恐怕是地震激得海潮湧入。我趕忙披上衣衫開門要喊人來，卻只見燈前是一峰清瘦的影子矗立著！

【研析】詩開篇寫半夜風雨襲擊，來勢洶洶，以高度誇飾的神思之筆，給予了富有立體感的描寫：天壓銀河奔，地動海潮入，構成了氣勢恢宏的闊大意境，亦真實地反映了詩人面臨風雨淫威時的內心驚恐。而當詩人急匆匆「披衫開門欲喚人」以求援的一剎那，驀然卻見「一峰瘦影燈前立」，堪稱警策之筆，意象極其突兀有力，意謂此山彷彿不招而至，欲為詩人排憂解難。如此具有靈性的自然之物，乃是袁枚筆下的「常客」，顯示出性靈詩的神韻。

雜詩八首（選一）

【題解】組詩作於乾隆十七年（西元一七五二年），抒發東山再起時的矛盾心態。乾隆十七年（西元一七五二年）初，袁枚於掛冠近三年後又再度出仕陝西。此詩寫作者面臨出山之際的猶豫，揭示內心矛盾之狀態。本詩原見《小倉山房詩集》卷七。

入山❶愁我貧，出山❷愁我身❸。我貧猶自可❹，所愁戚❺與親❻；我身猶自可，所愁吏與民。出處❼難自擇，請以詢家人。父母聞作官，勸行語諄諄❽；妻妾聞作官，膏❾我新車輪；僮僕聞作官，執鞭追後塵❿。我意獨不然，亦非慕隱淪⓫。朝來見縣令，三十鬢如銀。勞苦未得息，大吏⓬猶怒嗔⓭。況我掛其冠⓮，此骨已嶙峋⓯。從前後行船⓰，已據要路津⓱。而我復重來，相見殊逡巡⓲。所恨年齒⓳少，眾論猶紛紜：「婦少難守節，日長難關門。」掩耳⑳且捉鼻㉑，痛飲求昏昏㉒。

【注釋】❶入山　辭官隱居。❷出山　出仕。據《晉書・謝安傳》：「卿累違朝旨，高臥東山，諸人每相與言：『安石不肯出，將如蒼生何？』今亦蒼生將如卿何？」❸身　指失去身分、品格。❹猶自可　自己還沒什麼。❺戚　親屬。❻親　謂父母。❼出處　出，出仕。處，隱退。《易・繫辭上》：「君子之道，或出或處。」❽諄諄　教誨不倦貌。❾膏　在車軸上塗油膏。❿追後塵　跟在車馬行進時揚起的塵土後面。此謂追隨。⓫隱淪　隱居。⓬大吏　大官。⓭怒嗔　發怒。⓮掛其冠　詳參〈掛冠〉「題解」。⓯嶙峋　瘦削貌。⓰後行船　喻仕途上不及作者的人。⓱要路津　喻顯要的地位。⓲逡巡　欲進不進，遲疑不決的樣子。⓳年齒　年齡。⓴掩耳　遮蓋住耳朵不聽眾論。㉑捉鼻　抓摸鼻子，鄙夷不屑貌。《世說新語・排調》：「初，謝安在東山居，布衣，時兄弟已有富貴者，翕集家門，傾動人物，劉夫人戲謂安曰：『大丈夫不當如此乎？』謝乃捉鼻曰：『但恐不免耳。』」據稱，安少有鼻疾，語音重濁，所以捉鼻者，欲使其聲輕細，以示鄙夷不屑之意也。㉒昏昏　昏昏沉沉，此形容醉酒貌。

【語譯】隱居時憂愁我貧困，出仕又擔心失去身分。我自己貧困沒什麼，我擔心的是親戚與父母。我自己的身分倒也沒什麼，我擔心的是小吏與百姓。出仕與隱居實在難以選擇，只好請教家人。父母聽說我又要做官，都諄諄地教導我還是出山；妻妾聽說我又要做官，忙著為我的車輪加油膏；僮僕聽說我要做官，就拿著馬鞭要追隨我。我的看法卻不一樣，也不是羨慕隱居。想當年早晨人家來見我這個縣令，三十多歲就鬢白如銀了。整天勞苦不能休息，還要被大官怒斥。況且我辭官後，身子骨已經消瘦衰弱。而從前仕途上比我後進的人，如今都占據了高位。我要是再出山，見了他們難免尷尬進退兩難。我所恨的是年壽還不算太高，而要被人議論紛紛：「女人年輕很難守節，時間長了不會老是關門不出。」我只能掩耳不聽，而且作出不屑的樣子，整天痛飲以求昏昏沉沉。

【研　析】作者出仕前的心態是：一方面是親友的期望與社會的輿論，對自己施加精神壓力——「做官」；一方面是自己已視做官為畏途，既「勞苦」，且遇「大吏」「怒嗔」，而不願「出山」。詩人進退維谷，難以定奪，只好「掩耳且捉鼻」，在醉鄉中「昏昏」以求得一時的解脫。最後詩人雖然還是暫時出山了，但不久就又回歸入山，可見隱居才是詩人的真正心願。此詩描寫自己面臨出山的兩難處境，忽而站在自己的方面考慮，忽而站在他人的方面考慮，左右為難，進退維谷，寫出價值觀與現實處境的決戰狀態，非常真實細膩。

水西亭夜坐

【題　解】此詩作於乾隆十六年（西元一七五一年）。水西亭，在南京小倉山隨園內西端。詩寫隱居生活之一斑。本詩原見《小倉山房詩集》卷七。

明月愛流水，一輪池上明。水亦愛明月，金波❶徹底❷清。愛水兼愛月，有客❸坐於亭。其時萬籟❹寂，秋花呈微馨❺。荷珠不甚惜，風來一齊傾。露零❻螢光❼濕，屧❽響蛩語❾停。感此玄化❿理，形骸⓫付空冥⓬。坐久并忘我⓭，何處塵慮⓮攖⓯？鐘聲偶然來，起念⓰知三更。當我起念時，天亦微雲生⓱。

【注　釋】❶金波　月光。《漢書・禮樂志》：「月穆穆以金波。」此謂月光下之池水。❷徹底　透底。❸客　作者自稱，時作者客居南京。❹萬籟　各種聲響。❺微馨　淡微的芳香。❻零　原指下雨。《詩・鄘風・定之方中》：「靈雨既零。」此喻露水降落。❼螢光　螢火蟲的光亮。❽屧　古代鞋子的木底。亦泛指鞋。❾蛩語　蟋蟀叫聲。❿玄化　此指玄妙的自然。⓫形骸　人的形體。《莊子・逍遙遊》：「豈唯形骸有聾盲哉？」⓬空冥　指空遠的夜色。⓭忘我　謂處於一種淡泊寧靜的心境中。⓮塵慮　俗念。⓯攖　擾亂。⓰起念　謂生俗念。⓱天亦微雲生　此句意謂天亦生微雲而污染了太空。《世說新語》：「司馬太傅齋中夜坐，于時天月明淨，都無纖翳；太傅嘆以為佳。謝景重在座，答曰：『意謂乃不如微雲點綴。』太傅因戲謝曰：『卿居心不淨，乃復強欲滓穢太清邪？』」微雲，淡雲。

【語　譯】明月喜愛流水，一輪明月在池塘上空映照著。流水也喜愛明月，月下的池水被照得透明。有個杭州客既愛水又愛月，所以坐在水西亭裡觀賞。此時萬物都無聲響，只有秋花散發出淡淡的芳香。荷葉上的水珠不自珍惜，風一吹來都傾倒在水中。露水降落打濕了螢火蟲的光亮，木底鞋走過蟋蟀立即停止了鳴叫。我感悟到大自然玄妙的道理，人的身體似乎化入空遠的夜色裡。坐久了就會處於淡泊寧靜的心境中，不會受到塵事俗念的打擾。忽然聽到鐘聲傳來，俗念又起知道時已三更。當我又生出俗念時，明淨的天空也出現了淡淡的雲彩。

【研　析】此詩通過寫明月、流水、秋花、荷珠、螢光、蛩語等意象，構成一個空遠深幽的意境，表現隱居後欲與大自然同化的情思。身處此境中，詩人「坐久并忘我」，擺脫了俗念的糾纏而賞心悅目，並對水西亭月夜之美有其獨特的審美感受：「明月愛流水」，「水亦愛明月」，水與月皆被賦予了性靈，更襯托出詩人「愛水兼愛月」之性靈。「秋花呈微馨」被置於「其時萬籟寂」的環境中，就有了音樂的感受。荷珠因「風來一齊傾」，固然使詩人惋惜，但珠傾之剎那又形象活脫，有動態美。「露零螢光濕」的通感描寫也極別致，顯示出詩人獨特的詩心。這一切使詩人產生「形骸付空冥」的奇想是十分自然的。但末尾寫自己俗念未淨，「天亦微雲生」，又有遺憾之意。

茅店

【題　解】這首五律作於乾隆十七年（西元一七五二年）赴陝西途中。茅店，茅草房客店。此詩寫行旅生活的艱辛。詩原見《小倉山房詩集》卷八。

薄暮❶投茅店，昏昏倦似泥。草聲驢口健，帘影客❷頭低。几仄❸燈
依壁，風停柳臥堤。故鄉❹何處望？斜月亂山西。

【注釋】❶薄暮　傍晚。《楚辭・天問》：「薄暮雷電歸何憂？」❷客　作者自稱。❸几仄　狹小的桌子。仄，狹窄。❹故鄉　此處實指定居處南京隨園。

【語譯】傍晚時分投宿一家茅草客店，頭腦昏沉渾身累得似一堆爛泥。毛驢牙口好傳出吃草的聲響，我這旅客在簾影裡低著頭。店內桌几狹小油燈靠著牆壁，店外狂風停息了，柳樹被吹倒在河堤上。故鄉迢迢何處能望見呢？只見一勾殘月斜掛在亂山的西面。

【研析】此詩首聯點題，寫薄暮投宿茅店疲憊不堪的情態，體力不支，癱軟似泥，後句的比喻極寫疲乏之狀，甚為傳神。頷聯以「驢」與「客」相對，驢一天路程儘管肚飢，但牙口很好，吃了草亦就滿足了；而人則不然，人有思想有感情，「帘影客頭低」，描繪出作者鬱悶冥想之狀。頸聯轉寫茅店內外的荒涼冷寂：室內桌几破舊狹窄，油燈靠著牆壁發出慘淡的光；室外大風過後，柳樹倒臥在河堤上。如此殘敗之景，自然又激發詩人對山清水秀、竹樹叢生之隨園的懷念，但是遠離家鄉，望亦不見，只看見斜月掛在亂山之西而已。尾聯之景又預示著天快亮了，新的征途又在前頭，一種無可奈何的愁緒溢諸筆墨之間。作者本來對此次復出就不是心甘情願，行旅又如此辛苦乏味，已生懊悔之意。詩用白描手法敘事寫景，不著議論，也未直接抒懷，純以樸素的文字與鮮活的形象，蘊藉其羈旅的愁懷。

寄聽娘（六首選一）

【題　解】此詩作於乾隆十七年（西元一七五二年）作者赴陝西任職途中。詩人迫於生計在隱居之後又「東山再起」，並不情願，一旦登上旅途又兒女情長起來，懷念其於乾隆十三年（西元一七四八年）所納的寵妾蘇州人聰娘，乃寫下此詩。本詩原見《小倉山房詩集》卷八。

一枝花❶對足風流❷，何事❸人間萬戶侯？生❹把黃金買離別，是儂薄倖❺是儂愁。

【注　釋】❶一枝花　形容聰娘美貌如花。又，據羅燁《醉翁談錄》，「一枝花」為李娃舊名。❷風流　風光；榮耀。❸何事　何物。有貶斥意。❹生　硬，副詞。❺薄倖　薄情；負心。

【語　譯】面對著花容月貌已足夠榮耀，人間萬戶侯算什麼呢？硬是花費黃金買離別，是我薄情自己找怨愁。

【研　析】此詩抒寫對姬妾聰娘的思念。上聯借助強烈的對比：即使做了「人間萬戶侯」（高官），也遠不如面對「一枝花」（聰娘）風流，可見聰娘在作者心目中的地位之高。下聯則自責，既然如此，自己卻因一念之差，為了俸祿而遠離聰娘，「生把黃金買離別」，充滿深深的懊悔；進而又有真誠地自責：「是儂薄倖是儂愁」，是自己對不起聰娘。這是一首比較大膽、直率地表達情愛的作品，是作者「情所最先，莫如男女」（〈答蕺園論詩書〉）的主情觀的體現。其無所顧忌的個性足以令道學家扼腕切齒，在當時無疑比較大膽。至於納妾本身自不足為訓，乃時代所限，不必苛求作者。

馬嵬（四首選一）

【題　解】作者於乾隆十七年（西元一七五二年）赴陝西任職，途經馬嵬坡。馬嵬坡在陝西興平西，相傳晉人馬嵬在此築城，故名。唐安史之亂，唐玄宗自長安逃往四川，經馬嵬坡村，禁軍嘩變，要求殺死權奸楊國忠，又迫使玄宗命楊貴妃自縊，玄宗為保全自己，只能照辦。作者緬懷歷史，寫下四首七絕，此為其一。本詩原見《小倉山房詩集》卷八。

莫唱當年〈長恨歌〉❶，人間❷亦自有銀河❸。石壕村❹裡夫妻別，
淚比長生殿❺上多。

【注　釋】❶長恨歌　唐代詩人白居易所作長篇敘事詩，內容為描寫唐玄宗與楊貴妃的愛情故事。❷人間　指平民社會。❸銀河　據傳說，牛郎與織女相愛，為王母娘娘拆散，以銀河分隔之。此喻使夫妻分離的力量。❹石壕村　在河南陝縣西南。唐代大詩人杜甫曾寫〈石壕吏〉詩，內容為描寫安史之亂時唐軍徵兵服役，逼迫一對老年夫妻悲慘離別的故事。❺長生殿　在陝西驪山華清宮內，為唐玄宗與楊貴妃居處。

【語　譯】不要吟唱當年的〈長恨歌〉了，人間亦有銀河劃出阻隔。不見石壕村裡夫妻分別時，眼淚比玄宗、貴妃流得還要多。

【研　析】袁枚認為詠史詩應「借古人往事，抒自己之懷抱」（《隨園詩話》卷十四），亦即獨抒性靈。此詩即是以歷史上的唐玄宗與楊貴妃於馬嵬坡之死別與杜甫〈石壕吏〉所描寫的平民百姓之生離相對照，而把同情之淚灑向後者，認為「石壕村裡夫妻別，淚比長生殿上多」，百姓之痛苦遠甚於帝王之不幸，從而表現了「君為輕，民為貴」的民本思想。上聯寫白居易作的〈長恨歌〉，是暗寫馬嵬的主角唐玄宗與楊貴妃的死別，下聯寫石壕村夫妻別，是暗用杜甫〈石壕吏〉的故事，二事皆發生在安史之亂時，故事的主角又同為夫妻，這是二者可以比較的條件，所以讀來並不突兀。但此詩題為〈馬嵬〉，實際並未直接寫馬嵬之事，只是抒寫經過馬嵬坡引起的感慨而已，屬於借題發揮。此詩與袁枚另一七絕〈靈武〉曾被吳應和評為「一沉痛，一淒婉，皆足以動人，與樊川（按：指杜牧）、義山（按：指李商隱）詠古諸作並傳無疑」（《浙西六家詩鈔》評語），評價不可謂不高。

登華山

【題　解】此詩作於乾隆十七年（西元一七五二年）赴陝西途中。華山，在陝西東部，屬秦嶺東段。其主峰亦稱華山，一名太華山，古稱「西嶽」，在陝西華陰南，海拔一九九七米。詩寫華山之險峻。本詩原見《小倉山房詩集》卷八。

太華峙❶西方，倚天❷如插刀。閃爍鐵花❸冷，慘淡❹陰風號。雲雷莽回護❺，仙掌❻時動搖。流泉鳴青天，亂走三千條。我來躡❼芒蹻❽，逸氣不敢驕❾。絕壁納雙踵❿，白雲埋半腰。忽然身入井，忽然影墜巢。天路⓫望已絕⓬，雲棧⓭斷復交⓮。驚魂飄落葉⓯，定志委鐵鐐⓰。閉目謝人世⓱，伸手探斗杓⓲。屢見前峰俯⓳，愈知後歷高⓴。白日死崖上㉑，黃河生樹梢。自笑亡命賊，不如升木猱㉒。仍復自崖返，不敢向頂招。歸來如再生，兩眼青寥寥㉓。

【注釋】❶峙　聳立。❷倚天　靠著天。言其高也。❸鐵花　《本草綱目》：「以鐵拍作片段，置醋糟中，積久衣生，刮取者為鐵華（花）。」此謂山石岩壁上的表層物。蘇軾〈虎丘寺〉：「鐵花秀巖壁，殺氣噤蛙龜。」❹慘淡　淒慘。❺雲雷莽回護　此句婉言雲雷撞擊山峰。莽，魯莽。回護，委曲袒護。❻仙掌　即「仙人掌」，華山峰名，峰側石上有痕，自下望之，很像手掌，五指俱全。❼躡　踏。❽芒蹻　草鞋。❾逸氣不敢驕　意謂不敢掉以輕心。逸氣，超脫世俗的氣概。驕，放縱。❿踵　腳後跟。⓫天路　天上之路。⓬絕　斷絕。⓭雲棧　意謂高入雲霄的棧道。棧道為峭岩陡壁上鑿孔架橋連接而成的一種道路。⓮斷復交　斷又連。⓯驚魂飄落葉　意謂魂受驚如樹葉飄落。⓰定志委鐵鐐　意謂安定心志全託鐵鐐幫忙。鐵鐐，指山路邊上供人攀援的鐵索。⓱謝人世　辭別人世。⓲探斗杓　摸北斗星中的斗杓三星（玉衡、開陽、搖光）。此句化用李白〈蜀道難〉「捫參歷井仰脇息」意。⑲前峰俯　謂已經越過的山峰低頭。⑳後歷高　謂將要登的山峰更高。㉑白日死崖上　即王之渙〈登鸛鵲樓〉「白日依山盡」之意。死，指日沉。㉒升木猱　善於上樹的猿猴。㉓青寥寥　即韓愈〈感春〉「青天高寥寥」之意，謂青天一片空洞。

【語　譯】太華山聳立在西方，靠著青天像倒插的一把鋼刀。巖壁鐵花閃爍寒氣逼人，陰風淒慘地呼號。雲雷撞擊著山峰，仙掌峰不時地搖晃。青天上流泉轟鳴，似有三千條紛亂地飛瀉而下。我來登山穿著草鞋，不敢放縱小心翼翼。雙腳踏著絕壁，白雲埋住半腰。只覺身子忽然跌進深井，身影忽然墜入鳥巢。上升的路看去已經斷絕，雲霄的棧道斷了又連接。驚悸的魂魄像落葉飄落，安定心志全託山路的鐵索幫忙。我閉上眼睛擔心要辭別人世了，伸手好像能摸到北斗星。一次一次看到翻越過的山低下頭，更知後面的山峰還要高。此時夕陽已落入山崖，黃河出現在樹梢。自笑就像個亡命賊，還不如善於爬樹的猿猴。時間晚了仍從山崖的路返回，不敢再朝山上看。回來後如同再生一次，只覺兩眼一片空洞洞。

【研　析】華山之險，天下聞名，當詩人親涉其險之後，又有真切獨特的體驗。詩開篇先勾勒太華山「倚天如插刀」之險峻的整體形象；次寫鐵花冷、陰風號、雲雷響、仙掌搖的陰冷危險的環境；然後著重寫登山時的驚險體驗。「華山自古一條路」，其險峻可謂無以復加。詩人以細緻的心理感受與景物描寫突出了絕壁、雲棧之艱難險阻，使人為之捏一把汗。當詩人歷盡險境，「仍復自崖還」，而產生「歸來如再生」之感亦即自然而然，並令讀者為之鬆了一口氣。詩人筆觸既描繪了華山自然之險境，又揭示了心理體驗，二者相得益彰，從而把登華山之艱鉅歷程敘寫得使人如臨其境，如見其人，得到一種奇特的審美享受。徐世昌讚袁枚詩「能狀難顯之境，寫難喻之情」（《晚晴簃詩匯》），由此可見一斑。

雨

【題解】此詩作於乾隆十八年（西元一七五三年）。寫對所見所聞所感之春雨的情趣。本詩原見《小倉山房詩集》卷九。

當窗三日雨，對面一峰沉❶。花有消魂色❷，鶯無出樹心。怒蛙❸爭客語❹，新水❺學琴音。折竹教僮試，前溪幾尺深？

【注釋】❶沉　隱伏。❷消魂色　謂使人迷醉的顏色。❸怒蛙　鼓足氣的蛙。《韓非子・內儲說上》：「越王句踐見怒蛙而式（軾）之，御者曰：『何為式？』王曰：『蛙有氣如此，可無為式乎？』」❹爭客語　與來客爭語，形容蛙鳴。❺新水　下雨剛積成的溪水。

【語譯】看著窗外連下三天的春雨，對面的山峰已經不見了。但花朵卻顯出令人迷醉的色彩，黃鶯也無意離開樹枝。鳴叫的青蛙爭著與來客說話，新積的溪水發出叮咚的琴聲。折根竹枝叫僮僕測試一下，前溪的水流有幾尺深？

【研析】此詩寫雨，妙在除第一句點題外，其餘幾句幾乎句句寫雨而不明說：「對面一峰」因雨霧而「沉」，「花」因雨水滋潤而顯出「消魂色」，「鶯」因下雨而不願飛「出樹」，「怒蛙」因沐雨而鳴叫，「新水」因雨才發出「琴音」，詩人則因雨才「折竹教僮試」溪水有「幾尺深」。如此寫「雨」，則「雨」更具情趣，意蘊更為豐富，此王應奎所謂「詩意大抵出側面」（《柳南隨筆》卷六）也。

瘞梓人詩

【題解】此詩作於乾隆十八年（西元一七五三年）。瘞，埋葬。梓人，此謂建築工人。柳宗元有〈梓人傳〉。本詩原見《小倉山房詩集》卷九。

梓人武龍臺長瘦多力，隨園亭榭，率成其手。癸酉❶七月十一日病卒，素無家也，收者寂然。余為棺殮❷瘞隨園之西偏，為詩告之。

生理❸各有報，誰謂事偶然？汝為余作室❹，余為汝作棺。瘞汝於園側，始覺於我安。本汝所營造，使汝仍往還❺。清風飄汝魄❻，野麥供汝餐。勝汝有孫子，遠送郊外寒。永永作神衛❼，陰風❽勿愁嘆！

【注釋】❶癸酉 乾隆十八年。❷棺殮 給屍體穿衣下棺。《南史・任昉傳》：「雜木為棺，浣衣為殮。」❸生理 人生之理。❹作室 建造房屋。❺使汝仍往還 謂使你靈魂仍在園內來去。❻魄 原謂人身中依附形體而顯現的精神，但此處實代能離開人身體的「魂」。❼神衛 謂隨園的衛護神。❽陰風 陰間的風，指代陰間。

【語譯】人生之理一切都有報應，誰說一切都是偶然？你為我造房子，我為你造棺材。把你葬在隨園西側，我才覺得心安。隨園本來是你所營造，讓你的靈魂仍在園內來去。你的魂魄駕著清風飄飛，野麥可供你食用。勝過你有兒孫，把你遠送到郊外寒寂之處。你永做隨園的守護神，在陰間也不會哀嘆。

【研析】詩人以向梓人直白的口吻抒發感情，令人覺得分外真切，表現了詩人對梓人深厚的情誼。詩中雖未用感情色彩強烈的字眼，如「悲」、「哭」之類，但娓娓道來，卻分明站立著一個熱淚盈眶的抒情主人公形象。「汝為余作室，余為汝作棺」，其中飽含多麼深沉的悲慨！「本汝所營造，使汝仍往還」，又流露出多少懷念的真情！作者嘗云：「文以情生，未有無情而有文者。」（《隨園詩話補遺》卷七） 此詩正是有「情」才有「文」者。

登最高峰

【題解】此詩作於乾隆十九年（西元一七五四年）。最高峰，南京東北約二十公里之棲霞山有三峰，中峰鳳翔峰最高（海拔三一三米），故曰最高峰。本詩原見《小倉山房詩集》卷十。

群峰齊俯首①，爭把一峰②讓。一峰果昂然③，獨立青天上！我來登此如登天，無物與我堪齊肩：白雲蓬蓬④生足下，紅日皎皎⑤當胸前。手敲山門⑥鎖，聲落山下風。老僧迎我便扶我，怕我吹墮烟霄⑦中。開窗指示揚州塔⑧，入耳頗聞瓜步⑨鐘。攝山⑩到此局⑪一變，怪石奇松都不見。不知人世藏何所，但覺江光⑫搖匹練⑬。仰首頻愁真宰侵⑭，長空斷絕飛鳥音。遊山莫到山絕頂⑮，再上無路生歸心。背山搖鞭風灑灑⑯，手擲金輪⑰放⑱西海⑲！

【注　釋】①俯首　低頭。②一峰　即最高峰——鳳翔峰。③昂然　高聳貌。④蓬蓬　茂盛貌，此形容雲朵密結。⑤皎皎　明亮貌。⑥山門　寺院。⑦烟霄　雲霄。⑧揚州塔　當指揚州蓮性寺塔。⑨瓜步　山名，在江蘇六合東南，古時南臨長江。⑩攝山　棲霞山別名。⑪局　格局；形勢。⑫江光　長江波光。⑬匹練　一匹白練，潔白的熟絹。⑭真宰侵　猶言侵真宰，此極言山高。真宰，假想中的宇宙主宰者。《莊子・齊物論》：「若有真宰，而特不得其朕。」⑮絕頂　最高處。杜甫〈望嶽〉：「何當凌絕頂，一覽眾山小。」⑯灑灑　寒冷貌。薩都剌〈雲際感興〉：「風露灑灑生秋寒。」⑰金輪　喻太陽。蘇軾〈韓太祝送遊泰山〉：「恨君不上東峰頂，夜看金輪出九幽。」⑱放　至。《禮・祭義》：「推而放諸東海而準。」⑲西海　西方落日處。

【語　譯】群峰都低下頭，爭著謙讓一座山峰。這座山峰確實高聳入雲，獨立於青天之上！我來登最高峰好比登天，無物可以與我齊肩：密結的白雲在我足下飄遊，明亮的太陽靠在我的胸前。我敲響寺院的門鎖，響聲隨著山風飄落山崖。一名老僧迎接我，並攙扶著我，生怕我被山風吹落到雲霄中。在樓閣裡開窗可指點揚州的寺塔，耳邊聽得到瓜步山的鐘聲。攝山到此格局一變，怪石奇松都看不見了。不知它們藏到人世哪裡去了，只覺得長江的波光像一匹白練在搖動。抬頭一直擔心冒犯宇宙的主宰者，天空連飛鳥的聲音都沒有。登山不要登到最高處，再上去就沒有路了，便生出返回的念頭。下山一路山風寒冷，如同有千萬條鞭子在揮動，日落西山好像是我投擲出去的一樣！

【研析】〈登華山〉極言山之險，此詩則極言峰之高，各有其妙。袁枚筆下的山皆能抓住其主要特徵描繪之，而互不雷同。詩首先以「群峰齊俯首」襯托最高峰「獨立青天上」的昂然風姿；其次，以「我」之白雲生足下，紅日當胸前襯托峰之高聳雲天；再次，以山上風之猛暗示山之高；第四，則以視野之開闊反襯山之高；第五，以「手擲金輪放西海」的浪漫奇想顯示自己所立處之高，並抒發豪放的胸襟。中間安排「老僧迎我便扶我」一支插曲，使詩跌宕有致，也意在表現山之高。全詩處處寫山高，層層遞進，最後達到高潮便戛然而止，留給人以餘味。此詩筆力遒勁，氣勢豪放，極盡七古歌行體之致，與最高峰的意象和詩人的情懷皆甚吻合。

夜過借園見主人坐月下吹笛（二首選一）

【題解】組詩作於乾隆二十年（西元一七五五年）。借園，南京項某的私家花園，李方膺辭官後借居，起名「借園」，自稱「借園主人」。本詩原見《小倉山房詩集》卷十一。

秋夜訪秋士❶，先聞水上音。半天涼月色，一笛酒人心❷。響遏碧雲近❸，香傳紅藕深❹。相逢清露下，流影❺濕衣襟。

【注釋】❶秋士　謂士之暮年不遇者。《淮南子・繆稱訓》：「春女怨，秋士悲。」此指借園主人、好友李方膺。李方膺，南通人，工畫，屬揚州八怪派。❷一笛酒人心　謂一曲笛音抒發了酒人之心情。酒人，好酒之人。此指借園主人李晴江。❸響遏碧雲近　意謂笛音阻止了近處碧雲的遊動。響遏，響聲阻止。《列子・湯問》：「撫節悲歌，聲震林木，響遏行雲。」❹香傳紅藕深　意謂池水深處的紅藕傳來芳香。紅藕，指紅蓮，紅荷。❺流影　月光。齊澣〈長門怨〉：「將心寄明月，流影入君懷。」

【語譯】秋夜我去走訪暮年不遇的李方膺，未至先聽到池塘旁的笛聲。半空中都是涼涼的月色，笛聲傳出酒後主人的心曲。笛聲阻止了近處碧雲的遊動，池水深處的紅藕傳來芳香。我與好友相逢在清冷的露水下，月光濕潤了我們的衣襟。

【研析】詩寫夜訪好友，緊扣「月下吹笛」作文章，凸顯「月」與「笛」的意象，並以笛聲始，以月色終。詩營構的半天涼月如水，一曲笛音悠揚的意境，幽深含蓄。身處此意境中的借園主人「秋士」何以「坐月下吹笛」，「水上音」抒發的是什麼心曲？詩並未明言，但一股悲涼幽怨之意彌漫整個詩境。袁枚論詩重雅，所謂「雖真不雅，庸奴叱咤」（〈續詩品・安雅〉），此詩遣詞造句錘鍊精當，用典自然，如鹽著水，不見痕跡，具有雅潔精練之美，頷聯與頸聯，對仗工整，言簡意深，尾聯也甚優雅。此詩恰似一杯醇酒，詩味濃厚，耐人品嘗。

題柳如是畫像

【題解】 此詩作於乾隆二十二年（西元一七五七年）。柳如是（西元一六一八—一六六四年），本姓楊，名愛，後改姓柳，名隱，又名是，字如是，號河東君，又號蘼蕪君。吳江（今屬江蘇蘇州）人，一說嘉興（今屬浙江）人。明末名妓。色藝冠一時，能詩畫。後為錢謙益妾，同居絳雲樓。明亡，柳如是曾勸錢謙益殉國，錢氏未從。本詩充滿讚譽之情。詩原見《小倉山房詩集》卷十三。

生綃❶一幅紅妝影❷，玉貌❸珠冠❹方繡領。眼波如月照人間，欲奪鸞篦❺須絕頂❻。懷刺❼黃門❽悔誤投❾，遺珠草草尚書收❿。黨人碑上無雙士⓫，夫婿⓬班中第二流⓭。絳雲樓⓮閣起三層，紅豆⓯花枝枯復生。斑管自稱詩弟子⓰，佛香同事古先生⓱。勾欄⓲院大⓳朝廷小⓴，紅粉㉑情多青史㉒輕。扁舟㉓同過黃天蕩㉔，梁家有個青樓樣㉕。金鼓親提妾亦能㉖，爭奈江南不出將㉗！一朝九廟㉘烟塵起㉙，手把刀繩勸公死㉚：「百年㉛此際盍㉜歸㉝乎？萬論㉞從今都定矣！」可惜尚書壽正長㉟，丹青㊱讓與柳枝娘㊲。

【注釋】❶生綃　生絲織成的薄綢。❷紅妝影　謂柳如是畫像。紅妝，原指女子盛妝，後亦指美女。此指柳如是。❸玉貌　形容女子貌美。❹珠冠　珍珠裝飾的鳳冠。❺欲奪鸞篦　用李賀〈秦宮詩〉「鸞篦奪得不還人」意。原指東漢梁冀妻孫壽的奴婢秦宮獨得孫壽的寵愛。此指代柳如是受人寵愛。鸞篦，鸞形的篦梳，女子用品。❻絕頂　指傑出的才貌。❼懷刺　懷藏名刺，準備有所謁見。刺，相當今日的名片。❽黃門　黃門侍郎，官名。此指代南明抗清將領陳子龍，字臥子，官兵科給事中（黃門侍郎），人稱陳黃門。❾悔誤投　按：《牧齋遺事》載：「柳嘗之松江，次刺投陳臥子」，而陳子龍不肯接見。所記不符事實。其實柳、陳兩人一見鍾情，談不上「誤投」。❿遺珠草草尚書收　意謂柳如是後被南明福王朝禮部尚書錢謙益匆忙娶為妾。遺珠，喻柳如是與陳子龍分離。草草，匆忙。據沈虬〈河東君傳〉，錢氏曾云：「吾非能詩如柳如是者不娶。」柳氏則云：「吾非才如錢學士者不嫁。」兩人結婚時，禮儀具備，並非「草草」。此語與事實不符。⓫黨人碑上無雙士　意謂錢謙益曾是東林黨獨一無二的名士。黨人，東林黨人。東林黨為晚明以江南士大夫為主的政治集團。他們主張開放言路，實行改良等，曾遭到宦官魏忠賢的迫害。無雙，無比。《漢書・韓信傳》：「至如信，國士無雙。」⓬夫婿　舊時妻稱丈夫。古樂府〈陌上桑〉：「東方千餘騎，夫婿居上頭。」⓭第二流　第二等，不是第一流。《世說新語・品藻》：「桓大司馬下都，問真長（劉惔）曰：『聞會稽王語奇進，爾耶？』劉曰：『極進，然故是第二流耳。』」

錢氏曾投降清朝，人品有虧，故稱第二流。⑭絳雲樓　錢謙益於常熟家園中修築的藏書樓。⑮紅豆　紅豆樹，結子朱紅色，有的一端黑色，或有黑色斑點。古人常用以象徵愛情或相思。按：錢氏家園中確種有紅豆，此處亦有象徵愛情「枯復生」意。⑯斑管自稱詩弟子　意謂柳如是握筆自稱是學詩的弟子。斑管，毛筆。⑰佛香同事古先生　意謂柳氏與佛香共同拜佛。據周采泉《柳如是雜論》云：「『佛香』，似為『惠香』之誤。」考錢謙益《初學集》二十有〈留惠香〉、〈代惠香答〉、〈代惠香別〉、〈別惠香〉諸詩，俱以「桃花」喻惠香，「柳枝」喻柳如是，這表明柳如是曾與惠香共事錢氏，後惠香離去。古先生，道家稱佛為古先生。⑱勾欄　謂妓院。⑲大　意謂看重。⑳小　意謂輕視。㉑紅粉　胭脂和鉛粉，後引申為女子。㉒青史　古人在竹簡上記事，因稱史書為青史。㉓扁舟　小舟。㉔黃天蕩　長江下游的一段，在今南京東北。南宋建炎四年（西元一一三〇年），韓世忠大破金兵於此。㉕梁家有個青樓樣　意謂梁家有個梁紅玉是青樓女子的榜樣。按：梁紅玉為南宋女將，韓世忠妻，曾與丈夫一起在黃天蕩阻擊金兵，擊鼓助戰。其出身乃妓女。青樓，妓院。㉖金鼓親提妾亦能　意謂柳氏認為自己也能學梁紅玉擊鼓抗敵。㉗爭奈江南不出將　意謂怎奈江南沒有像韓世忠那樣的戰將。江南，指南明。㉘九廟　古代帝王祭祀祖先，自王莽地皇元年起皆祖廟五，親廟四，共九廟。㉙烟塵起　指順治二年（西元一六四五年）清兵攻占南京，南明小王朝淪陷。㉚手把刀繩勸公死　意謂柳氏勸錢謙益殉國。據顧雲美〈河東君傳〉：「乙酉（西元一六四五年）五月之變，君勸宗伯死，宗伯謝不能。君奮身欲沉池水中，持之不得入。」㉛百年　一生。㉜盍　何不。《論語．公治長》：「盍各言爾志？」㉝歸　此為死的婉辭。㉞萬論　諸種論說。㉟可惜尚書壽正長　意諷刺錢謙益不肯死。㊱丹青　丹和青是中國古代繪畫常用之色，此指繪畫。㊲柳枝娘　白居易有妓樊素、小蠻，其〈對酒有懷寄李郎中〉云：「往年江口抛桃葉，去歲樓中別柳枝。」自注：「樊、蠻也。」「柳枝」喻柳如是。

【語　譯】生絲的薄綢上是一位美女的畫像，美麗的容貌、珠飾的鳳冠、方正的繡衣領。眼波如月照亮人間，她得到世人的寵愛全憑其傑出的才貌。她曾為投奔陳子龍而後悔，後來被禮部尚書錢謙益匆忙收留。錢氏是東林黨獨一無二的名士，但只是第二流丈夫。錢氏蓋起了三層絳雲樓，枯萎的紅豆樹又新生了。柳氏握筆自稱是學詩的弟子，又與佛（惠）香一起燒香拜佛。錢氏看重勾欄而小看朝廷，與紅粉多情而輕視青史。柳氏曾乘小舟經過黃天蕩，不禁想到宋朝梁家出了個青樓榜樣梁紅玉，更想到也能像梁紅玉一樣親自擊鼓抗敵，怎奈南明朝廷卻沒有像韓世忠那樣的戰將！很快南明社稷毀於戰事，她手拿刀繩勸錢氏一起殉國說：「人生百年總有一死，現在為何不歸去呢？諸種論說從此都可以蓋棺論定了！」可惜錢尚書年壽正長不願死，那麼丹青只能描繪欲殉國的柳如是了。

【研　析】柳如是雖曾不幸淪落風塵，但她卻是一位奇女子，不僅色藝冠時，能詩善畫，更具有民族情感。詩人借助禮部尚書錢謙益之貪生怕死、苟且偷安作為陪襯，謳歌了柳氏欲「金鼓親提」以抗擊清兵，以及南明淪陷後欲殉國之民族氣節。真乃蛾眉勝於鬚眉！詩末「可惜尚書壽正長，丹青讓與柳枝娘」，意味深長，既表示了詩人對錢謙益之鄙視，更抒發了對奇女子之崇仰。此乃學習白居易「卒章顯其志」（〈新樂府序〉）之法，但較為含蓄。錢謙益被朝廷定為「貳臣」，此亦作者之所以敢公開批判的原因。

投鄭板橋明府

【題解】此詩作於乾隆二十三年（西元一七五八年）。鄭板橋（西元一六九三—一七六五年），名燮，字克柔，號板橋，江蘇興化人。乾隆元年（西元一七三六年）中進士，曾任山東范縣、濰縣知縣。乾隆十八年（西元一七五三年）因災年為民請賑，得罪大吏，乞病歸揚州。鄭氏工書、畫，又善詩，人稱「三絕」，屬「揚州八怪」之一。明府，指縣令，鄭板橋舊職。本詩原見《小倉山房詩集》卷十四。

鄭虔三絕❶聞名久，相見邗江❷意倍歡。遇晚共憐雙鬢短，才難不覺九州寬❸。紅橋❹酒影風燈亂，山左官聲❺竹馬❻寒。底事❼誤傳坡老死❽，費君老淚竟虛彈❾。

【注釋】❶鄭虔三絕　原謂唐代畫家鄭虔擅長詩、書、畫，此借指鄭板橋亦擅長詩、書、畫。❷相見邗江　謂與鄭板橋於揚州轉運使盧雅雨席間相見。邗江，指代揚州。❸才難不覺九州寬　作者原注云：「君曰：天下雖大，人才有數。」謂人才難得因而不覺中國大。❹紅橋　又名虹橋，在揚州城西北二里。此處為作者與鄭氏相見處，盧雅雨於此處召集文人雅集。❺山左官聲　謂鄭氏曾於山東任縣官的名聲。❻竹馬　兒童遊戲當馬騎的竹竿。《後漢書・郭伋傳》：「始至行郡，到河西美稷，有兒童數百，各騎竹馬，道次迎拜。」後人常用兒童騎竹馬迎郭伋事稱頌地方官吏。❼底事　何事。❽坡老死　蘇東坡曾被誤傳死訊，使范鎮痛哭。此作者自稱坡老。❾費君老淚竟虛彈　作者原注云：「有誤傳余死者，板橋大慟。」按，其實並無此事。

【語譯】鄭板橋詩書畫三絕早已聞名於世，意外在揚州紅橋相見分外高興。相見恨晚互相憐惜對方鬢髮已禿，鄭氏說人才難得而不覺得中國大。今日紅橋雅集宴飲風燈亂搖，鄭氏昔日在山東為官口碑雖好卻遭人打壓。因為什麼誤傳我已經亡故，引得您老淚白白地拋灑。

【研析】袁枚與鄭板橋雖過從不多，但兩人「心有靈犀一點通」，頗多相似之處：鄭板橋秉性曠達，袁枚亦落拓不羈；鄭板橋任縣令為民請命，袁枚做縣官亦有循吏之譽；鄭板橋人稱為「鄭虔三絕」，袁枚亦被譽為「真才子」（趙翼語）。故袁枚稱鄭板橋心折於自己，曾誤聞其死而「大哭，以足踏地」（《隨園詩話》卷九）。袁枚亦欽佩板橋「鄭虔三絕」與「山左官聲」之佳。二人一旦晤面，自然有相遇恨晚之感，並有以「人才」自居之意。但袁枚所言並非皆符合事實，其中不無自炫之意。

推窗

【題解】此詩作於乾隆二十三年（西元一七五八年），袁枚時隱居南京小倉山隨園。此詩即描寫隨園小景以及詩人的感受。本詩原見《小倉山房詩集》卷十四。

連宵❶風雨惡，蓬戶❷不輕開。山似相思久，推窗撲面來。

【注釋】❶連宵　連夜。❷蓬戶　用蓬草編成的門戶，形容住房簡樸。

【語譯】連夜的風雨很兇狂，連蓬門都不敢輕易打開。青山好似相思很久了，雨霽一推窗，山色就撲面而來。

【研析】此詩前兩句寫風雨連宵，來勢又猛，門窗都不敢開。作者是酷愛山水之人，以親近大自然為樂，但因「風雨惡」而被關閉在屋內，如處牢籠，自然十分憋悶。一「惡」字既寫出風雨之猛，亦寫出內心的感受。後兩句則「柳暗花明」，寫風停雨霽，詩人終於可以打開窗戶，欣賞大自然清新的風光了。但詩人不寫自己看山，卻寫青山思念自己已久，因此一旦見詩人推窗，即撲面而來，迫不及待。山在詩人筆下變靜為動，化無情為有情，靈活有致，顯出性靈詩虛靈活潑的特色。

子才子歌示莊念農

【題解】這是袁枚於乾隆二十四年（西元一七五九年），寫給朋友莊念農的長詩。莊念農為武進（今江蘇常州）人，官至太守。與袁枚過從較密，曾同遊棲霞山。本詩可視為袁枚個性的宣言。詩原見《小倉山房詩集》卷十五。

子才子❶，頎❷而長，夢束❸筆萬枝，為桴❹浮大江。從此文思日汪洋❺。十二舉茂才❻，二十試明光❼，廿三登鄉薦❽，廿四貢玉堂❾。爾時❿意氣凌八表⓫，海水未許人窺量⓬。自期必管、樂⓭，致主必堯、湯⓮。強學佉盧字⓯，誤書靈寶章⓰，改官江南⓱學趨蹌⓲。一部〈循吏傳〉⓳，甘苦能親嘗。至今野老⓴淚簌簌，頗道我比他人強。投幘㉑大笑，善刀而藏㉒；歌〈招隱〉㉓，唱「迷陽」㉔；此中有深意㉕，曉人㉖難具詳。天為安排看花處，清涼山㉗色連小倉㉘。一住一十有一年，蕭然忘故鄉。不嗜音㉙，不舉觴，不覽佛書，不求仙方㉚，不知《青烏經》㉛幾卷，不知樗蒲齒㉜幾行。此外風花水竹無不好，搜羅雞碑㉝雀籙㉞盈東箱㉟。牽鄂君㊱衣，聘邯鄲倡㊲；長劍陸離㊳，古玉丁當。藏書三萬卷，卷卷加丹黃㊴。栽花一千枝，枝枝有色香。六經㊵雖讀不全信，勘斷㊶姬、孔㊷追微茫。眼光到處筆舌奮㊸，書中鬼泣鬼舞三千場㊹。北九邊㊺，南三湘㊻，向、禽五嶽遊㊼，賈生萬言書㊽，平生耿耿㊾羅心腸。一笑不中用，兩鬢含輕霜，不如自家娛樂敲宮商㊿。駢文追六朝(51)，散文絕三唐(52)。不甚喜宋人，雙眸不盼兩廡(53)旁，惟有歌詩偶取將(54)。或吹玉女簫(55)，綿麗聲悠揚；或披九霞帔(56)，白雲(57)道士裝。或提三軍行古塞，碧天秋老吹〈甘涼〉(58)；或拔鯨牙(59)敲龍角(60)，齒牙閃爍流電光。發言要教玉皇(61)笑，搖筆能使風雷忙。出世天馬(62)來西極(63)，入山麒麟下大荒。生如此人不傳後(64)，定知此意非穹蒼。就使仲尼(65)來東魯(66)，大禹(67)出西羌(68)，必不呼子才子為今之狂。既自歌，還自贈(69)，終不知千秋萬世後，與李、杜、韓、蘇誰頡頏(70)？大書一紙問蒙莊(71)！

【注　釋】❶子才子　袁枚自稱。子才，袁枚字。子，古代對男子的美稱。❷頎　身長貌。❸束　捆紮。❹桴　竹木小筏子。《論語．公冶長》：「道不行，乘桴浮於海。」❺汪洋　形容文思深廣，為文有氣勢。柳宗元〈宣城縣開國伯柳公行狀〉：「凡為文，去藻飾之華靡，汪洋自肆，以適己為用。」❻茂才　秀才。後漢時為避光武帝劉秀名諱，改秀才稱茂才。❼二十試明光　謂二十歲於京師保和殿參加博學鴻詞試。明光，漢代宮殿名，此借指保和殿。❽廿三登鄉薦　謂二十三歲參加順天鄉試，中舉人。❾廿四貢玉堂　謂二十四歲殿試賜出身為進士。貢，薦舉。玉堂，漢代宮殿名，借指京師殿試之所。❿爾時　那時。⓫淩八表　超越八方以外。⓬窺量　窺探、測量。⓭管樂　春秋時齊國名相管仲、戰國時燕國名將樂毅。⓮致主必堯湯　謂使國君務必成為唐堯、成湯一樣的明主。唐堯，傳說中的聖主；成湯，商朝建立者。此化用杜甫〈奉贈韋左丞丈二十二韻〉：「致君堯舜上，再使風俗淳」意。⑮佉盧字　古印度文，借指滿文。⑯誤書靈寶章　謂滿文考試不及格。靈寶章，喻滿文文章。靈寶，道家語。有《靈寶經》。⑰改官江南　指作者於乾隆七年（西元一七四二年）由翰林院外放為江南溧水等地知縣。⑱學趨蹌　即學步，比喻學做地方官。⑲循吏傳　《史記》有〈循吏列傳〉。循吏，謂遵理守法的官吏。⑳野老　鄉野老人。㉑投幘　丟掉頭巾，喻辭官。㉒善刀而藏　《莊子・養生主》：「善刀而藏之。」善，擦拭。此句亦喻辭官。㉓歌招隱　吟唱〈招隱詩〉，即抒發歸隱之意。〈招隱詩〉為西晉陸機所作。㉔迷陽　指世路艱難。《莊子・人間世》：「迷陽迷陽，無傷吾行。」迷陽本為一種可刺傷人的棘刺。㉕此中有深意　化用陶潛〈飲酒二十首〉「此中有真意」之句。㉖曉人　對人講明道理。㉗清涼山　一名石頭山，在南京城西。㉘小倉　小倉山，清涼山的支脈。袁枚隨園所在地。㉙不嗜音　不喜唱曲。㉚仙方　道家所謂長生不老的藥方。㉛青烏經　一名《葬經》，相傳漢代長於相地風水之術的青烏子所著。㉜樗蒱齒　古代賭博用的博具骰子。樗蒱，賭博遊戲。齒，骰子。《晉書・葛洪傳》：「不知棋局幾道，樗蒱齒名。」㉝雞碑　用晉人戴逵事，戴逵幼時，以雞蛋汁混合白瓦屑，作鄭玄碑而自鐫之。此指罕見的古董。㉞雀籙　即雀錄，赤爵（雀）所銜丹書，典出《尚書》：「秋季之月甲子，赤爵銜丹書入酆，止於昌戶，謂周文王之祥瑞也。」此或指名貴字畫。㉟東箱　猶東廂，正房東邊的房子，其形似箱篋故稱。㊱鄂君　名子晳，楚王母弟，貌美，後世作美男子的通稱。按，袁枚好男色。㊲邯鄲倡　指善歌舞的女藝人。漢樂府〈雞鳴〉：「上有雙樽酒，作使邯鄲倡。」㊳陸離　長貌。《楚辭・九章・涉江》：「帶長鋏之陸離兮。」㊴加丹黃　舊時點校古籍時，點校用朱筆，塗改錯字用雌黃，合稱「丹黃」，謂點校古籍。㊵六經　《詩》、《書》、《禮》、《易》、《春秋》、《樂經》六部儒家經典。《樂經》已佚。㊶勘斷　核對與判斷。㊷姬孔　周公姬旦與孔子。此指代記有其言論的《尚書》與《論語》。㊸筆舌奮　奮筆書寫。筆舌，以紙筆代口舌。㊹書中鬼泣鬼舞三千場　謂其筆記小說《子不語》多描寫鬼怪之事。㊺北九邊　指明代所設北方九個軍事重鎮：遼東、宣府、大同、延綏、寧夏、甘肅、薊州、太原、固原。㊻南三湘　南方三湘，有不同說法。其中一說：湘水發源與灕水合流後稱灕湘，中游與瀟水合流後稱瀟湘，下游與蒸水合流後稱蒸湘，總名「三湘」。㊼向禽五嶽遊　漢代逸民向長、禽慶遊五嶽。《後漢書．逸民列傳》：「向長字子平，河內朝歌人也，隱居不仕」，「與同好北海禽慶俱遊五嶽名山，竟不知所終。」㊽賈生萬言書　指西漢賈誼所著政論〈陳政事疏〉、〈過秦論〉等。萬言書，封建官吏呈送帝王的長篇奏章。㊾耿耿　忠心貌。㊿敲宮商　謂寫詩推敲韻律。宮商，指代五聲宮、商、角、徵、羽。(51)六朝　東吳、東晉及南朝的宋、齊、梁、陳合稱六朝。(52)三唐　初、盛、晚唐，指整個唐代。(53)兩廡　指孔廟的東西兩廊，崇祀先賢之處。(54)取將　取來。韓愈〈調張籍〉：「仙官敕六丁，雷電下取將。」(55)玉女簫　弄玉之簫。據《列仙傳》：「蕭史者，秦穆公時人也。善吹簫，能致孔雀、白鶴於庭。穆公有女字弄玉，好之。公遂以女妻焉。日教弄玉作鳳鳴，居數年，吹似鳳聲，鳳凰來止其屋。公為作鳳臺，夫婦止其上不下數年。一旦，皆隨鳳凰飛去。」此對簫的美稱。(56)九霞帔　道士裝的美稱。九霞，道家語。(57)白雲　白雲觀，道教著名道觀之一，在北京西便門外。此泛指道觀。(58)甘涼　指古代樂曲〈甘州曲〉、〈涼州曲〉。(59)拔鯨牙　喻雄怪有力。韓愈〈調張籍〉：「刺手拔鯨牙。」(60)敲龍角　喻雄怪不凡。韓愈〈送無本師歸范陽〉：「蛟龍弄角牙，造次欲手攬。」(61)玉皇　玉皇大帝，道教中地位最高的神。(62)天馬　漢朝對西域良馬的美稱。《史記．大宛列傳》：「得烏孫馬好，名曰天馬。及得大宛汗血馬，益壯，更名烏孫馬曰西極，名大宛馬曰天馬云。」(63)西極　指西域。(64)不傳後　沒兒子。按，袁枚六十三歲才得子，此時尚無子。(65)仲尼　孔子字仲尼。(66)東魯　春秋時魯國。(67)大禹　傳說中古代部落聯盟領袖，夏代開國君王。(68)西羌　指羌族居地，在中國西部。(69)自贈　指以歌勉勵自己。(70)與李杜韓蘇誰頡頏　謂誰與李白、杜甫、韓愈、蘇軾相抗衡。頡頏，原謂鳥飛上飛下貌，後引申為相抗衡。(71)蒙莊　原稱莊周，即莊子，春秋宋國蒙人，做過蒙漆園吏。此借指詩題中的朋友莊念農。

【語　譯】子才子這個人，身材又瘦又高，夢中曾捆紮了萬枝筆，做成筏子去渡長江，從此以後就文思日益恣肆汪洋了。十二歲考中秀才，二十歲保和殿裡參加博學鴻詞試，二十三歲名登順天鄉試榜，二十四歲殿試賜進士。當時意氣揚揚超越八方，恰似海水難以測量。他自期必當管、樂式的賢士，務必使國君成為堯、湯般的聖王。翰林院裡勉力學習滿文，但考試譯不出滿文文章，就此被外放到江南學做縣令。早已讀過《史記・循吏列傳》，其中的甘苦都能親自品嘗了。至今江南的野老仍熱淚簌簌，誇我這芝麻官要比別人強。我卻掛冠辭官大笑而去，如同把寶刀擦拭後藏進刀鞘裡；高歌著古人的〈招隱詩〉，吟唱著「荊刺不要把我傷」。我辭官之舉自然有深意，恕我不能說得太具體了。老天給我安排了個賞花處，那裡清涼山翠色映綠小倉山。我一住就是十一年，閒散得似乎忘了故鄉。我不好唱曲，我不愛喝酒，我不看佛經，我不求仙方，我不知《青烏經》有幾卷，我不知賭博用的骰子是什麼樣。除此之外風花水竹我都喜歡，還搜來古董字畫裝滿廂房。我牽著鄂君穿的華服，我聘請歌姬來彈唱，我手中的寶劍長又長，我衣上的佩玉丁當響。我藏書足有三萬卷，卷卷我都親筆校改過。我栽的花不下一千株，株株色彩豔麗芳香撲鼻。我六經雖讀但不全信，周、孔之論也要考核，來探討其隱秘的意旨。凡是目光所及處我都可以奮筆疾書，我書中鬼哭鬼舞大鬧了三千場。我到過北方的九個重鎮，也到過南方的三湘，曾像向長、禽慶一樣遊覽過五嶽，曾似賈誼一樣呈上過萬言奏章，平生忠心耿耿肝腸火熱。自笑忠心無處可用，而兩鬢花白宛似銀霜，不如自我消遣去推敲詩歌韻律。我的駢文可追逐六朝，我的散文可超越三唐。我討厭宋人的道學氣，雙眼從不看孔廟東西廊的聖賢，我只是閒來作詩自己欣賞：有的似吹奏弄玉簫，纏綿美妙音韻悠揚；有的似身披九霞帔，瀟灑出塵如道士裝。有的似率領三軍出兵古塞，深秋天碧吹奏〈甘〉、〈涼〉曲；有的似力拔鯨牙敲龍角，齒牙閃爍流射出電光。詩成要教玉皇大帝發笑，揮筆能使風雷激蕩。成就卓著如西域的天馬出世，又似入山的麒麟奔向蠻荒。這樣的人卻至今沒有後代，這一定不是老天爺的意思。即使孔子于山東再降世，大禹重出西羌，也必定不會說子才子是當今的狂人。我既是唱自己，也是勉勵自己，還不知千秋萬代之後，誰能與李、杜、韓、蘇共飛翔呢？我大書一紙請問你老莊！

【研 析】此詩實為作者的一篇小傳，更是一篇人生觀的宣言。袁枚嘗云：「作詩，不可以無我。」《隨園詩話》卷十）他是一個追求個性解放、蔑視傳統禮法的人。此詩中樹立的就是詩人這樣的自我形象。開篇五句就把自己定位為才氣橫溢的詩人，此乃作者自小的理想，其幼年所謂「立名最小是文章」。接下十五句乃記敘仕途道路，由秀才、舉人、進士，而庶吉士，而外放為縣令，為循吏。再下面十句乃寫辭官歸隱於小倉山隨園。其後五十句乃進入本詩的主體，以議論為詩，表白自己的喜惡，抒發自己狂放的個性：他不僅「不嗜音，不舉觴，不覽佛書，不求仙方」，不信風水，不迷賭博，與世俗的風尚不合；更「不全信」六經，嘲笑宋理學，還要「勘斷姬、孔追微茫」，對儒家聖人、經典敢於質疑，乃至一定程度上的否定。他無意於仕進，唯一熱衷的是「敲宮商」，以詩文自娛。真是唯情所適，無所羈勒。最後五句表達自己的雄心壯志，欲與唐宋大家李、杜、韓、蘇相抗衡；並與開篇五句相呼應。全詩可謂心有所想，即筆有所書，獨抒性靈，毫不掩飾。這在當時難免被視為「狂人」，論者亦稱此詩「英雄欺人」。

此詩為雜言歌行體，詩行參差不齊，讀來音韻鏗鏘，覺動人心魄。全詩生氣灌注，勢如長江大河，浩浩蕩蕩，唯此體才能淋漓盡致、慷慨激昂地表現個性，抒發感情。詩後半部分則神思飛越，想像奇特，充分顯示了詩人脫俗的藝術個性與藝術才華。

春日雜詩（十二首選一）

【題解】組詩作於乾隆二十四年（西元一七五九年）。雜詩，謂興致不一，內容多樣，遇物即言之詩。《文選》有「雜詩」一目。本詩原見《小倉山房詩集》卷十五。

千枝紅雨❶萬重烟，畫出詩人得意天❷。山上春雲如我懶，日高猶宿翠微❸巔❹。

【注釋】❶紅雨　喻落花。劉禹錫〈百舌吟〉：「花枝滿空迷處所，搖動繁英墜紅雨。」❷得意天　感到滿意的春光。❸翠微　青翠的山氣。陳子昂〈薛大夫山亭宴序〉：「披翠微而列坐。」此指代青翠的山峰。❹巔　峰頂。

【語譯】千萬枝落花飛墜，千萬重霧靄迷濛，畫出詩人滿意的春光。山上的春雲像我一樣閒懶，日頭很高了，還臥睡在青山的峰頂。

【研析】此詩以襯托手法描寫自己春日懶散閒適的情態。開頭兩句勾勒出暮春之景，它令「詩人得意」。但「春眠不覺曉」（孟浩然〈春曉〉），詩人卻並不急於去欣賞這良辰美景，而是「日高猶宿」。他寫自己的「懶」，又採用擬人手法，「山上春雲如我懶」賦春雲以性靈，視之為同道，這就更渲染出自己春日懶散之態，亦增添了作者所倡導的詩的「生趣」。

自嘲

【題解】此詩作於乾隆二十六年（西元一七六一年）。時四十六歲。詩以自我嘲笑的手法抒寫性情。本詩原見《小倉山房詩集》卷十六。

小眠齋❶裡苦吟身❷，才過中年❸老亦新。偶戀雲山❹忘故土❺，竟同猿鳥結芳鄰。有官不仕偏尋樂，無子為名又買春❻。自笑匡時❼好才調❽，被天強派作詩人！

【注釋】❶小眠齋　南京小倉山隨園的書齋。❷苦吟身　指刻苦作詩的詩人身分。賈島〈三月晦日寄劉評事〉：「三月正當三十日，風光別我苦吟身。」❸才過中年　時詩人四十六歲，謂剛過中年。❹雲山　歸隱處，指隨園。❺故土　指杭州。❻買春　原稱買酒。此指納妾。按：袁枚因妻子王氏不育，為得子，已先後娶了陶姬、方聰娘、陸姬為妾。❼匡時　挽救艱危的時勢。《後漢書・荀淑傳論》：「陵夷則濡跡以匡時。」❽才調　才情。李商隱〈賈生〉：「賈生才調更無倫。」

【語譯】我是小眠齋裡苦吟的詩人，剛過中年，雖開始衰老但還算年輕。偶爾戀上雲山就忘記了故土，竟然同猿鳥結成了芳鄰。有烏紗帽不戴偏去尋快活，以無兒子為名又要納娶佳人。自笑本有救危濟時的好才情，卻被老天強行派定做了詩人！

【研　析】此詩名為〈自嘲〉，稱「自笑匡時好才調，被天強派作詩人」，似乎不甘心於自己今日之隱居處境與詩人身分，其實所謂「苦吟身」，所謂「竟同猿鳥結芳鄰」云云，全是戲謔之言。事實是儘管他起初亦被人譽為「大好官」，但終苦於為官而隱居隨園，乃依戀雲山猿鳥，又以「苦吟」為業，這些都是詩人心甘情願的；其悠哉游哉於小倉山，十分瀟灑愜意。因此他的「自嘲」，實為擺噱頭，這正反映了詩人詼諧的個性。全詩語言幽默，所言皆反話，獨具性靈。

偶作五絕句（選一）

【題　解】此組絕句作於乾隆三十年（西元一七六五年）。詩寫月下觀花的體驗。詩原見《小倉山房詩集》卷十九。

月下掃花影，掃勤花不動。停帚待微風，忽然花影弄❶。

【注　釋】❶花影弄　即花弄影。張先〈天仙子〉：「雲破月來花弄影。」弄，擺弄；搖動。

【語　譯】月下掃花的影子，掃來掃去花卻紋絲不動。當停下掃帚等待微風，花枝卻忽然擺動起來。

【研析】袁枚景物小詩多觀察細緻，表現新巧，富有情趣。此詩寫月下花影之靜態與動態：寫花影之靜，借「掃花影」而「不動」襯托之；寫花影之動，借微風吹拂而以「弄」刻劃之；皆生動有味。而花影動實為花枝動也，詩人觀察自然的細緻，又說明了心境的悠閒。詩的語言平淺如話，不見研煉之痕。這類詩不難看出袁枚所崇仰的宋代詩人楊萬里的影響。

二月十六日蘇州信來，道孀女病危，余買舟往視，至丹陽聞訃

【題解】乾隆三十二年（西元一七六七年）農曆二月十六日，作者於南京收到蘇州來信，告知他寡居的女兒阿成病危，盼望與他見一面。作者趕快雇船去蘇州，船到江蘇丹陽即聽到阿成病故的訃報，悲痛之餘乃有此詩。本詩原見《小倉山房詩集》卷二十。

哭婿才揩眼未乾❶，又教哭女淚闌干❷。半年合巹三生了❸，千里呼
爺一面難❹。獨活草❺生原命薄，未亡人❻去轉心安。只憐白髮無兒叟❼，
再喪文姬❽影更單。

【注釋】❶哭婿才揩眼未乾　誇飾女婿死去時間不長。按，女兒阿成夫婿於乾隆二十八年（西元一七六三年）

病死，早阿成四年。❷淚闌干　熱淚縱橫。白居易〈琵琶行〉：「夢啼妝淚紅闌干。」❸半年合巹三生了　謂女兒結婚半年，丈夫即死了。合巹，指結婚。三生，本佛教語，指前生、今生、來生。此指夫妻緣分。❹千里呼爺一面難　謂孀女阿成在蘇州呼喚住南京的父親，想見一面很難。❺獨活草　植物名。此喻女兒阿成孀居。❻未亡人　舊稱寡婦。此指阿成。❼無兒叟　作者自稱，當時尚無子。❽文姬　蔡琰，字文姬。蔡邕女，漢末女詩人，初嫁河東衛仲道，夫亡歸母家。漢末大亂，曾為董卓部將所虜，又歸南匈奴左賢王。後曹操以金璧贖歸。此亦喻阿成。

【語　譯】才痛哭亡婿，擦掉淚水眼睛還潮濕，又痛哭亡女，熱淚縱橫。她結婚才半載，夫妻緣分即此斷絕了；臨終呼喚在遠方的老父，要一見都未做到。她生來命薄，喪夫後好似人世的獨活草，她死去與丈夫相會應該安心了。可憐我白髮蒼蒼無兒的老頭，再失去愛女更加形隻影單了。

【研　析】阿成乃作者的小女兒，幼時一直被視作掌上明珠。四年前，阿成出嫁蘇州，袁枚有〈嫁女詞四首〉，抒發依依不捨之情。但阿成薄命，出嫁半年夫婿即病故，守寡四載之後，「未亡人」亦亡矣，而臨終前呼爺一見的願望竟未能滿足，這怎麼不叫父親「哭女淚闌干」呢？前兩聯正是抒發這種悲痛心情。首聯寫自己才「哭婿」又「哭女」，凸顯雪上加霜的悲哀，真令人萬分同情。頸聯乃作者自我安慰之詞：女兒生前命薄，吃盡苦頭，她此去陰間可與夫婿相會，該可以心安了。實際這是作者悲痛之極的無奈之言。尾聯就露出真情：可憐自己白髮無兒，再失去愛女更加孤寂無歡了。此詩堪稱字字含淚，催人腸斷，是典型的性靈詩。

續詩品三十二首（選四）

【題解】《續詩品》作於乾隆三十二年（西元一七六七年）。原詩小序云：「余愛司空表聖《詩品》，而惜其只標妙境，未寫苦心，為若干首續之。」司空表聖，唐代詩論家司空圖（西元八三七—九〇八年），字表聖，河中（今山西永濟）人。其所撰《詩品》又稱《二十四詩品》，描述了詩的多種風格意境。袁枚的「續」作，亦採用四言詩，但內容是論創作的。本詩原見《小倉山房詩集》卷二十。

葆真

【題解】葆真，即保全本性純真。此處指詩人及其作品應具有真性情。

貌有不足❶，敷粉施朱❷。才有不足，徵典求書❸。古人文章，俱非得已❹。偽笑❺佯哀❻，吾其❼優❽矣。畫美無寵❾，繪蘭無香❿。揆⓫厥⓬所由⓭，君形者亡⓮。

【注釋】❶貌有不足　容貌有缺陷，不夠漂亮。❷敷粉施朱　搽白粉，抹胭脂。❸徵典求書　謂引證典籍，乞靈於書本。❹俱非得已　都不是能停止的，即皆是有感而發的。得，能。已，停止。❺偽笑　假笑。❻佯哀　假裝悲哀。❼其　語助詞。❽優　藝人。❾畫美無寵　畫出的美人得不到寵愛。❿繪蘭無香　筆畫的蘭花沒有香氣。⓫揆　揣度。⓬厥　其。⓭所由　所以這樣。⓮君形者亡　語出《淮南子．說山訓》：「畫西施之面，美而不可悅；規孟賁之目，大而不可畏：君形者亡焉。」指人的真性情不見了。君形者，原指主宰人外表的內心。此處指真性情。

【語　譯】有的人容貌不夠俊美，就借塗脂抹粉來彌補。有的詩人才情不夠豐富，就憑引證書本典籍來充數。古人所以要寫詩作文，是因為心中有話不能不說。如果一味假笑或裝出悲哀，那不過是優伶的伎倆。畫出來的美人無人會寵愛，筆下的蘭花沒有芳香。揣度其所以如此，是因為缺乏真性真情。

【研　析】此詩倡導詩之真性情乃是袁枚性靈說詩論的主要內涵。它是針對詩壇格調派模擬盛唐、肌理派以考據為詩以及道學家扼殺抒寫真性靈之情詩等狀況而發的。作者採用批評「偽笑佯哀」、「君形者亡」的假人假詩的手法，從反面來強調詩應該「非得已」即有真情才可進行創作，詩之生命力在於真情。此詩正是抓住了詩歌創作這一關鍵。全詩基本上是議論，但亦不乏「畫美無寵，繪蘭無香」這樣的生動比喻，增添了詩的形象性。

澄　滓

【題　解】澄滓，原謂使液體裡的雜質沉澱下去。此喻作詩要清除陳言俗意。

描詩❶者多，作詩❷者少。其故❸云何❹？渣滓❺不掃。糟去酒清，肉去洎饋❻。甯可不吟❼，不可附會❽。大官筵饌❾，何必橫陳❿！老生常談⓫，嚼蠟⓬難聞⓭。

【注　釋】❶描詩　摹擬他人作品寫詩。❷作詩　謂獨出新裁地創作詩歌。❸故　緣故。❹云何　是什麼。❺渣滓　物品提去精華後的殘餘部分。此喻詩中陳舊無價值的東西。❻肉去洎饋　除去肉渣以肉汁進食於人。《左傳・襄公二十八年》：「則去其肉，而以其洎饋。」洎，肉汁。❼吟　吟詠。此謂吟詩即作詩。❽附會　原謂創作過程。劉勰《文心雕龍・附會》：「何謂附會？謂總文理，統首尾，定與奪，合涯際，彌綸一篇，使雜而不越者也。」此處指勉力創作。❾筵饌　酒筵食物。❿橫陳　雜陳。⓫老生常談　老書生常講的話，無新意。⓬嚼蠟　喻毫無趣味。《楞嚴經》卷八：「當橫陳時，味如嚼蠟。」⓭難聞　指老生常談乏味而使人聽不下去。

【語　譯】詩壇是摹擬的人多，而敢於創作的人少。其緣故是什麼呢？在於詩中無價值的東西未加清掃。酒糟要過濾掉才清澄，肉渣要去掉，肉汁才味美。如果不是新創寧可不寫，千萬不可勉強去塗鴉。大官的酒席，何必雜陳滿桌來炫耀！吟詩若是老生常談，必定味如嚼蠟讓人聽不下去。

【研　析】詩貴創新，袁枚所謂「要之，以出新意，去陳言為第一著」（《隨園詩話》卷六）。這亦是其性靈說詩論的重要內涵。〈澄滓〉又重申此旨，仍是針砭「描詩者」之弊端。此詩採用博喻的手法，以正反比喻來闡發詩應創作的思想，即所謂「心精獨運，自出新裁」（《隨園詩話》卷七引陸代語），顯得既富形象又有說服力。

博習

【題解】博習，即廣泛地學習。《隨園詩話》卷十四：「余續司空表聖《詩品》，第三首便曰〈博習〉，言詩之必根於學，所謂『不從糟粕，安得精英』是也。」

萬卷山積❶，一篇吟成。詩之與書，有情無情。鐘鼓非樂❷，捨之何鳴❸！易牙❹善烹，先羞❺百牲❻。不從糟粕❼，安得精英❽？曰「不關學」❾，終非正聲❿。

【注釋】❶萬卷山積　極言所讀書之多。❷鐘鼓非樂　謂鐘鼓是樂器而不是樂曲本身。❸捨之何鳴　丟掉鐘鼓哪來樂曲鳴響。❹易牙　春秋時齊桓公的寵臣，長於烹飪調味。❺羞　進獻。《國語・楚策》：「不羞珍異。」❻牲　供祭祀及食用的家畜。❼不從糟粕　此處用《莊子・天道》典故：輪扁稱聖人之言是「古人之糟粕」。從，原意為追隨，此處有接觸、鑑別之義。糟粕，酒渣。比喻事物粗劣無用的部分。此處「糟粕」泛指古書。❽安得精英　哪能汲取到有益的精華。❾曰不關學　說「作詩與學問無關」。此處指嚴羽《滄浪詩話・詩辨》「詩有別材，非關書（引者按，後人稱引多誤作「學」）也」之言。❿正聲　原指純正的樂聲。《荀子・樂論》：「正聲感人而順氣應之。」此喻正確的觀點。

【語譯】博習萬卷圖書作為根柢，一首好詩才能醞釀成功。詩歌與圖書相比，一個有情一個無情。

但是鐘鼓雖不是音樂，樂師若丟掉它們怎麼奏樂！易牙善於烹調，其技藝卻離不開進獻的百牲。如果不廣泛地閱讀書籍，哪能汲取前人的精華？有人講「詩與學問無關」，此論終究不是正確的主張。

【研析】袁枚論詩重視詩人之才，但亦並不廢棄學問。劉勰嘗云：「才為盟主，學為輔佐。」（《文心雕龍・事類》）杜甫云：「轉益多師是汝師。」（〈戲為六絕句〉）袁枚正與此類觀點相承。他認為「無情」的學問與「有情」的詩並非互不相干。這如同「鐘鼓」雖是無情物，但樂師可以借助鐘鼓奏出動聽感人的樂曲一樣；詩人亦可以借助於學問提高藝術修養與思想修養，並把感情表現得更為深刻、典雅。因此他主張廣泛地學習，即所謂「不從糟粕，安得精英」。這與乾隆詩壇崇唐派「必嗤點夫宋」、尚宋派「必嗤點夫唐」（納蘭性德〈原詩〉）的門戶之見相比，自然高明多矣！

神悟

【題解】神悟，詩人應秉性靈與具有靈感。這是其性靈說的涵義之一。

鳥啼花落，皆與神通。人不能悟，付之飄風❶。惟我詩人，眾妙❷扶智❸。但見性情，不著文字❹。宣尼❺偶過，童歌滄浪❻；聞之欣然，示我周行❼。

【注釋】❶飄風　旋風。《詩・大雅・卷阿》：「有卷者阿，飄風自南。」❷眾妙　萬物的玄理。《老子》：「玄之又玄，眾妙之門。」❸扶智　指詩人因諳「眾妙」而聰明。❹但見性情二句　語本皎然《詩式》：「但見性情，不睹文字。」但，只。著，有借助之義。❺宣尼　指孔子。據《漢書・平帝紀》：漢元帝元年追謚孔子「褒成宣尼公」。❻童歌滄浪　《孟子・離婁上》：「有孺子歌曰：『滄浪之水清兮，可以濯我纓；滄浪之水濁兮，可以濯我足。』」滄浪之水，漢水。❼示我周行　語本《詩・小雅・鹿鳴》：「人之好我，示我周行。」周行，最好的途徑。

【語譯】春鳥啼鳴春花紛落，都與人的心靈相互溝通。如果人們不能感悟，那麼鳥啼花落只能付之旋風。只有我們敏感的詩人，才深諳萬物玄理而十分聰敏。它表現在內心具有性情，而無須靠文字去指示。當年孔子偶然經過某地，有兒童唱「滄浪之水清」；孔子聽到歌聲非常欣喜，就說這是教人修養的最好的途徑。

【研析】英國詩人華滋華斯說過：「一朵微小的花朵對於我，可以喚起不能用眼淚表達出的那樣深的思想。」（轉引自宗白華《美從何處尋？》）「鳥啼花落，皆與神通」這兩句亦說明人的主觀思想與客觀自然是相互聯繫的。從創作角度而言，外物可以觸發創作靈感。但是「人不能悟，付之飄風」，又說明一個人詩思笨拙，反應遲鈍，那麼亦不會產生創作衝動，「鳥啼花落」之客觀因素不起什麼作用。作者強調詩人應是能夠領悟「鳥啼花落」的人，能由感悟而啟動神思，激發情感，並構思出藝術境界。因為詩人有靈性而深諳萬物的玄理，顯示出異乎常人的聰敏。這反映了袁枚推重天分的思想。而詩人之「眾妙扶智」表現在「但見性情，不著文字」。此「性情」指人的內心靈性，意謂詩人的敏感可以使客觀世界的各種信息都能在心弦上產生顫動，得到反饋，而無須文字的明確指示，自能「神悟」，此所謂「不著文字」也。為此，詩人以孔子作為天賦靈慧而有「神悟」之例證。孔子能從孺子之歌中，引申出做人的道理，得到深刻的啟示。詩人創作亦是同理，一旦「神悟」就可以產生聯想、想像等心理活動，積極調動起生活與感情的積累，從而寫出佳作。

雞

【題解】這首詠物小詩〈雞〉作於乾隆四十一年（西元一七七六年），諷刺意味甚深。本詩原見《小倉山房詩集》卷二十五。

養雞縱雞食❶，雞肥乃烹❷之。主人❸計自佳❹，不可使雞知。

【注釋】❶縱雞食　縱容雞吃食，不加限制。❷烹　燒煮。❸主人　養雞與烹雞者。❹計自佳　養雞的策略自然高明。

【語譯】養雞要縱容雞吃米，養得肥肥的好煮熟了吃。主人計謀自然很高明，只是不可教雞知道。

【研析】袁枚於詠物詩主張：「其妙處總在旁見側出，吸取題神，不是此詩，恰是此詩。」（《隨園詩話》卷七）又云：「詠物詩無寄托，便是兒童猜謎。」（《隨園詩話》卷二）他強調詠物詩不能單純為某物寫照，而應寄寓某種深意，力求能予人思想上的啟迪。這首〈雞〉詩就是一首既詠雞，又含「寄託」的佳作。此詩著眼於「雞」與「主人」的關係構思立意。它的表層涵義很淺顯：雞的主人「養雞縱雞食」，但「主人」之慷慨大方，為的是「雞肥」；而把雞養得肥肥的，最終目的則是「烹之」美餐一頓。養雞者的策略自然是十分高明的，但此計又「不可使雞知」，否則牠是不肯敞開肚子催肥的。詩稱「主人計自佳」寓有諷刺意味，「佳」者，陰險毒辣也，其計「佳」在使雞能安於其暫時的「優裕」地位，而對其最終被「烹」的命運卻懵懂無知。「雞」被蒙蔽，則只知「飽食終日，無所用心」，甚是可憐復可悲。這本是日常生活之小事，不足為奇。但此詩「吸取題神」，旨在表現詩人對封建社會人際關係的一種深刻認識，自有其深層涵義。這種「主人」與「雞」的關係會使人悟出一種人生哲理，從中彷彿看到了封建社會中許多君與臣、主與奴等欺騙與被欺騙、利用與被利用的可憎的關係，其中積澱著老詩人六十餘年的人生經驗與教訓，其感慨之意全在所詠之「雞」中。

此詩體現了作者所謂「意深詞淺，思苦言甘」（〈續詩品‧滅迹〉）之旨。儘管全是口頭語，大白話，但對現實中人與人之關係的洞察可謂深入骨髓。凡有一定人生體驗的讀者都會從中有所醒悟，有所警惕，有所啟發。

所見

【題解】此詩作於乾隆四十一年（西元一七七六年）。寫夏日所見生活即景，表現閒適之趣。詩原見《小倉山房詩集》卷二十五。

牧童騎黃牛，歌聲❶振林樾❷。意欲❸捕鳴蟬❹，忽然閉口立。

【注釋】❶歌聲　謂牧童所唱的歌聲。亦暗示其正開口。❷林樾　謂道旁成陰的樹林。❸意欲　內心裡想。❹鳴蟬　謂炎夏季節於樹枝上正在叫的蟬。

【語譯】牧童騎著一頭黃牛，他嘹亮的歌聲迴蕩在樹林裡。心裡想抓一隻正在樹上鳴叫的蟬來玩，於是突然閉緊嘴巴停住，細心地觀察起來。

【研析】這是一首速寫式風物小詩。詩人突出了天真牧童「欲捕鳴蟬」而「忽然閉口立」這一頃刻，化動為靜，以詩筆雕成了一尊塑像。他選擇的是「最富有孕育性的頃刻，使得前前後後都可以從這一頃刻中得到最清楚的理解」（萊辛《拉奧孔》）。這個形象生動傳神，富於情趣，且啟人想像，有不盡餘味；讀者亦可體會到詩人曾讚賞的「赤子之心」：「詩人者，不失其赤子之心也。」（《隨園詩話》卷三）

謁岳王墓作十五絕句（選一）

【題解】組詩作於乾隆四十四年（西元一七七九年）。謁，拜謁；憑弔。岳王墓，南宋抗金名將岳飛之墓。岳飛被漢奸秦檜所害。墓在杭州西湖北棲霞嶺岳王廟右側。本詩原見《小倉山房詩集》卷二十六。

靈旗❶風捲陣雲❷涼，萬里長城❸一夜霜。天意小朝廷已定❹，那容公❺作郭汾陽❻！

【注釋】❶靈旗　畫有星宿「招搖」的戰旗。《漢書・禮樂志》：「招搖靈旗，九夷賓將。」❷陣雲　戰地煙雲。❸長城　秦始皇統一中國後，為防禦北方異族而修繕的城牆，西起臨洮（今甘肅岷縣），北傍陰山，東至遼東，俗稱「萬里長城」。❹天意小朝廷已定　謂南宋小朝廷主和的心意已決定。天意，指帝王的心意。❺公　指岳飛。❻郭汾陽　郭子儀（西元六九七－七八一年），唐大將，安祿山叛亂時，任朔方節度使，擊敗史思明於河北。肅宗即位後任關內河東副元帥，配合回紇兵收復長安、洛陽。因功升中書令，後又進封汾陽郡（今屬山西）王，故稱郭汾陽。

【語譯】寒風吹捲著戰旗，戰地的煙雲分外悲涼，萬里長城一夜之間也鋪滿了白霜。南宋小朝廷主和的心意已決定，哪能容許岳飛做抗敵到底的郭子儀！

【研析】詩人拜謁岳飛墓而發思古之幽情，並進行歷史的評判。前兩句乃想像之景，戰地雲涼，長城夜霜，顯示出蕭瑟悲涼之氣，象徵著戰事的不利。後兩句議論，以唐代名將郭子儀平叛的勝利反襯南宋岳飛抗金的失敗。其原因在於儘管岳飛「精忠報國」、「靈旗風捲」以殺敵，在戰場上取得了抗金戰爭的一個又一個勝利，並迫使金兀朮有從河南全部撤退之意；但是苟安於江南「小朝廷」的宋高宗、秦檜等投降派賣國求榮之「天意」已定，在岳家軍勝利在望之際連發十二道金牌令岳飛班師回朝，使岳飛「十年之功廢於一旦」，亦實現了他們稱臣於金的願望。這就是「那容公作郭汾陽」之內涵。詩人以憤慨之筆，寫出扼腕嘆息之情。議論中帶有激情，故亦感人。

自題

【題解】此詩作於乾隆四十四年（西元一七七九年），旨在表白自己的詩學取向。本詩原見《小倉山房詩集》卷二十六。

不矜❶風格❷守唐風❸，不和人詩鬥韻工❹。隨意閒吟沒家數❺，被人強派樂天翁❻。

【注釋】❶矜　顧惜。❷風格　風度品格。❸守唐風　拘守唐人詩風貌。❹鬥韻工　在詩歌韻律工巧上費心思。❺家數　此謂詩歌上的流派。❻樂天翁　唐代詩人白居易（西元七七二—八四六年），字樂天，晚年號香山居士，詩語言通俗，相傳老嫗能解。

【語譯】我不為了顧惜風度而拘守唐詩的風格，也不和別人的詩歌比賽韻律的工巧。我只是隨意吟唱不講流派，卻被人強說是模仿白樂天。

【研析】袁枚論詩既然主張「丈夫貴獨立，多以精神強」（〈題宋人詩話〉），因此反對拘守某朝某人之詩。但由於其詩與唐人白居易在語言通俗方面有相通之處，在當時曾被目為「隨園法香山，善道意中語」（蔣士銓〈論詩雜詠〉），此即「被人強派樂天翁」也。袁枚對此並不贊同，故寫〈自題〉以申辯，強調自己「隨意閒吟沒家數」，決不拘守唐人之詩風。實際上，袁詩與白詩在內容與風格上是有很大差異的。其詩之有似白居易一面，乃「陽貨無心，貌類孔子」（袁枚〈讀白太傅集〉題小序），並非有意學之。此詩寫得幽默風趣，但態度卻是堅定的。

仿元遺山論詩（三十八首選一）

【題　解】乾隆四十六年（西元一七八一年）作者仿元好問〈論詩三十首〉寫論詩絕句三十八首。但元好問多論古代詩人，袁枚卻「古少今多」（小序），目光注視著當代詩壇。這裡選其一首，乃不點名地批評翁方綱。本詩原見《小倉山房詩集》卷二十七。

天涯有客❶號詅癡❷，錯把抄書當作詩。抄到鍾嶸❸《詩品》❹日，
該他知道性靈❺時。

【注　釋】❶客　當指翁方綱（西元一七三三—一八一八年）。翁氏長於考訂，論詩主肌理說，詩作偏重學問，堆砌典故。❷詅癡　詅癡符。古代方言，指沒有才學而好誇耀的人。《顏氏家訓・文章》：「吾見世人，至無才思，自謂清華，流布醜拙，亦以眾矣。江南號為『詅癡符』。」❸鍾嶸　南朝詩論家，字仲偉，潁川長社（今河

南長葛）人。❹詩品　鍾嶸所著我國最早的一部詩論專著。❺性靈　主要指人的性情，同時包括人的靈機。

【語　譯】天涯有位客子可稱為「詅癡」，誤把抄錄古書當成寫詩。等他抄到鍾嶸《詩品》之日，應該是他知道什麼是「性靈」之時。

【研　析】乾隆詩壇沈德潛鼓吹格調說，翁方綱倡導肌理說，袁枚則揭櫫性靈說，與二說相抗衡。此詩即針砭翁氏以考據為詩之風。翁氏「所為詩多至六千餘篇，自諸經注疏以及史傳之考訂、金石文字之爬梳，皆貫徹洋溢於其中，蓋以學為詩者」（《清史稿・列傳二百七十二》）。其詩堆砌典故，淹沒性靈，故為袁枚所譏。此詩以嘲笑口吻進行調侃，一稱其為「詅癡符」，二說他「錯把抄書當作詩」，又挖苦他一旦抄到鍾嶸《詩品》之日，就該懂得什麼是「性靈」了。因為《詩品》揭示了詩應「吟詠情性」，「陶性靈，發幽思」，以及「羌無故實」等「自然」之旨，而袁枚性靈說內涵主要亦在於此。從此詩可知袁枚性靈說最早的思想淵源之一乃為鍾嶸《詩品》，而非一般論者所說的宋人楊萬里。此詩對於認識袁枚性靈說的淵源及要旨有重要參考價值。詩活潑調侃，極盡嘲諷之能事。

從國清寺到高明寺看一路山色

【題　解】此詩作於乾隆四十七年（西元一七八二年）遊天台途中。國清寺，在今浙江天台天台山南麓，本名天台寺，中國佛教天台宗的發源地。隋開皇十八年（西元五九八年）高僧智顗募建。

該寺屢經興廢。今廟為清雍正十一年（西元一七三三年）重建。高明寺，在天台山，據說亦高僧智顗創建。因寺後依高明山，故名。本詩原見《小倉山房詩集》卷二十八。

山徑鑿何處？半在山腰裡。輿夫❶作蛇行❷，狹處僅容趾❸。明知臨深潭，一墜寧❹復起？拚將命換山❺，遇險那肯止！行過小石梁❻，捨車換屐齒❼。俄而❽升雲中，俄而落釜底❾。手方招龍象❿，足又踐屏几⓫。將斷勢仍續⓬，既背形復倚⓭。更有嶔崎⓮峰，欲比無可擬。一笑語山靈⓯：奇絕太無理⓰！

【注釋】❶輿夫　車夫，又為轎夫。據「捨車換屐齒」一句，當為車夫。❷蛇行　伏地爬行。❸容趾　容納腳趾。極言山徑狹窄。❹寧　豈。❺拚將命換山　謂豁出去不要命，也要欣賞山上奇觀。❻石梁　石堰。石梁瀑布為天台山一處名勝。❼屐齒　一種木底有齒的鞋子，可防滑。《宋書・謝靈運傳》：「靈運常著木屐，上山則去前齒，下山則去後齒。」❽俄而　一會兒。❾釜底　鍋底。此比喻山谷谷底。❿龍象　佛家語。原稱諸阿羅漢中，修行勇猛有最大力者為龍象，後以之稱高僧。此處亦可解為如龍似象之山峰。⓫屏几　此喻岩壁下的小塊空地似靠牆的小几。屏，當門的小牆，指岩壁。几，矮小的桌子。⓬將斷勢仍續　謂山峰之路似要斷絕而仍相連。⓭既背形復倚　謂山勢既分又合。⓮嶔崎　山高峻貌。謝靈運〈山居賦〉：「山嶔崎而蒙籠。」⓯山靈　山神。班固〈東都賦〉：「山靈護野，屬御方神。」⓰理　謂條理、規律。

【語　譯】山路鑿在哪裡？鑿在半山腰裡。車夫要伏地爬行，狹窄處只能容納雙腳。明知面臨深潭，一旦墜落就出不來了。但豁出性命也要觀賞山上奇觀，遇到艱險也不肯停止。行過小石梁，只能下車換上木底鞋。一會兒升到雲中，一會兒落到谷底。手剛招呼龍象似的山峰，腳又踩上岩壁下的空地，好似牆邊的小茶几。山峰之路似要斷絕而仍相連，山勢既分開又復合。更有高峻的山峰，簡直無法比擬形容。我不禁笑對山神說：你的奇絕真沒有條理可言！

【研　析】全詩極力在「險」字上作文章，寫盡「一路山色」之「奇絕」驚險：山徑「狹處僅容趾」，又直上直下；山勢峻峭，亦似斷仍續。詩人知難而上，「拚將命換山」的探險精神亦正於「險」中閃耀。詩既有對山色的誇飾描繪，亦有登山人的心理感受，不僅突出了詩人「那肯止」的堅忍不拔，又凸顯了天台山的奇絕，一石雙鳥，真切感人。而詩末曰：「一笑語山靈：奇絕太無理！」詼諧中更見詩人曠達樂觀的性情。

觀大龍湫作歌

【題　解】此詩作於乾隆四十七年（西元一七八二年）。大龍湫，瀑布名，在浙江樂清雁蕩山。本詩原見《小倉山房詩集》卷二十八。

龍湫山高勢絕天❶，一條瀑走兜羅綿❷。五丈以上尚是水，十丈以下全為煙。況復百丈至千丈，水雲煙霧難分焉❸。初疑天孫❹工織素❺，雷梭❻拋擲銀河❼邊；繼疑玉龍❽耕田倦，九天❾咳唾唇流涎❿。誰知乃是風水相搖蕩，波回瀾捲冰綃⓫聯。分明合并忽迸散，業已墜下還遷延⓬。有時軟舞工作態⓭，如讓如慢如盤旋；有時日光來照耀，非青非紅五色宣⓮。夜明簾⓯獻九公主⓰，諸天花散⓱維摩⓲肩。玉塵⓳萬斛⓴橋叟賭㉑，明珠九曲桑女穿㉒。到此都難作比擬，讓他獨占宇宙奇觀偏㉓。更怪人立百步外，忽然滿面噴寒泉。及至逼近龍湫側，轉復髮燥神悠然。直是山靈㉔有意作游戲，教我亦復無處窮真詮㉕。天台㉖之瀑何狂顛㉗，雁山㉘之瀑何蟬嫣㉙，石門㉚之瀑何喧闐㉛，龍湫㉜之瀑何靜妍㉝！化工㉞事事無複筆㉟，一瀑布耳㊱形萬千。要知地位孤高依傍少，水亦變化如飛仙㊲。

【注釋】❶絕天　穿天。❷兜羅綿　即兜羅錦，古錦名。曹昭《格古要論》四〈古錦論・兜羅錦〉：「兜羅錦出南番、西番、雲南，莎羅樹子內綿織首，與剪絨相似，闊五六尺，多作被，亦可作衣服。」此喻瀑布之寬闊。❸焉　語助詞，無義。❹天孫　星官名，指織女星。織女為天帝之孫。❺工織素　善於織白色的絹。《玉臺新詠・上山采靡蕪》：「新人工織縑，故人工織素。」❻雷梭　轟響的織布梭子。此喻瀑布轟鳴聲。❼銀河　喻瀑布。❽玉龍　白龍，喻瀑布。❾九天　高空。❿流涎　流唾液，此喻瀑布水珠。⓫冰綃　透明的薄綢，此喻瀑布。⓬遷延　拖延，有牽連不斷之意。⓭工作態　善於表現出各種姿態。⓮五色宣　五色鮮明。五色，青、赤、黃、黑、白。⓯夜明簾　夜裡發光的簾子。據《采蘭雜誌》：「張說於元宵召諸姬共宴，苦無月，夫人以雞林夜明簾懸之，炳於白日。夜半月出，惟說宅無光，簾奪之也。」此處亦喻瀑布。⓰九公主　當為仙女。⓱天花散　《維摩經・觀眾生品》略云：維摩室中有一天女，以天花散諸菩薩。此喻瀑布水珠。⓲維摩　維摩詰，佛名。指代菩薩。⓳玉塵　古代傳說中仙家的食物。劉向《列仙傳》：「一叟曰：君輸我瀛洲玉塵九斛，阿母療髓凝酒四鍾。」此處喻瀑布水珠。⓴斛　量器名。古代以十斗為一斛，南宋末改為五斗。㉑橘叟賭　意謂橘叟下棋以萬斛玉塵相賭博。橘叟，據牛僧孺《幽怪錄》：「巴邛人橘園，霜後兩桔大如三斗盎，剖開，有二老叟相對象戲，談笑自若……」㉒明珠九曲桑女穿　傳說孔子得一寶珠，上有九道彎的孔。孔子欲穿上線未成，乃請教一採桑女。女曰「密爾思之，思之密爾」。孔子明白其意，「密」乃「蜜」也，於是捉一螞蟻，在螞蟻腰上繫上絲線，把螞蟻放進寶珠孔的一頭，在另一頭抹上蜂蜜，引逗螞蟻。果然，螞蟻帶著絲線從珠孔的這頭爬到了另一頭，就這樣把線順利穿好了。明珠，亦喻水珠。桑女，採桑之女。㉓偏　不公正。㉔山靈　參見〈從國清寺到高明寺看一路山色〉注⓯。㉕真詮　真諦；真義。㉖天台　天台山，在今浙江東部，多懸崖、瀑布，石梁瀑布最為著名。㉗狂顛　瘋狂。㉘雁山　雁蕩山。在浙江省東南部。㉙蟬嫣　相連，形容瀑布水勢不斷。㉚石門　石門山，在今浙江青田西七十里，兩峰壁立，對峙如門。㉛喧闐　哄鬧聲。㉜龍湫　此當指小龍湫瀑布，在雁蕩山捲圖峰下，久旱則水量不大。㉝靜姸　靜美。㉞化工　自然造物者。賈誼〈鵩鳥賦〉：「且夫天地為爐兮，造化為工。」㉟複筆　重複之筆，指雷同。㊱耳　同「矣」。表語氣。㊲飛仙　飛翔的仙人。陸機〈雲賦〉：「飛仙淩虛，隨風遊騁。」

【語　譯】大龍湫所在的山峰高峻，勢穿蒼天，一條瀑布瀉下非常寬闊，就如兜羅綿一樣。五丈以上還是水流，十丈以下全是水霧。更有百丈至千丈，水雲煙霧難以分辨。開始時懷疑是織女在紡織白絲絹，轟響的梭子在銀河邊穿動；接著又懷疑玉龍耕田疲倦了，在九天咳唾流出了唾液。誰知是風與水互相搖盪，波瀾回捲形成了瀑布，似透明的薄綢。水流分明合併又忽然迸裂分散，本已墜落又牽連不斷。有時柔軟的飄舞做出各種美妙的姿態，如退讓如緩行如盤旋；有時陽光照耀，瀑布青紅黃黑白變幻色彩鮮明。又似夜明簾獻給九公主，似天女散花落到菩薩肩上。更似橘叟下棋賭博的萬斛玉塵，似孔子按採桑女指點穿就的九曲明珠。面對大龍湫一切都難以比擬，只能讓他獨占宇宙的奇觀，實在有點不公。還有怪事是人立百步之外，忽然滿臉被噴上冰涼的泉水；而等到你靠近大龍湫邊上，又反而頭髮乾燥悠然沒事。真是山靈故意在玩遊戲，讓我也沒地方去弄明白其奧妙。天台山的瀑布極其瘋狂，雁蕩山的瀑布水勢不斷，石門洞的瀑布十分喧鬧，小龍湫的瀑布非常靜美！大自然事事不雷同，光是瀑布就形態萬千。要知道如果位置孤高少去依靠，就連泉水也變化多端像飛翔的仙人一樣。

【研　析】鄭板橋〈贈袁枚〉云：「君有奇才我不貧。」此詩正是顯示袁枚「奇才」之作。它表現在對大龍湫「水雲煙霧」強烈的審美感受，敏銳的觀察，新穎的想像等方面。詩人為大龍湫之「獨占宇宙奇觀」而震驚，從而調動「星月驅使，華嶽奔馳」（〈續詩品・用筆〉）的聯想力，把其聲響比作「雷梭拋擲」，把其水珠喻為玉龍「流涎」，把其光色擬成「夜明簾」、「明珠」等，極盡誇飾之能事。同時細緻地描繪出大龍湫「合并忽迸散」、「墜下還遷延」之狀態以及人們遠觀、逼近的不同感受，可見其觀察之敏銳。詩最後四句又昇華出「化工事事無複筆」與「地位孤高依傍少，水亦變化如飛仙」的哲理，亦有發人深省、舉一反三之妙。

卓筆峰（二首選一）

【題　解】此詩作於乾隆四十七年（西元一七八二年）。卓筆峰，《名山記》載：雁蕩山有五峰：展旗峰、石屏峰、天柱峰、玉女峰、卓筆峰。諸峰皆奇峭聳直，高插天半，而不沾寸土。本詩原見《小倉山房詩集》卷二十八。

孤峰卓立❶久離塵❷，四面風雲自有神❸。絕地❹通天一枝筆❺，請看依傍是何人！

【注　釋】❶卓立　直立。❷塵　塵土，亦有塵世之意。❸神　神采。❹絕地　絕遠之地。❺筆　指卓筆峰。

【語　譯】孤峰直立，遠離塵世很久了，只有四面風雲圍繞而顯得富有神采。身處絕遠之地插入青天像一支筆，請看它何嘗依傍著誰！

【研　析】卓筆孤峰「絕地通天」，無所「依傍」，所以「四面風雲自有神」。此峰乃寄寓著詩人的人生理想與美學意趣。詩人做人不甘世俗之束縛，有獨立無羈之個性；寫詩則獨來獨往，反對拘守門戶，依傍名家。寫山即寫人，個中詩旨當細加體味，不可僅以其為山寫照視之。此所謂詩有言外之意也。

土人能負客遊山者號曰「海馬」，作歌贈之

【題解】此詩作於乾隆四十八年（西元一七八三年）遊黃山之後。土人，本地人。海馬，即詩中「雲海橫行力如馬」之義。本詩原見《小倉山房詩集》卷二十九。

黃山❶有氓❷真健者，雲海橫行力如馬。慣負遊人絕頂❸遊，人亦渾❹忘馬是假。自言「少小學飛猱❺，千巖萬壑行周遭❻。勇可習也膽可養❼，足所踐處無卑高❽」。老我遊山不自量，目極危崖❾心想上。仗汝行纏❿縛上肩，衝沙犯嶺雲爭讓⓫。初登始信⓬兩三峰，繼極蓮花⓭千萬丈。暗中偷眼往下注，純是死生呼吸處。不信飛廉⓮果解飛，且學孟捨⓯能無懼。疑人不用用勿疑⓰，託孤寄命⓱憑他去。果然負重力能勝，個個身如著翅⓲行。有時故意作疾走，萬山隨我同奔騰。地雖無土總能踏，天

如有階亦可升。上比商丘開⑲，出入水火無驚猜；下比昆侖奴⑳，飛行絕迹㉑何殊乎㉒！八日遊山事已了，策勛㉓那更如渠㉔好。不著黃襬㉕肯負人，並非赤兔㉖能先鳥㉗。只我思量轉自憐：七十老翁㉘猶襁褓㉙！

【注釋】❶黃山　古移黟山，唐改黃山，在今安徽南部，以奇松、怪石、雲海、溫泉著名。❷氓　郊野之民。❸絕頂　參見〈登最高峰〉注⑮。❹渾　全。❺飛猱　猿類動物，體矮小，攀緣樹木，輕捷如飛，故名。❻周遭　周圍。劉禹錫〈石頭城〉：「山圍故國周遭在，潮打空城寂寞回。」❼勇可習也膽可養　謂勇氣可以鍛鍊，膽量可以培養。❽足所踐處無卑高　謂腳隨處可踐踏而不論高低。❾目極危崖　眼望高崖峭壁之巔。❿行纏　綁腿布。⓫衝沙犯嶺雲爭讓　謂衝開沙石，登上山嶺，雲彩爭著讓路。⓬始信　始信峰。⓭極蓮花　登到蓮花峰之頂。⓮飛廉　又作「蜚廉」，古代傳說中的野獸，長毛有翼。此喻「海馬」。《淮南子・俶真訓》：「騎蜚廉而從敦圄。」⓯孟捨　《孟子・公孫丑上》：「孟施捨之養勇也，曰：『視不勝猶勝也，量敵而後進，慮勝而後會，是畏三軍者也，捨豈能為必勝哉，能無懼而已矣。』」此詩「孟捨」即「孟施捨」，其事蹟已無可考，當是古代一個能培養勇氣而無所畏懼的人。⓰疑人不用用勿疑　謂信不過的人不要使用，既然使用了就不要再疑心。⓱託孤寄命　語本《論語・泰伯》：「可以託六尺之孤，可以寄百里之命。」指把幼小的孤兒和國家的命脈都交付給他。此指一切託付給「海馬」。⓲著翅　意即安上翅膀。王令〈暑旱苦熱〉：「落日著翅飛上山。」⓳商丘開　古代晉國人，能出入水火無傷。⓴昆侖奴　唐傳奇〈昆侖奴傳〉中人物，有異術。㉑絕迹　不見痕跡。《莊子・人間世》：「絕迹易，無行地難。」㉒何殊乎　意謂沒有不同。㉓策勛　帝王對臣下授爵評功並記於簡冊。㉔渠　他，指「海馬」。此指借海馬遊黃山事。㉕黃襬　黃色的衣褂。此謂清代官服。㉖赤兔　駿馬名。《三國志・魏書・呂布傳》：「布有良馬曰赤兔。」㉗先鳥　飛在鳥之前。㉘七十老翁　作者自稱，時年六十八歲，此約數。㉙襁褓　嬰兒包，此指把嬰兒包在小兒被子中。

【語　譯】黃山有山民真是強健，在雲海裡橫行力大如馬。他們習慣於背著遊客在山峰高處遊玩，遊客全然忘了「海馬」是人。他們說：「從小就學習猿猴攀援，千山萬壑都走個遍。勇氣可以鍛鍊膽量可以培養，腳所踐踏處彷彿沒有高低之別。」我年老遊山不自量力，眼望懸崖峭壁一心想登上。依仗著海馬用綁腿布縛住我的肩，一路衝開沙石登上山嶺，雲彩爭著讓路。先登上始信峰的兩三個山峰，接著登到蓮花峰頂有千萬丈。路上我暗地裡偷眼往下看，全是呼吸之間就可斃命的山谷。我不信飛廉真的能飛翔，那就學學孟施捨無所畏懼。信不過的人不要任用，既然任用了就不要再疑心，託孤寄命都憑他去了。海馬們果然力大足以勝任負重，個個如裝上翅膀飛行。有時故意加快腳步，萬山就隨我一起奔騰。地上沒土他們總有落腳處，天上好像有階梯可以攀升。上可以比商丘開，出入水火不驚恐猜疑；下可以比昆侖奴，飛行起來不見痕跡！遊山八日已經結束了，即使被帝王記功哪如騎著海馬遊山好。他們不想穿黃馬褂而願意背人遊山，並不是赤兔馬，但能走在飛鳥之前。只是想想自己有點可憐，快七十的老翁還被包在嬰兒包裡！

【研　析】詩人筆下的黃山「負客遊山者」，真無愧於「海馬」稱號！他們雖背負重量，仍雲海橫行，身如著翅，凌絕頂，登天階，飛行絕迹。詩人深為這「土人」的勇氣、力量所折服，乃至「托孤寄命憑他去」。同時又戲稱自己年近古稀而仍如嬰兒在襁褓之中感到「自憐」。詩人生動地記敘了「海馬」背自己遊山的驚險過程，其中又輔以自己內心的感受，使讀者產生如歷其境的效果。

全詩寫得生氣灌注，與詩境詩情十分吻合。

悼松

【題解】此詩作於乾隆四十八年（西元一七八三年）遊黃山後。詩詠黃山松而有思想寓意。本詩原見《小倉山房詩集》卷二十九。

黃山之松世少伍❶，不在高長在奇古。根未離地身已曲，性似畏天頭早俯。森布儼同華蓋張❷，崛強慣從石縫吐❸。不階尺土❹真英雄，接引遊人類佛祖❺。擾龍、破石、菩團❻名，載入詩歌畫入譜。一朝人力少周防❼，甘受樵夫❽斤與斧❾。拉雜摧燒❿漸漸空，八九依稀存二五。奇峰不見瘦蛟⓫蟠⓬，絕巘⓭空餘弱草舞。老僧膜拜⓮力難救，青山無言色慘阻⓯。果為梁棟支⓰明堂⓱，松縱受戕⓲心亦許⓳。其如⓴當作腐草看，半入煤蓬㉑炊瓦釜㉒！古來劫數㉓總皆然，萬事原非天作主。車鞭駿馬背負鹽㉔，盤烝㉕美人頭作脯㉖。世充書卷盡沉河㉗，阿房一炬偏遭楚㉘。可憐松亦與之同，帶露含霜變灰土。我欲上表通天台㉙，玉皇㉚敕㉛下群官府。栽培保護三千年，或者奇松還再補。河清可俟人壽難㉜，獨對荒山㉝淚如雨。

【注釋】❶世少伍　世上很少可以與它（黃山松）同列的。❷森布儼同華蓋張　謂樹冠密布如同帝王的車蓋張開。華蓋，王的車蓋。❸崛強慣從石縫吐　謂黃山松秉性倔強，習慣於從石縫中長出。崛強，同「倔強」。❹不階尺土　不憑藉尺土之地。《漢書・異姓諸侯王表》：「漢亡尺土之階，繇一劍之任，五載而成帝業。」階，憑藉。❺接引遊人類佛祖　謂佛祖釋迦牟尼與觀世音、大勢至兩菩薩引導眾生入西方淨土。接引，佛家語。❻擾龍破石菩團　皆黃山怪松名。❼周防　周密地防備。❽樵夫　砍柴的人。❾斤與斧　斧頭。「斤」亦為斧頭。❿拉雜摧燒　折碎摧毀焚燒。古樂府〈有所思〉：「聞君有他心，拉雜摧燒之。」⓫瘦蛟　喻松。⓬蟠　盤曲而伏。⓭絕巘　絕壁。⓮膜拜　此謂禮拜佛祖。⓯慘阻　同「慘沮」。沮喪失色。⓰支　支撐。⓱明堂　古代天子宣明政教的地方。⓲戕　殘害。⓳許　應許。⓴其如　怎奈。㉑煤蓬　煤與蓬草。㉒炊瓦釜　燒瓦鍋做飯。㉓劫數　此謂厄運。㉔車鞭駿馬背負鹽　謂鞭笞駿馬運鹽。據《戰國策・楚策四》：「驥……服鹽車而上太行，蹄申膝折，尾湛胕潰，漉汁灑地，白汗交流……伯樂遭之，下車攀而哭之，解紵衣以冪之。」㉕烝　進。㉖脯　乾肉。㉗世充書卷盡沉河　唐太宗把王世充的圖籍沉入滹沱河中。柳宗元《龍城錄》：「太宗文皇帝平王世充，於圖籍有交關語言構怨連結文書數百事，太宗命杜如晦掌之。如晦復稟上當如何，太宗曰：『付諸曹吏行。』頃聞於外有大臣將自盡者。上乃復取文書，背裏一物，疑石重，上親裏百重，命中使沉滹沱中，更不復省。此與光武焚交謗數千章者何異。」王世充（？—西元六二一年），隋新豐（今陝西臨潼東北）人。大業十四年（西元六一八年）隋煬帝死，他在東都擁立楊侗為帝，次年廢楊侗，自稱皇帝，年號開明，國號鄭，武德四年（西元六二一年）兵敗降唐。至長安，為仇人所殺。㉘阿房一炬偏遭楚　謂秦阿房宮被楚霸王項羽一炬燒光。阿房，秦代大建阿房宮，遺址在西安市西。其實阿房宮並未建成。㉙通天台　臺名。在今陝西淳化西北甘泉山甘泉宮中，漢武帝所建，其高通天故得名。此借指天庭。㉚玉皇　參見〈子才子歌示莊念農〉注60。㉛敕　謂玉皇的詔書。㉜河清可俟人壽難　據《左傳·襄公八年》：「俟河之清，人壽幾何！」此句謂黃河雖然可以變清（古稱千年一清），但人的壽命難以等待。此喻奇松再補難以見到。俟，等待。㉝荒山　奇松被砍燒後的黃山。

【語　譯】黃山之松世上很少有可與其並列的，其妙處不在樹幹的高與枝條的長，而在于其姿態奇古。它樹根連著土地身體彎曲，秉性好似害怕老天頭早就低下。其樹冠密布如同帝王的車蓋張開，秉性倔強，習慣於從石縫中長出來。它不靠尺土之地就能生長真是英雄樹，像佛祖一樣把遊人引導入極樂之地。其擾龍、破石、菩團等名稱，都載入了詩歌，繪進了畫譜。可一旦人力沒有周密地去保護它，它就只能甘心遭受樵夫斧頭的砍伐了。奇松被折碎摧毀焚燒掉，剩存的不到十之七八，也就是一半左右了。於是奇峰上不見了蛟龍般盤曲的奇松，絕壁上只有細弱的小草在搖晃。老僧即使膜拜佛祖也難以拯救，青山也無言而神色沮喪。如果能成為棟梁材去支撐廳堂，奇松縱使被砍伐心裡也願意。怎奈它被當作腐草看，大半是與煤塊蓬草一起去燒鍋煮飯！古來的劫難都是這樣的，萬事原本不是老天做主的。當年有人鞭笞千里馬去運鹽，還有人進獻美女頭做肉乾。唐太宗把王世充的圖籍皆沉入滹沱河中，阿房宮被楚霸王項羽一炬燒光。可憐奇松也與他們相同，帶露含霜的枝葉都變成塵土。我要給天庭的玉皇大帝上書，請玉皇下詔給各處官府命令他們栽培保護奇松三千年，或者再補種許多奇松。只是黃河雖然可以千年變清，但人壽有限難以等到，我面對光禿的黃山不禁淚如雨下。

【研析】黃山松有奇古之風姿，倔強的性格，迎客的熱情，可謂集真善美於一身，是世上罕見其匹的松樹「英雄」。但是如此奇美之物卻遭斧斤戕伐，被拉雜摧燒，如同「腐草」。其命運何其悲也！此詩似乎是「環保詩」。但詩人又聯想到「駿馬背負鹽」、「美人頭作脯」、「書卷盡沉河」、「阿房一炬」等種種事實，乃深為有價值的東西被毀滅之悲劇而痛心。詩末「獨對荒山淚如雨」，這豈止是僅僅悼黃山之松，亦是悼世上無數懷才不遇而劫數難逃的人！此乃詩的言外之意，味外之旨。袁枚云：「詠物詩無寄托，便是兒童猜謎。」（《隨園詩話》卷二）〈悼松〉實為有「寄託」之作也。

獨秀峰

【題解】此詩作於乾隆四十九年（西元一七八四年）南遊廣西時。獨秀峰，又名紫金山，在今廣西桂林中心。山壁有清人書刻的「南天一柱」字樣。本詩原見《小倉山房詩集》卷三十。

來龍去脈❶絕無有❷，突然一峰插南斗❸。桂林山形奇八九，獨秀峰
尤冠其首❹。三百六級登其巔，一城煙火來眼前。青山尚且直如絃❺，

人生孤立❻何傷焉❼！

【注　釋】❶來龍去脈　舊時風水先生以山勢為龍，稱其起伏綿亙的姿態為龍脈，後因稱山水地形脈絡起伏之勢。❷絕無有　謂獨秀峰一峰獨立，沒有起伏延伸的山勢。❸南斗　即斗宿，二十八宿之一。也借指南部地區。❹冠其首　謂位居第一。❺直如絃　直如弓絃。《後漢書・五行志》載童謠云：「直如絃，死道邊；曲如鉤，反封侯。」❻孤立　獨立無所依傍。❼何傷焉　即有什麼可傷感的呢！

【語　譯】沒有起伏綿亙的山勢，好似一峰突然插到這塊南方的土地上。桂林山峰奇特的形態多種多樣，而獨秀峰之奇堪稱第一。踏上三百零六級臺階登上山頂，滿城的炊煙來到眼前。青山尚且筆直如弓絃，人生獨立無依傍又有什麼可傷感的呢！

【研　析】獨秀峰孤峰矗立雲天，沒有「來龍去脈」，這是其獨特的審美價值之所在。但詩人並非僅僅從美的角度讚賞獨秀峰之奇居桂林之冠，同時還從善的角度肯定其「直如絃」。此「直」乃雙關語，它兼有孤介正直之義，這與詩人不怕「人生孤立」的觀念有某種相通之處。它表現了詩人不甘與世俗同流的秉性，亦顯示了詩人性靈之真。詩大筆如椽，氣勢沉雄。刻劃獨秀峰的意象角度不一：首聯是直接描寫獨秀峰「一峰插南斗」的形象，頷聯是以獨秀峰與其他「桂林山」比較突出其「冠」的地位，頸聯是以登上其巔可展望「一城煙火」來側面襯托其高峻，從而予人立體化的美感。

哭蔣心餘太史（二首選一）

【題　解】組詩作於乾隆五十年（西元一七八五年）。蔣心餘，蔣士銓（西元一七二五—一七八四年），清代戲曲家、文學家，字心餘，一字苕生，號藏園，江西鉛山人，進士，曾任翰林院編修。其詩與袁枚、趙翼齊名，有《忠雅堂全集》。太史，明清稱翰林為太史。本詩原見《小倉山房詩集》卷三十一。

西江❶風急水搖天，吹去人間老謫仙❷。名動九重❸官七品❹，詩吟一字響千年。空中香雨❺金棺❻掩，帳下奇兒❼玉筍聯❽。如此才華埋地底，夜深寶劍恐騰煙❾。

【注　釋】❶西江　指今江西境內之長江。《明一統志》：「西江第一樓在南昌府城章江門外迎恩館，乃滕王閣故址。」❷吹去人間老謫仙　謂蔣心餘仙逝。謫仙，舊時稱才學優異者，如謫降人世的神仙。李白〈玉壺吟〉：「世人不識東方朔，大隱金門是謫仙。」此指蔣心餘。❸九重　九重天。❹七品　古代官吏等級之一。官吏共分九品，七品屬低級官吏。❺香雨　有香味之雨。沈約〈彌勒贊〉：「慧目晨開，香雨宵墜。」❻金棺　有黃金修飾之棺材。李白〈古風〉之三：「但見三泉下，金棺葬寒灰。」❼奇兒　對蔣心餘後代的美稱。❽玉筍聯像筝一樣排立。玉筝，喻其後代皆人才。《新唐書・李宗閔傳》：「俄復為中書舍人，典貢舉，所取多知名士，若……世謂之『玉筝』。」❾夜深寶劍恐騰煙　謂蔣心餘如埋在地下的寶劍仍有煙氣升騰。此化用「龍光（劍光）射牛斗之墟」（王勃〈滕王閣序〉）之意境。

【語　譯】西江大風急驟，吹起波浪搖動著水中天，也吹走了謫降人間的老神仙。蔣氏雖是七品小官而名聲震動九重天，他吟一句詩就可影響千百年。如今空降香雨蔣氏金棺掩埋了，留下帳前的奇兒似玉筝排列。像蔣氏這樣的才華埋到了地下，但夜深時恐怕會像寶劍一樣，有劍氣如煙升騰起來。

【研　析】袁枚與蔣心餘互相推許，堪稱知音。袁枚嘗稱：「蔣君心餘，奇才也……其搖筆措意，橫出銳人，凡境為之一空。」（〈蔣心餘藏園詩序〉）故云「名動九重」，「詩吟一字響千年」。而今「謫仙」雖已仙逝，但詩人對蔣心餘的欽仰之情益增。他認為蔣氏「才華」不會消失，即使人已「埋地底」，仍將如「寶劍」於夜深「騰煙」。奇特的想像蘊含著深厚的友情，痛哭聲中充滿無限的惋惜與崇敬。此詩表現手法上頗注重借景抒情，比如開篇的「西江風急水搖天」，就借天氣的突變表現蔣氏突然去世的悲涼之感；「空中香雨」的美妙景象，乃藉以表達對蔣氏的崇敬之情。這些景並非寫實，乃是虛構，所以不屬於「即景抒情」，而是「構景抒情」。此詩用典也較多，除了頷聯，其餘三聯皆用典，但非僻典，容易理解，也有助於拓寬詩的意境，增添讀者的聯想。

對書嘆

【題　解】此詩作於乾隆五十二年（西元一七八七年），記幼年對書的喜愛。本詩原見《小倉山房詩集》卷三十二。

我年十二三，愛書如愛命。每過書肆❶中，兩腳先立定。苦無買書錢，夢中猶買歸。至今所摘記，多半兒時為。宦成❷恣所欲❸，廣購書盈屋。老矣❹夜猶看，例秉一條燭❺。兩兒❻似我年❼，見書殊漠然❽。此事非庭訓❾，前生須夙緣❿。名將不兩代⓫，文人無世家⓬。可憐袁伯業⓭，對書空嘆嗟⓮。

【注　釋】❶書肆　書店。❷宦成　做了官。❸恣所欲　隨心所欲。❹老矣　年紀已老。時詩人年已七十二歲。❺例秉一條燭　謂按習慣執一根蠟燭照光。❻兩兒　阿通、阿遲。阿通原為袁枚從弟袁樹之子，過繼給袁枚。❼似我年　即像我十二三歲時的年齡。❽殊漠然　十分淡漠，即不感興趣。❾此事非庭訓　謂孩子愛讀書不是靠父親訓誨所能做到的。庭訓，舊指父親的訓誨，典出《論語・季氏》。❿夙緣　舊緣。⓫名將不兩代　謂名將不能接連兩代人都是。此比喻自己與兒子不能兩代都愛書。⓬世家　舊時泛指門第高而世代做官的人家，也指世代讀書作文之家。⓭袁伯業　《後漢書》：「袁遺，字伯業。」以好學著稱。此作者自比。⓮嘆嗟　嘆息。

【語　譯】當我十二三歲時，愛書就像愛命一樣。每次經過書店，兩腳就先站住了。苦惱的是沒有買書的錢，但做夢還夢到把書買回來。至今我所摘記的資料，大半是少年時所做的。做官後能隨心所欲了，就買了大量的書充滿了書房。年老了半夜還看書，照例執一根蠟燭照光。我的阿通、阿遲兩兒現在似我當年的年齡，看見書籍卻很淡漠。愛書之事不是靠父親教誨所能做到的，要前生與書有緣分。名將不能接連兩代人都是，文人也沒有世代讀書之家。可憐我這好書像袁伯業一樣的人，只能對著書籍白白地嘆息。

【研　析】詩人對書之「嘆」有二：一是自己雖然「愛書如愛命」，但少時家境貧困，「苦無買書錢」，而只能於書肆中「立定」看書；二是今日雖然「廣購書盈屋」，自己作出了好學愛書的榜樣，但「兩兒」卻「見書殊漠然」。詩人由於自幼苦讀才有所成就，但是「文人無世家」（也不盡然，如宋代蘇氏父子），嗟嘆亦無用。事實上阿通、阿遲「兩兒」亦的確沒有建樹。詩人望子成龍將成泡影，悲哀之感油然而生。此詩前半記事，基本是白描手法，自然無飾，文字口語化，老嫗可解。後半議論，偶用典故，但也淺白通俗。這是一首表達真性情的性靈詩。

庚戌春暮寓西湖孫氏寶石山莊，臨行賦詩紀事（十二首選一）

【題解】組詩作於乾隆五十五年庚戌（西元一七九〇年）湖樓詩會後。西湖，指杭州西湖。孫氏指孫嘉樂，字令宜，號香巖，浙江杭州人，曾任雲南按察使、四川按察使，與袁枚世交。其女孫雲鳳、孫雲鶴皆袁枚女弟子。寶石山莊，當在西湖北岸的寶石山麓，為孫氏居處。本詩原見《小倉山房詩集》卷三十二。

紅妝❶也愛魯靈光❷，問字❸爭來寶石莊。壓倒三千桃李樹❹，星娥

月姊❺在門牆❻。

【注釋】❶紅妝　原謂女子盛妝，後亦指美妙的女子。❷魯靈光　原為漢代宮殿名。王文考〈魯靈光殿賦序〉：「自西京未央、建章之殿，皆見隳壞，而靈光巋然獨存。」後因稱碩果僅存的人或事物為魯靈光。此作者自稱，表示年長。❸問字　此指求教寫詩。❹三千桃李樹　比喻孔子三千弟子。桃李，比喻所培養的學生。❺星娥月姊　李商隱〈聖女祠〉：「星娥一去後，月姊更來無？」星娥，織女。月姊，嫦娥。此比喻作者的女弟子。❻門牆　指師門。典出《論語・子張》：「夫子之牆數仞，不得其門而入，不見宗廟之美、百官之富。」

【語譯】才女們也喜愛我這個老翁，爭先恐後來到寶石莊求教寫詩。她們勝過孔子的三千弟子，個個都像織女、嫦娥進入我的師門。

【研析】作者於此詩末附小注云：「女公子張秉彝、徐裕馨、汪妽等十三人以詩受業，大會於湖樓。」袁枚收女弟子學詩一事頗遭人非議，它不為封建禮教所容。但袁枚我行我素，毫不動搖。

因此當他寓居寶石山莊，女弟子們「問字爭來寶石莊」時，他很是欣然，並為之自豪。他不僅美稱女學生為「星娥月姊」，且認為「壓倒三千桃李樹」，連孔老夫子的三千弟子亦不及其女門生。這在尊孔如神、男尊女卑的時代，可謂膽大妄為之論，這充分顯示了袁枚蔑視禮法的個性與精神，是十分難能可貴的。此詩寫得很形象，這與多用比喻有關；而且文字典雅，頗具文采，這與「紅妝」的身分甚合拍。

遣興（二十四首選四）

【題　解】組詩作於乾隆五十六年（西元一七九一年）。本詩原見《小倉山房詩集》卷三十三。

之一

愛好❶由來落筆難，一詩千改始心安。阿婆❷還是初笄女❸，頭未梳成不許看❹。

【注　釋】❶愛好　謂追求藝術價值高的好詩。❷阿婆　老年婦女。此作者自喻。❸初笄女　剛成年的女子，古代女子十五歲行笄禮，可以盤髮插簪子了。笄，簪子。❹看　欣賞。

【語　譯】因為要寫出有價值的好詩，所以落筆創作從來都是很艱難的，一首詩要反覆修改才能安心。我這個老阿婆還是個剛可以盤髮插簪子的大姑娘，頭髮沒梳好是不許別人觀賞的。

【研　析】詩人於〈續詩品・勇改〉嘗云：「人功不竭，天巧不傳。知一重非，進一重境。」這正是「一詩千改始心安」的奧秘。其中自有藝術辯證法。詩末兩句比喻新穎，妙語解頤，極富風趣：詩人雖然是詩壇宿將，有如白髮蒼蒼的老阿婆；但未敢掉以輕心，仍把自己當作學詩新手，就似「初笄女」一樣，不把頭髮梳好即不把詩改得完美是決不輕易讓人欣賞的。這種嚴肅認真的創作態度無疑是值得擊節讚賞的。

之二

獨來獨往❶一枝藤，上下千年力不勝❷。若問隨園❸詩學某，三唐❹、
兩宋❺有誰應？

【注　釋】❶獨來獨往　不依傍外物而獨自往來。❷上下千年力不勝　意謂如果追隨千餘年來的古人將是力不勝任的。❸隨園　詩人自稱隨園老人。❹三唐　參見〈子才子歌示莊念農〉注52。❺兩宋　謂宋代之北宋與南宋。

【語　譯】我像一條藤蔓不依傍外物而獨自延伸，要我追隨千年來的古人我是難以做到的。如果問隨園老人詩學的是誰，三唐兩宋的詩人有誰敢承認？

【研　析】乾隆詩壇有宗唐的格調派與宗宋的浙派，袁枚譏前者為「貌襲盛唐」、後者為「皮傅殘

宋」（《萬柘坡詩集跋》）。規唐模宋皆作繭自縛。袁枚論詩主獨抒性靈，愛獨不愛同。因此，他自稱是「獨來獨往一枝藤」，絕不模仿「三唐、兩宋」中任何一個名家，詩末以問句形式道出此意，益顯其自信與自豪之感。

之三

但肯尋詩❶便有詩，靈犀❷一點是吾師。夕陽芳草尋常物，解用❸都為絕妙詞。

【注　釋】❶尋詩　尋覓詩句，即作詩。❷靈犀　犀牛角。古代把犀牛角視為靈異之物。犀角中心的髓質如白線直通兩頭，感應靈敏。李商隱〈無題〉：「身無彩鳳雙飛翼，心有靈犀一點通。」此處指靈性。❸解用　懂得採用。

【語　譯】只要我想寫詩就有詩流出來，因為我心中的靈性是我的老師。夕陽、芳草等普通的外物，只要懂得採用都會變成美妙的意象。

【研　析】袁枚論詩推崇「筆性靈」（《隨園詩話補遺》卷二）。此乃其性靈說詩論要旨之一。這裡標舉「靈犀一點是吾師」，即是強調靈性在創作中的重要性。與古代詩畫論者強調以造化為師相比，此論塗抹著唯心論色彩。但詩人在秉性上確實有「靈」與「笨」之分亦是事實。唯「筆性靈」者，下筆左右逢源，觸處生春，即使「夕陽芳草尋常物」，亦懂得如何點化為「絕妙詞」。這一觀點顯然不無道理。

之四

鄭、孔❶門前不掉頭❷，程、朱❸席上懶勾留❹。一帆直渡東沂水❺，文學❻班中訪子游❼。

【注釋】❶鄭孔　鄭玄與孔穎達。鄭玄為東漢經學家，孔穎達為唐代經學家。❷掉頭　回頭。❸程朱　程顥、程頤與朱熹，分別為北宋與南宋的理學家。❹勾留　停留。❺東沂水　山東沂水。源出曲阜東南的尼丘，西流經曲阜。《論語・先進》：「浴乎沂。」此指代孔子故鄉曲阜。❻文學　文章博學。❼子游　春秋時吳國人。孔子學生，擅長文學。

【語譯】在鄭、孔的漢學門前我絕不回頭，在程、朱的理學席上我也懶得停留。我願意揚帆直渡山東沂水，去拜訪「文學」之祖子游。

【研析】清代乾嘉時期盛行漢學與程朱理學。袁枚固然貶斥理學，亦不屑於漢學；而獨於「文學」上用功，並溯源到子游為「文學」之祖。此詩倡導「文學」之旨，借用具體形象表現，故讀來無枯燥乏味之感，而頗有趣味。

二閨秀詩

【題解】此詩作於乾隆五十八年（西元一七九三年）。閨秀，舊稱有才德之女。本詩原見《小倉山房詩集》卷三十四。

掃眉才子❶少，吾得二賢❷難。鷲嶺❸孫雲鳳❹，虞山❺席佩蘭❻。天花雙管舞❼，瑤瑟❽九霄彈。定是嫦娥伴，風吹落廣寒❾。

【注釋】❶掃眉才子　畫眉的才子，舊指有文才的女子。王建〈寄蜀中薛濤校書〉：「掃眉才子知多少，管領春風總不如。」❷二賢　兩位有才德的人。指下文所舉孫雲鳳、席佩蘭。❸鷲嶺　杭州飛來峰。此指代杭州。❹孫雲鳳　字碧梧，杭州人。為袁枚浙江女弟子之首，工詩詞，曾有《湘雲館詩詞稿》。❺虞山　在江蘇常熟，此指代常熟。❻席佩蘭　女詩人，字韻芬。一字道華，號浣雲。江蘇常熟詩人孫原湘妻，為袁枚第一女弟子。有《長真閣詩稿》。❼天花雙管舞　謂用雙筆舞出天花。此化用《開元天寶遺事》「夢筆頭生花」之典。天花，《維摩經》：「時維摩詰室有一天女，見諸天人聞所說法，便現其身，即以天華（花）散諸菩薩大弟子身上。」雙管，兩枝筆。郭若虛《圖畫見聞志．張璪》：「……能手握雙管，一時齊下，一為生枝，一為枯幹，勢凌風雨，氣傲煙霞。」此指孫、席二人之筆。❽瑤瑟　用玉為飾的樂器瑟。賈至〈長門怨〉：「深情託瑤瑟，絃斷不成章。」❾廣寒　廣寒宮，月中宮殿名。王仁裕《開元天寶遺事》：「明皇遊月宮，見榜曰『廣寒清虛之府』。」

【語　譯】有文才的女子很少，我卻收了兩位難得的才女做弟子。一個是杭州的孫雲鳳，一個是常熟的席佩蘭。她們好像能用雙筆舞出天花，又好似可在九霄用瑤瑟彈出樂曲。她們一定是嫦娥的夥伴，駕著清風從廣寒宮落到人間。

【研　析】按封建陳腐觀念，「女子不宜為詩」，所謂「女子無才便是德」。對此袁枚嘗駁斥道：「陋哉言乎！聖人以〈關雎〉、〈葛覃〉、〈卷耳〉冠《三百篇》之首，皆女子之詩。」（《隨園詩話補遺》卷一）這顯然是對傳統觀念的挑戰！因此他廣收女弟子，又在《隨園詩話》中博採閨秀之作。此詩則滿腔熱忱讚揚其兩位女高足之詩才，擬之為來自月宮之仙女，其詩才甚至如「雙管舞」「天花」、「九霄」彈「瑤瑟」，大有「此曲只應天上有，人間能得幾回聞」（杜甫〈贈花卿〉）之妙。其中或許不無溢美之處，但能如此評價閨秀詩，畢竟是要有過人的膽識的。

示兒（二首選一）

【題　解】詩作於嘉慶二年（西元一七九七年）。示兒，給兒子看。陸游早有〈示兒〉詩。兒，指阿通、阿遲。本詩原見《小倉山房詩集》卷三十七。

可曉爾翁❶用意深，不教應試只教吟❷。九州❸人盡知羅隱❹，不在科名記❺上尋。

【注　釋】❶爾翁　你的父親。此作者自稱。❷不教應試只教吟　謂不讓兒子參加科舉考試，只教寫詩。❸九州　謂全中國。❹羅隱　唐文學家。字昭諫，餘杭人，一說新登（今浙江桐廬人），十舉進士不第，其收在《讒書》中散文小品皆憤懣不平之言，詩亦有諷刺之作。❺科名記　科舉考試中進士者的名錄。

【語　譯】你們可知道老父我的用意很深，不教你們去參加科舉考試，而只教你們去學寫詩。九州的人都知道羅隱，但不會在科名記上去尋找他。

【研　析】昔日陸游臨死前有〈示兒〉詩，囑咐：「王師北定中原日，家祭無忘告乃翁。」詩人乃仿陸游而亦寫〈示兒〉，同屬類似遺囑之什。袁枚辭官後隱居近五十年，自己不復出仕，亦希望兒子不要奔走於仕途。古來有名的文學家很多人「不在科名記上尋」，羅隱只是其中一例而已。這其中自有詩人對「科名」的深刻認識。

小倉山房文集選

長沙弔賈誼賦

【題　解】乾隆元年（西元一七三六年），作者從故鄉杭州赴廣西桂林探視叔父袁鴻，途經長沙憑弔賈誼祠，寫有此賦。長沙，今屬湖南。賈誼（西元前二〇〇—前一六八年），西漢政論家、思想家、散文家。洛陽（今屬河南）人。十八歲時以能誦詩書屬文而聞名。漢文帝時，經廷尉吳公推薦，被召為博士。不久，又遷為太中大夫。賈誼政治上有抱負，欲進行改革，文帝頗為賞識，擬任賈誼為公卿。但遭到開國功臣周勃、灌嬰等的反對，不得已而作罷，並被貶為長沙王太傅。賈誼曾寫下〈鵩鳥賦〉，表露內心的怨憤。後文帝思念賈誼，特地召見他於宣室，但只問鬼神之事。不久賈誼又被任為梁懷王太傅。賈多次上疏陳治安之道。有〈陳政事疏〉、〈過秦論〉等。文帝十一年（西元前一六九年）梁懷王墜馬而死，賈誼自傷失職，後也抑鬱而死，年僅三十三歲。其文被後人輯為《賈誼集》。今長沙有賈太傅祠。賦，文體之一，介於詩與文之間。本文原載《小倉山房文集》卷一。

歲在丙辰❶，予春秋❷二十有一，於役粵西❸，路出長沙，感賈生❹之弔屈平❺也，亦為文以弔賈生。其詞曰：

何蒼蒼者❻之不自珍其靈氣兮❼，代紛紛而俊英❽？前者既不用而流亡兮，後者又不用而挺生❾。惟吾夫子❿之於君臣兮，淚如秋霖⓫而不可止：前既哭其治安⓬兮，後又哭其愛子⓭。為人臣而竭其忠兮，為人師而殉之以死。

君固黃、農、虞、夏⓮之故人兮，行宛曼於先王⓯。不知漢家之自有制度兮，乃嘐嘐然⓰，一則曰禮樂⓱，二則曰明堂⓲。夫固要君以堯、舜⓳兮，豈知其謙讓而猶未遑⓴！彼絳、灌㉑之⿺尢甚⿺尢甚㉒兮，召儒生而恆東向㉓。見夫子而吠所怪㉔兮，以弱冠㉕而氣凌其上。曰丁我躬㉖而未諧夫人世兮，未免負孤姿而抱絕狀。

當七國之妖氛㉗將發兮，彼社稷臣無一語。徒申申㉘其排余兮，余又見木索箠笞㉙而憐汝。蓀㉚兩愛而莫知所為兮，終不知千古之孰為龍而孰為鼠！彼俗儒之寡識兮，謂宜交驩夫要津㉛。使詭遇而獲獸㉜兮，吾又恐孟軻㉝之笑人。

聖賢每汲汲㉞而蹇屯㉟兮，歷萬祀㊱而不知其故也。吾獨悲吾夫子兮，為其知而不遇也。明珠耀於懷袖兮，忽中道而置之；淑女歡于衾席兮，媵妃㊲譖而棄之。夫既干將㊳之出匣兮，胡㊴不淬清水而試之？蒙召見於宣室㊵兮，泣鬼神於前席㊶。孫拳拳㊷而託長沙王兮，終不忍使先生之獨受此卑濕㊸。欲嘉遁㊹乎山椒㊺兮，感君王之恩重；圖效忠於晚節兮，鵩鳥又知而來送㊻。己之薄命固甘心兮，又累梁王㊼而使之翻鞚㊽。傷為傅之無狀兮，自賢人之忠愛也；三十三而化去兮，恐終非哭泣之為害也。

彼顏淵之樂道㊾兮，亦時命之不長。賢者不忍其言之驗兮，宜其身先七國而亡。誤鳳凰為欽鴟㊿兮，覽德輝(51)而竟去；騶玉虬(52)以上升兮，知九州(53)之不可以久駐。逝者既蕭曼(54)以雲征兮，名獨留乎此處。

亂(55)曰：瀟湘之春，水浩浩兮；有美一人，涉遠道兮。忽見芳草，生君之廟兮，咨嗟56涕洟57，感年少兮。

【注釋】❶丙辰　指乾隆元年（西元一七三六年）。❷春秋　指年齡。《漢書・戾太子傳》：「是時上春秋高，意多所惡。」❸於役粵西　指出行到廣西桂林。❹賈生　即賈誼。有〈弔屈原賦〉。❺屈平　屈原。❻蒼蒼者　指蒼天。❼兮　語氣詞。❽俊英　才能出眾的人。❾挺生　挺拔生長。❿夫子　對男子的尊稱。此指賈誼。⓫秋霖　秋雨。《管子・度地》：「冬作土動，發地藏，則夏多暴雨，秋霖不止。」⓬哭其治安　《漢書・賈誼傳》：「誼數上疏陳政事，多所欲匡建。其大略曰：『臣竊惟事執可為痛哭者一，可為流涕者二，可為長太息者六，若其他背理而傷道者，難遍以疏舉。進言者皆曰天下已安已治矣，臣獨以為未也。曰安且治者，非愚則諛。』」賈誼認為天下並非平安無事。⓭哭其愛子　《史記・屈原賈生列傳》：「懷王騎，墮馬而死，無後。賈生自傷為傅無狀，哭泣歲餘，亦死。」愛子，指所敬愛的皇子梁懷王。⓮黃農虞夏　黃，黃帝，號軒轅氏，五帝之一。農，神農氏，也稱炎帝，五帝之一。虞，虞舜，號有虞氏，五帝之一。夏，夏禹，夏朝的第一個君主，姒姓。⓯行宛曼於先王　《韓非子・外儲說左上》：「請許學者而行宛曼於先王，或者不宜今乎？」宛曼，謂渺茫廣遠。⓰嘐嘐然　志大言誇。《孟子・盡心下》：「其志嘐嘐然。」⓱禮樂　禮節與音樂。⓲明堂　古代帝王宣明政教的地方。《孟子・梁惠王下》：「夫明堂者，王者之堂也。」⓳堯舜　唐堯與虞舜，古代聖明的君主。⓴未遑　無暇。遑，閒暇。㉑絳灌　絳，漢初絳侯周勃，右丞相。灌，漢初丞相灌嬰。㉒歕歕　勇武貌。班固〈舞陽侯樊噲銘〉：「歕歕將軍，威蓋不當。」㉓東向　《史記・絳侯周勃世家》：「勃不好文學，每召諸生說士，東向坐而責之：『趨，為我語！』」此指不尊重。㉔吠所怪　《楚辭・九章・懷沙》：「邑犬群吠兮，吠所怪也。」㉕弱冠　《禮記・曲禮上》：「二十曰弱，冠。」指二十歲時行冠禮。㉖曰丁我躬　《詩・大雅・雲漢》：「耗斁下土，寧丁我躬。」意謂不幸之事怎麼讓我碰上。㉗七國之妖氛　指西漢初所封同姓七國諸侯將謀反。㉘申

申　反覆。《楚辭・離騷》：「女嬃其嬋媛兮，申申其詈予。」㉙木索箠笞　司馬遷〈報任安書〉：「其次關木索、被箠楚受辱。」木索，刑具，加在犯人頸、手、足上的「三木」以及繩索。箠笞，用馬鞭抽打。㉚蓀　香草。《楚辭》中多見，多象徵君主執事等，如《楚辭・九歌・少司命》：「蓀何以兮愁苦?」《楚辭・九章・抽思》：「蓀詳聾而不聞。」此指代漢文帝。㉛要津　顯要的職位。㉜詭遇而獲獸　《孟子・滕文公下》：「吾為之範我馳驅，終日不獲；為之詭遇，一朝而獲十。」此意謂不循正道而獲取富貴。㉝孟軻　孟子，戰國時魯國鄒（今屬山東）人。名軻，字子輿。後世稱亞聖。有《孟子》傳世。㉞汶汶　汙濁。㉟蹇屯　猶豫不決。㊱萬祀　萬年。㊲媵妐　古代陪嫁的女子。㊳干將　古代寶劍。《吳越春秋》：「干將，吳人，與歐冶子同師。闔閭使造劍二枚：一曰干將，一曰莫邪。」㊴胡　為何。㊵宣室　漢都長安未央宮前正室。㊶泣鬼神於前席　《史記・屈原賈生列傳》：「後歲餘，賈生徵見。孝文帝受釐，坐宣室。上因感鬼神事，而問鬼神之本。賈生因具道所以然之狀。」㊷拳拳　用心誠懇。㊸卑濕　《史記・屈原賈生列傳》：「聞長沙卑濕，自以壽不得長」。㊹嘉遁　值得稱許的隱遁。《易・遁》：「九五，嘉遁貞吉。」㊺山椒　山頂。㊻鵩鳥又知而來送　《史記・屈原賈生列傳》：「賈生為長沙王太傅三年，有鴞飛入賈生舍，止于坐隅。」鴞，即鵩鳥，貓頭鷹一類的不祥之鳥。知，結交。《左傳・昭公四年》：「公孫明知叔孫於齊。」㊼梁王　梁懷王劉揖，漢文帝之子。㊽翻鞚　墜馬。鞚，馬籠頭。㊾顏淵之樂道　孔子弟子顏淵（又曰顏回）貧而好學，孔子曰：「賢哉，回也！一簞食，一瓢飲，在陋巷，人不堪其憂，回也不改其樂。賢哉，回也！」（《論語・雍也》）㊿欽鳾　貓頭鷹。51覽德輝　賈誼〈弔屈原賦〉：「鳳凰翔於千仞兮，覽德輝而下之。」52驅玉虯　駕馭玉龍。53九州　古代中國分九州，此即指中國。54蕭曼　彌漫疏遠。55亂　賦結尾處有韻的總結詞。56咨嗟　嘆息。57涕洟　眼淚與鼻涕俱下。涕，眼淚。洟，鼻涕。

【語　譯】丙辰年，我年二十一。出行赴廣西，經過長沙，有感於當年賈誼作賦弔念屈原，也作一篇賦憑弔賈誼。其詞曰：

為什麼蒼天不珍惜它培育的聰慧秀美之人，而讓才能出眾的精英一代一代殂謝？前代的既不被重用而四處流亡，後世的又不被重用而只能自己挺立生長。想到我賈生夫子在君臣關係上，也常淚如秋雨其勢不止。於前哭天下並非平安無事，於後又哭皇子梁懷王墮馬而死。為人臣而能盡其忠，為人師而能殉之而死。

你本像黃帝、神農、虞舜、夏禹時的故人，但行為與上古賢明君王相距廣遠。你不知漢代有自家的制度，卻志大言誇地一談禮樂，二談政教。你希望國君要像堯舜一樣賢明，哪知他謙讓還來不及呢！而那周勃、灌嬰一類的勇武之將，召見儒士總是朝東向高坐而蔑視之。看到夫子你就像邑犬見到怪物而吠叫，並因為你年才弱冠而盛氣凌人。怎麼不幸的事都讓你碰上而不能與世和諧，難免要孤單而面臨絕境。

當年西漢初所封的同姓七國諸侯將謀反時，那些社稷大臣們沒有人說句話，只會相互之間你不斷地排斥我，我又看見你被木索加刑或被馬鞭抽打而可憐你。君主於對立的臣下不知要做些什麼，始終不知千古以來誰是龍誰是鼠！那些凡俗的儒生見識寡陋，只知說要結交身居要津的權貴。即使這樣不循正道而獲取了功名富貴，我恐怕孟軻要恥笑他們。

所謂的「聖賢」往往內心汙濁而做事猶豫，就算經歷了萬年也不知其中的原因。我只是悲憫我的賈夫子啊，為的是其雖明智而不被賞識。這好像明珠在懷袖中閃耀，被人揣到半途忽然又丟掉了；又像淑女大婚在枕席間十分歡娛，卻因陪嫁女的讒言而忽然被拋棄了。如果寶劍干將已經鑄就，何不清水淬火試試其硬度？賈生蒙文帝召見於宣室講鬼神事，文帝移坐向前傾聽，鬼神都要為之感泣了。主上誠摯地把長沙王託付給你，終不忍心讓先生你獨嘗低地濕熱之苦。你想合乎時宜地隱居於山頂，又感念君王的恩重；打算效忠到晚年，而不吉利的貓頭鷹又來結交相送。自己命薄本已死心了，又連累梁懷王使之墜馬而亡。賈生感傷自己當師傅而沒有盡責，這自然也是賢人具有忠愛之心的表現；他三十三歲就羽化而逝去，恐怕最終不是由於哭泣所害。

那位顏淵雖然安貧樂道，但壽命也不長。你不忍讓自己所預言的事應驗，所以你就先在七國叛亂之前亡故了。如果誤把鳳凰當成貓頭鷹，那鳳凰就是身披著仁德的光輝也得離去；你駕御著四條玉龍升向天空，知道九州不可以長久居駐。逝者已經像雲一樣漸漸遠去了，只有他的芳名還留在此處。

亂曰：瀟湘的春天，水勢浩浩，有一位品德美好的人，走向了遠方。忽然見到一叢芳草，長在你的廟祠之前。我涕淚俱下，惋惜你是那樣的年輕啊。

【研　析】當年賈誼「為長沙王太傅，既以謫去，意不自得；及度湘水，為賦以弔屈原」（賈誼〈弔屈原賦〉），為自己懷才不遇，遭受權貴排擠而借弔屈原抒發憤懣。而袁枚寫此賦時年已弱冠，仕途無望，前途渺茫，乃「感賈生之弔屈平也，亦為文以弔賈生」；儘管袁枚之遭際、身分尚不可與賈生相提並論，但心懷濟世之志而報國無門的情懷是無二致的。這正是作者寫此賦的思想基礎。

此賦首先提出一個使作者困惑或悲哀的問題：「何蒼蒼者之不自珍其靈氣兮？」而竭忠殉死的「俊英」賈誼正是不被「珍惜」的典型。賈誼之不被珍惜，亦即作者所同情悲哀處，表現在賈誼因欲改革漢制度不合時宜，而被「絳、灌」排擠，使其「負孤姿而抱絕狀」。另外，還表現在「當七國之妖氛將發兮，彼社稷臣無一語」，獨有賈生早就建議削弱諸侯王勢力，以免禍患，但卻有「木索箠笞」之憂而令人可憐。最終，則表現在賈誼一生壯志未酬，半途而廢，如「明珠耀於懷袖兮，忽中道而置之」，初被貶謫為長沙王太傅，無所事事，繼遷梁懷王太傅，又遇梁懷王墜馬而死之禍，導致「三十三而化去」。至此作者悲哀、痛惜的感情亦達到了高潮。

但作者似意猶未盡，又以安貧樂道的顏淵「亦時命之不長」以及「宜其身先七國而亡」作襯托，對賈誼之早逝進行「開脫」，此乃自我慰藉也。而「亂」辭之「咨嗟涕洟，感年少兮」，作者自然是聯想到「春秋二十有一」的自己亦正「年少」，而未來如何？這正是作者所擔憂的，從而留下藝術想像的空白。

秋蘭賦

【題解】秋蘭，蘭花的一種。蘭花為多年生草本植物，一般春季開花，為春蘭。也有秋季開花者，為秋蘭。本文原載《小倉山房文集》卷一。

秋林空兮百草逝，若有香兮林中至。既蕭曼❶以襲裾❷，復氤氳❸而繞鼻。雖脈脈❹兮遙聞，覺熏熏然❺獨異。予心訝焉：是乃芳蘭，開非其時，寧❻不知寒？於焉❼步蘭陔❽，循蘭池，披條❾數萼，凝目尋之。

果然蘭言，稱某[10]在斯[11]。業經半謝，尚挺全枝。啼露眼[12]以有待，喜采者之來遲。苟不因風而棖觸[13]，雖幽人[14]其猶未知。

于是舁[15]之蕭齋[16]，置之明窗。朝焉[17]與對，夕焉與雙。慮其霜厚葉薄，黨孤[18]香瘦；風影[19]外逼，寒心內疚[20]。乃復玉几安置，金屏掩覆。雖出入之餘閒，必褰簾[21]而三嗅。誰知朵止七花，開竟百日；晚景後凋，含章貞吉[22]。露以冷而未晞[23]，莖以勁而難折；瓣以斂而壽永，香以淡而味逸[24]。商飆[25]為之損威[26]，涼月為之增色。留一穗之靈長[27]，慰半生之蕭瑟。

予不覺神心佈覆[28]，深情容與[29]。析佩[30]表潔，浴湯孤處。倚空谷以流思，靜風琴[31]而不語。

歌曰：秋雁回空，秋江停波。蘭獨不然，芬芳彌[32]多。秋兮秋兮，將如蘭何？

【注釋】❶蕭曼　眾多貌。蕭，蒿。曼，滋蔓。❷裾　衣襟。❸氤氳　濃烈的香氣。❹脉脉　連綿不斷。❺熏熏然　形容香氣沁人心脾。❻寧　怎麼。❼於焉　於是就。❽蘭陔　去採蘭的田埂。束皙〈補亡〉：「循彼南陔，言採其蘭。」❾披條　分開蘭葉。❿某　我。⓫斯　這裡。⓬露眼　喻露珠。⓭棖觸　觸動。⓮幽人　幽居之人。⓯舁　抬。⓰蕭齋　書齋。李肇《國史補》：「梁武帝造寺，令蕭子雲飛白大書『蕭』字，至今一『蕭』字存焉。李約竭產自江南買歸東洛，匾於小亭以玩之，號為蕭齋。」後沿用為稱書齋。⓱焉　連詞，表示承接，相當於「則」。⓲黨孤　朋黨缺少。此喻莖葉少。⓳風影　隨風晃動的物影。⓴疢　疾病。㉑褰簾　撩開簾子。㉒含章貞吉　包含美質，美好吉利。《易‧坤》：「六三，含章可貞。」㉓晞　乾。㉔逸　散發。㉕商飆　秋風。㉖損威　減去威儀。㉗靈長　綿延長遠。㉘佈覆　佈散籠蓋。㉙容與　徘徊。㉚析佩　解開佩戴的飾物。㉛風琴　風鈴、鐵馬，懸於房檐前的鐵片，風吹發出聲響。㉜彌　更。

【語譯】秋林空寂啊百草枯萎，好像有芳香啊從秋林中傳來。這芳香濃郁浸透了衣襟，又繚繞於鼻端。雖然連綿不斷來自遠處，卻沁人心脾，香味獨特。我心中很詫異：這是蘭花的芳香，但開得不是時候，難道不知道寒冷？於是我走在田埂上去採蘭，沿著蘭花池，找到了蘭花，撥開其枝葉，尋找著花朵。果然有花，似乎在說我在這裡。一看已經凋謝了一半，但整個枝條還堅挺著。露珠像是其眼含著淚水有所期待，採摘者雖然來遲，卻也很高興。若不是因為秋風吹揚香氣，即使是幽居的人也還不知道。

於是我把蘭花搬進書齋，放在明亮的窗前，清晨與它相對，傍晚也與它為伴。我擔心它因秋霜厚重，葉片單薄，枝莖稀少而瘦弱；加上秋風逼人，受到寒氣而患病。於是又把它放到飾玉的几案上，用繡金的屏風遮蓋起來。在出入的閒暇，經常撩開布簾不停地嗅其芳香。誰知雖然只有七朵花，竟連續開了一百天，開到後來凋謝了，但仍然包含美質，顯示出美好吉利的意味。露因為冷而沒有晾乾，花莖堅韌而難於摧折，花瓣斂聚卻花期很長，香味淡泊卻散向四方。秋風雖讓它減卻威儀，冷月卻讓它增添了光彩。留下最長壽的一朵花，也足以慰藉半生的蕭瑟了。

我不禁全心地呵護它，深情地徘徊在它旁邊。我解下所佩戴的飾物以示潔淨，又沐浴而獨處。我好像身處幽空的山谷中，思想馳騁，只覺得屋檐下的風鈴鐵馬靜默無語。

歌曰：秋雁返回北方，秋江平靜無波。蘭花卻不同，秋天更加芳香。秋啊秋啊，你能把蘭花怎麼樣呢？

【研　析】此賦為作者早年出仕前之作。常言說「春蘭秋菊」，此文獨賦「秋蘭」，大有承襲屈原〈離騷〉「曠紉秋蘭以為佩」之意，而有所寄託。蘭在文學作品中多為美好事物的象徵。此賦寫蘭雖處秋寒之時而仍不失其「芳蘭」的本色，其警策之句「朵止七花，開竟百日；晚景後凋，含章貞吉。露以冷而未晞，莖以勁而難折；瓣以斂而壽永，香以淡而味逸」，顯示出秋蘭頑強的意志，芬芳不消的生命力。此秋蘭寄寓著年輕作者的某種人生理想，雖然環境暫時不利，但「芬芳彌多」，信念不會改變，進取不會退縮。「秋兮秋兮，將如蘭何？」則是對「寒秋」提出挑戰。此賦不類一般詠物之作大肆鋪陳，而是採用簡潔的敘事手法，娓娓道來，令人感到親切有味。

119　儉戒

【題解】儉，節儉。戒，用於告誡的一種文體。本文原載《小倉山房文集》卷一。

某尚書撫浙❶，以儉率❷下。過三元坊❸，見圬者❹妻紅裓襦❺，簪花，立而目公。公命將某婦詣轅❻前，騶❼擁之去。圬者故❽新娶也，號泣從之。伺轅三日，探刺不得信，乃棄其屋，并其妻之屋，得二十金❾，賄中軍❿。中軍為之請，公笑曰：「吾幾忘。」引婦之中庭，而高呼夫人。婦瞠視⓫，俄而有蓬首持畚、衣七緵之布⓬從竈觚⓭來者，曰：「此夫人也。」已，公立婦而訓之曰：「夫人封一品，服飾如是；汝家圬者，而若是華妝，行見飢寒之將至矣。吾召汝者，以身立教，俾⓮語而⓯夫知也。」飯⓰脫粟⓱而遣之。婦歸，已無家矣，乃雉經⓲死。

袁子⓳曰：儉，美德也。自矜其儉，便為凶德。蓼蟲⓴食苦而甘，彼自甘之，與人無與也。必欲率天下人而為蓼蟲，悖矣！尚書亟㉑表己之儉，故并戟轅㉒之尊且嚴而亦忘之。有所矜乎此者，必有所蔽乎彼也，故曰：「克己之謂仁㉓。」

【注　釋】❶撫浙　任浙江巡撫。❷率　勸戒。❸三元坊　杭州地名。❹圬者　瓦匠。❺紅裓襹　紅色繡衣。❻轅　轅門；官署。❼騶　侍從。❽故　通「固」。本來。❾二十金　二十兩銀子。❿中軍　官名，副將。⓫瞠視　瞪眼直視。⓬七緵之布　粗布。古代布帛在二尺二寸的幅度內以八十根經線為一緵。⓭竈觚　灶下；廚房。⓮俾　使。⓯而　爾；你。⓰飯　給……吃。⓱脫粟　粗糧。⓲雉經　自縊；上吊。⓳袁子　作者袁枚自稱，一般是發表議論的開頭。⓴蓼蟲　寄生於蓼草的一種昆蟲。傳說喜吃苦辣之物。㉑亟　性急。㉒戟轅　指巡撫官署。戟，戟門。轅，轅門。㉓克己之謂仁　孔子語。見《論語・顏淵》：「克己復禮為仁。」此指克制自己的私欲就叫做仁德。

【語　譯】某尚書任浙江巡撫，常以節儉勸戒部下。一次經過三元坊，看見一個瓦匠的妻子身穿紅色繡衣，頭上還插著花，站在那兒注視尚書。於是尚書命人將此婦帶到官府去，隨從就把她帶走了。婦人本是瓦匠新娶的妻子，瓦匠哭號著追在後面。瓦匠在官府門前窺探了三天，也打聽不到妻子的消息，於是就賣掉了自己的房子，又賣掉了老婆的房子，換來二十兩銀子，向中軍行賄，請求幫忙解救妻子。中軍就為他去求情。尚書笑著說：「我差點兒忘了此事。」婦人被帶到衙門廳堂，尚書高呼夫人。婦人瞪眼直視，一會兒見有人蓬鬆著頭髮，手裡拿著畚箕，穿著粗布衣衫，從灶頭處走過來。尚書說：「這位就是我的夫人。」然後，尚書讓婦人站好而教訓道：「我夫人誥封一品夫人，穿著是這樣；你家是瓦匠，而你打扮如此華麗，你挨餓受凍的日子就要來了。我把你召來，是以我的所為樹立教化，讓你告訴你丈夫知道。」於是給婦人吃了頓淡飯放走了。婦人回去看到已沒了家，就上吊自盡了。

袁子說：節儉，是美德。如果以節儉自誇，那就是違背仁德的惡行了。蓼蟲喜歡吃苦的東西以為甘甜，是它自以為甘甜，與其他人沒關係。如果一定要勸戒天下人都做蓼蟲，那就荒謬了！尚書因為急於表現自己的節儉，所以連衙門的尊嚴都忘了。他有在這方面可自誇的，一定有另方面被隱蔽的。所以孔子說：「克制自己的私欲就叫做仁德。」

【研　析】此文先論事，後就事發表議論，富有雜文意味。記事寫某尚書以節儉自居，刁難圬者之妻，導致其自縊而死的經過。敘事簡潔，通過某尚書的簡短語言與行為，就刻劃出其自以為是、固執迂腐的嘴臉，亦表達了作者對圬者夫妻家破人亡的同情。議論乃在「儉」的度上作文章。儉本為美德，但如果過度甚至「自矜其儉」而傷人，則為「凶德」矣！議論中穿插的「蓼蟲」之喻甚妙，既使筆致生動，亦增強了說服力。

短人傳

【題　解】短人，矮人；侏儒。傳，演述人物的一種文體。本文原載《小倉山房文集》卷七。

鎮江❶之短人，曰趙元文，年二十八，長二尺許。侈面博脣❷，首如覆釜❸，行則左右搖，立久臀壓其膝，兩手膠而拳❹。揚州❺鄭守備❻貽❼其母千錢，短人歸❽焉。教之應對❾，執箕膺揭❿。短人性黠⓫，無他能，能屈一足跪。客來輒自蜷局⓬，出而試之。鄭復得女子一，短如之，將以偶⓭焉。短人辭曰：「不可。短人，天之僇民⓮也。有母在不能養，而又養一短女子，非所願也。」固⓯與之，將遁矣，乃聽焉。

余過揚州，短人出拜，問安必朝夕至。載以如⓰白下⓱，自將軍⓲、方伯⓳、太守⓴以下，聞其短，咸具箠㉑來迎短人。短人摩地鞠跽㉒，昂首酬對，卑疵孅趨㉓，轉圜㉔如意。皆大喜，贈賜重積。及歸，褒衣㉕大冠，篋㉖為之重。

袁子㉗曰：禮之不可已也如是夫！短人知禮，人愛其短。然則人之病㉘，何病乎其有所短耶？

【注釋】❶鎮江　今屬江蘇。❷侈面博唇　臉龐大，嘴唇大。侈，寬大。博，大。❸覆釜　倒扣的鐵鍋。❹膠而拳　拘縮在一起。膠，粘合。拳，彎曲。❺揚州　今屬江蘇。❻守備　武官名。❼貽　送。❽歸　歸屬。❾應

對　酬答。❿執箕膺揭　語出《禮記・少儀》。箕，竹編小盛物器。膺，以胸部抵住。揭，畚箕前端。⓫點　聰慧。⓬蜷局　身體彎曲成一團。局，曲。⓭偶　婚配。⓮僇民　罪人。⓯固　堅決地。⓰如　至。⓱白下　江寧，今南京。⓲將軍　總督，省級軍事長官。⓳方伯　巡撫，省級行政長官。⓴太守　州府最高行政長官。㉑具篲　拿掃帚掃地，表示鄭重其事。篲，竹掃帚。㉒鞠䐭　匍匐長跪。䐭，同跽，跪。㉓卑疵孅趨　卑躬屈膝。《史記・日者列傳》：「卑疵而前，孅趨而言。」㉔轉圜　應酬答對。㉕褒衣　寬大的衣襟。《漢書・雋不疑傳》：「佩環玦，褒衣博帶。」㉖篋　箱子。㉗袁子　袁枚自稱。㉘病　缺點。

【語　譯】鎮江有個侏儒，叫趙元文。年齡約二十八歲，身高二尺左右。臉龐大，嘴唇也寬厚，頭像一口倒扣的鍋。走起路來左右搖晃，站久了屁股就壓得膝蓋彎曲，兩手也拘攣拳曲。揚州鄭守備給了侏儒母親一千文，他就屬於鄭守備了。鄭教他日常應答，幹一些執箕拿掃帚的活兒。侏儒很聰明，沒有別的能耐，能彎曲一膝下跪。有客人來他就自己蜷曲到一邊，有時也叫他出來，試試他的本事。鄭守備又得到一女侏儒，高矮與侏儒差不多，就要把女侏儒許配給侏儒。趙元文說：「不行。侏儒，是被天刑罰的罪人。我老母親尚在還不能奉養，而又要養一矮女子，這我不願意。」鄭守備非要把這女侏儒許給他，弄得他要逃婚，這才聽從了他。

我去揚州拜訪鄭守備，侏儒出來拜見。每天早晚他還必來問安。後來我把他帶回南京，從將軍到方伯、太守，知道了這個矮人，於是紛紛鄭重其事地來迎請他。侏儒匍匐在地長跪，抬起頭來應酬答對，也非常卑恭，而應付自如。這些官員們都很高興，贈賜的禮物堆積如山。等到侏儒回去的時候，有很多寬大的衣服和大帽子，箱子非常沉重。

袁子說：禮儀不可缺少就是像這樣。侏儒因為懂得禮儀，所以人們都喜愛他的矮小。那麼可見人的缺陷，哪裡是因為他身材短小呢？

【研　析】短人身體殘疾，令作者同情；但短人心靈不殘，甚至「性黠」，這又令作者有點欽佩。作者以白描之筆寫短人之醜陋形貌，栩栩如生；而寫短人拒絕與短女子婚配，通過「不可」的態度、決絕的語言與「將適」的行為，刻劃出其心靈的高貴與個性倔強的一面，亦甚生動傳神。寫短人在白下備受官員歡迎，不僅是「人愛其短」更在於「短人知禮」。作者認為，「禮」是不可少的，無「禮」比人「短」更不可取，人短但有「禮」則不能算「人之病」。作者的見解顯然超凡脫俗，具有卓識。

書魯亮儕

【題　解】書，記載。魯亮儕，名之裕，字亮儕，湖北麻城人。曾任清河道道員，官至布政使。本文原載《小倉山房文集》卷九。

己未❶冬，余謁孫文定公於保定制府❷。坐甫定，閽啟❸：「清河道魯之裕白事❹。」余避東廂，窺偉丈夫，年七十許，高眶大顙❺，白鬚彪彪然❻，口析水利數萬言。心異之，不能忘。

後二十年，魯公卒已久。予奠於白下沈氏⑦，縱論至於魯。坐客葛聞橋⑧先生曰：「魯字亮儕，奇男子也。田文鏡督河南嚴⑨，提、鎮、司、道⑩以下，受署⑪唯謹，無游目視⑫者。魯效力麾下。一日，命摘中牟⑬李令印，即攝⑭中牟。魯為微行，大布之衣⑮，草冠，騎驢入境。父老數百扶而道苦之，再拜，問訊曰：「聞有魯公來代吾令，客在開封，知否？」魯謾⑯曰：「若問云何？」曰：「吾令賢，不忍其去故也。」又數里，見儒衣冠者簇簇然⑰謀曰：「好官去可惜，伺魯公來，盍⑱訴之？」或搖手曰：「咄，田督有令，雖十魯公奚能為？且魯方取其官而代之，寧肯捨己從人耶？」魯心敬之而無言。

至縣，見李貌溫溫奇雅，揖魯入曰：「印待公久矣。」魯拱手曰：「觀公狀貌被服⑲，非豪縱者，且賢稱噪於士民，甫下車⑳而庫虧，何耶？」李曰：「某滇南萬里外人也，別母遊京師十年，得中牟。借俸迎母，母至被劾㉑，命也。」言未畢，泣。魯曰：「吾暍㉒甚，具湯浴我。」

徑詣別室，且浴且思，意不能無動。良久，擊盆水誓曰：「依凡而行者，非夫也！」具衣冠㉓辭李。李大驚曰：「公何之㉔？」曰：「之省。」與之印，不受。強之，曰：「毋累公。」魯擲印鏗然，厲聲曰：「君非知魯亮儕者！」竟怒馬㉕馳去，合邑士民焚香送之。

至省，先謁兩司，告之故。皆曰：「汝病喪心耶！以若所為，他督撫猶不可，況田公耶！」明早詣轅㉖，則兩司㉗先在。名紙未投，合轅傳呼魯令入。田公南向坐，面鐵色，盛氣迎之，旁列司、道下文武十餘人，睨㉘魯曰：「汝不理縣事而來，何也？」曰：「有所啟。」曰：「印何在？」曰：「在中牟。」曰：「交何人？」曰：「李令。」田公乾笑，左右顧曰：「天下摘印者，寧有是耶？」皆曰：「無之。」兩司起立謝曰：「某等教敕亡素㉙，致有狂悖之員。請公并劾魯，付某等嚴訊朋黨情弊，以懲餘官。」魯免冠前叩首，大言曰：「固也，待裕言之！裕一寒士，以求官故來河南，得官中牟，喜甚，恨不連夜排衙視事㉚。不意入境時，李令之民心如是，士心如是；見其人，知虧帑㉛故又如是。若明公已知其然而今裕往，裕沽名譽，空手歸，裕之罪也；若明公未知其然而今裕往，裕歸陳明，請公意旨，庶不負大君子愛才之心與聖上孝治天下之意。公若以為無可哀憐，則裕再往取印未遲。不然，公轅外官數十，皆求印不得者也。裕何人，敢逆公意耶？」田公默然。兩司目之退。魯不謝，走出至屋霤㉜外。田公變色，下階呼曰：「來！」魯入跪。又招曰：「前。」取所戴珊瑚冠覆魯頭，嘆曰：「奇男子，此冠宜汝戴也。微汝㉝，吾幾誤劾賢員。但疏㉞去矣，奈何？」魯曰：「幾日？」曰：「五日，快馬不能追也。」魯曰：「公有恩，裕能追之。裕少時能日行三百里，公果欲追疏，請賜契箭㉟一枝以為信。」公許之，遂行。五日而疏還，中年令竟無恙。以此魯名聞天下。

先是，亮儕父某為廣東提督㊱，與三藩㊲要盟㊳，亮儕年七歲，為質子㊴於吳㊵。吳王坐朝，亮儕黃袂衫，戴貂蟬㊶侍側。年少豪甚，讀書畢，日與吳王帳下健兒學嬴越勾卒㊷、擲塗賭跳㊸之法，故武藝尤絕人云。

【注釋】❶己未　乾隆四年（西元一七三九年）。❷孫文定公於保定制府　孫文定公，孫嘉淦，字錫公，號懿齋，太原（今屬山西）人。官至吏部尚書、協辦大學士，諡文定。時任直隸總督，駐保定（今屬河北）。制府，總督衙門。❸閽啟　看門人稟報。閽，看門人。❹清河道魯之裕白事　清河道，官名。掌管河務。白事，彙報事情。❺顙　額頭。❻彪彪然　有神采。❼白下沈氏　南京沈鳳，字凡民、補蘿。見《隨園詩話》等袁枚著作。❽葛聞橋　名祖亮，字聞橋，江寧（今江蘇南京）人。乾隆進士，曾官吏部主事。❾田文鏡督河南嚴　田文鏡，清漢軍正黃旗人。雍正元年（西元一七二三年）任山西布政使，後歷任河南巡撫、總督，加兵部尚書銜，太子太保。又因兼領山東，稱河東總督。時總督河南，性苛刻嚴厲。❿提鎮司道　均為地方長官。提，提督，統轄全省軍事。鎮，鎮守一地的總兵。司，省級官署名，如布政司、按察司。道，道員。⓫受署　受命。⓬游目視目光無定，喻草率馬虎。⓭中牟　縣名。今屬河南。⓮攝　代理。⓯大布之衣　粗布衣服。⓰謾　隨便。⓱簇簇然　聚集在一起貌。⓲盍　何不。⓳被服　衣著。⓴甫下車　指剛到任。㉑劾　彈劾。㉒暍　受熱；中暑。㉓具衣冠　穿戴好衣帽，表示尊敬之意。㉔之　往。㉕怒馬　奮力鞭策馬匹快跑。㉖轅　轅門；衙門。此指總督府。㉗兩司　指布政使（藩司）與按察使（臬司）。㉘睨　斜眼看。㉙教敕亡素　平時缺少教誡。亡，無。素，指平素管教。㉚排衙視事　升堂處理事務。㉛帑　國庫錢財。㉜屋霤　屋檐。㉝微汝　沒有你。㉞疏　奏章。㉟契箭　令箭。㊱提督　地方高級長官。㊲三藩　明朝降將吳三桂、尚可喜、耿精忠被清朝封為平西王、平南王、靖南王，稱三藩。㊳要盟　指清政府與三藩訂約互不侵擾。㊴質子　人質。㊵吳　指吳王吳三桂。㊶貂蟬　武官和侍從所戴帽子上綴玳瑁蟬、插貂尾作為飾物。㊷嬴越勾卒　秦國與越國之兵法。韓愈〈曹成王碑〉：「王親教之搏力勾卒嬴越之法。」㊸擲塗賭跳　擲泥、賭跳躍，指武技。

【語　譯】乾隆四年冬，我在保定總督衙門拜見孫文定公。剛坐下，看門人稟報：「清河道員魯之裕來報告公事。」我在東廂房迴避，偷看到魯是個魁偉的漢子，七十歲左右，高眼眶，寬額頭，滿腮白鬍子很神氣。聽見他正滔滔不絕地分析水利問題。心裡驚異，令人不能忘記。

二十年後，魯公已故去很久。我在金陵沈鳳家弔喪，與來客談天中說到了他。座中客人葛聞橋先生說：魯先生字亮儕，是個奇男子。田文鏡任河南總督時秉性嚴厲，提督、總兵、藩司、臬司、道員及以下各級，受命辦事都很謹慎，沒有敢馬虎隨便的。魯亮儕也效力於田文鏡官署。一天，田文鏡命令他去收取中牟縣李縣令印，並即代任縣令。魯亮儕裝扮成百姓前往，穿著粗布衣服，戴著草帽，騎著毛驢到了中牟縣境內。見到幾百個老人相互攙扶著在一起訴說著苦楚，魯亮儕一再施禮詢問緣故，老人們回答：「聽說有位魯大人來代替我們縣令，現暫住在開封，你知不知道？」魯亮儕隨口問道：「為何要問這個？」老人們說：「因為我們的縣令很賢明，捨不得他走，所以才打聽。」又走了幾里路，見一些穿著讀書人衣服的人簇擁在一起，商量道：「好官罷掉可惜，魯大人來了，何不申訴一下？」有人搖搖手道：「唉，田總督已有命令，即使有十個魯大人又能怎麼樣？何況魯大人正是來取代李縣令官職的，哪裡肯犧牲自己而成全別人呢？」魯亮儕心裡對李縣令很敬佩，但沒有說話。

到了縣衙，見李縣令相貌溫和文雅，向魯亮儕作揖迎入，說：「官印等閣下來接已很久了。」魯亮儕拱手說：「我看大人相貌服飾，不是豪奢放縱的人，況且賢能的名聲在士民中傳揚，卻剛上任錢庫就出現了虧空，這是什麼原因呢？」縣令說：「我是萬里之外的雲南南部人，離別母親來京城求仕十年，終於得到中牟縣令職，就借了公家薪俸接母親，母親剛到就被彈劾，這是命啊。」

話未完就落了淚。魯亮儕說：「我熱得難受，先讓我洗個澡。」就逕直走到別的房中，一面洗澡，一面思考，心中不能不被感動。過了好久，擊打著盆中的水發誓說：「按常規辦事的，就不是大丈夫！」於是穿戴好衣帽，告別李縣令。李縣令驚問：「大人要到哪裡去？」魯亮儕說：「去省裡。」李縣令把官印給魯亮儕，魯不肯接受。李縣令硬要魯收下，說：「不要連累了大人。」魯亮儕「砰」地一聲丟掉官印，厲聲說：「您不是瞭解我魯亮儕的人！」說罷竟策馬而去，全城的百姓知道後都燒香拜送他。

到了省裡，先拜見兩司長官，彙報了事情的緣由。兩司長官都說：「你腦子出毛病了！以你這樣的做法，別的總督、巡撫尚且不會允許，何況是田大人？」第二天早上，魯亮儕來到總督衙門，兩司長官已先到。帖子姓名還沒報上去，整個衙門裡就傳呼魯亮儕進去。田大人朝南而坐，鐵青著臉，怒氣衝衝地等著他，旁邊排列著司、道以下的文武官員十幾位。田文鏡斜視著魯亮儕說：「你不辦縣裡的公事，到這兒來幹什麼？」魯亮儕說：「有事彙報。」田文鏡說：「官印在哪裡？」魯亮儕說：「在中牟縣。」又問：「交給誰了？」答道：「李令。」田文鏡乾笑著，看看左右的人說：「天下去摘官印的人，竟能有這樣的嗎？」大家都說：「沒有。」兩司長官見狀站起來請罪道：「我們平時缺少管束，所以有這樣狂妄不懂道理的屬員，請大人一併彈劾魯亮儕，交給我們嚴厲審訊他的朋黨等情況，以警戒其餘的官員。」魯亮儕脫下帽子上前磕頭，大聲說：「這是理所當然的，不過要等我說一說實情。我魯之裕本是個貧寒的讀書人，為了求官來到河南，能做中牟縣令，非常高興，恨不得連夜升堂問事。但想不到走入中牟縣境時，知道李縣令是這樣得民心，得讀書人的心。見到其本人，知道錢庫虧空的原因是這樣。如果大人已知道這些情況而命我去，我為了沽名釣譽，空手而回，這是我的罪。如果大人不知其情況而命我前往，我回來詳告，請大人指示，才不辜負您大君子愛才之心和皇上以孝治天下的意圖。如果大人認為此事沒什麼值得哀憐的，那麼我再去取印也不晚。不然的話，大人衙門外官員數十人，都是求官印而不能得到的，我是何等人，敢違抗大人的意旨？」田公默默無言。兩司長官使眼色叫魯亮儕退下。魯亮儕也不辭謝，就走了出去。剛到屋檐外，田大人忽然改變了臉色，走下臺階喊道：「回來！」魯亮儕進來跪下。田文鏡又招手說：「上前。」然後取下自己戴的珊瑚頂帽子戴在魯亮儕頭上，感嘆說：「奇男子，這頂帽子應給你戴。沒有你，我差點誤參了一位賢官。但是奏章已送出去了，如何是好？」魯亮儕問：「送出幾天？」田說：「五天，快馬也追不上了。」魯亮儕說：「大人有恩德，我能追回來。我年輕時一天能行三百里。大人果真要追回奏章，就請給我一枝令箭為憑證。」田公答應了，魯亮儕於是出發。五天後奏章追回。中牟縣令終於安然無事，魯亮儕也因此名聞天下。

魯亮儕的父親曾任廣東提督，和三藩締結盟約，魯亮儕當時才七歲，被當作人質留在吳王處。吳王上朝，魯亮儕穿黃袯衫、戴貂蟬帽侍立在旁邊。雖然年少卻很有豪氣，每天讀書以後，就向吳王帳下的勇士們學習古代兵法和投擲、跳躍之類本領，所以武藝尤其過人。

【研　析】此文可當作小小說閱讀。開篇即為魯亮儕畫像，老當益壯，神采飛揚，鬱勃一股豪氣。然後展開曲折的故事情節，採用「後二十年」由坐客葛聞橋先生倒敘的手法，顯得跌宕起伏。情節由三個場面組成。一是魯亮儕與中牟縣百姓的對話，此從側面寫李令乃「賢」縣令「好官」，「去可惜」，是為鋪墊。二寫與中年李令見面的言行，通過李令交印與魯亮儕「不受」的矛盾衝突，凸顯李令之「溫溫奇雅」與魯亮儕之秉公辦事，毫無私心。三是寫魯亮儕與以嚴苛出名的田文鏡見面，這是一場重頭戲。寫魯亮儕能言善辯，有理有節，突出其既大膽又富智慧；寫田氏則重在表情細節，「面鐵色」——「睨魯」——「乾笑」——「默然」——「下階呼」——「嘆曰」——「許之」的變化過程，既寫出田氏從善的一面，更反襯出魯亮儕膽略不凡。其中穿插兩司的表演，也起到反襯魯亮儕形象的作用。文末又補敘魯亮儕少年時「為質子於吳」，學習武藝的往事，則是呼應魯追疏之「絕人」武藝，使人物形象飽滿而可信。

隨園記

【題解】隨園，袁枚辭官隱居處，乾隆十三年（西元一七四八年）所購，原為江寧織造隋赫德所有，名隋園。記，以敘事為主，兼及抒情、議論與山水描寫的一種文體。本文原載《小倉山房文集》卷十二。

金陵❶自北門橋西行二里，得小倉山❷。山自清涼❸胚胎❹，分兩嶺而下，盡橋而止。蜿蜒狹長，中有清池水田，俗號乾河沿。河未乾時，清涼山為南唐[5]避暑所，盛可想也。凡稱金陵之勝者，南曰雨花臺[6]，西南曰莫愁湖[7]，北曰鍾山[8]，東曰冶城[9]，東北曰孝陵[10]，曰雞鳴寺[11]。登小倉山，諸景隆然上浮。凡江湖之大，雲烟之變，非山之所有者，皆山之所有也。

康熙[12]時，織造隋公[13]當山之北巔，構堂皇[14]，繚垣牖[15]，樹之萩千章[16]，桂千畦。都人游者，翕然[17]盛一時。號曰「隋園」，因其姓也。後三十年，余宰江寧[18]。園傾且頹，弛其室為酒肆，輿臺[19]嚾呶[20]。禽鳥厭之，不肯嫗伏[21]。百卉蕪謝，春風不能花。余惻然而悲，問其值，曰三百金[22]，購以月俸。茨牆剪闔[23]，易檐改塗[24]。隨其高，為置江樓；隨其下，為置溪亭；隨其夾澗，為之橋；隨其湍流，為之舟；隨其地之隆中而欹側[25]也，為綴峰岫；隨其蓊鬱[26]而曠也，為設宧窔[27]。或扶而起之，或擠而止之，皆隨其豐殺[28]繁瘠[29]，就勢取景，而莫之夭閼[30]者，故仍名曰「隨園」，同其音，易其義。

落成，歎曰：「使吾官於此，則月一至焉；使吾居於此，則日日至焉。二者不可得兼，捨官而取園者也。」遂乞病㉛，率弟香亭㉜、甥湄君㉝移書史居隨園。聞之蘇子㉞曰：「君子不必仕，不必不仕。」㉟然則余之仕與不仕，與居茲園之久與不久，亦隨之而已。夫兩物之能相易者，其一物之足以勝之也。余竟以一官易此園，園之奇，可以見矣。

己巳㊱三月記。

【注釋】❶金陵　今江蘇南京。❷小倉山　在今南京清涼山東。❸清涼　清涼山。❹胚胎　喻開端。❺南唐　五代十國時國名。❻雨花臺　相傳六朝梁武帝時雲光法師在此講經，感動上蒼，有落花如雨，故名。❼莫愁湖　相傳南齊時，洛陽少女莫愁嫁至江東盧家，居湖畔，湖因之名莫愁。❽鍾山　一名紫金山，海拔四八八米。❾冶城　相傳為春秋吳王夫差募工冶鑄處。❿孝陵　明太祖朱元璋與馬皇后合葬的陵墓。⓫雞鳴寺　位於南京雞鳴山東麓，故名。⓬康熙　清聖祖玄燁，西元一六六二－一七二二年在位。⓭織造隋公　指隋赫德。織造，專門為宮廷製造錦緞的機構。⓮堂皇　高大的房屋。⓯繚垣牖　用圍牆環繞。繚，圍繞。垣牖，圍牆。⓰萩千章　楸樹千株。⓱翕然　指人群聚合的盛況。⓲宰江寧　指任江寧縣令。宰，治理。江寧，今江蘇南京。⓳輿臺　輿與臺皆指地位低下的人。⓴嚾呶　喧鬧。㉑嫗伏　《淮南子・原道》：「是故春風至則甘雨降，生育萬物：羽者嫗伏，毛者孕育。」指鳥類伏卵，孵化小鳥。㉒三百金　三百兩銀子。㉓茨牆剪闔　修築籬笆牆。《周禮・

園師》：「茨牆則剪闔。」茨牆，用茅草等築就的籬笆牆。闔，草苫。㉔塗　途，道路。㉕欹側　傾斜。㉖蓊鬱　樹木茂盛。㉗宧窔　指房屋。房屋東北角稱宧，東南角稱窔。㉘豐殺　多與少。㉙繁瘠　繁盛與貧瘠。㉚夭閼　阻遏。㉛乞病　因病請求辭職。㉜香亭　作者堂弟袁樹，號香亭。㉝甥湄君　袁枚甥陸建，字湄君。㉞蘇子　宋文學家蘇軾。㉟君子不必仕二句　蘇軾〈靈壁張氏園亭記〉：「古之君子不必仕，不必不仕。」㊱己巳　乾隆十四年（西元一七四九年）。

【語譯】金陵從北門橋向西走二里路，就到了小倉山。小倉山山脈從清涼山發端，分為兩座山嶺而延伸下來，到北門橋為止。山勢蜿蜒狹長，兩嶺間有清池水田，俗稱乾河沿。舊河以前未乾涸時，為南唐避暑之所，其盛況可以想見。所有被稱為金陵勝地的，南有雨花臺，西南有莫愁湖，北有鍾山，東有冶城，東北有孝陵、雞鳴寺。登上小倉山，上列諸景都凸現上浮。凡是江湖之闊大，雲煙之變幻，原非山本身所有的景致，也全為此山所有了。

康熙年間，江寧織造隋赫德公於山的北峰頂，構造高大的房屋，環繞以圍牆，栽種楸樹千株、桂樹千畦。從古都城來遊玩的人，繁盛一時。此地號稱「隋園」，乃是就隋公的姓氏。這之後的三十年，我任江寧縣令時，隋園已傾圮敗落：原來的堂室敗壞變成酒店，不三不四的人在裡面喧鬧，連禽鳥都厭惡，不願意在這裡孵卵了；各種花卉更荒蕪凋謝，春風也不能使花朵綻放了。我不禁憂傷痛心，問此園售價多少，回答說是三百兩銀子。我就拿出薪俸把它買下了。於是修築了籬笆牆，又翻建了房屋修改了道路。園內隨著高的地方蓋上了可望到長江的樓房；隨著低下的地方修造溪邊的亭子；隨著溝澗，則架設了小橋；隨著溪流較急的地方，拴上了小船；隨著地勢高出而傾斜的地方，聯綴了假山；隨著樹木蔥蘢而空曠的地方，則建造了房屋。有的地方扶持使之起來，有的地方擠縮使之緊湊，都隨它的草木等的多少與繁瘠不同情況取景，而不人為地去雕琢它，所以仍叫「隨園」，與「隋」音同，而意義已改變了。

園子落成之後，我很感慨：「假如我在此地做官，那麼一個月只能來一次；假如我住在這裡，那麼能天天相伴。做官與園子不可兼得，那我就捨棄官位而取此園罷。」於是就告病請退，帶著堂弟香亭、外甥陸湄君，連同書籍等一併移居隨園。蘇東坡曾說過：「君子不一定要做官，也不一定不做官。」那麼我是做官還是不做官，與居此園長久還是不長久，也就隨其自然了。大凡兩種東西可以互換的，是因為其中一樣東西有勝於另一樣的地方。我竟然以官職而換取此園，此園之珍奇，也就可以想見了。

乾隆十四年己巳三月記。

【研　析】本文開篇先介紹隨園所在地小倉山，寫小倉山的來龍去脈，以及其周圍山水環境。從時間看，這裡曾是南唐避暑所；從空間看，可見諸景隆然上浮，一覽江湖之大，雲煙之變：真乃隱居勝地。然後再描述小倉山之隨園，於點出隨園來歷乃「隋園」之後，著重記述修葺、改造隨園的工程。重點是幾個「隨其」的排比句式，既表現出隨園的優美景觀，飽含作者對隨園的讚賞之情，更暗示「隨園」名字的來歷與意義。最後則發表議論，「捨官而取園」，表明對自然山水的熱愛之情，「余之仕與不仕，與居茲園之久與不久，亦隨之而已」，則反映了作者任隨自然的曠達的人生觀。此乃「隨園」之「隨」的靈魂，使此記非同模山範水之作，而是寄寓了人生理想之文。

祭妹文

【題解】祭，祭奠死者表示追悼的儀式。妹，指三妹袁機。此文原載《小倉山房文集》卷十四。

乾隆丁亥❶冬，葬三妹素文❷于上元之羊山❸，而奠以文曰：

嗚呼！汝生于浙而葬于斯，離吾鄉七百里矣。當時雖觭夢❹幻想，寧知❺此為歸骨所耶！汝以一念之貞❻，遇人仳離❼，致孤危❽託落❾。雖命之所存，天實為之；然而累汝至此者，未嘗非予之過也。予幼從先生授經，汝差肩❿而坐，愛聽古人節義事；一旦長成，遽躬⓫蹈之。嗚呼！使汝不識詩書，或未必艱貞若是。

余捉蟋蟀，汝奮臂出其間；歲寒蟲僵，同臨其穴⓬。今予殮⓭汝葬汝，而當日之情形，憬然赴目⓮。予九歲憩書齋，汝梳雙髻，披單縑⓯來，溫〈緇衣〉⓰一章。適先生⓱奓戶⓲入，聞兩童子音琅琅然，不覺莞爾[19]，連呼則則[20]。此七月望日[21]事也。汝在九原[22]，當分明記之。予弱冠粵行[23]，汝掎裳[24]悲慟。逾三年，予披宮錦還家[25]，汝從東廂扶案出，一家瞠視而笑，不記語從何起，大概說長安[26]登科[27]函使報信遲早云爾。凡此瑣瑣，雖為陳迹，然我一日未死，則一日不能忘。舊事填膺，思之淒梗，如影歷歷，逼取便逝。悔當時不將嫛婗[28]情狀，羅縷紀存[29]。然而汝已不在人間，則雖年光倒流，兒時可再，而亦無與為證印者矣。

汝之義絕[30]高氏而歸也，堂上阿嬭[31]，仗汝扶持，家中文墨，眴[32]汝辦治。嘗謂女流中最少明經義、諳雅故者，汝嫂非不婉嫕[33]，而于此微缺然。故自汝歸後，雖為汝悲，實為予喜。予又長汝四歲，或人間長者先亡，可將身後託汝，而不謂汝之先予以去也。前年予病，汝終宵刺探，減一分則喜，增一分則憂。後雖小差[34]，猶尚殗殜[35]，無所娛遣，汝來床前，為說稗官[36]野史可喜可愕之事，聊資一歡。嗚呼！今而後，吾將再病，教從何處呼汝耶？

汝之疾也，予信醫言無害，遠弔[37]揚州。汝又慮戚吾心[38]，阻人走報。及至綿惙[39]已極，阿嬭問：「望兄歸否？」強應曰：「諾！」已[40]，予先一日夢汝來訣，心知不祥，飛舟渡江。果予以未時[41]還家，而汝以辰時[42]氣絕。四支猶溫，一目未瞑，蓋猶忍死待予也。嗚呼痛哉！早知訣汝，則予豈肯遠遊？即遊，亦尚有幾許心中言，要汝知聞，共汝籌畫也！而今已矣！除吾死外，當無見期。吾又不知何日死，可以見汝；而死後之有知無知，與得見不得見，又卒難明也。然則抱此無涯之憾，天乎？人乎？而竟已乎！

汝之詩，吾已付梓[43]；汝之女，吾已代嫁；汝之生平，吾已作傳[44]；惟汝之窀穸[45]，尚未謀耳。先塋在杭，江廣河深，勢難歸葬，故請母命而寧汝于斯，便祭掃也。其旁葬汝女阿印[46]，其下兩冢，一為阿爺侍者[47]朱氏，一為阿兄侍者[48]陶氏。羊山曠渺，南望原隰[49]，西望棲霞[50]，風雨晨昏，羈魂有伴，當不孤寂。所憐者，吾自戊寅年[51]讀汝哭侄詩[52]後，至今無男53；兩女牙牙54，生汝死後，才周晬55耳。予雖親在未敢言老56，而齒危髮禿，暗裡自知，知在人間，尚復幾日？阿品遠官河南57，亦無子女58，九族59無可繼者。汝死我葬，我死誰埋？汝倘有靈，可能告我？

嗚呼！身前既不可想，身後又不可知；哭汝既不聞汝言，奠汝又不見汝食。紙灰飛揚，朔風野大，阿兄歸矣，猶屢屢回頭望汝也。嗚呼哀哉！嗚呼哀哉！

【注釋】❶乾隆丁亥　乾隆三十二年（西元一七六七年）。❷素文　名機，字素文，別號青琳居士，據袁枚〈女弟素文傳〉，袁機於「乾隆二十四年（西元一七五九年）十一月死，年四十」。❸上元之羊山　上元縣（今屬江蘇南京）羊山。在今南京東。❹觭夢　做夢；得夢。《周禮・春官・大卜》：「二曰觭夢。」鄭玄《注》：「言夢之所得。」❺寧知　怎麼知道。❻一念之貞　據〈女弟素文傳〉：袁機不滿周歲即許給如皐高氏子（高繹）。十餘年後高氏因其子不肖，曾提出解除婚約，但袁機卻囿於「從一而終」的封建禮教，終於與「有禽獸行」的高氏子成婚，但備受欺凌而造成終身不幸。此即所謂「一念之貞」。❼仳離　《詩經・王風・中谷有蓷》：「有女仳離，嘅其嘆矣！」指婦女被遺棄而離去。❽孤危　孤獨危殆。❾託落　落拓，寂寞、冷落。❿差肩　並肩。⓫遽躬　就親自。⓬臨其穴　《詩・秦風・黃鳥》：「臨其穴，惴惴其慄。」此指到埋葬蟋蟀處憑弔。⓭殮　收殮，把屍體裝裹後放入棺材。⓮憬然赴目　依稀來到眼前。⓯單縑　單絹衫。⓰緇衣　《詩・鄭風》篇名。

⑰先生　指私塾教師史玉瓚。⑱奓戶　開門。⑲莞爾　會心地微笑。⑳則則　即「嘖嘖」，讚嘆聲。㉑望日　夏曆每月十五。㉒九原　墓地。原為春秋時晉國卿大夫的墓地名，後為泛指。㉓弱冠粵行　指乾隆元年（西元一七三六年）春，作者二十一歲時，經廣東去廣西桂林看望在廣西巡撫金鉷幕中的叔父袁鴻之行。弱冠，古代男二十歲行冠禮，表示已成年。㉔掎裳　拉著衣裳。㉕披宮錦還家　指乾隆四年（西元一七三九年）春作者中進士，授翰林院庶吉士，冬請假回鄉與王氏完婚。披宮錦，唐代進士及第後，披宮袍以示榮耀。後遂稱中進士為「披宮錦」。㉖長安　代指國都北京。㉗登科　指在北京考中進士。㉘嫛婗　嬰兒。此指幼年。㉙羅縷紀存　有條理地記錄保存。㉚義絕　斷絕關係。據〈女弟素文傳〉，素文嫁高氏子後，屢遭毒打，甚至要被丈夫賣掉抵賭債，乃逃回娘家，與丈夫離婚。㉛阿嬭　指作者母親章氏。《博雅》：「楚人呼母曰嬭。」㉜眴　以目示意。㉝婉嫕　柔順。㉞小差　病癒。差，通「瘥」。㉟殗殜　病情不甚嚴重，可半臥半坐。㊱稗官　小官。因小說家出於稗官，後也稱野史小說。㊲弔　弔唁。㊳戚吾心　使我心裡擔憂。㊴綿惙　病情危急。㊵已　隨後。㊶未時　下午一至三時。㊷辰時　上午七至九時。㊸付梓　付印。梓，刻字印刷的板子。袁枚將袁機的詩刻印，名《素文女子遺稿》。㊹作傳　指袁枚所作〈女弟素文傳〉，見《小倉山房文集》卷七。㊺窀穸　墓穴。㊻阿印　素文有兩女，一名阿印，早死；一由袁枚安排出嫁。㊼阿爺侍者　指作者父親袁濱的侍妾。㊽阿兄侍者　指袁枚的侍妾。㊾原隰　平原低窪之地。㊿棲霞　山名。在今南京東北。(51)戊寅年　乾隆二十三年（西元一七五八年）。(52)哭侄詩　袁枚喪子，素文作詩〈阿兄得子不舉〉以悼之。(53)至今無男　指寫此文時尚無兒子。兩年後妾鍾氏生子名阿遲。(54)兩女牙牙　指作者的兩個女兒學話聲。(55)周晬　周歲。(56)親在未敢言老　《禮記．曲禮上》：「夫為人子者，出必告，反必面，所遊必有常，所習必有業。恆言不稱老。」此指母親尚健在自己不敢稱老。時作者六十一歲。(57)阿品遠宦河南　指作者堂弟袁樹時任河南正陽知縣。阿品為其小名。(58)亦無子女　寫此文時袁樹還無子女，後來生子名阿通，過繼給袁枚。(59)九族　本身以上的父、祖、曾祖、高祖和本身以下的子、孫、曾孫、玄孫，連同本身在內，合稱九族。

【語　譯】乾隆三十二年冬天，在上元的羊山下葬了三妹素文，並在墓前以此文祭奠：

悲痛啊！你生在浙江卻葬在這裡，遠隔我們家鄉七百里了。當初即使是做夢或幻想，哪能想到這裡竟是你埋葬屍骨的地方！你因恪守貞節的觀念，而所遇非人被迫離異，以致孤苦無依。這雖說由命運注定，天意如此；然而連累你落到這種地步，又未嘗不是我的過錯。我幼年跟先生讀經書，你和我並肩而坐，愛聽古人信守節義的事蹟；一旦長大成人，你竟親身實踐了。悲痛啊！假如你不懂詩書，也許未必會這樣堅貞。

幼時我捉蟋蟀，你伸出手臂在旁相助；天寒蟋蟀凍僵，我與你一起把它埋葬在洞裡。今天我收殮你、葬你入土，而當年的情景依稀就在眼前。我九歲時在書房休息，你梳著雙髻，披著單絹衫走來，一起溫習《詩經》中的〈緇衣〉一章。此時恰好先生推門而入，聽見我們兩個孩子的朗朗讀書聲，不禁露出微笑，連連發出嘖嘖的稱讚聲。這是七月十五的事。你在地下，該是清楚記得的。我二十歲離家去廣西，你牽著我的衣裳悲痛不捨。過了三年，我中了進士回家，你從東廂房扶著桌子站起來出迎，全家人張大眼睛相視而笑，記不得話題是從何說起的，大概是說我京城登科，信使傳報喜訊早晚一類的事情而已。所有這些瑣細小事，即使都成為過去，可是我一天不死，就一天不會忘記。往事充塞心胸，想起來就悲傷淒苦，心裡鬱塞。往事像影子一樣清晰，而認真去追索便即消失。真後悔當初不曾把童年時的情狀，一件一件都記存下來。可是你已不在人間，即使時光能倒流，兒時的情景可再度出現，卻也沒有一起來印證的人了。

你當初與高氏子斷絕關係而回家，堂上的母親依靠你侍奉，家中筆墨之事，也託你辦理。我曾說女子中很少有懂得經義、熟習文章典故的，你嫂嫂不是不賢惠，但這方面也稍覺欠缺。所以自你回家，雖然為你悲傷，其實也在為我高興。我比你大四歲，人世間總是年長者先亡故，我本可以把身後之事託付給你。卻想不到你竟然先我而去。前年我生病，你整夜詢問探望，病情減輕一分就喜，加重一分就憂。後來我病情雖有好轉，還不便起床，沒什麼可消遣解悶的，你就來到我床前，給我講小說野史中可喜可驚的奇聞軼事，來博取我一樂。悲痛啊！從今以後我如果再生病，該到哪裡去呼喚你呢？

你生病時，我聽信醫生說你的病不要緊的話，就去揚州憑弔友人。你又怕我擔憂，不讓家中派人告訴我你的病況。等到病情沉重時，母親問你：「想叫哥哥回來嗎？」你才勉強說：「是！」而後，我在你逝世前一天夢見你來訣別，心知不吉利，連忙乘船飛速渡江回來，果然我未時到家，你在辰時就已氣絕身亡，四肢還溫暖，只是一隻眼睛沒有閉上，原來是你臨死時還掙扎著等待我回來啊！啊，真是痛心啊！早知跟你永別，我哪裡又肯外出遠遊？即使外出，也還有一些心裡話要說給你聽，和你商量啊！如今什麼都完了！除了我死去外，再也沒有見面的日子了。我又不知哪一天會死，可以見到你；而人死後有無知覺，能不能相見，到現在也難以確知。那麼，懷有如此無窮的抱憾，到底是由天命決定的呢，還是由人事決定的，難道就這樣完了嗎？

你的詩作，我已經交付刻印；你的女兒，我已代為嫁出；你的生平事蹟，我已經寫成傳記：只有你的墳墓，還來不及安排。我們的祖墳遠在杭州，江寬河深，勢必難以歸葬，所以請示了母親，把你葬在這裡安息，以便於時常祭掃。墓旁埋葬你的一個女兒阿印，其下方還有兩個墳，一是父親的侍妾朱氏，一是兄長的侍妾陶氏。羊山空曠，南面是平原窪地，西面可望棲霞山。不論是颱風的早晨還是下雨的傍晚，你客居異鄉的靈魂都有了陪伴，當不會孤淒寂寞。感到可憐的是，我從戊寅年讀了你的哭侄詩後，到現在還沒有兒子；兩個才牙牙學語的女兒，都出生在你死後，剛滿周歲。雖然母親健在我不敢說自己老，可是齒搖髮禿，心中知道，在人世的日子還能有多久？阿品遠在河南做官，也沒有子女，九族中沒有能承嗣的。你死後有我埋葬你，我死後又有誰來埋葬我呢？你如果地下有靈，能不能告訴我？

悲痛啊！生前之事既不堪回想，死後的事又無法知道；哭你既聽不到你的回音，祭你又不見你來享用。只有紙錢煙灰漫天飛揚，野地裡北風勁吹，你兄長回去了，還在不斷回首望你，真是悲傷！真是悲傷啊！

【研　析】這篇文章是「祭文」體，抒寫的是「祭奠親友之辭」（徐師曾《文體明辨序說．祭文》）。它不拘格套，情真意切，哀婉淒絕，為祭文體中膾炙人口的名作，被論者評為同韓愈〈祭十二郎文〉、歐陽修〈瀧岡阡表〉「鼎足而三」者（見王文濡《清文評注讀本．哀祭類》）。

全文由八個段落構成。基本上採用歷時性結構，回憶往事係由遠及近，自三妹的幼年寫到青年，略去不幸的出嫁，再寫其離婚歸家，直至病危去世。最後寫三妹死後家事與安葬的情景。全文條理井然有序。而大多數段落均以「汝……」句式領起，作情境轉換，亦顯得脈絡清晰而層次分明。結尾借景抒情，「紙灰飛揚，朔風野大」，渲染出悲涼的氣氛，正是作者內心哀傷的外現，而「阿兄歸矣，猶屢屢回頭望汝也」的生動細節，更留給人無限的淒涼之感。

〈祭妹文〉作為一篇祭文，不同於一般傳記的偏重客觀記敘，而是具有濃郁的主觀色彩與強烈的抒情性。作者「羅縷紀存」昔日家常瑣事的文字，每一停頓則直攄哀悼之意，其悲痛淒愴完全是發自至性至情，皆為血淚之言，具有直接扣人心弦的力量。

另外值得一提的是，祭文往往採用第二人稱角度抒寫，此文亦然。作者以「汝」直稱已死的三妹，就可以隨意地向三妹傾訴衷腸，彷彿三妹正活生生地坐在面前，這就消除了生者與死者之間的界限，便於抒情，顯得特別親切感人。

答陶觀察問乞病書

【題　解】陶觀察，姓陶的道員，為省級長官。乞病書，指自己告病辭官的申請書。本文原載《小倉山房文集》卷十六。

公不察僕❶去官之意，謂如枚乘❷、汲長孺❸曾待詔金馬門❹，故恥為令；又謂僕擢秦郵牧不遷❺，褊心不能無少望❻，有所激而逃。是二者，皆非知僕者也。夫蒙恥救民，昔人所尚。牧之與令❼，奚足區別❽？漢人五十舉秀才，未名為老。僕才三十三，前途正長，敢遽賦〈士不遇〉❾以退哉？

凡人有能有不能，而官有可久與不可久。即以漢循吏❿論，桐鄉⓫、渤海⓬，專城⓭而居，此官之可久者也。龔遂⓮、朱邑⓯能之，至于久道化行⓰，生榮而死哀⓱。京兆三輔⓲多豪強，兼供張儲偫⓳，此官之不可久者也。趙廣漢⓴、韓延壽㉑能之，久果不善其終。江寧㉒類古京兆，民事少，供張儲偫多。民事，僕所能也；供張儲偫，僕所不能也。今強以為能，抑而行之，已四年矣。譬如渥洼之馬㉓，滇南㉔之象，雖舞於床㉕，蹲於朝，而約束勉強，常有跅弛㉖泛駕㉗之虞。性好宴㉘起，於百事無誤。自來會城㉙，俾夜作晝，每起得聞雞鳴以為大祥。竊自念曰：苦吾身以為吾民，吾心甘焉。爾今之昧宵昏㉚而犯㉛霜露者，不過臺參㉜耳，迎送耳，為大官作奴耳。彼數百萬待治之民，猶齁齁㉝熟睡而不知也。於是身往而心不隨，且行且慍。而孰知西迎者，又東誤矣；全具者，又缺供矣；怵㉞人之先者，已落人之後矣。不踠膝㉟奔竄，便瞪目受嗔。及至日昳㊱始歸，而環轅㊲而號者，老弱萬計，爭來牽衣，忍不秉燭坐判使寧家耶？判畢入內，簿領㊳山積，又敢不加朱墨圍㊴，略一過吾目耶？甫脫衣息，而驛券㊵報某官至某所，則又遽然覺㊶，鑿然行㊷。一月中失膳飲節㊸，違高堂㊹定省㊺者，旦旦然㊻矣，而還暇課農㊼巡鄉㊽如古循吏之云乎哉？

且一邑之所入有限，而一官之所供無窮。供而善，則報最㊾在是；供而不善，則下考㊿在是。僕平生以智自全，得不小小俯仰同異？然而久之，情見勢屈，非逼取其不肖之心(51)而喪所守(52)，必大招夫違俗之累而禍厥身(53)。及今，故宜早為計也。若得十室之邑(54)，肆心廣意(55)，絃歌先王之道以治民(56)，則雖為游徼、嗇夫(57)，必泰而安之終身焉。今有乘怒驥(58)而弛炎銜(59)者，雖賁、育(60)必偃息(61)于樹陰之下。夫僕亦偃息之遲者也，公毋見怪也。

【注釋】❶僕　謙稱，我。❷枚乘　字叔，西漢人。景帝召拜枚乘為弘農都尉，枚乘久為大國上賓，不樂郡吏，以病去官。❸汲長孺　名黯，字長孺，西漢人。漢孝武、景帝時為太子洗馬，後遷為滎陽令。汲黯恥為令，託病辭官。❹金馬門　漢武帝時鑄銅馬於宮門外，此門稱金馬門。此指代京城北京。❺又謂僕擢秦郵牧不遷　指乾隆十二年（西元一七四七年）兩江總督尹繼善向上推薦袁枚為秦郵州太守，但吏部未批准。牧，州的長官。❻褊心不能無少望　《漢書・汲黯傳》：汲黯「褊心不能無少望」。褊心，心地狹窄。望，怨恨。❼牧之與令　州牧與縣令。❽奚足區別　有何區別。❾士不遇　表達懷才不遇之情，如董仲舒〈士不遇賦〉、陶淵明〈感士不遇賦〉等。❿循吏　守法循理的官吏。⓫桐鄉　縣名。今屬浙江。⓬渤海　郡名。在今河北、遼寧渤海海灣一帶。⓭專城　主宰一城的州牧。古樂府〈豔歌羅敷行〉：「三十侍中郎，四十專城居。」⓮龔遂　漢代循吏，曾任渤海郡太守。⓯朱邑　漢代循吏，曾任桐鄉地方官。⓰久道化行　長久行循吏之道而教化天下。語見《易》：「聖人久於其道，而天下化成。」⓱生榮而死哀　《論語・子張》：「其生也榮，其死也哀。」⓲京兆三輔　此處指都城附近的京畿地區。京兆，京兆尹，京畿的行政區域。三輔，漢代設京兆尹、左馮翊、右扶風輔佐帝王之官，亦指其所轄地區。合稱「三輔」。⓳供張儲偫　陳設供宴會用的器具、飲食，儲備器物。儲偫，儲備。⓴趙廣漢　漢代人，曾任京兆尹，後遭腰斬之禍。㉑韓延壽　漢代人，曾任左馮翊，後被斬首。故稱「不善其終」。㉒江寧　今江蘇南京。㉓渥洼之馬　渥洼川所出之神馬。渥洼川為甘肅安西黨河支流。㉔滇南　雲南南部。㉕舞於床　《樂府雜錄》：「馬舞者，襱馬人著綠衣執鞭於床上，舞蹀躞，蹄皆應節奏也。」㉖跅弛　放任無約束。㉗泛駕　馬奔馳不循軌轍。㉘宴　通「晏」。晚。㉙會城　省城。此指南京。㉚昧宵昏　不辨早晚。㉛犯　冒著。㉜臺參　拜見臺臣。臺臣，諫官，此泛指大官。㉝齁齁　鼾聲。㉞怵　害怕。㉟踠膝　屈膝。㊱日昳　日落。㊲轅　轅門；衙門。㊳簿領　官府記事的簿冊文書。㊴加朱墨圍　加朱筆、墨筆的圈點，處理文書。㊵驛券　徵發驛馬驛夫的憑證。㊶蘧然覺　突然驚醒貌。㊷鑿然行　硬著頭皮出行。㊸失膳飲節　吃喝皆無定時。㊹高堂　指母親。㊺定省　早晚向父母請安。㊻旦旦然　天天如此。㊼課農　督促農事。㊽巡鄉　視察鄉村。㊾報最　官吏考績被評為上等。㊿下考　考績被評為下等。(51)不肖之心　小人之心，此謙語。(52)喪所守　喪失了自己的操守。(53)禍厥身　給自己帶來災禍。(54)十室之邑　喻小地方。(55)肆心廣意　隨心所欲。(56)絃歌先

王之道以治民　以先王禮樂之道來教化、治理百姓。絃歌，禮樂教化，典出《論語．陽貨》。57 游徼嗇夫　鄉官名。58 怒驥　矯健的駿馬。59 炎衢　熱鬧的街市。60 賁育　古代勇士孟賁、夏育。61 偃息　休息。

【語　譯】大人不瞭解我辭官的意思，認為我像枚乘和汲長孺那樣，因為曾經在京城做過官，所以恥於當縣令；又認為我被推薦為秦郵州牧未獲批准，因心地狹窄不能不有所怨恨，受了刺激而逃避官位。這兩種看法都是不瞭解我的猜測。為官者蒙受恥辱而救助百姓，這是古人所崇尚的，州牧與縣令，有多大的區別呢？漢代人五十歲考中秀才，也未稱為年老。我才三十三歲，前途正長，怎敢就認為懷才不遇而退隱呢？

一個人有能做的有不能做的，而為官也有可長久的與不可長久的。就拿漢代奉公守法的好官來說吧，比如桐鄉和渤海，在此做主宰一城的長官，這是可以長久任職之地。龔遂、朱邑就做了該地的官，甚至長久行循吏之道而教化天下，生前榮耀，死後也被人民哀悼。又比如都城附近的地區，豪強眾多，還得為官員準備宴會用的器具、飲食，儲備有關器物，此為做官不可長久的地方。趙廣漢、韓延壽就做此地的官，時間久了果然沒有好下場。江寧類似古代的京城地區，民事少，而備辦儲備財物的事多。處理民事，是我能做的；備辦儲備財物，是我不善做的。現在我勉強逞能，壓抑自己的秉性做這些事，已有四年了。這就像渥洼的神馬，滇南的大象，即使被床上執鞭人指揮著跳舞，踞坐在朝堂聖地，但是受到約束，勉強行事，會常有因放縱出軌而遭責罰的擔憂。我生性好晚起，但於百事都不曾耽誤。自從來到江寧，把夜晚當作白天，每天早起聽到雞叫都認為是吉祥的事。我暗自考慮說：如果勞苦我自己是為了我的百姓，這是我心甘情願的。但如今冒著風霜雨露地苦幹，不過是參拜臺官，迎來送往，為大官做奴隸罷了。那成千上萬需要治理的百姓，還在打鼾熟睡而全然不知。於是我身子雖前往而心神沒有隨行，邊走邊惱怒。而誰知道到西邊去迎接來客，卻耽誤了東面的官僚；自以為張羅得十分齊全了，又發現缺少了供給；生怕人家搶了先，結果還是落在人家後面了。若不到處奔波跪拜迎送，便要受到上司怒視責怪。等到傍晚才歸來，而圍著衙門哭訴的老弱百姓數以萬計，搶著來拉我的衣裳，這使我怎能忍心不點燈升堂判事，使他們全家都能夠安寧呢？到判畢走進室內，各種文書堆積如山，又何敢不加朱筆、墨筆圈點，稍微過目一下呢？有時剛剛脫衣休息，而驛站又傳來驛票，報知某某官到了某某地方，便又突然驚醒，硬著頭皮起身去迎接。一個月中間，吃飯沒有定時，不能按時間向母親請安，天天如此，哪裡還有空閒去督促農事、視察鄉村，就像古代奉公守法的好官所說的那樣呢？

而且一縣的收入有限，而一個官員的供給卻無窮盡。供給得好，那麼官吏考績被評為上等；供給得不滿意，那麼考績只有被評為下等。我平時靠著智慧來保全自己，能不小心翼翼以求與上司的意旨符合嗎？但時間一久，真情暴露難以偽裝，若非逼出我不肖的心思而喪失我的操守，一定會招來違背世俗的牽累而禍害了自己。事到如今，我應該早作打算。如果能得到一小塊地方，隨心舒意，以先王的禮樂之道來治理百姓，那麼雖是地位低下的游徼、嗇夫一樣的鄉官，必定會泰然安樂地度過一生。今天有乘駿馬飛奔於熱鬧街市的人，即使是古代的勇士孟賁、夏育，也必然要在樹陰下喘息一下。我也是休息於樹下的遲到者，請大人不要見怪。

【研　析】此文以駁論的寫法表白自己借病辭官的原因，於認識袁枚的人生轉折有重要意義。

文章第一段先擺出了陶觀察關於自己「去官」的兩個誤解：一是「恥為令」，二是被薦為秦郵州牧而「不遷」，心存怨恨而逃避。並毅然予以否定：「是二者，皆非知僕者也。」

第二段乃論述「官有可久與不可久」之理。「官有可久」者以漢代循吏龔遂、朱邑為例。官有「不可久」者以漢代趙廣漢、韓延壽為例。又以「江寧類古京兆」一句自然地把自己劃入「不可久」者之列，因為兩者在「供張儲偫」而「不能」方面正相類。然後具體描寫自己為「供張儲偫」四處奔波、身心疲憊的情狀，宣洩「為大官作奴」，而無法為百姓做循吏的苦悶。描寫真切生動，非親歷者不能道，使為官「不可久」之理得以形象的表現。

最後則指出若長久為官奴，輕則喪失操守，重則招惹災禍，故必須早作打算，抽身仕途。

此文的價值不僅在於周全地為自己辭官作出了合情合理的解釋，而且揭露了官場的陳規陋習，反映了吏治腐敗之一斑。

答沈大宗伯論詩書

【題　解】沈大宗伯，指沈德潛（西元一六七三—一七六九年），字確士，號歸愚，長洲（今江蘇蘇州）人。清代詩壇格調說的倡導者。大宗伯，禮部尚書。書，書信，文體之一。本文原載《小倉山房文集》卷十七。

先生誚❶浙詩，謂沿宋習、敗唐風者，自樊榭❷為厲階❸。枚，浙人也，亦雅憎浙詩。樊榭短於七古，凡集中此體，數典❹而已，索索然❺寡真氣。先生非之甚當。然其近體❻清妙，于近今少偶。先生詩論粹然，尚復何說？然鄙意有未盡同者，敢質之左右❼。

嘗謂詩有工拙，而無今古。自葛天氏之歌❽至今日，皆有工有拙，未必古人皆工，今人皆拙。即《三百篇》❾中，頗有未工不必學者，不徒漢、晉、唐、宋也。今人詩有極工極宜學者，亦不徒漢、晉、唐、宋也。然格律莫備於古，學者宗師，自有淵源。至於性情遭際，人人有我在焉，不可貌古人而襲之，畏古人而拘之也。今之鶯花，豈古之鶯花乎？然而不得謂今無鶯花也；今之絲竹❿，豈古之絲竹乎？然而不得謂今無絲竹也。天籟⓫一日不斷，則人籟⓬一日不絕。孟子曰：「今之樂，猶古之樂。」⓭樂即詩也。唐人學漢、魏變漢、魏，宋學唐變唐。其變也，非有心於變也，乃不得不變也。使不變，則不足以為唐、不足以為宋也。

子孫之貌，莫不本於祖、父，然變而美者有之，變而醜者有之。若必禁其不變，則雖造物⑭有所不能。先生許唐人之變漢、魏，而獨不許宋人之變唐，惑也。

且先生亦知唐人之自變其詩，與宋人無與乎？初、盛一變，中、晚再變，至皮、陸二家⑮，已浸淫⑯乎宋氏⑰矣。風會所趨⑱，聰明所極，有不期其然而然者。故枚嘗謂變堯、舜⑲者，湯、武⑳也，然學堯、舜者莫善於湯、武，莫不善於燕噲㉑。變唐詩者，宋、元也，然學唐詩者莫善於宋、元，莫不善於明七子㉒。何也？當變而變，其相傳者心也；當變而不變，其拘守者迹㉓也。鸚鵡能言，而不能得其所以言，夫非以迹乎哉？

大抵古之人先讀書而後作詩，後之人先立門戶而後作詩。唐、宋分界之說，宋、元無有，明初亦無有，成、弘㉔後始有之。其時議禮講學，皆立門戶以為名高。七子狃㉕於此習，遂皮傅㉖盛唐，搤腕㉗自矜，殊為寡識。然而牧齋㉘之排之，則又已甚。何也？七子未嘗無佳詩，即公安㉙、竟陵㉚亦然。使掩姓氏，偶舉其詞，未必牧齋不嘉與㉛。又或使七子湮沉無名，則牧齋必搜訪而存之無疑也。惟其有意於摩壘奪幟㉜，乃不暇平心公論，此亦門戶之見。先生不喜樊榭詩而選㉝則存之，所見過牧齋遠矣。

至所云詩貴溫柔，不可說盡，又必關係人倫日用㉞，此數語有褒衣大招㉟氣象，僕口不敢非先生，而心不敢是先生。何也？孔子之言，《戴經》㊱不足據也，惟《論語》為足據。子曰「可以興」、「可以群」㊲，此指含蓄者言之，如〈柏舟〉㊳、〈中谷〉㊴是也。曰「可以觀」、「可以怨」，此指說盡者言之，如「艷妻煽方處」㊵、「投畀豺虎」㊶之類是也。曰「邇之事父，遠之事君」㊷，此詩之有關係者也。曰「多識於鳥獸草木之名」㊸，此詩之無關係者也。僕讀詩常折衷㊹於孔子，故持論不得不小異於先生，計必不以為僭㊺。

【注釋】❶誚　嘲笑。❷樊榭　浙派詩人代表厲鶚，字太鴻，號樊榭，錢塘（今浙江杭州）人。❸厲階　禍端。《詩・大雅・桑柔》：「誰生厲階，至今為梗。」❹數典　羅列典故。❺索索然　冷漠無生氣的樣子。庾信〈擬詠懷〉：「索索無真氣，昏昏有俗心。」❻近體　唐代形成的律詩和絕句的通稱，與古體詩相對。句數、字數和平仄、用韻都有規定。❼左右　對對方的敬稱。❽葛天氏之歌　《呂氏春秋》：「昔葛天氏之樂，三人操牛尾投足以歌八闋。」葛天氏，傳說中的遠古君主。❾三百篇　即《詩經》，有三百零五篇。❿絲竹　弦樂器與管樂器。⓫天籟　大自然所發出的音響。《莊子・齊物論》：「女（汝）聞人籟而未聞地籟，女（汝）聞地籟而未聞天籟夫！」⓬人籟　人發出的音響。⓭今之樂二句　見《孟子・梁惠王下》。樂，音樂。⓮造物　即造物者，創造萬物的神。⓯皮陸二家　唐代詩人皮日休、陸龜蒙。⓰浸淫　濡染。⓱宋氏　指宋代詩人。⓲風會所趨　風氣的發展。⓳堯舜　唐堯與虞舜，古代傳說中的聖明君主。⓴湯武　商朝國王成湯，周朝國王周武王，皆明君。㉑燕噲　戰國時期燕國王，治國無方。㉒明七子　指明代復古派前七子與後七子。前七子以李夢陽、何景明為代表，後七子以李攀龍與王世貞為代表。㉓迹　指外在的形式。㉔成弘　明憲宗年號成化（西元一四六五－一四八七年）與明孝宗年號弘治（西元一四八八－一五〇五年）。㉕狃　拘泥。㉖皮傅　淺薄地從表面上附會。㉗搤腕　此表示振奮的心情。㉘牧齋　明末清初詩人錢謙益，字受之，號牧齋，常熟（今屬江蘇）人。官至南明禮部尚書，後降清。㉙公安　明代以湖北公安三兄弟袁中道、袁宏道、袁宗道為代表的公安派。㉚竟陵　明代以湖北竟陵鍾惺、譚元春為代表的竟陵派。㉛嘉與　獎勵扶助。㉜摩壘奪幟　指挑戰，欲取而代之。摩壘，迫近敵壘。㉝選　指沈德潛所編《國朝詩別裁集》。㉞詩貴溫柔三句　見沈德潛《說詩晬語》。㉟褒衣大袑　寬袍大褲，官僚架子，形容議論空廓。㊱戴經　指《禮記》。此指漢代戴聖刪戴德所輯之《大戴禮記》為四十六篇的《小戴禮記》。㊲可以興可以群　見《論語・陽貨》：「詩可以興，可以觀，可以群，可以怨。」興，啟發、感染的作用。觀，認識社會現實的作用。群，有感染、提高的作用。怨，批評、諷刺不良政治的作用。㊳柏舟　《詩・邶風》中的一篇。㊴中谷　《詩・王風》中的〈中谷有蓷〉。㊵豔妻煽方處　見《詩・小雅・

十月之交》。豔妻，指周幽王的寵妃褒姒。煽，熾盛。此指氣焰囂張。[41]投畀豺虎　見《詩・小雅・巷伯》。投畀，拋棄。[42]邇之事父二句　見《論語・陽貨》。邇，近。[43]多識於鳥獸草木之名　見《論語・陽貨》。[44]折衷　折中，用以為判斷事物的準則。此有遵從意。[45]僭　越禮。

【語　譯】先生譏笑浙派詩歌，說是沿襲宋詩習氣、敗壞唐詩風格，從厲鶚為禍端。我袁枚是浙江人，也很討厭浙派詩歌。厲鶚不擅長七古詩，凡是集子中的七古詩，不過是羅列典故而已，冷漠而無生命的活力。先生否定它很恰當。但他的律詩很清妙，在近代能與之相比的很少。先生詩論很精粹，還有什麼好說的？但我的淺見跟您有不完全相同處，大膽提出向您求教。

我曾說過詩有優劣之別，但沒有古今之分。從葛天氏的歌謠到今天，都有優有劣，未必古人的詩都優，今人的詩都劣。即使《詩經》中，也很有些寫得不好而不必學的，不僅是漢代、晉代、唐代、宋代如此。今人的詩也有寫得很好很適宜於學習的，同樣也不僅是漢、晉、唐、宋才如此。但是詩歌格律沒有比古代更齊備的了，學詩者效法古人，自有他們的淵源。至於性情遭遇，人人都有自己獨具的特點，不能描摹古人而照抄、敬畏古人而受其束縛。今天的鶯花，難道是古代的鶯花嗎？但是不能說今天就沒有鶯花。今日的管絃樂器，難道是古代的管絃樂器嗎？但是不能說今天就沒有管絃樂器。大自然的聲音一天不斷，那麼人類聲音也就一天不斷。孟子說：「今天的音樂，就如同古代的音樂。」音樂就是詩歌。唐代人學習漢、魏詩歌又變化漢、魏詩歌風格；宋代人學習唐代詩歌也變化唐詩風格。這種變化，不是有意要變，而是不得不變。假如不變，那麼就不足以成為唐詩、不足以成為宋詩了。子孫的面貌，無不來自於祖父、父親，但有變得漂亮的，也有變得醜陋的，如果一定要禁錮他們不變，那麼雖然是創造萬物的上天也沒有辦法做到。先生允許唐代人變化漢、魏詩歌風格，而偏偏不允許宋代人變化唐代詩歌風格，這就使我感到大惑不解了。

而且先生也知道唐代人也自變其詩，這與宋代人無關吧？初唐、盛唐風格一變，中唐、晚唐風格再一變，到皮日休、陸龜蒙兩人，已經變得接近宋人風格了。這是時代風格的發展，是詩人聰明才智的發揮，是預料不到就變成這樣了。所以我曾說改變唐堯、虞舜的，是成湯、周武，最善於學習唐堯、虞舜的，也是成湯、周武，最不善於學習唐堯、虞舜的是燕王噲；改變唐詩風格的是宋代、元代，最善於學習唐詩的也是宋代、元代，最不善於學習唐詩的是明代七子。為什麼呢？應當變化而變化，其相傳是靠內心的領會；應當變化卻不變化，只是墨守外部的形式。鸚鵡能學說話，卻得不到說話的真諦，這不就是因為光學表面的形式嗎？

大體上古人是先讀書再作詩，後代人是先立派別再作詩。唐詩、宋詩分界的說法，宋代、元代沒有，明代初年也沒有，成化、弘治以後才有。那時候講禮儀講學，都立派別以抬高自己的名聲。明七子拘泥於這種習氣，於是僅從表面上附會盛唐，還興奮地自我炫耀，實在太少見識。但是錢牧齋的排斥明七子，則又太過分了。為什麼呢？明七子並不是沒有佳作，即使公安派、竟陵派也是這樣。假如隱去姓名，偶爾舉出他們的詩句，也不見得錢牧齋就不讚賞。又假如明七子都無名，那麼錢牧齋就必然要想法尋訪他們的好詩而使之留存，這是毫無疑問的。正因為他存心要向他們挑戰取而代之，所以就顧不上公正的評價，這也是門戶之見。先生不喜厲鶚的詩，而選詩時則保留了，見識遠遠超過錢牧齋。

至於先生所說的詩以溫柔為貴，不可以說盡，必須要關係到社會道德和現實生活，這幾句話有儒家的博大派頭。我嘴裡不敢否定先生，但心裡卻不敢苟同先生。為什麼呢？孔子的話，《禮記》中記載的不足憑信，只有《論語》中的才足以為據。孔子說詩「可以興」、「可以群」，這是指含蓄的風格而說的，如《詩經》中的〈柏舟〉、〈中谷有蓷〉就是這樣。說「可以觀」、「可以怨」，這是指「說盡」的風格說的，像《詩經》中的「豔妻煽方處」、「投畀豺虎」之類就是。說「邇之事父，遠之事君」，這是說與社會人生有關的詩歌，說「多識於鳥獸草木之名」，這是說和社會無關的詩歌。我讀詩常常遵從孔子的意見，所以所持的觀點不能不和先生稍有不同，想來先生一定不會認為我越禮了。

【研析】此信是袁枚的一篇重要詩論，通過對沈德潛復古格調說的批判，闡明自己性靈說的觀點。此文雖然是一篇觀點鮮明的論戰文章，但鑑於沈的地位與兩人的友誼，所以語氣和善，不類今日一些論辯文章那樣劍拔弩張。

文章開篇先對沈德潛「誚浙詩」予以肯定，「先生非之甚當」，在感情上起到緩衝作用，在謀篇上屬於欲抑先揚。然後轉入正題。首先，針對沈氏貴古賤今，一味推崇漢魏、盛唐詩，提出「詩有工拙，而無今古」的評詩標準。詩未必越古越好，其關鍵在於「性情遭際，人人有我在焉」，決定詩之工拙的不是古今時代，而是具體的詩人之「性情遭際」。其次，針對沈氏褒唐貶宋，提出「變」是詩歌發展的規律，變是不可避免的，唐人變漢魏，為沈所首肯，而宋人變唐沈「獨不許」，這是令人困惑的。此可謂以子之矛攻子之盾。然後進一步就沈所崇尚的唐詩本身來分析，認為其亦是一變再變的，論證十分充分。再次，批評「唐、宋分界之說」，矛頭表面上是指向明七子，但因為沈氏繼承的正是明七子的衣鉢，所以實際上亦是批評沈氏之「立門戶而後作詩」。最後則批評沈氏的「詩教」觀，所謂「詩貴溫柔」、「必關係人倫日用」。袁枚以孔子之言與《詩經》為據，證明詩可以溫柔含蓄，亦可「說盡」；可以「有關係」，亦可「無關係」。採用的是打鬼借助鍾馗的策略，以使對方信服。

作為一篇論辯文章，此文觀點鮮明，有理有據，有破有立，說服力甚強。而且態度委婉，儘量尊重對方，亦容易使人接受。

黃生借書說

【題解】黃生，袁枚弟子黃允修，南京人。說，一種闡述某種道理的文體。本文原載《小倉山房文集》卷二十二。

黃生允修借書，隨園主人❶授以書而告之曰：書非借不能讀也。子不聞藏書者乎？七略❷、四庫❸，天子之書，然天子讀書者有幾？汗牛塞屋❹，富貴家之書，然富貴人讀書者有幾？其它祖父積、子孫棄者無論焉。

非獨書為然，天下物皆然。非夫人之物⑤而強假⑥焉，必慮人逼取，而惴惴⑦焉摩玩⑧之不已，曰：「今日存，明日去，吾不得而見之矣！」若業為吾所有，必高束⑨焉，庋藏⑩焉，曰「姑俟異日觀」云爾⑪。

余幼好書，家貧難致⑫。有張氏藏書甚富，往借不與，歸而形諸夢，其切如是。故有所覽，輒省記⑬。通籍⑭後，俸去書來，落落⑮大滿，素蟫⑯灰絲，時蒙卷軸⑰，然後嘆借者之用心專，而少時之歲月為可惜也。

今黃生貧類⑱予，其借書亦類予。惟予之公書⑲與張氏之吝書，若不相類。然則予固不幸而遇張乎？生固幸而遇予乎？知幸與不幸，則其讀書也必專，而其歸書也必速。為一說，使與書俱⑳。

【注釋】❶隨園主人　作者自稱。作者於乾隆十三年（西元一七四八年）購得江寧織造隋赫德之舊「隋織造園」，改治為隨園。辭官後一直於此隱居。隨園位於江寧（今江蘇南京）小倉山。❷七略　書目名。漢成帝命劉向、劉歆父子先後校錄群書，編輯宮廷藏書，分為輯略、六藝略、諸子略、詩賦略、兵書略、術數略、方技略七部，總稱「七略」，現已亡佚。班固撰《漢書‧藝文志》圖書分類，即基本上以七略為依據。❸四庫　指經史子集四部內府藏書。唐玄宗於開元年間搜集圖籍，「以甲、乙、丙、丁為次，列經、史、子、集四庫」。見《新唐書・藝文志》。❹汗牛塞屋　即汗牛充棟，極言書籍之多。語本柳宗元〈陸文通先生墓誌〉：「其為書，處則充棟宇，出則汗牛馬。」意謂書籍塞滿屋子，牛馬運載時累得出汗。❺非夫人之物　不是自己的東西。夫，代詞。❻假　借。❼惴惴　憂懼不安。❽摩玩　撫摸玩賞。❾高束　束諸高閣。❿庋藏　收藏。庋，放置東西的木架。⓫云爾　如此而已。⓬致　得到。⓭省記　理解記憶。⓮通籍　指做官。作者於乾隆四年（西元一七三九年）中進士，入翰林院。籍，二尺長的竹片，上寫姓名、年齡、身分等，掛在宮門口，以便進出宮門時查對。通籍是說記名於竹片上，可以出入宮門。後用以指初做官。⓯落落　多貌。《後漢書・馮衍傳・自論》：「馮子以為夫人之德不碌碌如玉，落落如石……」⓰素蟫　蛀蝕書籍的蠹魚，以其為銀白色，故曰「素」。⓱卷軸　指書卷。古代文籍裝軸卷藏。⓲類　相似。⓳公書　將書供大家用。⓴俱　一起。

【語　譯】弟子黃允修來借書，隨園主人給了他書，而且告訴他說：書如果不是借的，反而不會認真讀。你沒有聽說過藏書者嗎？七略、四庫的書，是皇帝的書，但是皇帝讀書的有幾個？運書累得牛馬出汗、藏書塞滿屋子，是富貴人家的書，但富貴人家讀書的有幾個？其他像祖父、父親輩積藏書籍，兒孫輩丟棄的就不必說了。

不光書是這樣，天下的物品都是如此。不是他自己的東西而勉強借來，必然擔心人家來逼迫索還，從而心中憂懼不安地撫摸玩賞個不停，說：「今天在，明天離去，我就不能見到了。」如果已為我所有，那就必然束之高閣，收藏起來，說：「且等空閒的時候再來觀看。」如此而已。

我從小愛書，但家境貧窮難以得到。有張某家藏書很多，去借卻不肯借，回來後我做夢也見到。當時心情就迫切到這種程度。所以只要有書看，就用心理解牢記。等到做官後，用薪俸買書很容易，家裡放得滿滿的，蛀蟲鑽在書裡，灰塵蜘網時常落滿書上。這時才嘆息借書者閱讀的專心，而少年時的歲月實在值得珍惜。

如今黃生的貧窮和我相似，借書也和我相似，只是我的肯借書給大家看和張某的捨不得借書好像不同。那麼是我不幸而碰到張某呢，還是黃生運氣好而碰到我呢？知道有幸與不幸，那麼讀書必然專心，而他還書也必定很快。今天寫了這篇文章，讓黃生連同書一道帶回去。

【研　析】這篇散文體裁頗別致。標題表明它是「說」體。「說」體在唐宋以後多屬一種具有說明性與解說性的理論文章，不過較之嚴謹的「論」又有其自由靈活的特點，往往類乎雜感，故又可稱為「雜說」。此文前兩段意在解說「書非借不能讀也」的論旨，自然屬於「說」體；但是它與一般的「說」體相比，則有其出格或曰新穎之處。因為文章後兩段在「說」的基礎上，又通過作者個人親身經歷的述說以及同黃生「類」與「不類」、「幸」與「不幸」的兩相比較，進而勸勉黃生「讀書也必專」，抒發作者對黃生的真摯赤誠的感情；從內容與寫法來看，又近乎古代的「君子贈人以言」與「致敬愛、陳忠告之誼」（姚鼐〈古文辭類纂序目〉論「贈序類」語）的「贈序」體。這種熔「說」與「贈序」於一爐的寫法，顯然是袁枚對傳統「說」體的一種大膽創造革新，是其所謂「我亦自立者，愛獨不愛同」（〈題葉花南庶子空山獨立小影〉）的主獨創的美學思想的體現。

這篇文章所要「說」的道理並不深奧，但作者卻能正說、反說、側面說，以及明說、暗說，角度多變，波瀾起伏，抑揚頓挫，搖曳生姿，使人讀來興味盎然，毫不乏味。作者不僅注意以理服人，更重在以情感人，特別是以個人親身經歷勸勉後學，推出論旨，其意也真，其情也殷，使人讀後為之折服。全文結構上特別注重對比手法的運用，如以昔日張氏之「吝書」與今日自己之

「公書」對比，以黃生今日之「幸」與自己早年之「不幸」對比，又以自身的早年借書與通籍後藏書甚多但前後讀書態度不同對比，在層層對比之中說明論旨。而文風的惟情所適，率性而發，娓娓而談，明白輕快，亦值得稱道。

先妣章太孺人行狀

【題解】先妣，亡故的母親。太，表示輩分高。孺人，七品至九品官員的母親或妻子。行狀，文體名。記述死者的生平概略。本文原載《小倉山房文集》卷二十七。

嗚呼！枚辭官奉母，垂三十年，太孺人壽將滿百，神明未衰，海內之人，知與不知，爭來問訊，以為儲休啟祐❶，所以享此遐齡❷者，必非無因，枚亦思有所稱引，以宣揚太孺人之徽音❸，而曾曾❹未逮。今年春，太孺人抱恙，枚不孝，醫巫不具，又不能籲天請命，致永訣慈顏。擗踊❺之餘，自傷白髮，知暌離❻膝下亦不多時。恐一息不來，而半詞莫措，則人子顯親之志，遺恨彌深；此張憑❼誄母❽之文，伊川❾狀母❿

之作，所為淚墨交揮而不能自已也。

謹按太孺人章姓，杭州耆士[11]師祿先生之次女，年二十來歸先君。慈和端靜，所居之室，謦欬[12]無聞。當是時，寒家貧甚。先君幕遊滇、粵，寄館穀[13]贍其家，萬里路遙，家書屢斷。太孺人上奉大母[14]，旁養孀姑[15]，下延師教枚，半取給於十指間。每至賒貸路窮，旨畜[16]告匱，輒嘿嘿然繞樓而步。枚與諸姊妹猶啼呼索飯，不知太孺人力之竭，心之傷也。

及枚髫年入學[17]，旋即食餼[18]；弱冠舉鴻詞科[19]，旋入詞林[20]，乞恩歸娶。一時戚里姻族爭奔趨歡賀，為太孺人光榮，而太孺人愔愔[21]如常，與枚作孩提時無以異也。壬戌[22]，枚改官縣令，四任花封[23]，祿養稍厚，人為太孺人慶板輿之樂[24]，而太孺人愔愔如常，與枚在詞館時無以異也。壬申[25]，枚改官秦中[26]，念太孺人年衰，陳情乞養，僑居金陵[27]之隨園。園中頗饒亭榭，水木清華，人為太孺人慶烟雲之奉，而太孺人愔愔如常，與枚在官衙時無以異也。蓋太孺人天懷淡定，處困履亨[28]，不加不損[29]，憂喜之色，不形於造次[30]。其教枚也，自幼至長，從無笞督，有過必微詞婉諷，如恐傷之。嘗謂姊曰：「汝弟類我，顏易忸怩，故我不以常兒待之。」枚因此愈加悚懼，常伺察於無形無聲之間，有不懌[31]，必痛自改悔，俟色笑如常，而後即安。

晚年抱孫頗遲，人以為憂，太孺人絕不介意，曰：「吾兒居心行事，必當有後，如其無之，則亦命也，吾何容心[32]焉！」前年，弟阿品[33]生男，枚抱以來[34]；去冬新娶鍾姬，有娠，太孺人為之欣然。嗚呼！其應嗣者[35]，太孺人已得而見之矣，其將生者[36]，太孺人猶未得而見之也。雖雄雌未卜，而兆已萌芽，偏使免乳嫛婗[37]，不及待大母含飴一弄[38]。是則人倫缺陷，枚不能不抱恨於終天。

太孺人不持齋、不佞佛，不信陰陽祈禱之事。針黹之餘，手《唐詩》一卷，吟哦自娛。僮僕微勞，必厚犒之，鄰里賤嫗，必禮下之。脫肉作魚㊴，味倍甘鮮，子婦㊵學之，卒不能及。年年花開時，諸姬人循環張飲，為太孺人壽，太孺人亦必婆娑㊶置具，行答宴之禮。常戒枚曰：「兒無他出，明日阿母將作主人也。」嗚呼痛哉！此情此景，在當時原早知難得，故刻意承歡，亦不圖色笑難追㊷，一轉瞬而杳如天上。

彌留之際，筋骨不舒，或為搔摩，輒曰：「汝手勞，盍㊸少休？」又曰：「夜已深矣，汝且往眠。」其仁心體物，臨危不亂如此。卒時，召枚訣曰：「吾將歸去。」枚不覺失聲而慟，太孺人訶曰：「人心不足，兒痴耶？天下寧有不死人耶？我年已九十四矣，兒何哭為？」舉袖為枚拭淚而逝。嗚呼痛哉！人世以百齡為上壽，再假六年，太孺人便符此數，天何吝此區區者而不肯賜與耶？抑去來有定，未可強留耶？不然，則終是枚調護無方，奉養有缺，而致太孺人之沉綿不起也。

比年來，枚於古人中百無一慕，惟唐詩人邱為，行年八十，尚有高堂㊹，私心竊嚮往之，今而後，方知古人之難及也。枚雖蒼蒼在鬢，而太孺人視若嬰兒，每入定省㊺，必與一餅餌一果蓏㊻，詔以寒暄，詢其食飲，枚亦陶陶遂遂㊼，自忘其衰。今而後，枚方知為六十三歲之人也。侍膝下愈久，離膝下愈難，晨昏起居，誤呼阿孀，瞻望不見，神魂倀倀㊽，雖苟活須臾，而生意已盡。嗚呼，尚何言哉，尚何言哉！

太孺人生於康熙乙丑㊾八月二十三日，歿於乾隆戊戌㊿二月九日。四女三寡，依枚以終。二姊年七十，事母尚健。孫通51四歲，女孫三，俱未適人。不孝男枚謹狀。

【注　釋】❶儲休啟祐　積善享福。休，美善。祐，福氣。❷遐齡　長壽。❸徽音　美好的聲譽。❹曾曾　遲遲。❺擗踊　拊心曰擗，頓足曰踊。《孝經》：「擗踊哭泣，哀以送之。」❻睽離　分離。❼張憑　晉吳郡人。❽誄母　寫記述母親功德以示哀悼的文章。誄，文體名。❾伊川　宋理學家程頤，世稱伊川先生。❿狀母　寫敘述母親生平行事的文章。狀，即行狀，文體名。⓫耆士　年高有德者。⓬謦欬　咳嗽。此指母親發出的聲音。⓭館穀　指父親袁濱做幕僚所獲報酬。⓮大母　祖母。⓯孀姑　指守寡的姑母沈氏。⓰旨畜　生活必需品。⓱髫年入學　童年考取秀才，入縣學。⓲食餼　補廩膳生員。秀才歲試，可補廩生，每年可得到國家的若干數量的糧食作為補助。⓳鴻詞科　乾隆元年（西元一七三六年）開博學鴻詞科，袁枚曾被金鉷薦舉入京應試，但並未考中。⓴入詞林　袁枚於乾隆四年（西元一七三九年）中進士，入庶常館為庶吉士。㉑愔愔　安詳和悅的樣子。

㉒壬戌　乾隆七年（西元一七四二年）。㉓四任花封　即分別任溧水、沭陽、江浦、江寧縣令。㉔板輿之樂　指母親得到兒子奉養。板輿，人抬的代步工具。㉕壬申　乾隆十七年（西元一七五二年）。㉖秦中　陝西。㉗金陵　今南京。㉘處困履亨　《易》卦名，困表示艱困，亨表示順利。㉙不加不損　《孟子》：「雖大行不加焉，雖群居不損焉。」㉚造次　自然。這裡指表情。㉛懌　喜悅。㉜容心　在意。㉝阿品　袁枚從弟袁樹小字。㉞枚抱以來　指把袁樹子阿通過繼給自己當嗣子。㉟應嗣者　即阿通。㊱其將生者　指袁枚嫡親子阿遲。㊲免乳翳娩　指阿遲。免乳，婦女生孩子。翳娩，嬰兒。㊳大母含飴一弄　即含飴弄孫，指老人含著飴糖逗孫子之樂。典出《東觀漢記・明德馬皇后傳》。大母，祖母，指袁枚母。㊴脫肉作魚　指燒菜。《禮記・內則》：「肉曰脫之，魚曰作之。」㊵子婦　兒媳婦。㊶婆娑　勞碌。㊷色笑難追　指看不到母親容貌了。色笑，和顏悅色的態度。㊸盍　何不。㊹高堂　母親。㊺定省　子女早晚向父母問候，晨曰定，晚曰省。㊻果蓏　水果。木實曰果，草實曰蓏。㊼陶陶遂遂　和樂順從的樣子。㊽倀倀　迷茫的樣子。㊾乙丑　康熙二十四年（西元一六八五年）。㊿戊戌　乾隆四十三年（西元一七七八年）。(51)通　阿通，袁枚嗣子袁通。

【語譯】嗚呼！我辭官奉養母親，將近三十年，太孺人將滿百歲，精神卻沒有衰老，海內的人，認識與不認識的，爭著來問訊，認為家母積善享福，所以能享此高壽，一定是有原因的。我也想對太孺人有所稱述，藉以宣揚太孺人的美好聲譽，卻遲遲沒做到。今年春天，太孺人患病，我真是不孝，醫生醫術不完備，又不能呼籲蒼天請求它保護家母生命，導致我永遠辭別母親慈祥的容顏。捶胸頓足之餘，又感傷自己已經滿頭白髮，知道離別家母膝下也不會太久。但我恐怕如果一日突然呼吸斷絕，而一個字都沒寫，那麼兒子宣揚母親美德的心願，就會留下更深的遺憾；這就是張憑寫母親功德以示哀悼的文章，以及伊川先生寫母親生平行事的文章，都眼淚與墨汁一起揮灑不能控制的原因吧！

我要恭敬地介紹太孺人姓章，是杭州德高望重的章師祿先生的第二個女兒，二十歲時嫁給家父。慈祥和藹，端莊嫻靜，平常在其居室，安靜無聲。那個時候，家裡很窮。家父在雲南、廣東做幕僚，把報酬寄回養家，遠隔萬里，家裡常常收不到其書信。太孺人上要奉養祖母，旁要供養姑母，下要請教師教育我，收入大半靠十指為他人做針線活。每當借貸無門，生活必需品都缺乏，就一言不發地繞著屋子想辦法。我與諸姐妹還哭喊著要吃飯，全不知太孺人精力衰憊、內心憂傷。

到我童年考取秀才，入了縣學，不久補廩膳生員；二十歲參加博學鴻詞科考試，三年後入翰林院為庶吉士，年底請假回家鄉娶妻，一時親戚鄰里、家族成員都爭著趕來歡呼慶賀，大為太孺人臉上增光，但太孺人安詳和悅的樣子一如平常，與我是小孩子時沒有兩樣。乾隆七年，我被外放去做縣令，分別任溧水、沭陽、江浦、江寧四縣縣令，養親的俸祿不少，人家為太孺人慶賀得到兒子奉養的快樂，但太孺人安詳和悅的樣子一如平常，與我在庶常館深造時沒有兩樣。乾隆十七年，我曾改赴陝西任職，後來考慮到太孺人年衰，乃向上司陳情請求供養家母，寄居在金陵隨園。園中有許多亭臺閣榭，水木清朗秀麗，人家都為太孺人慶賀有煙靄雲霧的享受，但太孺人安詳和悅的樣子一如平常，與我在官衙當縣令時沒有兩樣。太孺人天性冷靜鎮定，遇到艱難或順利，心情都不會改變，或憂或喜的心情都不會在臉上表露出來。她教育我，從小到大，從來沒有抽打責罰過，我犯了錯誤一定是用委婉的語言從側面批評，好像怕傷害我。曾經對我的姐姐說：「你們的弟弟像我，臉面薄容易害羞，所以我不會以一般的孩子對待他。」我因此更加戒懼，常常在無形無聲之間觀察家母，做事一旦發現其不快，一定徹底地認錯改正，等到家母和顏悅色的態度如平常一樣，這才心安。

家母晚年遲遲抱不到孫子，人家都認為她會憂愁，其實太孺人完全不介意，並說：「我兒子心地好，辦事能幹，一定會有兒子的，假如沒有，那麼也是命，我何必在意呢？」去年，堂弟生一兒子，我抱來做繼子。去年冬天我新娶鍾姬懷孕，太孺人為此欣喜。嗚呼！過繼給我的兒子阿通，太孺人已經看到了，將要出生的孫子，太孺人還未能看見。即使是男是女還未能預測，但徵兆已顯露，可偏偏生下的孫子，來不及等到祖母含著飴糖逗他玩。這是人倫的缺失，我不能不終身遺憾。

太孺人不食素，不迷信佛教，不信陰陽相術、向神靈祈禱之事。做完針線活，就手持一卷《唐詩》，吟誦自樂。僮僕有點小功勞，就一定給予重賞。鄰里的平凡的老太太，都一定以禮相待。家母烹飪魚肉做菜，味道非常鮮美，兒媳婦雖然努力學習，但始終趕不上。每年春暖花開的時候，我的各位妻妾輪流設宴，為太孺人祝壽，太孺人也一定忙碌操辦宴會，盡答謝之禮。家母常常告誡我說：「我兒不要外出，明天老母將作東請客。」嗚呼哀痛啊！此情此景，在當時就知道很難得，所以有意博取家母歡心，只是沒料到家母慈顏難再見到，轉眼之間已天人永隔。

家母病危之時，筋骨不舒，我有時替她按摩，家母就說：「你手太累了，為何不休息一會兒？」又說：「夜已經很深了，你快去睡覺吧！」家母的仁愛體察他人，臨危不亂，往往如此。家母臨終時，召我來訣別道：「我即將回去了。」我不覺失聲痛哭，太孺人呵斥說：「真是人心不足，我兒癡呆了嗎？天下豈有不死的人嗎？我年已九十四歲了，我兒還為何痛哭呢？」說完用衣袖為我擦掉眼淚就去世了。嗚呼哀痛啊！人世間認為百歲為上壽，如果老天再多給六年生命，太孺人便符合上壽之數，老天為何吝惜此小數目而不肯賜予呢？還是人生死注定，不可勉強留住呢？如果不是這樣，那麼還是我調理護養家母無方，奉養有不足的地方，而導致太孺人的疾病纏綿不癒。

近年來，我對於古人沒有仰慕誰，只有唐代詩人邱為，年將八十歲，還有老母，我心裡很嚮往他。從今以後，我才知道古人難以企及。我雖兩鬢花白，但太孺人還視作嬰兒。我每次早晚去問候家母，一定給我吃餅類與水果，又告知要注意冷暖，問我飲食情況，我也和樂順從，忘掉了自己已經衰老。從今以後，我才知自己是六十三歲的人了。在家母身邊越久，離開家母越覺困難，如今早晚起居時，誤呼「阿嬭」，卻不見其人，不禁神魂迷茫，即使短暫苟活，而生命的活力也快完了。嗚呼，還說什麼呢，還說什麼呢！

太孺人生於康熙二十四年八月二十三日，仙逝於乾隆四十三年二月九日。有四個女兒，三人守寡，都依附我生活而終歿。二姐年七十，服侍母親時還健朗。孫子阿通四歲，還有孫女三人，都未嫁人。不孝兒子枚恭敬地陳述。

【研　析】這是一篇感情真摯、淚墨交揮的悼念慈母的文章。

開篇簡略交代慈顏抱恙而致永訣的經過，但筆帶感情，既有對母親「徽音」的讚揚，亦有自己「不能籲天請命」的愧疚。然後以時間為線索，進入對母親高尚品格的追憶。作者幼年時，家貧甚，父出遊，寫母親獨力支撐家庭，孝養長輩，照顧子女，反映了母親堅強、勤勞的秉性。作者成年後，入詞林，改官縣令，又僑居隨園，不管作者身分有何變化，母親皆「愔愔如常」，「憂喜之色，不形於造化」，則反映了母親天懷淡定、不慕浮華的品格。寫作者老年得子甚遲，母親「絕不介意」，反映了母親曠達樂觀的情懷。寫母親「不持齋、不佞佛」，唯喜吟唐詩自娛，反映了母親遠離世俗、溫文爾雅的精神。寫母親彌留之際與作者的對話，則反映了她正確的生死觀。

本文追思母親的「徽音」，與抒發自己的悲痛是相輔相成的。正因為母親偉大，自己的哀傷才更沉重。因此在每一節讚美母親的文字中，亦飽含著作者不盡的哀思。文章描寫母親的生活、品格，注意動作與語言細節，使人物形象栩栩如生，如見其人，如聞其聲。而呼告語的反覆運用，則增添了悲傷色彩，既反映了作者肝腸寸斷，亦增強了打動讀者心靈的力量。

浙西三瀑布記

【題解】浙西三瀑布，指浙江天台山石梁、雁宕（蕩）山龍湫和青田石門洞的瀑布。浙西，實際是今浙東與浙東南。古人以左為西，作者從南京南下，三瀑布皆在左方，故曰「西」。記，文體名。本文原載《小倉山房文集》卷二十九。

甚矣，造物之才也！同一自高而下之水，而浙西三瀑三異，卒無複筆❶。

壬寅歲❷，余遊天台石梁❸，四面崒者厜㕒❹，重者甗隒❺，皆環梁遮迣⑥。梁長二丈，寬三尺許，若鰲脊跨山腰，其下嵌空。水來自華頂⑦，平疊四層，至此會合，如萬馬結隊，穿梁狂奔。凡水被石撓必怒，怒必叫號。以崩落千尺之勢，為群磥砢⑧所擋拔⑨，自然拗怒鬱勃⑩，喧聲雷震，人相對不聞言語。余坐石梁，恍若身騎瀑布上。走山腳仰觀，則飛沫濺頂，目光炫亂，坐立俱不能牢，疑此身將與水俱去矣。瀑上寺曰上方廣，下寺曰下方廣，以愛瀑故，遂兩宿焉。

後十日，至雁宕之大龍湫⑪。未到三里外，一匹練從天下，恰無聲響。及前諦視⑫，則二十丈以上是瀑，二十丈以下非瀑也，盡化為煙、為霧、為輕綃、為玉塵、為珠屑、為琉璃絲、為楊白花。既墜矣，又似上升；既疏矣，又似密織。風來搖之，飄散無著；日光照之，五色昳麗⑬。或遠立而濡⑭其首，或逼視而衣無沾。其故由於落處太高，崖腹中窪⑮，絕無憑藉，不得不隨風作幻。又少所抵觸，不能助威揚聲，較石梁絕不相似。大抵石梁武，龍湫文；石梁喧，龍湫靜；石梁急，龍湫緩；石梁衝盪無前，龍湫如往而復：此其所以異也。初觀石梁時，以為瀑狀不過爾爾，龍湫可以不到。及至此，而後知耳目所未及者，不可以臆測也。後半月，過青田⑯之石門洞⑰，疑造物雖巧，不能再作狡獪⑱矣。乃其瀑在石洞中，如巨蚌張口，可吞數百人。受瀑處池寬畝餘，深百丈，疑蛟龍欲起，激盪之聲如考⑲鐘鼓于甕內。此又石梁、龍湫所無也。

昔人有言曰：「讀《易》者如無《詩》，讀《詩》者如無《書》，讀《詩》、《易》、《書》者如無《禮記》、《春秋》。」⑳余觀于浙西之三瀑也信。

【注釋】❶複筆　重複的筆法，喻風格相同。❷壬寅歲　指乾隆四十七年壬寅（西元一七八二年）。❸天台石梁　天台山石梁瀑布。天台山位於浙江天台城北，主峰為華頂山。石梁瀑布在天台山中方廣寺處。石梁長約兩丈，銜接兩山山腰，瀑自梁底向下噴墜。❹崒者匽巘　形容山勢險峻貌。❺重者甗隒　形容山勢重疊如甗相加。甗，銅製或陶製炊器。隒，山崖。❻遮迣　遮攔。❼華頂　華頂山，海拔一〇九八米。為天台山最高峰。❽磥砢　眾多堆積在一起的石頭。❾攩挖　阻擋。❿拗怒鬱勃　形容水勢受抑制急轉，奔騰狂瀉。⑪大龍湫　在雁宕山。⑫諦視　仔細觀看。⑬眏麗　色彩繽紛。⑭濡　沾濕。⑮中窪　中間凹下。⑯青田　縣名。在浙江東南部。⑰石門洞　在浙江青田城西北括蒼山中，洞內有懸崖瀑布。⑱狡獪　詭詐。⑲考　敲擊。⑳讀易者如無詩三句　引言見唐李翱〈答朱載言書〉。易，《周易》。詩，《詩經》。書，《尚書》。

【語　譯】自然界造物的才能真是太高超了！同樣是從高處流下的溪水，浙西的三處瀑布卻三種都不同，毫無重複之處。

乾隆四十七年，我遊天台山的石梁，四周山勢險峻，山勢層層疊疊如甗相加，都環繞石梁遮攔著。石梁大約長二丈，寬三尺左右，像巨鰲的脊梁橫跨在山腰，其下面完全是懸空的。瀑布來自華頂山，平疊為四層，到這裡合為一處，如千萬匹駿馬結成隊伍，穿過石梁狂奔向前。大凡水流如果被石塊所阻擋必然洶湧，洶湧必然發出巨響。石梁瀑布從千尺高處傾倒，被堆積的石塊攔阻，自然就奔騰狂瀉，水轟響如雷霆，遊人面對面都聽不到彼此說的話。我坐在石梁上，恍惚就像騎跨在瀑布上。再走到山腳下仰視，瀑布飛散的水沫濺到頭頂，人眼花繚亂，無論坐立都無法安穩，懷疑身體就要隨瀑布飄蕩而去。瀑布上面有上方廣寺，下面有下方廣寺，我因為喜愛瀑布的緣故，就在兩個寺院各住宿了一夜。

十天後，我又遊至雁宕山的大龍湫，尚未到達時，三里以外，就見瀑布像一匹白練似的從天而落，卻是無聲無息。等我走到近處細看，二十丈以上是瀑布，二十丈以下卻不是瀑布了，全都化為煙、化為霧靄、化為輕紗、化為白玉屑、化為珍珠粉、化為琉璃絲、化為飄揚的柳絮。落下之後，卻又像在向上升騰，已經很稀疏了，卻又像密密交織在一起。風一吹動，顯得飄忽無著落；陽光一照射，又顯得五彩繽紛。有時站在遠處會打濕了頭，有時逼近看衣服上卻無水漬。其原因是瀑布的落點過高，崖的中間凹陷，落下的水完全沒有依託，不得不隨著風吹變幻。加上水落時很少有山勢阻礙，也不能發出撞擊的聲響，跟石梁瀑布相比毫無相同的地方。大致說來，石梁瀑布威武，龍湫瀑布文雅；石梁瀑布喧鬧，龍湫瀑布靜謐；石梁瀑布湍急，龍湫瀑布平緩；石梁瀑布沖蕩向前，龍湫瀑布回環往復：這就是它們不同的地方。剛看到石梁瀑布時，以為瀑布的情狀不過如此，龍湫可以不必去看了。等來到這裡，才知道耳目未聞睹的事物，是不可以憑主觀猜測的。

半個月後，經過青田的石門洞，原本懷疑造物主即使再高超巧妙，也不能再變幻出新花樣了。沒想到這裡的瀑布卻在石洞內，像巨大的河蚌張開大口，可吞下幾百人。容納瀑布的水池，有一畝多大，深有百丈，讓人懷疑有蛟龍要從水池中飛騰而起，瀑布激越震盪之聲像在甕中敲打鐘鼓一般。這又是石梁、龍湫瀑布所沒有。

古人曾經說過：「有些人讀過《易經》就覺得好像不必讀《詩經》了，讀過《詩經》就覺得好像不必讀《尚書》了，讀過《詩經》、《易經》、《尚書》就覺得好像不必讀《禮記》、《春秋》了。」我看過浙西的三處瀑布以後，很相信確實有這種人。

【研析】在同一篇遊記中寫三條瀑布，為避免「複筆」，就必須捕捉住每條瀑布的特點，顯示其獨具的風貌，才能體現「造物之才」。本文以時間為線，寫一個月之內觀賞石梁飛瀑、雁宕大龍湫、青田石門洞瀑布的所見所聞所感，從形態、聲響、氣勢等不同角度，對三條瀑布進行了對比，在對比中表現大自然的鬼斧神工、氣象萬千。

文章重點是詳細描寫石梁飛瀑與雁宕大龍湫的不同風格，通過細緻生動的勾勒之後，概括出「大抵石梁武，龍湫文；石梁喧，龍湫靜；石梁急，龍湫緩；石梁銜溢無前，龍湫如往而復：此其所以異也」的獨特之處，準確細膩，寫盡陽剛與陰柔之美。寫青田石門洞瀑布則比較簡略，突出其瀑在洞內，「激盪之聲如考鐘鼓于甕內」的獨特之美，使文章詳略得當，可見剪裁之功。

文章以唐李翱一段話收束，有些匪夷所思，細細品味，其中不乏人生哲理，即人們往往把自己所看到的東西當作最好的，不知山外有山，天外有天，其實「耳目所未及者，不可以臆測也」。文章意旨得以深化。

遊丹霞記

【題解】丹霞，丹霞山，在今廣東仁化城南。其山岩由紅砂岩構成，色渥如丹，燦若明霞，因以得名。記，文體名。本文原載《小倉山房文集》卷二十九。

甲辰❶春暮，余至東粵❷，聞仁化❸有丹霞之勝；遂泊五馬峰下，別買小舟❹，沿江往探。山皆突起平地，有橫皴❺，無直理❻，一層至千萬層，箍圍不斷。疑嶺南近海多螺蚌，故峰形亦作螺紋耶？尤奇者：左窗相見，別矣，右窗又來；前艙相見，別矣，後艙又來。山追客耶？客戀山耶？舛午❼惝怳❽，不可思議。

行一日夜，至丹霞。但見絕壁無蹊徑，惟山脅裂一縫如斜鋸開。人側身入，良久得路；攀鐵索升，別一天地。借松根作坡級，天然高下，絕不滑履。無級處則鑿崖石而為之，細數得三百級。到闌天門最隘，僅容一客。上橫鐵板為啟閉，一夫持矛，鳥飛不上。山上殿宇甚固甚宏闊。鑿崖作溝，引水僧廚，甚巧。有僧塔在懸崖下，崖張高幕❾吞覆之。其前群嶺環拱，如萬國侯伯執玉帛來朝。間有豪牛醜犀、犁靬幻人❿、鴟⓫張鑾⓬舞者。余宿靜觀樓，山千仞銜窗而立，壓人魂魄，夢亦覺重。山腹陷進數丈，珠泉滴空，枕席間琮琤不斷。池多文魚泳游。余置筆硯坐片時，不知有世，不知有家，亦不知此是何所。

次日，循原路下，如理舊書，愈覺味得。立高處望自家來蹤，從江口到此，蛇蟠蚓屈，縱橫無窮，約百里而遙。倘用鄭康成⓭虛空鳥道⓮

之說，拉直線行，則五馬峰至丹霞片刻可到。始知造物者故意頓挫作態，文章非曲不為功也。第⑮俯視太陡，不能無悸，乃坐石磴而移足焉。

僧問：「丹霞較羅浮⑯何如？」余曰：「羅浮散漫，得一佳處不償勞，丹霞以遒警⑰勝矣。」又問：「無古碑何也？」曰：「雁宕⑱開自南宋，故無唐人題名；黃山⑲開自前明，故無宋人題名；丹霞為國初所開，故并明碑無有。大抵禹迹⑳至今四千餘年，名山大川，尚有屯蒙㉑未闢者，如黃河之源，元始探得，此其證也。然即此以觀，山尚如此，愈知聖人經義更無津涯㉒。若因前賢偶施疏解，而遽欲矜矜然㉓闌禁㉔後人，不許再參㉕一說者，陋矣，妄矣，殆不然㉖矣！」

【注釋】❶甲辰　乾隆四十九年（西元一七八四年）。❷東粵　廣東東部。❸仁化　縣名。❹買小舟　租借一條小船。❺橫皺　橫的紋理。皺，皮膚皺紋。❻直理　直的紋理。❼舛午　錯亂。❽惝恍　恍惚。❾冪　罩子。❿犁靬幻人　犛靬國能行幻術的人。犁靬，同「犛靬」。漢西域國名。⓫鵋　貓頭鷹。⓬蠻　水獸名。⓭鄭康成　東漢經學家鄭玄，字康成，北海（今屬山東）人。⓮虛空鳥道　鳥在虛空飛行而無痕跡，謂鳥道。此處是指空間直線距離。⓯第　只是。⓰羅浮　羅浮山，在廣東惠州境。羅浮山與丹霞山齊名，皆屬廣東四大名山。

⑰遒警　指緊湊、集中而驚險。⑱雁宕　即雁蕩山，在浙江。⑲黃山　在安徽黟縣地區。⑳禹迹　指夏禹治水的功績。㉑屯蒙　《易》中屯、蒙卦的合稱。指萬物初生狀態。㉒津涯　邊際。㉓矜矜然　自負貌。㉔闌禁　禁止。㉕參　加入。㉖殆不然　大概不正確。

【語譯】乾隆四十九年暮春，我到了廣東，聽說仁化縣有丹霞山勝境，於是船泊在五馬峰下，又另外雇了小舟，沿著錦江前往探訪。兩岸山峰突然崛起於平地，都有一層一層橫向的疊壓紋理，而沒有直的紋理；從一層直到千萬層，箍圍住整個山體沒有間斷。我懷疑是不是嶺南地區近海多產螺蚌，所以山形也變得有螺蚌紋了呢？尤其奇特的是：這些山，從左邊舷窗先看見，到後看不見了，過了一會兒從右邊窗口出現；在前艙處看見了，又不見了，卻從後艙處出現。是山在追逐遊客呢？還是遊客迷戀山呢？人錯亂而恍惚，不可思議。

航行了一日一夜，到了丹霞山。只見山全是絕壁沒有路徑，只有山腰處裂開一條縫，好像被鋸子斜著鋸開來，人得側身鑽入，好久才能找到路徑。手扶鐵索向上攀登，才見到另一番天地。我借松樹的裸根當作階梯，自然地上上下下，鞋絕不會踩滑。沒有階梯的地方則崖石被鑿開成為石階，仔細數一下有三百級。到闌天門處最狹隘，僅能容一個人通過。上面橫架一塊鐵板為開關，若有一個壯士拿了長矛守住，飛鳥也上不來。山上面的殿宇很牢固很宏闊。崖上鑿出溝洫，引來水供僧人做飯，非常巧妙。有一座僧塔矗立在懸崖下面，那懸崖的崖檐像罩子把塔吞了進去。此處前面群山環拱，像萬國的侯伯手執玉器錦帛來朝覲。其中有的似巨牛醜犀，還有的似犁靬國耍幻術的藝人，還有的似貓頭鷹張著翅膀、水獸蠻在跳舞。我住在靜觀樓，窗外緊立著千仞高山，壓迫著人的魂魄，夢中也覺得身上很沉重。山腹中間內凹好幾丈，有點點滴滴的水珠從空中滴下來，枕席間聽見琮琤的滴水聲不斷。有一方水池，池中有許多有花紋的魚游來游去。我準備好筆硯靜坐片刻，竟忘了還有人世，還有家，也忘了此時是在哪裡。

第二天，順著原路下山，像重翻舊書，愈發覺得有滋味。站在高處看來時的路途，從錦江口到這裡，像蛇蟠蚓屈縱橫無盡，大概有百里之遙。如果用鄭玄的「虛空鳥道」的說法，如鳥飛一樣直線而行，那麼從五馬峰至丹霞山，片刻就可抵達。這才知道造物者故意抑揚頓挫做出這番姿態，就像寫文章，非曲折顯不出妙處來。此處向下看太深陡，不能不心悸，只能坐在石階上慢慢移動下山。

有僧人問：「丹霞山同羅浮山比較怎麼樣？」我說：「羅浮山散漫不集中，要找到一處佳景不勝其勞，丹霞山則以緊湊驚險見長。」又問：「丹霞山沒有古碑碣是為什麼？」我說：「雁宕山南宋時開發，所以沒有唐人題刻；黃山明代開闢，因此沒有宋人題刻；丹霞山為本朝開國之初才漸為世知，因而不見明代碑。大致從大禹治水以來至今四千多年，名山大川，還有沒開發過的，如黃河之源，元代才探測到，這就是證明。然而就此來看：山尚且如此，就愈發知道聖人經書的義理更沒有邊界。若是因為前代賢哲偶然疏解過，就想自負地禁止後人再去探討，不許多增加一說，真是淺陋、狂妄，這大概是不正確的！」

【研　析】丹霞山水奇觀藏在深閨人未識，直到清初才被人發現，至於付諸筆墨恐亦未有。袁枚此記有可能是首次向世人介紹丹霞山，其題材之新穎，引人入勝，自不言而喻。

此記寫丹霞山注意從不同角度，表現丹霞山的奇特之美。首先寫「沿江往探」，從船上欣賞的角度寫丹霞山，凸顯其平地突起、峰形似螺紋的形態，以及江隨山轉、山不離江的地貌。其中寫「山追客」、「客戀山」的情景，極富情趣，極其別致，非親歷其境者不能道。其次從登山所見的角度，寫丹霞山的險絕，無論是「山脅裂一縫」的山路，「僅容一客」的闌天門，還是如高冪的山崖，「銜窗而立」的千仞山峰，都刻劃逼真，令人驚嘆！再次從下山的角度寫丹霞山，寫其地貌的回環曲折，「頓挫作態」。最後從與僧對話的角度，寫遊丹霞山的感悟：「山尚如此，愈知聖人經義更無津涯。」人生即如同遊丹霞一樣，要敢於進取，勇於參與，才能不斷有所發現。

遊黃山記

【題解】黃山，原稱黟山，後改名黃山，因傳說黃帝在此修身煉丹，故名。位於今安徽歙縣、太平、休寧、黟縣間，方圓二百五十公里。這裡山勢奇險，雲霧縹緲，蒼松枝虬，怪石密佈，溫泉噴湧，為著名風景區。記，文體名。本文原載《小倉山房文集》卷二十九。

癸卯❶四月二日，余遊白嶽❷畢，遂浴黃山之湯泉❸。泉甘且冽，在懸厓❹下。夕宿慈光寺❺。

次早，僧告曰：「從此山逕仄❻險，雖兜籠❼不能容。公步行良苦，幸有土人慣負客者，號『海馬』，可用也。」引五六壯佼者來，俱手數丈布。余自笑羸老乃復作襁褓兒耶！初猶自強，至憊甚，乃縛跨其背。於是且步且負各半。行至雲巢❽，路絕矣，躡木梯而上，萬峰刺天，慈光寺已落釜底。是夕至文殊院❾宿焉。

天雨寒甚，端午猶披重裘擁火。雲走入奪舍❿，頃刻混沌⓫，兩人坐，辨聲而已。散後，步至立雪臺⓬，有古松，根生於東，身仆於西，頭向于南，穿入石中，裂出石外。石似活，似中空，故能伏匿其中，而與之相化。又似畏天不敢上長，大十圍，高無二尺也。他松類是者多，不可勝記。晚，雲氣更清，諸峰如兒孫俯伏。黃山有前、後海⓭之名。左右視，兩海並見。

次日，從臺左折而下，過百步雲梯⓮，路又絕矣。忽見一石如大鰲魚⓯，張其口。不得已走入魚口中，穿腹出背，別是一天。登丹臺⓰，上光明頂⓱。與蓮花⓲、天都⓳二峰為三鼎足，高相峙。天風撼人，不可立。幸松針鋪地二尺厚，甚軟，可坐。晚至獅林寺[20]宿焉。趁日未落，登始信峰[21]。峰有三，遠望兩峰夾峙，逼視之尚有一峰隱身落後。峰高且險，下臨無底之溪。余立其巔，垂趾二分在外。僧懼挽之。余笑謂：「墜亦無妨。」問：「何也？」曰：「溪無底，則人墜當亦無底，飄飄然知泊何所？縱有底，亦須許久方到，儘可須臾求活。惜未挈長繩縋精鐵量之，果若干尺耳。」僧大笑。

次日登大小清涼臺[22]。臺下峰如筆，如矢，如筍，如竹林，如刀戟，如船上桅，又如天帝戲將武庫兵仗布散地上。食頃，有白練繞樹。僧喜告曰：「此雲鋪海也。」初濛濛然，鎔銀散綿，良久渾成一片。青山群露角尖，類大盤凝脂中有筍脯[23]矗現狀。俄而離散，則萬峰簇簇，仍還原形。余坐松頂，苦日炙，忽有片雲起為蔭遮，方知雲有高下，迥非一族。薄暮往西海門[24]觀落日。草高於人，路又絕矣。喚數十夫芟夷[25]之而后行。東峰屏列，西峰插地怒起，中間鶻突[26]數十峰，類天台瓊臺[27]。

紅日將墜，一峰以首承之，似吞似捧。余不能冠㉘，被風掀落；不能襪㉙，被水沃㉚透；不敢杖㉛，動陷軟沙；不敢仰，慮石崩壓。左顧右睨，前探後矚，恨不能化千億身，逐峰皆到。當「海馬」負時，捷若猱猿，衝突急走，千萬山亦學人奔，狀如潮湧。俯視深坑、怪峰，在腳底相待。倘一失足，不堪置想。然事已至此，惴慄無益。若禁緩之，自覺無勇。不得已，託孤寄命㉜，憑渠㉝所往，覺此身便已羽化㉞。《淮南子》有「膽為雲」㉟之說，信然。

初九日，從天柱峰㊱後轉下，過白沙矼㊲，至雲谷㊳。家人以肩輿㊴相迎。計步行五十餘里，入山凡七日。

【注　釋】❶癸卯　此指清乾隆四十八年（西元一七八三年）。❷白嶽　即白嶽嶺，在今安徽休寧西，為齊雲山組成部分。這裡奇峰四起，山路盤回，山勢險峻。❸湯泉　古名朱砂泉，在黃山紫雲峰下。相傳黃帝在此浴後白髮變黑，返老還童，被譽為「靈泉」。❹懸厓　即懸崖。此指紫雲峰。❺慈光寺　在黃山南部朱砂峰下。古稱朱砂庵。明萬曆皇帝敕封「護國慈光寺」，盛極一時。❻仄　狹窄。❼兜籠　即兜子，一種只有坐位而沒有轎廂的便轎。❽雲巢　即雲巢洞。❾文殊院　在天都、蓮花二峰之間。後有玉屏峰。傳為明萬曆年間普門和尚所構建。院左側下方有文殊池。前有一線天、文殊洞，西有立雪臺等。⑩奪舍　彌漫房舍。⑪混沌　模糊一團的狀態。⑫立雪臺　參見前注⑨。⑬前後海　指光明頂前後兩處雲海絕妙的風景。⑭百步雲梯　地名，險峻的山路。《徐霞客遊記》描寫它「梯磴插天，足趾及腮，而磴石傾側，兀兀欲動」。⑮大鰲魚　指鰲魚峰的鰲魚洞。⑯丹臺　即煉丹臺。在黃山中部煉丹峰前。傳說浮丘公為黃帝煉丹於此。⑰光明頂　在黃山中部，黃山三大主峰之一，為看日出、觀雲海的最佳處。⑱蓮花　蓮花峰，在黃山中部，黃山三大主峰之一，主峰突出，小峰簇擁，宛若怒放的蓮花。⑲天都　天都峰，在黃山東南部，黃山三大主峰之一，山勢最為險峻，古稱「群山所都」，意謂天上都會。⑳獅林寺　在黃山北部獅子峰上。㉑始信峰　在黃山東部。傳一古人持懷疑態度遊山，到此始信黃山可愛，故名。有石筍峰、上升峰左右陪襯，成鼎足之勢。㉒清涼臺　原名法臺，在獅子峰腰部，是黃山後山觀雲海和日出的最佳處。㉓筍脯　把竹筍煮熟晾乾加上調料的食物。㉔西海門　在獅子峰、石鼓峰西的懸崖峭壁處，在此可憑眺西海群峰與落日奇觀。㉕芟夷　割除鏟平。㉖鶻突　模糊。㉗天台瓊臺　在浙江天台。瓊臺形似馬鞍，下臨龍潭，三面絕壁，孤峰卓立。㉘冠　作動詞，戴帽子。㉙襪　作動詞，穿襪子。㉚沃　浸濕。㉛杖　作動詞，拄拐杖。㉜託孤寄命　以後代與生命相託。《論語・泰伯》：「可以託六尺之孤，可以寄百里之命。」㉝渠　他；他們。㉞羽化　得道登仙。蘇軾〈前赤壁賦〉：「飄飄乎如遺世獨立，羽化而登仙。」㉟膽為雲　《淮南子・精神》：「天有風雨寒暑，人亦有取與喜怒。故膽為雲，肺為氣，肝為風，腎為雨，脾為雷，以與天地相參也，而心為之主。」高誘《注》：「膽，金也。金石雲之所出，故為雲。」㊱天柱峰　在安徽潛山縣西北。其形狀如柱倚天，故名。㊲白沙矼　在黃山後海。㊳雲谷　在黃山鉢盂峰下，溪谷蜿蜒，雲霧吞吐，有雲谷寺。㊴肩輿　兩人肩扛的便轎。

【語譯】乾隆四十八年農曆四月二日，我遊完白嶽山，就來到黃山的湯泉沐浴。泉水甘美清澄，來自紫雲峰懸崖之下。晚間投宿慈光寺。

第二天一早，僧人告知說：「從這上去山路又窄又險，就是兜籠也難通過。您若步行會很辛苦。幸虧有當地習慣背著客人上下的人，叫作『海馬』，可以雇他們代步。」於是就領來五六個健壯精神的漢子，他們手中都拿著數丈長的布帶。我見了不禁自笑又弱又老的人還要被當成嬰兒包裹在襁褓中。剛登山的時候還挺逞強，後來實在疲憊了，才被綁縛在「海馬」背上。於是走一會兒背一會兒，差不多各占一半。走到雲巢時，就完全沒有路了。我踏著木梯向上爬，只見萬峰刺天，慈光寺就像落到了鍋底似的。當晚宿在文殊院。

天空下著雨很冷，雖已是端午還得要披著皮襖擁著火爐。雲霧湧入，彌漫房舍中，頃刻之間一片模糊。兩個人對坐，也只能聽到聲音罷了。雲霧散去後，步行到立雪臺。只見有一株古松，根部生在東面，松幹卻倒向西方，松冠向南，穿入石頭中間，又從石頭另一端伸出來。石頭好像有生命，中間彷彿是空的，所以松樹能躲藏在裡面而與石頭合為一體；又像是害怕上天而不敢向上生長，雖粗大有十圍，而高不過二尺。其他的松樹都和這差不多，無法一一記述。稍晚一些，雲氣更清，眾多山峰像兒孫一樣俯伏。黃山分為前海、後海，站在這裡兩邊看，兩海都能看見。

次日，從臺左折拐而下，經過百步雲梯，又沒有路了。忽然看見一堵巨石像個大鼇魚，張著大口。不得已只有走進鼇魚口，穿過鼇魚腹，從鼇魚背上出來，竟別有一番天地。又登上煉丹臺，上到光明頂，這裡和蓮花峰、天都峰三足鼎立，高高地相互對峙。山頂上天風猛烈地吹人，站不住。幸好有落下的松針鋪地達二尺厚，很軟，可以坐下。晚上準備住宿獅林寺。趁著太陽還未落下，先去登臨始信峰。峰頂可見三個山峰，遠望是兩峰相對，用力看還有一峰身藏其後。始信峰高且危險，下面是無底的溪水。我立在峰頂，腳趾有二三分向外踏在空處。僧人害怕來拉我。我笑著說：「掉下去也沒關係。」僧人問：「為什麼？」我說：「下面澗溪無底，那麼人掉下去也掉不到底，飄飄然怎知道停在哪裡？即使有底，也要好久才能達到，盡可以在片刻間尋求活路。可惜沒帶來長繩繫上鐵墜測量一下，看到底有多少尺深。」僧人聽了大笑。

次日登上大小清涼臺。從臺上看下面的山峰如筆，如箭，如筍，如竹林，如刀戟，如船上桅杆，又像天帝一時高興把武庫的兵器都散布到了地上。不過吃頓飯的時間，又看到有東西像白色的絲絹一樣繞纏到樹上。僧人高興地告訴我說：「這是雲要湧鋪如大海了。」起初，迷迷濛濛的，像鎔化的銀流、散開的棉絮，過了很久又渾然連成一片。一群青山只露出山尖頂，好似大盤的凝脂中有竹筍乾聳立在裡面。過了一會兒雲霧散去，萬峰又一簇簇地恢復成原來的形狀。我坐在有松樹的崖頂，被太陽曬得難受，忽然有一片雲飄來為我做了遮陽的蔭棚，這才知道，雲朵也分高層下層，不是一樣的。黃昏時又到西海門觀落日。草比人高，又沒有路了。叫來十幾個山民披荊斬棘之後再行進。此處看到東邊山峰像屏風一樣排列，西邊的山峰拔地而起，中間是數十個山峰模糊一片，好似天台山的瓊臺景象。紅日將落山，有一座山峰好像用山頭頂著它，又似要吞也像在捧。我不能戴帽，因風大要吹落；也不能穿襪子，因為已被水浸透；不敢拄拐杖，一拄會陷進軟沙；不敢向上看，擔心石頭崩壓下來。左盼右顧，瞻前視後，恨不得此身化為千億，每一個山峰都能登臨。當被「海馬」背著的時候，他們輕捷像猿猴，直衝急走，使千萬山峰看起來像在學人奔跑一樣，景色如潮水一般洶湧。俯視深坑、怪峰，都在腳底等待我。倘若一失足，後果將不堪設想。然而事情已經到了這一步，害怕也沒有用。如果讓他們慢一些，又顯得自己太膽小了。不得已，只能把自己的後代與性命交託給他們，憑他們安排了，感覺到自己身體彷彿已經羽化升天了。《淮南子》有「膽為雲」之說，確實如此。

初九這天，從天柱峰後面轉下山來，經過白沙矼，到了雲谷。家人已經雇了小轎迎接我。這一回遊黃山，大約步行了五十多里，在山中待了七日。

【研　析】這篇〈遊黃山記〉以時間為順序，描述了作者入黃山七日，步行五十餘里之所見所感，向人們形象地展現了黃山之險徑、古松、怪石、奇峰、雲海等令人嘆為觀止的景觀，並真切地描繪了作者當時微妙的心理體驗，使人讀後大有如身歷其境、如見其人之感。作者雖然「入山凡七日」，但遊記並未逐日記流水帳，而主要是記敘前四日的活動；前四日中又重在記四月三日至五日三天的觀感，且寫景注意選擇，文字詳略得當，體現了作者「規範本體」、「剪截浮詞」的「鎔裁」功夫（見《文心雕龍・鎔裁》）。

這篇遊記與作者描寫黃山的許多性靈詩一樣，也體現了主性靈的美學思想，即以新鮮、靈活、風趣的語言抒發真情實感，表現個性及描繪藝術形象。作者筆下的松、石、雲、山等藝術形象都寫得生動風趣，通性靈，富有人情味，其中飽含著作者的感情。這是一種人化的自然，而不是客觀的自然之物。作者寫遊記不在於模山範水，而重在表現自己的審美情趣，體現自己達觀、超俗的性格與酷愛自然的天性。文中穿插「海馬」、山僧等人物，不僅增添了遊黃山的興致、風趣，又起到陪襯作者性格的作用。這篇遊記的語言雖平淺樸素，卻活脫傳神，有「字立紙上」的藝術效果，這與全文所大量採用的新穎奇妙的比喻密切相關。它們出色地發揮了描寫黃山景物與表現作者性靈的作用。

峽江寺飛泉亭記

【題　解】峽江寺，又名飛來寺。在今廣東清遠清遠峽。飛泉亭，在峽江寺後。記，文體名。本文原載《小倉山房文集》卷二十九。

余年來觀瀑屢矣，至峽江寺而意難決捨，則飛泉一亭為之也。

凡人之情，其目悅，其體不適，勢不能久留。天台之瀑❶離寺百步，雁宕瀑❷旁無寺。他若匡廬❸、若羅浮❹、若青田之石門❺，瀑未嘗不奇，而遊者皆暴日中，踞危崖，不得從容以觀，如傾蓋交❻，雖歡易別。惟粵東峽山，高不過里許，而蹬級紆曲❼，古松張覆，驕陽不炙。過石橋，有三奇樹鼎足立，忽至半空凝結為一。凡樹皆根合而枝分，此獨根分而枝合，奇已❽！登山大半，飛瀑雷震，從空而下。瀑旁有室，即飛泉亭也。縱橫丈餘，八窗明淨，閉窗瀑聞，開窗瀑至。人可坐，可臥，可箕踞❾，可偃仰❿；可放筆研，可瀹茗⓫置飲。以人之逸，待水之勞，取九天銀河置几席⓬間作玩。當時建此亭者，其仙乎！

僧澄波善弈，余命霞裳⓭與之對枰。於是水聲、棋聲、松聲、鳥聲，參錯並奏。頃之，又有曳⓮杖聲從雲中來者，則老僧懷遠抱詩集尺許，來索余序。於是吟詠之聲又復大作。天籟⓯、人籟⓰，合同而化⓱。不圖觀瀑之娛，一至於斯，亭之功大矣！

坐久日落，不得已下山，宿帶玉堂。正對南山，雲樹蓊鬱⓲，中隔長江⓳。風帆往來，妙無一人肯泊岸來此寺者。

僧告余曰：「峽江寺俗名飛來寺。」余笑曰：「寺何能飛？唯他日余之魂夢或飛來耳。」僧曰：「無徵不信⓴。公愛之，何不記之？」余曰：「諾。」已㉑，遂述數行，一以自存，一以與僧。

【注釋】❶天台之瀑　浙江天台山石梁飛瀑。❷雁宕瀑　浙江雁蕩山大龍湫。❸匡盧　江西廬山，有瀑布「飛流直下三千尺，疑是銀河落九天」（李白〈望廬山瀑布〉）。❹羅浮　羅浮山，在廣東惠州境，多瀑布。❺青田之

石門　浙江青田石門洞內有飛瀑。❻傾蓋交　《史記・魯仲連鄒陽列傳》：「白頭如新，傾蓋如故。」原指車上的傘蓋靠在一起，後亦喻初次相逢。❼蹬級紆曲　石階彎曲。❽已　矣。❾箕踞　兩腿伸直岔開而坐，不拘禮節的姿態。❿偃仰　俯仰。⓫瀹茗　煮茶。⓬几席　几和席，憑依、坐臥的器具。⓭霞裳　劉霞裳，浙江紹興人。袁枚大弟子，袁枚晚年時相伴出遊多次。⓮曳　拖。⓯天籟　大自然發出的聲響。⓰人籟　人口中發出的聲響。⓱合同而化　用《禮記・樂記》語。匯合融化。⓲蓊鬱　濃密。⓳長江　指峽江。⓴無徵不信　用《禮記・中庸》成語。指沒有證據不能相信。㉑已　過後。

【語譯】近年來多次觀看過瀑布，而來到峽江寺仍難以捨棄，是因為飛泉亭這個亭子的緣故。

大凡人之常情，如果眼睛看著愉快，而身體感到不舒服，勢必不能久留。天台山的瀑布，離寺廟有百步遠，雁宕山的瀑布，附近沒有寺廟。其他像廬山、像羅浮山、像青田的石門洞，那裡的瀑布並不是不奇妙，但遊覽的人都曬在烈日下，站在危險的山崖上，無法從容不迫地觀賞，好像與友人在途中相遇，雖然欣喜卻不得不很快分手。只有廣東東部峽山，高不過一里左右，但爬山的石級彎曲盤旋，古松在上面遮蔽著，火熱的太陽曬不到遊人。過了石橋，有三棵奇樹，鼎足而立，到半空中樹冠忽然合攏為一棵。一般樹木都是根株連在一起而枝幹分離，這三棵樹偏是根株分開而枝幹合攏，真是稀奇！登山過了一半，有瀑布像雷鳴一樣，從高空飛瀉下來。瀑布旁邊有間房舍，這就是飛泉亭。亭子長寬有一丈多，八扇窗子明亮清潔，關上窗戶聽到瀑布的響聲，推開窗子瀑布就撲來。亭子裡可以坐，可以躺，可以放鬆腿腳，隨意舒展，可以放筆墨硯臺，可以品茶飲酒，以人的安逸舒適，靜待水的奔騰飛瀉，就像把天上的銀河放在書桌臥榻前賞玩。當時造這亭的人，莫非是仙人啊！

澄波和尚善於下棋，我讓劉霞裳跟他對弈。於是水聲、棋子聲、松濤聲、鳥鳴聲，錯落著響成一片。過了一會兒，聽到手杖觸地的聲音從雲中傳來，原來是老和尚懷遠抱著一尺多厚的詩集，要我作序。於是吟誦詩文的聲音又響起來。大自然的聲音、人的聲音，完全匯合而融為一體。想不到觀賞瀑布的快樂，竟然到了這般境界。這亭子的功勞實在是大啊！

坐了很久，太陽落山了，只好下山，住在帶玉堂。它正對著南山，雲樹濃密蔥鬱。中間隔著長長的峽江，江中船帆來來往往，妙的是沒一個願意停泊靠岸來此寺廟。

和尚告訴我說：「峽江寺，俗稱飛來寺。」我笑著說：「寺廟哪能飛？只有日後我的夢魂也許能夠飛來。」和尚說：「沒有證據就無法相信。您既然來到這地方，為什麼不寫篇文章記下來呢？」我說：「好。」過後就寫了這幾行文字，一方面用以自己保存，一方面留給寺裡的和尚。

【研　析】此文主體是寫於飛泉亭觀瀑布的悠閒與愜意。但在開篇點出「飛泉一亭」後，卻把筆勢宕開，轉向寫天台、雁宕、青田等處觀瀑布的不稱心處，即「遊者皆暴日中，踞危崖，不得從容以觀」。其目的是反襯下面所寫飛泉亭觀瀑的從容、愜意。於是在勾勒了峽山古松、三奇樹所營造出的陰涼環境後，突然引出「飛瀑雷震，從空而下」，又點出「瀑旁有室，即飛泉亭也」，於是大寫於飛泉亭內觀瀑的安逸情趣。文章至此，猶嫌不足，再從聲音角度寫水聲、棋聲、松聲、鳥聲、吟詠之聲，可享受「天籟、人籟，合同而化」的美妙，表現「觀瀑之娛」。結尾通過與僧人對話，交代了寫此記的原因，亦頗有情致。

遊武夷山記

【題解】武夷山，在今福建崇安西南，漢代在此祭祀武夷君而得名。為中國著名風景區。記，文體名。本文原載《小倉山房文集》卷二十九。

凡人陸行則勞，水行則逸。然山遊者，往往多陸而少水。惟武夷兩山夾溪，一小舟橫曳而上，溪河湍激，助作聲響。客或坐或臥，或偃仰❶，惟意所適，而奇景盡獲，洵❷遊山者之最也。

余宿武夷宮❸，下曼亭峰❹，登舟，語引路者曰：「此山有九曲❺名，倘過一曲，汝必告。」於是一曲而至玉女峰，三峰比肩，睪如❻也。二曲而至鐵城障，長屏遮迣❼，翰音❽難登。三曲而至虹橋巖，穴中庋❾柱栱❿百千，橫斜參差，不腐朽，亦不傾落。四、五曲而至文公書院⓫。六曲而至曬布崖，崖狀斬絕，如用倚天劍截石為城，壁立戌削⓬，勢逸⓭

不可止。竊笑人逞勢，天必夭閼⑭之，唯山則縱其橫行直刺，淩逼莽蒼，而天不怒，何耶？七曲而至天游，山愈高，徑愈仄⑮，竹樹愈密。一樓憑空起，眾山在下，如張〈周官王會圖〉⑯，八荒⑰蹲伏；又如禹鑄九鼎⑱，罔象、夔、魈⑲，軒豁呈形⑳。是夕月大明，三更風起，萬怪騰踔㉑，如欲上樓。揭煉師㉒能詩，與談，燭跋㉓，旋㉔即就眠。一夜魂營營然㉕，猶與烟雲往來。次早至小桃源、伏虎巖，是武夷之八曲也。聞九曲無甚奇勝，遂即自崖而返。

嘻！余學古文者也，以文論山，武夷無直筆，故曲；無平筆，故峭；無複筆，故新；無散筆，故遒緊㉖。不必引靈仙荒渺之事為山稱說，而即其超雋之概，自在兩戒㉗外別豎一幟。余自念老且衰，勢不能他有所往，得到此山，請嘆觀止㉘。而目論㉙者猶道余康強，勸作崆峒、峨眉㉚想，則不知王公貴人，不過累拳石㉛，濬㉜盈畝池，尚不得朝夕玩遊；而余以一匹夫，髮種種㉝矣，遊遍東南山川，尚何不足於懷哉？援筆記之，自幸其遊，亦以自止其遊也。

【注　釋】❶偃仰　俯仰。❷洵　確實。❸武夷宮　在九曲溪口。始建於唐代天寶年間。❹曼亭峰　在武夷山最北端。❺九曲　山有九折，溪隨山轉而有九曲。❻翬如　高聳貌。❼遮迣　遮擋。❽翰音　飛向高空的聲音。《易・中孚》：「翰音登于天。」❾庋　藏有。❿柱栱　柱子斗栱。⓫文公書院　宋朱熹在此講學。朱熹謚文，因此得名。⓬戌削　形容山勢如砍削。戌，斧狀兵器。⓭逸　奔。⓮夭閼　遏止。《莊子・逍遙遊》：「背負青天而莫之夭閼者。」⓯仄　狹窄。⓰周官王會圖　《唐書・南蠻傳》：「昔周武王時天下太平，遠國歸款，周史乃書其事，為〈王會〉篇。今萬國來朝，至於此輩章服，實可圖寫，今請撰為〈王會圖〉。」周官，《周禮》，此處當為《逸周書》之誤。此〈王會圖〉指地圖。⓱八荒　八方荒遠之地。⓲禹鑄九鼎　《史記・孝武本紀》：「禹收九牧之金，鑄九鼎。」九鼎，象徵九州。⓳罔象夔魈　各種水怪山妖。罔象，水怪。夔魈，山中精怪。⓴軒豁呈形　清楚地顯現其形態。㉑騰踔　跳躍。㉒煉師　道士。《唐六典》卷四：道士「其德高思精者，謂之煉師」。㉓燭跋　蠟燭燃盡。跋，通「茇」。燭根。㉔旋　不久。㉕營營然　縈繞往復貌。㉖遒緊　緊湊有力。㉗兩戒　古人認為的兩大山系。《新唐書・天文志》：「天下山河之象，存乎兩戒。」㉘觀止　形容事物到此為止，無以復加了。《左傳・襄公二十九年》：「吳公子札來聘」，「請觀於周樂」，看過之後，吳公子季札云：「德之至哉！大矣，如天之無不幬也，如地之無不載也。雖甚盛德，其蔑以加於此矣。觀止矣！若有他樂，吾不敢請已！」成語有「嘆為觀止」。㉙目論　見識短淺。㉚崆峒峨眉　皆山名。崆峒，在今河南臨汝西南。峨眉，在今四川峨眉西南。㉛累拳石　堆積小石頭。㉜濬　同「浚」。疏通；挖掘。㉝種種　老年頭髮短而少。《左傳・昭公三年》：「余髮如此種種，余奚能為？」

【語　譯】大概說來，人們走陸路容易疲勞，走水路則比較舒服。但是遊覽山景，往往是陸路多而水路少。只有武夷山是兩座山夾著一條溪流，一隻小船逆流而上，山溪水流湍急，為行程增添了聲響。遊客於船上或坐或臥，或俯或仰，全憑意願，而奇景一覽無遺，實在是我所遊山景中最舒適的地方。

我在武夷宮住宿，從曼亭峰下來，上了船，對帶路的嚮導說：「這山有『武夷九曲』的名稱，如果經過一曲，你一定要告訴我。」於是第一曲來到了玉女峰，只見三座山峰比肩並列，高聳挺拔。第二曲來到鐵城障，山岩像長屏風一樣遮擋著，連聲音都難傳進去。第三曲來到虹橋巖，洞中像隱藏著千百根房柱斗栱，橫斜不齊，不腐爛也不倒塌。第四曲、第五曲來到文公書院。第六曲來到曬布崖，崖壁的形狀陡峭，像用倚天長劍斬截而為城，石壁亦如砍削過，其勢像要上衝不可阻擋。我暗笑人若是仗勢逞能，天公必然要加以遏止，惟有山卻放任它橫行直刺，逼近蒼天，蒼天也不發怒，這是為什麼呢？第七曲來到天游峰，山越來越高，山徑越來越狹窄，竹樹也越來越密。一座樓閣凌空而起，眾山都在它的下面，像鋪著一張〈周官王會圖〉，八方荒遠的山都蹲伏著羅拜，又像大禹鑄造的九鼎，山林溪水中的各種精靈鬼怪，清楚地顯現其形態。這天晚上，月色很亮，三更時分起了風，如同千萬鬼怪在奔騰跳躍，好像要上樓來。揭姓道士能作詩，和他談論，一直到蠟燭燃盡，然後很快就去睡覺了。一夜神魂不定，還在山中與雲煙往來。第二天早上來到小桃源、伏虎巖，這是武夷山的第八曲。聽說第九曲沒有什麼奇特的景致，於是就從崖上返回了。

我是學古文的，如果用文論來形容山勢，武夷山沒有直筆所以曲折，沒有平筆所以勁峭，沒有重複之筆所以新奇，沒有閒筆所以緊湊有力。不需要引用靈仙怪異等荒誕虛無的傳說為山美言，就說它超雋的氣概，也能在南北兩大山系之外獨樹一幟。我自感年老體弱，勢必不能再遊別處山景了，能夠到武夷山一遊，就可算是看到了最好的景致。見識淺短的人，還說我很健康，勸我再遊崆峒山、峨眉山，卻不知道那些王公貴人，不過是堆起幾塊拳頭大的石頭，開鑿疏通一畝方池，尚且無法早晚玩賞；而我一個平民百姓，頭髮已短而稀少，遊遍了東南一帶的山川，心裡還有什麼不滿足的呢？於是提筆記述此遊，既是為這次遊山感到幸運，也是用來終止自己的遊山。

【研　析】乾隆五十一年（西元一七八六年），袁枚遊武夷山時已七十一歲高齡。老邁之年而能暢遊武夷，實得益於武夷溪隨山轉，可於九曲溪舟遊觀賞美景的便利。

文章開篇即讚美武夷山可以舟遊「水行」的山水結合的特點，「惟意所適，而奇景盡獲」。然後詳細記述舟遊「九曲」的審美發現，娓娓道來，如數家珍。而寫九曲並不平鋪直敘、平分筆墨，而是有詳有略：一曲至五曲略加點染，六曲至八曲則濃墨重彩，因為此三曲景致尤其奇美，為作者所僅見。九曲則因「無甚奇勝」而放棄。

九曲遊畢意猶未盡，乃「以文論山」，概括出武夷山水「曲」、「峭」、「新」、「逍緊」諸特點，十分別致，體現出作者古文家的眼光。最後又稱「得到此山，請嘆觀止」，「自幸其遊，亦以自止其遊也」，頗有「黃山歸來不看岳」、武夷歸來不看山之概，是再次襯托武夷山之奇美。

答蕺園論詩書

【題解】蕺園，程蕺園（西元一七一八—一七八四年），名晉芳，字魚門，號蕺園，歙縣（今屬安徽）人。乾隆三十六年（西元一七七一年）進士，由內閣中書改授吏部主事，遷員外郎，被舉薦纂修《四庫全書》，書成，改翰林院編修。家世業鹽於淮揚，殷富。書，書信，文體名。本文原載《小倉山房文集》卷三十。

來諭諄諄，教刪集內緣情之作❶，云以君子之才之學，何必自以白傅❷、樊川❸自累。大哉足下之言，僕❹何敢當？夫白傅、樊川，唐之才學人也，僕景行❺之尚恐不及，而足下乃以為規❻，何其高視僕卑視古人耶？足下之意，以為我輩成名，必如濂洛關閩❼而後可耳，然鄙意以為得千百偽濂洛關閩，不如得一二真白傅、樊川。以千金之珠易魚之一目，而魚不樂者，何也？目雖賤而真，珠雖貴而偽故也。

人之才性各有所近，假如聖門四科❽，必使盡歸德行，雖宣尼❾有所不能。君子修身，先立其大，則其小者毋庸矯飾。韓昌黎〈上宰相書〉❿，杜少陵⓫獻哥舒翰⓬詩，後人頗相疵瑕⓭，而二賢集中卒不刪去。想見古人心地光明，日月之食，人皆見之⓮。惟沈休文⓯胸多隱慝⓰，故有綺語之悔⓱。竹垞存〈風懷〉⓲一首，慮為配享⓳累，此亦一時戲言，何足為典要？試思竹垞當時竟刪此篇，今日孔廟中果能為渠⓴置一席否？儒者誠其意，虛其心，終日慊慊㉑，望道未見，豈有貪後世尊崇，先掩其不善而著其善之理㉒？僕平生見解，有不同於流俗者：聖人若在，僕身雖賤，必求登其門；聖人已往，僕鬼雖餒，不願廁其廟。何也？聖門諸人，聖人所教，必非庸流；配享諸人，後代所尊，頗多僥倖。豪傑之士，不屑與僥倖者同升，使僕集中無緣情之作，尚思借編一二以自污；幸而半生小過，情在於斯，何忍過時抹殺？吾誰欺？自欺乎？

且夫詩者，由情生者也，有必不可解之情，而後有必不可朽之詩。

情所最先，莫如男女。古之人屈平以美人比君[23]，蘇、李[24]以夫妻喻友，由來尚矣。即以人品論，徐摛[25]善宮體[26]，能挫侯景之威[27]；上官儀[28]詞多浮豔，盡忠唐室；致光香奩[29]，楊、劉崑體[30]，趙清獻[31]、文潞公[32]亦仿為之，皆正人也。若夫迂襲經文，貌為理語者，雖未嘗不竄名儒林，然非頑不知道[33]，即窳[34]不任事，贓私諂諛，史難屈指。白傅、樊川恥之，僕亦恥之。

人能改過自佳，然必深知其非，有所不安於心，而后從諫如流，非可隨聲附和。緣情之作，縱有非是，亦不過《三百篇》中「有女同車」、「伊其相謔」[35]之類。僕心已安矣，聖人復生，必不取其已安之心而掉罄[36]之也。

宋儒[37]責白傅杭州詩憶妓者多，憶民者少。然則文王「寤寐求之」[38]，至於「輾轉反側」，何以不憶王季[39]、太王[40]而憶淑女耶？孔子厄於陳、蔡，何以不思魯君而思及門弟子耶[41]？沈朗又云：「〈關雎〉[42]言后妃，不可為《三百篇》之首。」故別撰〈堯舜詩〉二章。然則《易》始乾坤㊸，亦陰陽夫婦之義，朗又將去乾坤而變置何卦耶？此種讕言，令人欲噦㊹。

善乎鄭夾漈㊺曰：「千古文章，傳真不傳偽。」古人之文，醇駁互殊，皆有獨詣處，不可磨滅。自義理之學明，而學者率多雷同附和，人之所是是之，人之所非非之，問其所以是、所以非之故，而茫然莫解。歸熙甫㊻亦云：今科舉所舉千二百人，讀其文，莫不崇王黜伯㊼，貶蕭、曹㊽而薄姚、宋㊾。信如所言，是國家三年之中，例得皋、夔、周、孔㊿千二百人也，寧有是哉？足下來教，是千二百人所共是；僕緣情之作，是千二百人所共非。天下固有小是不必是，小非不必非者，亦有君子之非賢于小人之是者。先有寸心，後有千古51。再四思之，故不如勿刪也。

【注　釋】❶緣情之作　指袁枚詩歌中某些豔情作品。緣情，陸機〈文賦〉：「詩緣情而綺靡，賦體物而瀏亮。」❷白傅　白太傅，即唐代詩人白居易。曾任太傅官職。❸樊川　即唐代詩人杜牧。其字牧之，號樊川居士。白、杜詩歌中多有豔情作品。❹僕　自稱的謙詞。❺景行　仰慕高尚的德行。《詩・小雅・車舝》：「高山仰止，景行行止。」❻規　規勸。❼濂洛關閩　指宋代理學四大流派，以濂溪周敦頤，洛陽程顥、程頤，關中張載，閩中朱熹為代表。❽聖門四科　孔子以德行、言語、政事、文學四科教育弟子。❾宣尼　即孔子。漢始元元年（西元前八六年）追諡孔子為褒成宣尼公。❿韓昌黎上宰相書　唐韓愈有〈三上宰相書〉。⓫杜少陵　即杜甫。⓬哥舒翰　唐朝將領，屢建戰功，後被安慶緒殺害。⓭疵瑕　指責。⓮日月之食二句　見《論語・子張》：「君子之過，如日月之食焉。過也人皆見之，更也人皆仰之。」食，通「蝕」。虧缺。⓯沈休文　名約，梁武帝時官至侍中。⓰隱慝　別人不知的罪惡。⓱綺語之悔　沈約〈懺悔文〉：「又綺語者眾，源條繁廣，假妄之愆，雖免大過，微細觸犯，亦難備陳。」綺語，此指寫男女私情的詩文。⓲竹垞存風懷　朱彝尊，字錫鬯，號竹垞，明末清初嘉興人。曾與其小姨子馮壽常愛戀，馮死後，朱為作〈風懷詩〉二百韻以記其事。⓳配享　指孔子弟子或歷代名儒祔祀於孔廟。享，通「饗」。⓴渠　他。㉑慊慊　怨恨；不滿足。㉒先掩其不善而著其善之理　語出《大學》：「小人閒居為不善，無所不至；見君子而後厭然，掩其不善而著其善。」㉓屈平以美人比君　指屈原〈離騷〉以美人比喻國君之寄託手法。㉔蘇李　漢蘇武、李陵。其詩近人認為是偽託之作。㉕徐摛　梁人，官太子家令。㉖宮體　宮廷豔體詩。㉗挫侯景之威　《南史》徐摛本傳載，侯景叛梁，「攻陷臺城，時簡文（帝）居永福省，賊眾奔入，侍衛走散，莫有存者。徐獨侍立不動，徐謂景曰：侯公當以禮見，何得如此。凶威遂折，侯景乃拜，由是常憚摛」。㉘上官儀　唐陝州人，工詩。高宗時，官至西臺侍郎。武后得寵，儀密請帝廢后，后聞而殺之。㉙致光香奩　唐韓偓，字致光，小字冬郎，自號玉山樵人。有《香奩集》。後稱閨閣私情詩為香奩體。㉚楊劉崑體　宋劉億與楊筠等唱和之詩編為一集，名《西崑酬唱集》，詩風浮靡，後人稱為西崑體。㉛趙清獻　宋趙抃，官至參知政事，卒諡清獻。宋代名臣。㉜文潞公　宋文彥博，累仕四朝，出將入相，封潞國公。宋代名臣。㉝不知道　不懂得儒家之道。㉞窳　懶惰；羸弱。㉟有女同車伊其相謔　分見《詩・鄭風・有女同車》、《詩・鄭風・溱洧》。㊱掉罄　急躁；厭煩。㊲宋儒　指宋理學家。㊳寤寐求之　《詩・周南・關雎》：「參差荇菜，左右流之。窈窕淑女，寤寐求之。求之不得，寤寐思服。悠哉悠哉，輾轉反側。」寤寐，醒與睡，指日夜。輾轉反側，翻來覆去睡不著覺，形容有心事。㊴王季　太王的幼子，周文王的父親，繼太王為君。㊵太王　周文王之祖古公亶父。㊶孔子厄於陳蔡二句　孔子及其弟子曾被匡人困在陳、蔡之間。事後孔子說：「我於陳、蔡者，皆不及門也。」（《論語．先進》）㊷關雎　《詩經》篇名。㊸易始乾坤　指《易》以乾、坤二卦列在前面。《易．說》：「乾者，天也，故稱呼父；坤者，地也，故稱呼母。」㊹嗀　嘔吐。㊺鄭夾漈　宋鄭樵，經學家，居夾漈山，也稱夾漈先生。㊻歸熙甫　明歸有光，古文家。字熙甫，又字開甫，別號震川，又號項脊生。㊼伯　通「霸」。㊽蕭曹　蕭何與曹參，漢初的名臣。㊾姚宋　姚崇與宋璟，唐代的名臣。㊿皋夔周孔　皋，皋陶，傳說舜時的司法官。夔，相傳為舜時樂官。周，周公。孔，孔子。(51)先有寸心二句　化自杜甫〈偶題〉：「文章千古事，得失寸心知。」

【語譯】來信諄諄教誨，教導我應該刪去詩集內抒寫豔情的作品，說以我的才能學問，何必學白居易、杜牧來害自己。您的話說得太誇張了，我怎麼敢當？

白居易、杜牧，是唐代有才能、有學問的人，我仰慕他們還怕來不及，但您卻用他們來規勸我，為什麼高看我而低看古人呢？您的意思，認為我這一輩人成名，一定要像濂洛關閩等理學家才行，但我的意思認為學習千百個虛偽的道學家，不如學習一兩個真性情的白居易、杜牧。比如用極其貴重的珍珠去換掉魚的一隻眼睛，而魚不高興，為什麼呢？是因為眼睛雖賤卻真實，珍珠雖貴而虛假。

人的才性各有其適合的方面。假如孔子門下的德行、言語、政事、文學四科，一定要使其都歸為德行，即使孔子也做不到。君子陶冶身心，要先確立大的方面，而其小的方面無須過分注意。韓愈有〈三上宰相書〉，杜甫有向哥舒翰所獻詩，後代人很是指責，但二位賢人的詩文集中這些最後都未刪去。從中可以想見古人心地光明磊落，如日月之蝕，人們都能看見。只有沈約胸有罪惡感，所以才有抒寫綺語的「懺悔」。朱彝尊保留〈風懷詩〉一首，曾有擔心不能袝祀於孔廟之言，這也是一時的戲言，何足為可靠的根據？試想朱彝尊當時竟刪去此詩，今日孔廟中真的能為他留一個席位嗎？讀書人要思想真誠，心地謙虛，且終日憂慮自己沒有得到儒家之道的真諦，哪有為貪圖後世人的尊崇，而先掩蓋其不善而後極力表現其善的道理呢？我平生的見解，有不同於世間平庸者的地方：聖人孔子如果還健在，我的身分即使低賤，也一定登其門求教；現聖人已經作古，我即使變成餓鬼，也不願袝祀於孔廟。為什麼呢？孔子門下的弟子，都是孔子教誨出來的，一定不是平庸之輩；袝祀於孔廟的人，雖為後代所尊崇，但很多是僥倖獲取到名分的。豪傑之士，都不屑與僥倖之人一同升遷。假使我的集子中沒有表現豔情之作，我還想編出一二首來「玷汙」自己；幸好我半生犯的小過錯，就是鍾情於豔情之作，現在哪裡忍心再去抹殺掉？我欺騙誰呢？欺騙自己嗎？

況且詩歌，是由感情產生的，要有確實不可消除的感情，才有確實不會朽敗的詩歌。感情中最首要的，莫過於男女之情。古代人屈原以美人比喻國君，蘇武、李陵以夫妻比喻朋友，自始以來，豔情之作就很盛行。就是以人品而論，徐摛善於寫宮廷豔詩，但他能挫敗侯景的凶威；上官儀作品文詞大多浮豔，但能為唐朝盡忠而死；韓偓的《香奩集》，楊筠與劉億的西崑體，趙清獻公、文潞公，也曾模仿其詩風格，而趙、文二公都是正人君子。至於迂拙地抄襲經典文字，貌似說理之言，雖然也能在儒家學者群中混個名聲，但不是愚頑而不懂得儒家之道，就是懶惰、羸弱而不能辦事，貪汙營私，諂媚阿諛，史上這樣的例子難以計數。對這種人白居易、杜牧視為恥辱，我也視為恥辱。

人能改錯自然很好，但一定要深刻認識自己的過錯，心裡感到不安，然後才能樂意聽從他人的意見，而不是隨聲附和。抒寫豔情之作，即使有不當之處，也不過是《三百篇》中「有女同車」、「伊其相謔」之類。我很安心，即使孔子重生，也一定不會讓我已安定的心，再變得煩躁。

宋代理學家責備白居易寫杭州的詩憶念妓女的多，憶念老百姓的少。那麼周文王「寤寐求之」，至於「輾轉反側」，為何不憶念王季、太王，反而憶念淑女呢？孔子被匡人困在陳、蔡之間，為何不憶念魯國國君而思念其門下弟子呢？沈朗又說：「〈關雎〉說后妃，不可作為《三百篇》的第一首詩。」所以他另外撰寫了〈堯舜詩〉二章。然而《易經》起始於乾坤二卦，也是表明陰陽夫婦的意義，那麼沈朗又將去除乾坤二卦而變換什麼卦呢？這種誣枉之言，真令人作嘔。

鄭樵說得很好：「千古文章，只流傳真情之作，而不流傳虛假之作。」古人的文章，精純與駁雜，各不一樣，但都有其獨到之處，不可磨滅。自從義理之學興起，而學者大多隨聲附和，人家肯定的他也肯定，人家否定的他也否定，問他為何肯定、為何否定的原因，卻茫然不解。歸有光也說：如今科舉所推舉的一千二百人，讀他們的文章，沒有不是尊崇王而貶低霸的，貶斥漢蕭何與曹參而鄙薄唐姚崇與宋璟的。果真如其所言，那麼國家三年之中，大概可得皋陶、夔、周公、孔子類的人物一千二百人，難道有這樣的事嗎？您的教誨，是一千二百人所共同肯定的；而我的抒寫豔情之作，是一千二百人所共同否定的。天下本來就有小的正確不一定要肯定，小的錯誤不一定要否定的情況，也有君子的錯誤勝過小人的正確的情況。人要先有真心，以後才有千古文章。我多次考慮，所以決定不如不去刪除這些豔情之作。

【研　析】袁枚自稱：「僕生性不喜佛，不喜仙，兼不喜理學。」（〈答項金門〉）反理學是其一貫立場。程蕺園偏好理學，袁枚在〈與程蕺園書〉中對程氏捍衛「宋儒」地位的觀點予以批評。此書則從詩學的角度申明反理學的思想。文章開篇先引出程氏觀點：教袁枚「刪集內緣情之作」，勿「以白傳、樊川自累」。然後逐層加以反駁。首先是為白傳、樊川正名，認為他們是「唐之才學人也」，是自己敬仰的人，並以「偽濂洛關閩」反襯其之「真」。其次以古代聖人與杜、韓和沈、朱為例，從正反兩個方面強調人要「心地光明，日月之食，人皆見之」，根本無須「刪集內緣情之作」以「自欺」。再次則提出正面觀點：詩由情生，「情所最先，莫如男女」。並以古代名篇與「正人君子之作予以充分的論證，並以「《易》始乾坤，亦陰陽夫婦之義」反駁宋儒對白傳的指責。最後則規勸程氏不要「雷同附和」理學，要懂得「亦有君子之非賢于小人之是者」的道理，並堅定地表示「勿刪也」的態度。全文說理清晰，並廣引史實與前賢名言以助陣，論證充分，內含一種沛然莫之能禦的氣勢。

小倉山房尺牘選

戲招李晴江

【題解】李晴江，李方膺（西元一六九五—一七五四年），字虬仲，號晴江、白衣山人等，通州（今屬江蘇）人。曾任山東蘭山，安徽潛山、合肥知縣。後獲罪罷官。寓居金陵借園，常往來揚州賣畫以資衣食，為「揚州八怪」之一。為人傲岸不羈。善畫松竹梅蘭。本文原載《小倉山房尺牘》卷一。

舊雨❶不來，杏花將去。僕此時酒價與武庫❷爭先，足下來車，亦須與東風爭速。不然，則殘紅滿地，石大夫❸雖來，已在綠珠❹墜樓之後，徒惹神傷。送行詩呈上，所以多用小註者，恐百世後，少陵❺與孔巢父❻交情，費註杜者幾許精神，終未了了故耳。

足下去矣，所手植借園❼花木，交與何人？何不盡付山中，當作託孤❽之計？贈花如贈妾，不妨留與他人樂少年❾也，如不見信，可使歌者何戡❿，與花俱留。他年僕則曰：「璧猶是也，而馬齒加長。」⓫兄則曰：「樹猶如此，人何以堪。」⓬豈非一時之佳話哉？合肥⓭可有詩人否？可將鄙作帶往，教令和成，歸而鐫板⓮，壓之行李擔中，較羊肉千斤、肥牛百隻，輕重何如？

【注釋】❶舊雨　老朋友的代稱。❷武庫　儲藏武器的倉庫。此處喻書庫，實謂買書錢。❸石大夫　晉朝石崇（西元二四九—三〇〇年），字季倫。祖籍渤海南皮（今屬河北），生於青州（治所在今山東益都）。曾任南中郎將、荊州刺史。在荊州劫掠商客，遂致巨富，以生活奢豪聞名。❹綠珠　晉代美女。善吹笛。為石崇買來為妾。後石崇被逮，綠珠墜樓自殺。❺少陵　唐杜甫，自號少陵野老。❻孔巢父　唐人，字弱翁。唐德宗時任魏博宣慰使。與杜甫有交往。❼借園　在今南京，為李方膺借居處，李自稱「借園主人」。❽託孤　以遺孤相託。❾少年　不幾年。❿何戡　唐代歌者。此指代歌者。⓫璧猶是也二句　《春秋穀梁傳·僖公二年》：晉獻公以屈產之乘，垂棘之璧，借道於虞以伐虢。「獻公亡虢，五年而後舉虞。荀息牽馬操璧而前曰：『璧則猶是也，而馬齒加長矣。』」此處璧喻「花木」，馬齒加長指歌者年歲增加。⓬樹猶如此二句　《世說新語·言語》：「桓公北伐，經金城，見前為琅邪時種柳皆已十圍。慨然曰：『木猶如此，人何以堪？』攀枝執條，泫然流淚。」

⓭合肥　今屬安徽。⓮鐫板　指印刷。

【語　譯】老友不來，而杏花即將凋謝。此時我的酒錢與書錢也爭相離去。您的來車，也要與春風比速度。不然的話，會落花滿地，石崇大夫即使來了，已在綠珠墜樓之後，白白傷心而已。今把送行詩呈上，多用小註的原因，是恐怕久遠以後，如同要搞清杜甫與孔巢父的交情，花費注杜詩者多少精神，卻始終沒有弄清楚的緣故。

您就要離開南京去合肥，親手種植的借園花草，要交與何人呢？何不都交給我隨園，當作託孤之計？贈花如同贈妾，不妨留給別人樂幾年，如果放心不下，可派一歌者，與花一起留下。過了若干年，我會說：「花木還是這樣，而歌者年歲增長了。」仁兄就會說：「樹還是這樣，而人怎能忍受？」難道不是一時的佳話嗎？合肥可有詩人？您可把我的詩作帶去，教合肥詩人唱和新作，回來時印刷出版。詩作壓在行李擔中，與羊肉千斤、肥牛百隻相比，誰輕誰重呢？

【研　析】此文題為〈戲招李晴江〉，所以充溢戲謔、調侃的詼諧意味，可見袁枚尺牘風格之一斑。前半寫「戲招」之意，請李晴江於赴合肥之前，「須與東風爭速」，儘快來隨園觀賞杏花，為其餞行，其中巧用石崇、綠珠與少陵、孔巢父典故，反映兩人「交情」非同一般。後半則主要建議將「借園花木」託自己管理，亦連用《春秋穀梁傳》與《世說新語》之典，風趣而典雅。結尾以請合肥詩人寫詩，「歸而鐫板」收束，並與「較羊肉千斤、肥牛百隻」作比，雖寫風雅之事，又不失幽默之致。全文熔詼諧與典雅於一爐，趣味盎然，可讀性甚強。

答似村

【題　解】似村，尹慶蘭，字似村。尹繼善第六子。一生不就官職，賦詩種竹，以林泉終。此信當是似村欲赴京，先作書於袁枚，袁枚時在揚州，乃回信答之，表達送別之情。本文原載《小倉山房尺牘》卷二。

君為公子，隨風車雲馬❶以飄然；僕是山人，抱白石青松而老矣。相離之易，相見之難，未有如我二人之銷魂❷者！

君家蘭玉❸，各自崢嶸❹，有三珠❺五桂❻之遺風。然就所見者而衡之：三郎有邁往不屑❼之韻，而文舉❽冰稜❾，時嫌流露；五郎如明珠走盤❿，阿龍超矣⓫，而幽靜未足。若內文明，外柔順⓬，魚魚雅雅⓭，吹氣如蘭⓮，今相對者有一往情深之意，其惟我似村乎？別後青雲之直上⓯，鴻藻⓰之流傳，交情之終始，僕俱無所贈言；惟玉體少弱，而長安路遙，所當自愛於野田風露⑰之間。送上漢玉索圈，為謝郎⑱提掛紫香囊，比君子之德⑲；玉蝦蟆、瑪瑙棗二枚，可縛扇頭，揚庶人之風⑳。再舊銅水盛二具，可佐文房硯北㉑之需。所以零星瑣屑呈獻而不慚者，欲足下之衣裳、几案，觸目皆有山人在其左右故也。僕揚州往返，十日為期。倘公子行旌㉒，尚能追及，則或黃冠㉓草服，仍訪蕭齋㉔，或負弩前驅㉕，送君南浦㉖，亦未可知。

【注釋】❶風車雲馬　指神靈的車馬。亦用以比喻迅疾、快速。歐陽修〈會聖宮頌〉：「風車雲馬，其來仙仙，聖會於此。」❷銷魂　形容人靈魂離開身體，極其哀愁。❸蘭玉　《世說新語‧言語》：「謝太傅（安）問諸子侄：『子弟亦何預人事，而正欲使其佳。』諸人莫有言者。車騎（謝玄）答曰：『譬如芝蘭玉樹，欲使其生於階庭耳。』」後稱人家優秀子弟為「蘭玉」。❹崢嶸　草木茂盛。此喻子弟有出息。❺三珠　三珠樹，後借喻為對兄弟三人的美稱。❻五桂　對親族五人相繼登科折桂的美稱。❼邁往不屑　不屑於勇往直前。邁往，勇往直前。《晉書‧謝萬傳》：「而今屆其邁往之氣，以俯順荒餘，近是違才易務矣。」❽文舉　孔融，字文舉，東漢末魯（今山東）人。漢獻帝時任北海相，後官至太中大夫。因得罪曹操終為曹所殺。❾冰稜　喻畢露鋒芒。❿明珠走盤　喻做人圓活、不呆板。⓫阿龍超矣　《世說新語‧企羨》：「王丞相拜司空，桓廷尉作兩髻，葛裙策杖，路邊窺之，嘆曰：『人言阿龍超，阿龍故自超。』」晉王導字茂弘，小字阿龍。歷事三朝，出將入相。⓬內

文明二句　《易・明夷》：「明夷，內文明而外柔順，以蒙大難，文王以之。」即內懷文明之德，外執柔順之能。⑬魚魚雅雅　整齊貌，似魚游成行，鴉飛成陣。雅，通「鴉」。⑭吹氣如蘭　形容美女呼吸清香。⑮青雲之直上　南朝齊孔稚圭〈北山移文〉：「度白雪以方挈，干青雲而直上。」⑯鴻藻　雄大的文章。⑰野田風露　此指男女苟且之事。⑱謝郎　晉謝玄。幼時好佩紫香囊。此指代似村。⑲比君子之德　《荀子・法行》引孔子語：「夫玉者，君子比德焉：溫潤而澤，仁也；栗且理，知也；堅剛而不屈，義也；廉而不劌，行也；折而不撓，勇也；瑕適並見，情也；扣之，其聲清揚而遠聞，辭也。」⑳庶人之風　《尚書・洪範》：「庶民惟星，星有好風，星有好雨。」庶民，普通百姓。㉑硯北　几案朝南，人坐硯北。指從事寫作。㉒行旌　舊官員出行時的旗幟。此處指行程。㉓黃冠　農夫之冠。㉔蕭齋　書齋。唐李肇《國史補》：「梁武帝造寺，令蕭子雲飛白大書『蕭』字，至今一『蕭』字存焉。李約竭產自江南買歸東洛，匾於小亭以玩之，號為蕭齋。」㉕負弩前驅　《史記・司馬相如列傳》：「蜀太守以下郊迎，縣令負弩矢先驅。」背負弓箭開路先行，迎接貴賓。㉖送君南浦　南朝宋江淹〈別賦〉：「送君南浦，傷如之何？」南浦，面南的水濱，後指送別處。

【語譯】君是公子，伴隨著風車雲馬飄遊而超然閒適；我是山人，懷抱著白石青松而老去。相離的容易，相見的艱難，沒有像我們二人這樣傷懷的！

你家的子弟，都各有出息，有前代流傳下來三珠五桂的風範。但是就我所見到的諸位來衡量：三郎有不屑於勇往直前的風韻，但孔融式的鋒芒，時嫌流露；五郎做人圓活，如明珠走盤，如阿龍般出色，但不夠幽靜。如果說外懷文明之德，內執柔順之能，整整齊齊，吹氣如蘭，使與他相對者有一往情深之意的人，或許只有我的尹似村吧。別後你的名聲將直上青雲，雄文流傳廣佈，我們的交情始終不渝，這些我都沒有什麼贈言；只是你玉體比較虛弱，但赴京城路很遠，最好自愛，避免野田風露間的風流事。今送上漢白玉的索圈，可為你提掛紫香囊，比配你君子之德；玉蝦蟆、瑪瑙棗二枚，可綁在扇頭，揚起百姓的好風。還有兩只舊的盛水器具，可幫助你書房硯北寫作之需。我之所以零星瑣碎地呈獻這些東西而不慚愧，是要你的衣裳、几案，觸目所見都有我的影子在你左右。我現在往返揚州，大約需要十天。如果公子的行程不遠，還能追得上，那麼或許我戴黃冠穿草服，仍能拜訪你的書齋，或者我能為你開路先行，在南浦送別，也未可知。

【研析】尹繼善諸子，惟似村與袁枚交往最深，蓋二人皆喜林泉，思想相契合也。信開篇即流露「相離之易，相見之難」，分離令好友「銷魂」之意，奠定了信的感情基調。然後對尹氏「蘭玉」備加讚揚，而突出與似村尤「一往情深」之交，並交代隨信贈送禮品的含義，「欲足下之衣裳、几案，觸目皆有山人在其左右故也」，有友情相隨相伴之意。最後則表示若時間來得及，會趕回南京相送，再致殷殷之情。全信典故絡繹，但無僻典，故文采飛揚，典雅有致，而無晦澀之弊。

答王夢樓侍講

【題解】王夢樓，王文治（西元一七三〇——一八〇二年），字禹卿，號夢樓，丹徒（今江蘇鎮江市）人。清代書法家，亦工詩文。乾隆進士，殿試第三名。官翰林院侍讀，後出任雲南知府。侍講，即侍讀、侍讀學士，為帝王、皇子講學之官。本文原載《小倉山房尺牘》卷三。

僕西湖人也，別十年矣！今春還鄉，得見西湖❶而喜，得見侍講而更喜。何也？西湖之見，出諸意中；侍講之見，得諸意外故也。

侍講目無凡馬，獨于鄙人殷殷然有所深契，尊之以前輩，譽之于公卿，送抱推襟❷，深情若揭。每至兩人論詩，如石鼓扣桐魚❸，聲聲皆應，而且至理名言，皆得古人所未有。如言詩宜自出機杼❹，不可寄人籬下，譬作大官之家奴，不如作小邑之簿尉❺，何也？簿尉雖卑，終是朝廷命官；家奴雖豪，難免主人笞罵。今之尊韓抱杜❻，而皮傅❼其儀形者，能無悚悔？又云，詩如佛法，有正法眼藏❽，有狡獪神通❾。參正法者，不貴神通；夸神通者，渺視正法。公自命為正法眼藏，而以神通推心餘、雲松❿二公，惟于鄙人，許其二者能兼。枚雖不能仰副此言，然以此告雲松、心餘，恐二人未必不心服也。又言：近多劉季緒⓫一流，所學不工，而好作詆訶，深為可憎。僕以為此理之常，無足怪也。夫離之太遠者，其視黑白不明；鼻之齅嚏⓬者，其聞薰蕕⓭如一。札中引孔北海⑭之言曰：「今之後生，喜謗前輩。」僕則引《山海經》⑮之言曰：「山膏如豚，厥性好罵。」⑯蓋不特甘苦之分，直是人禽之辨。公聞之，定發大噱⑰。

【注　釋】❶西湖　在今浙江杭州。此指代杭州。❷送抱推襟　推心置腹，彼此真誠相待。《南史・張先傳》：「所以通夢交魂，推襟送抱者，惟丈人而已。」❸石鼓扣桐魚　南朝宋劉敬叔《異苑》二：「晉武帝時，吳郡臨平岸崩，出一石鼓，打之無聲，以問（張）華。華云：『可取蜀中桐材刻為魚形，打之則鳴矣。』於是如言，聲聞數十里。」❹自出機杼　構思匠心獨運，富有新意。機杼，原指織機。此喻創作的構思布局。❺簿尉　掌管簿書的小吏。❻尊韓抱杜　尊崇韓愈，崇拜杜甫。❼皮傅　膚淺地牽強附會。❽正法眼藏　佛教語。指全體佛法。朗照宇宙謂眼，包含萬有謂藏。此喻詩歌創作之正確規範。❾狡獪神通　指機靈多變的本事。❿心餘雲松　蔣士銓字心餘，趙翼字雲松。⓫劉季緒　東漢末年劉表之子，名修。官至東安太守。曹植〈與楊德祖書〉：「劉季緒才不能逮於作者，而好詆訶文章，掎摭利病。」⓬鼽嚏　鼻塞打噴嚏；傷風。⓭薰蕕　香草與臭草名。《左傳・僖公四年》：「一薰一蕕，十年尚猶有臭。」⓮孔北海　孔融，字文舉，曾任北海太守。官至太史大夫。為曹操所殺。⓯山海經　記述各地山川、道里、部族、物產、醫巫、風俗等的文獻。約成書於戰國，作者不詳。⓰山膏如豚二句　原見晉郭璞《山海經圖贊》。山膏，神話中獸名。⓱發大噱　大笑。

【語　譯】我是杭州西湖人，離別十年了。今年春天回到故鄉，能夠見到西湖很欣喜，能夠見到王侍講更欣喜。為什麼呢？見到西湖，是在意料之中；見到王侍講是出乎意料之外。

王侍講眼中看不上普通的人才，但獨獨對於我情深意厚有投合之處，把我尊為前輩，在公卿面前稱譽我，推心置腹，真誠相待，深情可感。每當我們二人論詩，就好像用桐樹刻的木魚擊打石鼓，聲聲相應，而且所論的至理名言，都是古人所未言的。比如說詩應該匠心獨運，富有新意，不可寄人籬下，好比與其做大官的家奴，不如做小縣的簿尉，為什麼呢？簿尉即使低下，終究是朝廷任命的官吏；家奴即使強橫，難免要被主人打罵。現在崇拜韓愈、杜甫，而膚淺地模仿其外表者，能不惶恐懊悔嗎？又說，詩如佛法，有正法眼藏，有狡獪神通。領悟正法的，不看重神力變化；欣賞神力變化的，藐視正法。您自命為正法眼藏，而以神力變化許之蔣心餘、趙雲松，只有對我，許為二者能兼具。我雖然不能符合此言，但把此言告訴趙、蔣，恐怕二人未必不心服。又說，近來頗多劉季緒一類人，所學並不精，但喜歡作詆毀文章，非常可憎。我以為這是常理，不值得奇怪。人若距離太遠，東西的黑白就看不清楚；若鼻塞打噴嚏，聞香草與臭草的氣味就一樣。你來信中引用孔融的話說：「現在的後輩，喜歡誹謗前輩。」我則引用《山海經》的話說：「山膏像豬，其個性好罵。」這不只是甘與苦的分別，簡直是人與禽獸的區別。您聽後，一定會大笑。

【研　析】袁枚與王夢樓論詩屬同調。此信所言：一是主張「詩宜自出機杼」，此乃性靈說的個性論觀點。二是要處理好「參正法」與「貴神通」的辯證關係，亦即創作的因革、通變的關係。三是譏諷「好作詆訶」的文壇歪風，譏為「山膏如豚，厥性好罵」。從信中亦可見兩人友情深篤，王對袁甚崇拜，袁則頗自負。全文語言詼諧，頗多比喻，讀來生動有趣。

與蔣戟門觀察

【題解】蔣戟門，蔣賜棨，江蘇常熟人，文淵閣大學士蔣廷錫之孫。觀察，官名。清代指道員。

本文原載《小倉山房尺牘》卷四。

前日笙歌罷後，特許摳衣❶金屋❷，平視❸朱姬，雖上手明珠，有意誇張于坐客；而判花法眼❹，原宜共賞于知音。拜見之下，果然靡顏膩理❺，淑質艷光❻，可為觀察得人賀矣！

別來半月，南衙❼花草，被風吹開，想牡丹芍藥，與玉女爭妍，必更盛于往歲。聞尊紀❽司訪春❾之事者，主人付線一條，長四尺八寸，先量美人身材，必須如許長，而後再端相❿于眉目。人皆笑觀察太拘，僕心竊是之。考諸經史，《詩》稱「碩人其頎」⓫，〈騷〉稱「長眉連蜷」⓬。漢馮偃⓭為子娶長妻；晉武帝稱衛瓘⓮女有五美⓯，長而白，其一也。可見論美人者，貴長忌短，自古皆然。第鄙意以為宜娉婷夭裊⑯，不宜挺立森森⑰，如東長竿耳。況觀察具曹交之體⑱，雖鞭之長，不及馬腹⑲，倘對井跰躚⑳，其能無綆短汲深㉑之慮哉？算法家有量天之尺㉒，觀察有測美之絲，付之白樸㉓青箱㉔，可作典故用矣。僕亦新有所獲，公如暇，可來諦視㉕之。元載㉖所寵薛瑤英㉗，除卻楊炎㉘，不許見也。

【注釋】❶摳衣　提起衣服前襟，表恭敬。❷金屋　華麗之室。漢班固《漢武故事》：「若得阿嬌作婦，當作金屋貯之。」此指華美的閨房。❸平視　兩眼對面直看。《三國志・魏書・劉楨傳》：「其後太子嘗請諸文學，酒酣坐歡，命夫人甄氏出拜。坐中眾人咸伏；而楨獨平視。太祖聞之，乃收楨，減死輸作。」❹判花法眼　此指品評女子容貌的敏銳眼力。法眼，佛教語，「五眼」（法眼、肉眼、天眼、慧眼、佛眼）之一。此指敏銳的眼力。❺靡顏膩理　容貌妍麗，肌理細膩。❻淑質豔光　資質美好，豔麗有光彩。司馬相如〈美女賦〉：「有女獨處，婉然在床；奇葩逸麗，淑質豔光。」❼南衙　宋時稱開封府為南衙。此指代官府。❽尊紀　尊僕；你的僕人。❾訪春　原指探賞春景。此指訪尋美女。❿端相　審視。⓫碩人其頎　《詩・衛風・碩人》：「碩人其頎，衣錦褧衣。」碩人，美人。頎，修長貌。⓬長眉連蜷　見屈原〈離騷〉。長眉，指美人。連蜷，屈曲貌。⓭馮偃　東漢人，身材矮小。⓮衛瓘　字伯玉。在曹魏末年任廷尉卿，曾監鄧艾、鍾會軍滅蜀漢。晉武帝時官至司空，惠帝立進位太保，因賈后之讒被殺。⓯五美　《晉書・列傳一》：「初，武帝欲為太子取衛瓘女，元后納賈郭親黨之說，欲婚賈氏。帝曰：『衛公女有五可，賈公女有五不可。衛家種賢而多子，美而長白；賈家種妒而少子，醜而短黑。』」此處「五美」即指「五可」。⑯娉婷夭裊　搖曳多姿的美好貌。⑰森森　高聳貌。⑱曹交之體　春秋時曹君之弟，其身高「九尺四寸」。見《孟子・告子下》。⑲雖鞭之長二句　《左傳・僖公十五年》：「宋人使樂嬰齊告急於晉，晉侯欲救之。伯宗曰：『不可。古人有言曰：雖鞭之長，不及馬腹。天方授楚，未可與爭。』」喻力所不及。⑳跰躚　跛行貌。㉑綆短汲深　短繩汲深井水，難以做到。《莊子・大宗師》：「褚小者不可以懷大，綆短者不可以汲深。」綆，汲水器具上的繩索。㉒量天之尺　即圭表，測日影的天文儀器。㉓白樸　未經加工成器的木材。㉔青箱　收藏書籍字畫的箱子。袁枚〈記事珠序〉云：「江左有青箱之學，香山有〈白樸〉之篇，皆後世類書之濫觴。」㉕諦視　仔細審視。㉖元載　字公輔。唐天寶初因熟讀莊子、老子、列子、文子之學，而考上進士。後官至中書侍郎，天下元帥行軍司馬。㉗薛瑤英　元載家妓，楊炎曾贈以詩。㉘楊炎　字公南。唐德宗時官至門下侍郎同平章事。此指代蔣戟門。

【語譯】前日欣賞罷奏樂唱歌之後，您特許我恭敬地來到華美的閨房，平視您的朱姬。雖然高手明珠，有意在座客前誇耀；但座客有品評女子容貌的眼力，您原本應該讓知音一起來欣賞。拜見之後，發現她果然容貌妍麗，肌理細膩，資質美好，頗有光彩，可以向觀察您祝賀得到德才兼備的人了！

　　分別半月，南衙的花草，被春風吹得綻開，想來牡丹芍藥，與玉女爭豔，一定更勝於往年了。聽說您的僕人操辦尋訪美女之事，您給他一根線，長四尺八寸，用來先測量美人的身材，一定要有這樣長，然後再審視其眉目長相。人都笑話觀察您太拘泥，我心裡卻暗暗贊同。考證於經史，《詩經》稱「美人長得修長」，〈離騷〉稱「美人身材苗條」。漢代馮偃為兒子馮伉娶身材高挑的妻子；晉武帝讚美衛瓘女兒有五美，身材高挑而且皮膚白，是一美。可見評論美人，崇尚高而忌諱矮，從古以來都是這樣。只是我的意思最好要有搖曳多姿的美，不宜挺立高聳，像綁一捆竹竿。況且觀察您身材高似曹交，女子即使身材很高，也難與您相配，所謂「雖鞭之長，不及馬腹」，如果美人太矮，恰如人來到水井邊，能沒有短繩汲深井水的憂慮嗎？算數家有測量天象之尺，觀察您有測量美人身長之線，放在白木青箱中，可作為典制用了。我最近也得到一姬，您若有空閒，可來仔細審視。恰如元載所寵愛的薛瑤英，除了楊炎，其他人不許去見面。

【研　析】此信與蔣戟門談「美人身材」，針對蔣於女子身材「貴長忌短」，以「長四尺八寸」之線量女身材，而被人譏笑之事做文章。「人皆笑觀察太拘，僕心竊是之」一句，明顯表明作者的態度與世俗正相反。此信先引經據史，證明「貴長忌短，自古皆然」的道理。然後結合蔣氏本人身材高大，說明只有長身美人才與其相配，並以「雖鞭之長，不及馬腹」、「綆短汲深」等典故申說之，足以見蔣氏並非拘泥之人。文末邀請蔣氏來隨園看自己新得之姬，固然是禮尚往來，也表明對蔣氏的信任，所謂「除卻楊炎，不許見也」。

本文引經據典，信手拈來，正反論說，可見作者腹笥甚豐，也頗具情趣。

再答黃生

【題　解】再答黃生，此前有〈答黃生〉一信，故此信稱「再答」。黃生，袁枚弟子黃允修。本文原載《小倉山房尺牘》卷四。

近日海內考據之學❶，如雲而起。足下棄平日之詩文，而從事于此，其果中心❷好之耶？抑亦為風氣所移，震于博雅之名，而急急焉欲冒居❸之也？

足下之意，以為己之詩文，業已是矣；詞章❹之學，不過爾爾，無可用力，故捨而之❺他。不知天下無難事，只怕有心人；天下無易事，只怕粗心人。詩文非易事也，一字之未協，一句之未工，往往才子文人窮老盡氣，而不能釋然于懷，亦惟深造者方能知其癥結。子之詩文未造古人境界，而半途棄之，豈不可惜？且考據之功，非書不可，子貧士也，勢不能購盡天下之書；偶有所得，必為遼東之豕❻。縱有一瓻之借❼，所謂「販鼠賣蛙，難以成家」❽者也。昔林公語王中郎：「著膩顏帢、絡布單衣，挾《左傳》逐鄭康成車後，問是何物塵垢囊。」❾近日考據家光景，人人皆然。危乎子之用心也，慮其似此不遠也。

【注　釋】❶考據之學　漢學、樸學，別於宋學。考據，考證，是研究歷史、語言的一種方法。❷中心　心中。❸冒居　不適當地居其位。❹詞章　詩文的總稱。❺之　往；至。❻遼東之豕　漢朱浮〈為幽州牧與彭寵書〉：「往時遼東有豕，生子白頭，異而獻之。行至河東，見群豕皆白，懷慚而還。若以子之功論於朝廷，則為遼東豕也。」後喻少見多怪，自命不凡。❼一瓻之借　《廣韻》：「瓻，酒器。大者一石，小者五斗。古之借書，盛酒瓶。」古人借書於還書時送一瓶酒為酬報。❽販鼠賣蛙二句　《易林》：「販鼠賣蛙，利少無謀，難以成家。」謂獲益甚小。❾昔林公語王中郎四句　《世說新語．輕詆》：「王中郎與林公絕不相得。王謂林公詭辯，林公道王云：『著膩顏帢、綌布單衣，挾《左傳》逐鄭康成車後，問是何物塵垢囊。』」林公，林支遁。王中郎，王坦之。膩顏帢，帽子名。綌布，粗布。左傳，現存最早的編年體史書，傳為春秋末年左丘明為解釋孔子《春秋》而著。鄭康成，鄭玄，字康成，東漢經學家。塵垢囊，裝滿塵垢的口袋，指沒有學問才能的人。

【語　譯】近來國內考據之學，風起雲湧。你拋棄平日擅長的詩文寫作，也去從事考據之學，是心中確實喜歡考據呢，還是受風氣的影響，被考據「博雅」的名聲所震撼，而急急忙忙要占居其位呢？

你的意思，認為自己的詩文，已經是這樣了；詞章之學，不過如此，沒有可再用力之處了：所以要捨棄詩文而去從事考據。不知天下無難事，只怕有心人；天下無易事，只怕粗心人。詩文不是易事，有一個字不妥當、一句不工巧的遺憾，往往令才子文人，到老用盡力氣，而心中不能消除；亦只有藝術造詣很深的人才能知道問題的癥結。你的詩文並未達到古人的境界，卻半途丟棄了，難道不可惜？而且考據的功夫，非借助大量的書籍不可，你是個窮書生，勢必不能買盡天下的書籍；即使偶有發現，也一定是少見多怪。縱然能借到一些書，也是「販鼠賣蛙，難以成家」，收穫很小。當年林支遁公對王坦之說：「戴著膩顏帢帽，穿著粗布單衣，拿著《左傳》追逐在鄭玄車後，請問這是什麼樣的裝滿塵垢的口袋。」近來考據家的情景，人人都是這樣。你的用心很危險，離「塵垢囊」不遠了。

【研　析】袁枚一生既批判理學，亦反對考據之漢學。曾云：「考據之學莫盛於宋以後，而近為尤，余厭之」（〈詩題語〉），「本朝尚考據。趨之者，如一群之貉，累萬盈千」（〈覆家實堂〉）。因此當其弟子黃生欲趕時髦、「棄平日之詩文，而從事于此」，加入「一群之貉」時，袁枚不能不予以規勸。

此信首先提醒黃生要想清楚，是真的喜歡考據之學，還是「為風氣所移」，急於趕時髦，端正動機很重要。此實是委婉地批評黃生「急急焉欲冒居之也」。然後教導黃生，其所擅長的「詞章之學」其實還大有可為，若半途而廢，甚是可惜。相反，其不擅長的考據之學，作為「貧士」是沒有條件從事的。最後則借用《世說新語》為考據學家畫了一幅漫畫，作為對黃生的警告：考據之學是沒有前途的，只能成為無學無才的「塵垢囊」。全信苦口婆心，語重情長。

答章觀察招飲

【題　解】章觀察，據袁枚〈贈郭道士〉詩注：「謂章槐墅觀察。」疑此即指「章觀察」，名槐墅，餘未詳。觀察，官名。清代指道員。本文原載《小倉山房尺牘》卷四。

蒙招飲甚喜，聞多菜甚愁。南朝孔琳之❶曰：「所甘不過一味，而食前方丈❷，適口之外，皆為悅目之資。」斯言最有道理。

今之人非但悅目也，兼且悅耳。每張飲❸，必震而驚之曰「三撤席」，曰「兩重臺❹」，燕窩如山，海參似海。耳聞者以為既多且貴，敬客之心，至矣盡矣！不知名手作詩，經營慘淡❺，一日中未必得一二佳句；其所謂對客揮毫、萬言立就者，皆以欺婦女童蒙，而不可以示識者也。飲食亦然，但使一席之間，羹過七簋❻，則雖易牙調和❼，伊尹割烹❽，其不能佳可知也。且工於作詩者，所用之字，不過月露風雲；工於製菜者，所用之物，不過雞豬魚鴨。今不求之於本物自然之味，而徒求之價高名重之物，以錢費自誇，是不如盤碗中散盛明珠一斛❾矣，其如不可食何！昔何曾❿日食萬錢，猶嫌無下箸處，人多怪其過侈；余以為世之知錢者多，知味者少，故何曾蒙此惡聲。夫下箸與不下箸，豈在錢之多寡哉？苟得其味，雖日食百錢，可以下箸也；苟不得其味，雖日食十萬錢，依然不可以下箸也，於曾乎何尤⑪？

又聞足下廣召笙歌，則尤不必。僕八字中，命少金星⑫，以故不知音樂；今老矣，其不能為媚足下故，耄而好學，抱曲本，執絲竹，受業於笙師⑬也明矣。張文和公⑭有句云：「天與人間清靜福，不能飲酒厭聞歌。」文和公兩代宰相，生長華腴⑮，尚且不能增益其福分之所無，況寠人⑯子耶？倘使酒綠燈紅，虬鬚直視⑰，予欲無言，殊少味也。僕撰《食譜》⑱一書，中有應「戒」者若干條，「須知」者若干條，容日呈教。

【注釋】❶孔琳之　字彥琳，南朝劉宋人。孔子二十八代孫。❷食前方丈　《孟子．盡心下》：「食前方丈，侍妾數百人，我得志弗為也。」趙岐注：「極五味之饌食，列於前，方一丈。」極言餚饌豐盛。❸張飲　設帷帳飲酒。此指宴飲。❹重臺　同一枝上開出兩朵花。此當比喻宴席內容重複。❺經營慘淡　指創作艱苦，嘔心瀝血。❻簋　古代盛黍稷的器皿。此指碗盆。❼易牙調和　易牙善於調味。易牙，春秋時代著名廚師，齊桓公寵幸的近臣。❽伊尹割烹　伊尹善於烹飪。伊尹，名摯，商湯大臣，佐湯伐夏桀，被尊為宰相。《孟子．萬章上》：「人言伊尹以割烹要湯，有諸？」❾斛　古代十斗為一斛，南宋末改五斗為一斛。❿何曾　字穎孝，西晉重臣，官拜太尉。性奢，「日食萬錢，猶曰無下箸處」（《晉書．何曾傳》）。⓫何尤　有何可責怪。⓬金星　雙關語，又指琴上的繫弦線的金色小柱。此泛指音律。⓭笙師　古樂官名。⓮張文和公　張廷玉，字衡臣，號研齋，安徽桐城人。清代名臣。諡文和。⓯華腴　指貴族。唐柳芳《氏族論》：「凡三世有三公者，曰膏粱；有令僕者曰華腴。」令僕，指尚書令、僕射等高官。⓰寠人　窮苦人。⓱虬鬚直視　怒目而視貌。《三國志．魏書．崔琰傳》：「對客虬鬚直視，若有所嗔。」⓲食譜　指《隨園食單》，內有〈須知單〉、〈戒單〉，揭櫫正確的飲食觀念。

【語　譯】承蒙您邀請宴飲很高興，但聽說菜很多又甚發愁。南朝孔琳之說過：「人所可口的食物不過一種，但吃飯時前面一丈見方的地方擺滿了食物，除了適口的之外，都是愉悅眼目的東西。」此話最有道理。

現在的人不只是要愉悅眼目，而且要愉悅耳朵。每次宴飲，必使人震驚的是喊「三撤席」，喊「兩重臺」，燕窩堆積如山，海參鋪陳似海。耳聞的人認為食物又多又貴，主人敬客之心，達到極致了。不知名手作詩，費盡辛苦，一日之中未必能得到一二佳句；那些所謂對客揮筆、萬言立就的人，只是可以欺騙婦女兒童，卻不可給有識者欣賞的。飲食也一樣，只要一席之間，羹超過七碗，那麼即使易牙來調味，伊尹來烹飪，都不能可口是可以預見的。而且工於作詩的人，所採用的字，不過是月露風雲；工於做菜的人，所用的東西，不過是雞豬魚鴨。現在不從本物去求得自然之味，而只從名重之物去追求價高，以花費金錢自誇，這還不如在盤碗中散盛一斛明珠了，怎奈明珠不可吃啊！當年何曾日食萬錢，還嫌沒有下筷子的地方，人們多責怪他過於奢侈；我認為世上知道金錢的人多，知道味道的人少，所以何曾蒙此壞名聲。下筷子與不下筷子，難道在於金錢的多少嗎？如果嘗到食物的美味，即使日食百錢，就可以下筷子了；如果嘗不到美味，即使日食萬錢，依然不可以下筷子，對何曾有什麼可責怪的呢？

又聽說您廣招人奏樂唱歌，那尤其不必要。我的八字中，命少金星，所以不懂音樂；現在老了，不能為了取媚於您的緣故，高齡了還好學，懷抱唱本，手執管弦樂器，向笙師學習是很明白的事。張文和公有句話說：「老天給與人間清靜的福分，我不能飲酒也討厭聽歌。」文和公是兩朝宰相，生長於貴族之家，尚且不能增加其福分中所沒有的東西，何況窮苦人之子呢？如果燈紅酒綠，卻對客人怒目而視，我要無話可說了，因為極少情味。我撰有《食譜》一書，其中有應「戒」的若干條，應「須知」的若干條，容我過日呈上求教。

【研　析】袁枚著有《隨園食單》，於飲食之道十分重視，頗有研究。其〈雜書十一絕句〉其十云：「吟詠餘閑著《食單》，精微仍當詠詩看。出門事事都如意，只有餐盤合口難。」可見其尤看重飲食之「合口」。此信借章觀察招飲之機，又重申其「適口」的飲食觀。信中批評今日飲食追求「悅目」、「悅耳」顛倒主次的現象，以及不求「本物自然之味，而徒求之價高名重之物，以錢費自誇」的浪費，體現了袁枚追求自然之味的正確飲食觀。此文可與《隨園食單》之〈須知單〉、〈戒單〉參讀。

戲題小像寄羅兩峰

【題　解】羅兩峰，羅聘，字遁夫，號兩峰。原籍安徽歙縣，先輩遷居揚州。清著名畫家，屬「揚州八怪」，為金農入室弟子。信奉佛教，故下文稱其「居士」。本文原載《小倉山房尺牘》卷五。

兩峰居士，為我畫像，兩峰以為是我也，家人以為非我也，兩爭不決。

子才子❶笑曰：「聖人有二我：『毋固❷，毋我❸』之我，一我也；『我則異於是』❹之我，一我也。我亦有二我：家人目中之我，一我也；兩峰畫中之我，一我也。人苦不自知，我之不能自知其貌，猶兩峰之不能自知其畫也。畢竟視者誤耶？畫者誤耶？或我貌本當如是，而當時天生之者之誤耶？又或者今生之我，雖不如是；而前世之我，後世之我，焉知其不如是？故兩峰且捨近圖遠❺，合先後天❻而畫之耶？然則是我非我，俱可存而不論也。雖然，家之人既以為非我矣，若藏於家，勢必誤認為竈下執炊之叟，門前賣漿之翁，且拉雜摧燒之❼矣。兩峰居士，既以為是我矣，若藏之兩峰處，勢必推愛友之心，自愛其畫，將與〈鬼趣圖》❽，冬心❾、龍泓❿兩先生像，共熏奉珍護於無窮，是又二我中一我之幸也。故於其成也，不取自存，轉託兩峰代存，使海內之識我者，識兩峰者，共諦視⓫之。」

【注釋】❶子才子　袁枚字子才，此其自稱。❷毋固　不固執拘泥。見《論語・子罕》。❸毋我　不自以為是。見《論語・子罕》。❹我則異於是　《論語・微子》：「我則異於是，無可無不可。」❺捨近圖遠　《後漢書・臧宮傳》：「捨近謀遠者，勞而無功；捨遠謀近者，逸而有終。」❻先後天　《易・乾元》：「夫大人者，與天地合其德，與日月合其明，與四時合其序，與鬼神合其凶。先天而天弗違，後天而奉天時。」此指前世與後世。❼拉雜摧燒之　指拉斷、弄碎、燒掉。語見《漢樂府・有所思》。❽鬼趣圖　羅兩峰名畫，八幅，以鬼為題材，諷刺現實。❾冬心　金農，字壽田、壽門，號冬心先生。杭州人，寓居揚州，屬「揚州八怪」，為羅兩峰老師。❿龍泓　丁敬，字敬身，號龍泓山人。杭州人。擅篆刻，為杭州西泠印派創始人。⓫諦視　審視。

【語譯】羅兩峰居士，為我畫像，兩峰認為畫的是我，家人認為畫的不是我，雙方爭執不下。

子才子笑說：「孔聖人有二我：『不固執拘泥，不自以為是』的我，一我也；『我就和這些人不同』的我，一我也。我也有二我：家人眼中的我，一我也；兩峰畫中的我，一我也。人苦於不知道自己，我不能知道自己的相貌，好像兩峰不能知道自己的畫一樣。到底是看的人錯誤呢，還是畫的人錯誤呢？或者我的相貌本來就該是這樣，而當時老天生我犯的錯誤呢？又或者今生的我，雖然不是這樣，而前世的我，後世的我，哪裡知道不是這樣呢？所以兩峰姑且捨近求遠，合前世與後世而畫我呢？那麼是我不是我都可存而不論了。即使這樣，家裡的人已認為不是我，如果藏於家中，勢必會誤認為畫中是灶下燒飯的老頭，門前賣茶水等飲料的老翁，將要「拉雜摧燒之」了。兩峰居士，已認為是我了，如果藏於兩峰處，勢必推演其愛友之心，而自然也愛其友的畫像，將與其〈鬼趣圖〉，冬心、龍泓兩先生的畫像，一起熏香敬奉無比珍護，這又是二我中一我的幸事。所以在畫像畫好後，我不取來自存，而轉託兩峰代存，使海內認識我的人，與認識兩峰的人，共同審視。

【研　析】羅兩峰為袁枚寫生，竟引出家人與畫家一場是與不是的爭論。此信乃就此發表意見。作為家人自然最瞭解袁枚，認為此像不是袁枚，說明畫像形似不夠。畫家堅持是袁枚，說明他是寫意，重在神似。袁枚則打圓場，含蓄地表達了此像確實不太像自己的意思，以使家人氣平；但又給了羅聘很大面子，闡釋了一番通脫、豁達的人生哲理：人凡事不可「過於執」，不可認死理，要「毋固，毋我」，應該多角度地看待世間之物，所謂此亦一是非，彼亦一是非，這樣就不會煩惱。袁枚〈山居絕句〉其九云：「問我歸心向何處，三分周、孔二分莊。」此信就有「二分莊」的意味。而袁枚將自己畫像託作者羅聘代存之舉，亦令人匪夷所思，可劃入「怪」之列矣。

辭妓席札

【題　解】辭妓席，指拒絕參加召妓的宴席。札，書信，未詳寫與何人。本文原載《小倉山房尺牘》

卷六。

來書道不赴妓席，疑僕晚年染道學❶習氣，則大不然。僕之不來，正慮逼我走入道學故也。何也？凡人必先抱正心誠意❷之學，矜矜自持，不得已，一登妓席，被冶容❸所動，遂喪其生平而溺惑之，如是則樂矣。今我素非莊士，先存好色之心，欣欣然而來，不料一登妓席，被其惡狀阻興，使頃刻間意不得不誠，心不得不正，終席間如對嚴師，如是則苦矣。近日秦淮❹畫舫之遊，樂少苦多，以故稱貞縮屋❺，實非本懷。不特此也，纏頭❻之費，或言與其賞此輩，不如賑貧窮，此說良迂；然亦必發於中心之所願，而後揮金如土，亦所甘心。若方且唾之棄之厭之之不暇，而勉強揮霍，應酬主人之情，粉飾家僮之耳目，勢必先吝後悔，胸中作數日惡❼。況我輩纏頭，自知不豐，不得不虛詞褒讚，佯相附會，斷不忍在此等地方，作史魚之直❽，面加貶詞。於是像做枯窘題一般，無中生有：面目醜則誇其身段，肌理惡則譽其風神。費一片苦心，造幾句浮譽，仔細思量，轉不如仍作州縣官，巧言令色❾，奉承上官矣。

凡此皆僕所以奉辭之故，足下諒之。至於認欽鴀❿作鳳凰，以符拔⓫為麒麟，則海畔逐臭⓬之夫，自古有之。人心不同，各如其面⓭，不足怪也，毋相強也。

【注釋】❶道學　宋代儒家的哲學思想，亦稱理學。❷正心誠意　儒家提倡的一種道德修養，心術正，意念誠。❸冶容　豔麗的容貌。❹秦淮　秦淮河，在今南京。明清時為煙柳繁華之地。❺稱貞縮屋　即縮屋稱貞，對危難中的婦女不加侵侮的美德。典出《詩・小雅・巷伯》毛《傳》：「昔者顏叔子獨處於室，鄰之嫠婦又獨處於詩，夜暴風雨至而室壞，婦人趨而至，顏叔子納之而使執燭，放乎旦而蒸盡，縮屋而繼之。」❻纏頭　贈送妓女的財物。陸游〈梅花絕句〉：「纏頭百萬醉青樓。」❼數日惡　幾天不好受。❽史魚之直　《論語・衛靈公》：「直哉史魚，邦有道如矢，邦無道如矢。」史魚，春秋衛國大夫，以敢諫聞名。❾巧言令色　指用動聽的言辭與諂媚的態度取悅於人。《論語・學而》：「子曰：巧言令色，鮮矣仁。」❿欽鴀　神鳥名。見《山海經・西山經》。此指貓頭鷹。⓫符拔　獸名，形似麟而無角。⓬逐臭　《呂氏春秋・遇合》：「人有大臭者，其親戚、兄弟、妻妾、知識，無能與居者。自苦而居海上。海上人有悅其臭者，晝夜隨之而弗能去。」⓭人心不同二句　《左傳・襄公三十一年》：「人心之不同，各有其面。」

【語譯】來信說我不赴召妓宴席，懷疑我晚年染上了道學習氣，卻不是這樣。我的不來，正是擔心逼我走入道學的緣故。為什麼呢？大抵人要先懷有心術正、意念誠的修養，小心謹慎，自我克制；一旦無可奈何之時，一登召妓之席，被妓女豔麗的容貌所打動，於是就喪失了其生平所堅持的操守而沉迷其中，這樣就覺得快樂了。

我現在本不是正人君子，先懷有好色之心，很高興地來了；不料一登上召妓之席，被妓女醜陋的相貌掃了興致，讓我頃刻之間，意念不得不誠實，心術不得不正經，整個宴席期間如同面對嚴厲的老師，這樣就很苦惱了。近日我在秦淮河登畫舫妓席之遊，就樂少苦多，所以這種「稱貞縮屋」式的一本正經，實在不是我的本意。不止這些，還有贈送妓女的財物費用，有人說與其賞給這些人，還不如去救濟貧窮，這種說法自是迂腐；但也必須是發自內心願意賞賜，然後才覺得揮金如土，也是心甘情願的。如果將要唾棄討厭還來不及，卻勉強浪費財物，應酬主人的情分，做樣子給家奴看，勢必先是吝嗇後是懊悔，心裡要幾天都不好受。況且我們這些人所贈的財物，自知不多，不能不以虛詞誇獎，假裝附和，絕不忍心在這種地方，像史魚一樣鯁直，當面批評。於是就像做枯竭貧乏的題目一樣，無中生有：面貌醜陋的就誇獎其身段優美，皮膚紋理粗糙的，就讚譽其風神不俗。花費一片苦心，編造幾句淺薄的讚譽，仔細思量一下，還不如仍去做州縣的官吏，用動聽的言辭與諂媚的態度取悅長官。

凡是這些都是我拒絕參加召妓宴席的原因，請您體諒。至於有人把貓頭鷹當作鳳凰，把符拔當作麒麟，那些海畔追逐臭味的人，自古就有。人心不相同，各如其面，不值得奇怪，不要勉強其相同。

【研　析】袁枚向以風流好色著稱，也曾流連秦樓楚館，但此信卻「辭妓席」，為人所不解。此信即解釋之所以辭妓席的原因。信中自稱「素非莊士」，「存好色之心」，可謂直率、坦誠之至。也更引起人們的好奇心，既然如此，為何還辭妓席呢?作者解釋其「辭妓席」的緣故，並不想講些「正心誠意」之道學官話作託辭，而是直言如今之妓多「惡狀阻興」，並以近日秦淮畫舫之遊為「前車之鑑」，證明如今妓席令人「樂少苦多」。作者既不願浪費纏頭，亦不想「虛詞褒讚」或「面加貶詞」，否則，轉不如去「巧言令色，奉承上官矣」。要之，此信解釋辭妓席的理由，並非自己染上道學習氣，而是美色不可得，妓女「惡狀」使人厭；自己好色之心並未改變，而是妓席不能滿足欲望。此信寫得毫不隱諱，暢所欲言，非常直接，又語帶詼諧，可見作者襟懷坦白的個性，確是性情中人。

答楊笠湖

【題　解】楊笠湖，楊潮觀（西元一七一〇—一七八八年），字宏度，號笠湖，金匱（今江蘇無錫）人。清代戲曲作家，曾任山西、河南、雲南和四川等地縣令，官至邛州知府。與袁枚有私交。本文原載《小倉山房尺牘》卷七。

來札云：「名妓二字，弟所厭聞。」此言也，僕亦厭聞。盍❶再申之，遵聖人各言爾志❷之意？夫人世之有娼妓，猶人世之有僧道。僕不喜二氏❸家言，獨不厭僧道，何也？蓋歐公之〈本論〉❹不能行，則昌黎之〈原道〉❺終為虛說。先王之世，蠶桑紡績，周禮化行，內無怨女，外無曠夫❻，其時安得有娼妓哉？春秋禮教衰，民無恆產❼，南宮萬奔陳❽，陳使婦人飲之酒❾而縛之，此婦人即妓者濫觴❿。管子⓫設女閭⓬三百，待天下之賢者；越王⓭使罷女⓮為士縫衽，皆有苦心作用，並非得已。曾過邯鄲⓯，見人題壁云：「但使桑麻都遍野，肯教行露夜深來？」立言深厚，最知政體。大抵情欲之感，聖人所寬。周初南國諸侯，沐文王之化⓰，尚有「有女懷春，吉士誘之」⓱者；其後采蘭贈芍⓲，相習成風。〈凱風〉⓳之母，七子而猶嫁，孟子以為小過⓴；倘使季桓子雖受女樂而三日猶朝㉑，則孔子亦不去也。二千年來，娼妓一門，歷明主賢臣，卒不能禁，亦猶僧道寺觀，至今遍滿九州，亦未嘗非安置閒民之良策。夫得一以清者天也㉒；然而涇水㉓自清，渭水㉔自濁，淮水㉕自清，黃水㉖自濁。天不能厭渭水、黃水之濁，而使盡變為涇水、淮水之清也。且有汾、澮㉗以流其惡，則宮室安矣；有匽豬㉘以洩其穢，則庖湢㉙潔矣；有娼妓以分其類，則良賤別矣。既有其類，固有出乎其類㉚者。諺云：「行行出君子。」妓中有俠者，義者，能文者，工伎藝者，忠國家者，史冊所傳，不一而足。女不幸墜落，蟬蛻污泥㉛，猶能自立；較之口孔、孟而行盜跖㉜者勝，即較之曹蜍、李志淹淹如泉下人者㉝亦勝。苟為不熟，不如稊稗㉞；偽名儒，不如真名妓。若果有其人，足下秉彝㉟之好，當樂聞，不當厭聞。古之忠臣孝子，皆廓落㊱自喜，不矜細行㊲，目中有妓何妨？心中有妓亦何妨？宋朝胡忠簡公㊳請斬秦檜㊴，直聲遍天下；貶南海，乃戀戀於黎倩㊵。朱子㊶作詩譏之曰：「十年浮海一身輕，獨對黎渦㊷恰有情；世上無如人欲險，幾人到此誤平生。」我代忠簡答云：「從來小節古人輕，萬里投荒㊸尚有情；不學遁翁㊹捧著草㊺，甘心掐口自偷生㊻！」宋《蓉塘詩話》㊼責白太傅㊽去杭州，憶妓詩多，憶民詩少。余駁之曰：「〈關雎〉一篇，文王輾轉反側㊾，何以不憶太王、王季㊿，而憶后妃耶？孔子阨於陳、蔡51，何以不憶哀公、定公52，而憶及門53耶？」凡此數言，皆足下所厭聞，然而我輩立言，寧可使腐儒54厭、不可使通儒55嘔。奉答兩書56，非好為嘵嘵57，亦陳仲子誤食鶂鶂之肉，不得不出而哇之也58。

【注釋】❶盍　何不。❷各言爾志　《論語・公冶長》：「顏淵、子路侍，子曰：『盍各言爾志？』……」爾，你們。❸二氏　指佛、道二家。❹歐公之本論　指宋歐陽修著〈本論〉上下篇。闡釋排佛的主張。❺昌黎之原道　唐韓愈之〈原道〉闡釋儒家仁義之道，主張對僧道「人其人，火其書，廬其居，明先王之道以導之」。❻內無怨女二句　見《孟子・梁惠王下》。怨女，應該結婚而尚無配偶的女子。曠夫，成年而無妻的男子。❼恆產　指土地、田園、房屋等不動產。❽南宮萬奔陳　《左傳・莊公十二年》：宋國南宮萬弒閔公於蒙澤，「南宮萬奔陳」，「陳人使婦人飲之酒，而以犀革裹之」，交還宋國。❾飲之酒　使南宮萬飲酒。❿濫觴　比喻事物的起源、發端。⓫管子　管仲。春秋齊國人，任齊國上卿（丞相），著名政治家、軍事家。⓬女閭　春秋時齊桓公設於宮中的淫樂場所。《戰國策・東周策》：「齊桓公宮中七市，女閭七百。」閭，里巷中的門。⓭越王　越王句踐。⓮罷女　無行的女子。《國語・齊語》：「罷士無伍，罷女無家。」⓯邯鄲　今屬河北省。⓰文王之化　周文王姬昌的教化。⓱有女懷春二句　見《詩・召南・野有死麕》。吉士，對男子的美稱。⓲采蘭贈芍　男女互贈禮品以表達愛情。《詩・鄭風・溱洧》：「士與女，方秉蕑（蘭）兮」，「唯士與女，伊其相謔，贈之以芍藥」。

⑲凱風　見《詩・邶風》。詩言有七子之母，不能安其室。⑳小過　小錯誤。《孟子・告子下》：「〈凱風〉，親之過小者也。」㉑季桓子雖受女樂而三日猶朝　《論語・微子》：「齊人歸女樂，季桓子受之，三日不朝，孔子行。」女樂，歌伎。此處反用其意。㉒得一以清者天也　《老子》：「昔之得一者，天得一以清，地得一以寧。」得一，得道。㉓涇水　今涇河。源出寧夏涇源南六盤山，東南流至陝西涇陽入渭水。㉔渭水　即今黃河中游支流渭河。㉕淮水　源出今河南桐柏山，東流經安徽、江蘇。㉖黃水　即黃河。㉗汾澮　二水名，在山西。《左傳・成公六年》：「新田有汾、澮，以流其惡。」㉘匽豬　陰溝。㉙庖湢　廚房和浴室。㉚出乎其類　《孟子・公孫丑上》：「出於其類，拔乎其萃。」㉛蟬蛻污泥　《史記・屈原賈生列傳》：「自疏濯淖污泥之中，蟬蛻於濁穢，以浮游塵埃之外，不獲世之滋垢，皭然泥而不滓者也。」從汙濁中解脫。㉜盜跖　春秋末期人，名跖。是大盜。《莊子》有〈盜跖篇〉。㉝曹蜍李志淹淹如泉下人者　《世說新語・品藻》：「庾道季云：『廉頗、藺相如，雖千載上死人，懍懍恆如有生氣。曹蜍、李志雖見在，厭厭如九泉下人。』」曹蜍、李志，皆晉朝人。淹淹，氣息微弱，瀕於死亡。泉下，九泉；陰間。其書法與王羲之父子爭勝。㉞苟為不熟二句　《孟子・告子上》「五穀者，種之美者也；苟為不熟，不如荑稗。夫仁，亦在乎熟之而已矣。」荑，同「稊」。稊稗，長得像稻穀的野草。熟，成熟。㉟秉彝　持執常道。《詩・大雅・烝民》：「民之秉彝，好是懿德。」㊱廓落　曠達。㊲不矜細行　《尚書・旅獒》：「不矜細行，終累大德。」不注意小事小節。㊳胡忠簡公　胡銓，字邦衡，號澹庵，宋廬陵（今江西吉安）人。官樞密院編修。曾上書乞斬王倫、秦檜、孫近而被謫昭州。宋孝宗即位任兵部侍郎，又以阻和議獲罪致仕。㊴秦檜　字會之，江寧（今江蘇南京）人。宋紹興年間任宰相，力主對金和議，殺害岳飛等抗金將士。㊵黎倩　女伎。㊶朱子　朱熹，字符晦，號晦庵，徽州婺源（今屬江西）人。宋代著名理學家。㊷黎渦　形容黎倩美貌，有酒渦。㊸投荒　貶謫。㊹遁翁　朱熹晚號遁翁。㊺蓍草　古代占卜用的蓍草莖。㊻拑口自偷生　朱熹於宋寧宗朝被罷官，家居草封事數萬言，極陳奸邪蔽主之禍，明趙汝愚之冤。寫罷子弟諸生皆諫，以為必且賈禍。朱熹不聽，門人蔡元定請以蓍龜決之，得「遁之同人」。朱熹默然，取焚奏

稿，因更號「遁翁」。㊼宋蓉塘詩話　《蓉塘詩話》有明代姜南所著本，說「宋」，或許誤記。㊽白太傅　唐代詩人白居易，曾任太傅，故稱。㊾輾轉反側　《詩・周南・關雎》：「求之不得，寤寐思服。悠哉悠哉，輾轉反側。」形容思念之切，翻身不停。㊿太王王季　周文王祖父古公亶父，周文王的父親季歷，古公亶父最小的兒子。(51)阨於陳蔡　指於春秋陳、蔡兩小國受阻，「不得行，絕糧。從者病，莫能興。孔子講誦弦歌不衰」（《史記・孔子世家》）。(52)哀公定公　魯哀公、魯定公。(53)憶及門　指《論語・公冶長》載：「子在陳曰：『歸與歸與，吾黨之小子狂簡，斐然成章，不知所以裁之。』」(54)腐儒　迂腐的儒生。(55)通儒　博古通今的儒者。(56)奉答兩書　袁枚〈答楊笠湖〉連寫三書，此為第二書，故云「兩書」。(57)嘵嘵　爭辯聲。唐韓愈〈重答張籍書〉：「擇其可語者誨之，猶時與我悖，其聲嘵嘵。」(58)陳仲子誤食鶂鶂之肉二句　《孟子・滕文公下》：「（孟子）曰：『仲子，齊之世家也。兄戴，蓋祿萬鍾，以兄之祿為不義之祿而不食也；以兄之室為不義之室而不居也。辟兄離母，處於於陵。他日歸，則有饋其兄生鵝者。己頻顣曰：惡用是鶂鶂者為哉？』他日，其母殺是鵝也，與之食之。其兄自外至，曰：『是鶂鶂之肉也。』出而哇之。」鶂鶂，鵝叫聲。此指代鵝。

【語　譯】您來信說：「名妓二字，是我所厭惡聽到的。」這二字，我也厭惡聽到。何不再作說明，遵從孔聖人「各說你的志向」之意呢？人世有娼妓，就像有僧道。我不喜歡僧道二家的學說，但不厭惡僧道，為什麼呢？歐陽修〈本論〉排佛的主張不能實行，而韓愈的〈原道〉對僧道的說法終究是虛妄之談。上古賢明君王的時代，百姓從事養蠶種桑紡絲之業，周代的禮制教化施行，使家裡沒有嫁不出去的適婚女子，外面沒有討不到妻子的成年男子。那個時代怎麼會有娼妓呢？春秋時期禮教衰敗，百姓沒有固定的財產，宋國南宮萬弒閔公於蒙澤，奔往陳國，陳國人派婦女勸他飲酒，然後綁住他。此婦女就是娼妓的起源。管仲設女閭三百處，招待天下的賢士；越王讓無行的女子為賢士縫紉，都有苦心的用意，並不是出於自己的意願。我曾過訪邯鄲，看見有人題壁云：「只要使桑麻種遍田野，哪有人肯在夜深時出來呢？」立論深厚，最懂得為政的要領。大抵情欲的感受，是聖人所寬容的。周初南方的諸侯，承受周文王的教化，還有「少女思慕異性，男子引誘少女」的現象；其後互贈禮品以表達愛情，相互沿襲而成為風氣。〈凱風〉言一母，有七子還要嫁人，孟子認為是小錯；如果季桓子雖然接受了齊人贈送的歌妓而三日都還上朝，孔子也不會離開。兩千年來，娼妓這個行當，歷代明主賢臣，始終不能禁止，也像僧道的寺廟、道觀，至今還遍布九州，也未嘗不是安置閒民的良策。

得道而清者是天；然而涇水自清，渭水自濁，淮水自清，黃水自濁。天不能因為厭惡渭水、黃水之濁，而使其都變為涇水、淮水之清。而且有汾、澮二水流去汙濁，那麼宮室就可安居了；有陰溝排泄汙穢，那麼廚房和浴室就潔淨了。有娼妓而分其類別，那麼優良與低賤就可區別了。既然有類別，就有超出一般類別者。諺語說：「行行出君子。」娼妓中有俠者，義者，能文者，善技藝者，忠於國家者，史冊所傳下來的，不一而足。女子不幸落入風塵，從汙濁中解脫，還能自立；比起嘴上說孔、孟而行為卻如同盜跖者要強，比起曹蜍、李志有氣無力如死人者也強很多。五穀如果不成熟，不如稗草；偽名儒，不如真名妓。倘若果有真名妓，依您持執常道的喜好，應當樂於聽到名妓二字，不應當厭惡聽到名妓二字。古代的忠臣孝子，都曠達自喜，不注意小事小節，眼中有妓何妨？心中有妓又何妨？宋朝胡忠簡公請求天子斬秦檜，正直的名聲傳遍天下；被貶南海，就迷戀女伎。朱熹作詩譏諷說：「十年被貶漂泊在南海一身輕鬆，只是對美貌的女伎懷有深情；世上沒有比人的情欲更危險的了，有多少人因為人欲耽誤了平生。」我代替胡忠簡公回答說：「世人從來都輕視小節，萬里貶謫還有深情；不學遁翁用蓍草莖占卜，甘願緘默苟且偷活。」宋代《蓉塘詩話》責備白居易離開杭州時，憶念妓女的詩多，而憶念百姓的詩少。我反駁說：「〈關雎〉一詩，寫周文王輾轉反側，為何不憶念太王、王季，卻憶念后妃呢？孔子受困於陳、蔡，為何不憶念哀公、定公，卻憶念起學生呢？」這些話都是您所厭惡聽到的，但是我們這些人立論，寧可使迂腐的儒生嘔吐，不可使博古通今的儒者嘔吐。我奉答給您兩封信，不是為了爭辯，而是像陳仲子誤食鵝肉一樣，不得不出了門就嘔吐掉。

【研　析】此信為一篇駁論，就楊笠湖厭聞「名妓」之言進行駁斥。首先考證了妓女產生的社會原因、政治原因與經濟原因，有其「非得已」的必然性。其次論證「情欲之感」，為「聖人所寬」，娼妓歷代明主賢臣亦不能禁，說明娼妓存在的合理性，再次論述娼妓本身亦有「出乎其類者」，「妓中有俠者，義者，能文者，工伎藝者，忠國家者，史冊所傳，不一而足」，不可一棍子打死。甚至提出「偽名儒，不如真名妓」的駭世驚俗之言。最後則引證歷代賢士聖人對「情欲之感」的態度，說明「心中有妓」無可厚非，厭聞「名妓」乃是使「通儒嘔」的「腐儒」之論。文章層層推進，鋒芒畢露，毫不客氣，具有很強的說服力。從人道主義的角度看，妓女亦是普通之人，有其「非得已」處，與其人格並無必然聯繫。袁枚為「名妓」說好話，不可僅僅視為其所謂的「先存好色之心」，而應該從人性的角度考慮。

隨園詩話選

一

【題解】本條強調詩須有性情，不為格調所束縛。

楊誠齋❶曰：「從來天分低拙之人，好談格調❷，而不解風趣❸。何也？格調是空架子，有腔口易描；風趣專寫性靈，非天才不辦。」余深愛其言。須知有性情，便有格律；格律不在性情外。《三百篇》半是勞人❹思婦率意言情之事；誰為之格，誰為之律？而今之談格調者，能出其範圍否？況皋、禹之歌❺，不同乎《三百篇》；〈國風〉之格，不同

乎〈雅〉、〈頌〉❻：格豈有一定哉？許渾❼云：「吟詩好似成仙骨❽，骨裡無詩莫浪吟。」詩在骨不在格也。（《隨園詩話》卷一）

【注釋】❶楊誠齋　楊萬里（西元一一二七—一二〇六年），字廷秀，號誠齋，吉水（今屬江西）人。南宋紹興進士，曾任秘書監。詩風平易詼諧，稱為「楊誠齋體」。下引文未見今《誠齋集》。❷格調　指詩歌的格律聲調等外在因素。❸風趣　風格情趣等內在因素。❹勞人　憂傷之人。《詩・小雅・巷伯》：「驕人好好，勞人草草。」也指勞苦之人。❺皐禹之歌　指與大禹、皐陶相關的歌謠。〈兩都賦序〉：「皐陶歌虞，奚斯頌魯。」❻國風之格二句　《詩經》分為〈風〉、〈雅〉、〈頌〉。〈風〉收集的大部分是民間歌謠，〈雅〉收集的大部分是貴族作品，〈頌〉是貴族用於宗廟祭祀的樂歌。〈風〉詩的格調較為清新活潑，不同於〈雅〉、〈頌〉雅正嚴肅。❼許渾　字用晦，晚唐詩人，丹陽（今屬江蘇鎮江市）人。詩多寫水，故有「許渾千首濕」之說。❽仙骨　成仙的資質。比喻寫詩的內在條件。

【語譯】楊誠齋說：「從來天資低劣遲鈍的人，喜歡談詩歌的格律聲調，卻不瞭解詩歌的風格情趣。為什麼呢？格律聲調是空架子，有音調容易描摹；風格情趣專門抒寫性情，不是天才做不到。」我非常欣賞他的話。要知道，有性情，便有格律；格律不在性情之外。《詩經》大半是反映憂傷勞苦的男人與懷念遠方丈夫的婦人隨意抒情之事；誰為他們制定格調，誰為他們限定聲律？而現在談格律聲調者，能跳出其範圍嗎？況且與大禹、皐陶相關的歌謠，不同於《詩經》；〈國風〉的格律聲調，不同於〈雅〉、〈頌〉：格律聲調難道有固定的限制嗎？許渾說：「吟詩就像養育仙骨，骨子裡沒有詩就不要隨便吟詩。」詩在骨子裡，不在格調中。

【研析】袁枚性靈說主性情、重個性、崇詩才，反對格律聲調桎梏性情，倡導風趣、生氣，其重要思想淵源之一乃楊萬里詩學觀。此條詩話即是有力的證據。而袁枚引用「皋、禹之歌」與《三百篇》之經典為「格律不在性情外」的例證，亦極具說服力，有「打鬼借助鍾馗」之效。

二

【題解】本條反對明代詩壇門戶之習。

前明門戶之習，不止朝廷也，於詩亦然。當其盛時，高、楊、張、徐❶，各自成家，毫無門戶。一傳而為七子❷；再傳而為鍾、譚❸，為公安❹；又再傳而為虞山❺：率皆攻排詆訶❻，自樹一幟，殊可笑也。凡人各有得力處，各有乖謬處；總要平心靜氣，存其是而去其非。試思七子、鍾、譚，若無當日之盛名，則虞山選《列朝詩》❼時，方將搜索於荒村寂寞之鄉，得半句片言以傳其人矣。敵必當王，射先中馬❽，皆好名者之累❾也！（《隨園詩話》卷一）

【注　釋】❶高楊張徐　指明初詩人高啟、楊基、張羽、徐賁，稱「明初四子」，又稱「吳中四傑」。❷七子　明弘治、正德時期文學家李夢陽、何景明、徐禎卿、邊貢、康海、王九思、王廷相稱為「前七子」，基本上都屬於「復古派」，主張「文必秦漢，詩必盛唐」。嘉靖、隆慶間，李攀龍、王世貞、謝榛、宗臣、梁有譽、徐中行、吳國倫繼續鼓吹復古，稱為「後七子」。❸鍾譚　鍾惺和譚元春，明代萬曆年間「竟陵派」的代表人物。他們反對「復古派」摹擬古人，提倡幽深孤峭的文風。❹公安　指「公安派」。明萬曆年間興起的一個文學流派。以湖北公安人袁宗道、袁宏道、袁中道兄弟三人為代表。他們極力反對復古，提倡「獨抒性靈，不拘格套」。❺虞山　錢謙益（西元一五八二—一六六四年），字受之，號牧齋，人稱虞山先生，江蘇常熟人。虞山原為常熟山名。任禮部尚書。清兵南下，率先迎降，授禮部右侍郎。錢為清初詩壇領袖。有《初學集》、《有學集》等著作，並編選有《列朝詩集》。❻攻排詆呵　攻擊詆毀。❼列朝詩　即《列朝詩集》，明代詩歌總集。❽敵必當王二句　語出杜甫〈前出塞〉：「射人先射馬，擒賊先擒王。」意謂愛標榜門戶者必然要招致論敵的攻擊。❾累　過失。

【語　譯】明代樹立門戶的習氣，不止朝廷有，在詩壇也一樣有。在此風氣盛行時，高啟、楊基、張羽、徐賁，卻各自成家，毫無門戶的習氣。起初傳承門戶習氣的是前後七子；再傳的是鍾惺和譚元春、公安派；又再傳的是錢謙益：都是相互攻擊詆毀，自樹一幟，十分可笑。大凡人各有得力之處，也各有荒謬悖理之處；總要平心靜氣，保存好的東西，去掉壞的東西。試想前後七子、鍾惺和譚元春，如果沒有當日的盛名，那麼錢謙益選《列朝詩集》時，將要在荒村寂寞之鄉搜索其詩作，非得到半句片言以傳他們的姓名不可。擒敵先擒王，射人先射馬，這都是好名者的過失。

【研　析】袁枚反對前明詩壇各立門戶，相互詆訶之習，認為「凡人各有得力處，各有乖謬處；總要平心靜氣，存其是而去其非」。這無疑是正確的。其肯定明初四子「各自成家，毫無門戶」亦無可非議。但對「七子」以後各派一棍子打死，則失之偏頗。明七子固然不無「門戶之習」，但對與自己論詩相近的「公安」性靈派亦予批評，顯然是出於明無學、明無詩的偏見，不足為訓。

三

【題解】本條藉批評詩疊韻和韻之風，標舉詩寫性情之旨。

余作詩，雅不喜疊韻❶、和韻❷及用古人韻。以為詩寫性情，惟吾所適。一韻中有千百字，憑吾所選，尚有用定後不慊意❸而別改者；何得以一二韻約束為之？既約束，則不得不湊拍❹；既湊拍，安得有性情哉？《莊子》曰：「忘足，履之適也。」❺余亦曰：忘韻，詩之適也。

（《隨園詩話》卷一）

【注釋】❶疊韻　依照自己前詩的韻腳作詩。❷和韻　依照別人詩的韻腳作詩。❸慊意　滿意。❹湊拍　湊合；拼湊。❺忘足二句　見《莊子．達生》。意謂不去計較腳的大小，鞋子就不存在不合適的問題。

【語譯】我作詩，很不喜歡疊韻、和韻以及用古人詩歌的韻。我認為詩是抒寫性情的，韻只是要適合我抒情。一個韻有千百個字，任憑我所選，還有用定之後不滿意而另改的字，怎能被一二個韻約束來作詩呢？既然被約束，那麼就不能不去湊合；既然湊合，哪能有性情？《莊子》說：「不去計較腳的大小，鞋子自然會適合。」我也說：不去計較用韻，詩自然會適合。

【研析】「詩寫性情，惟吾所適」，是性靈說的主旨。韻是為性情服務的，如果為疊韻、和韻等用韻的需要而「約束」了性情，是為顛倒主次，撿了芝麻丟了西瓜。所以「忘韻」雖有矯枉過正之嫌，但可見袁枚以「性情」為詩第一要素的觀念。

四

【題解】本條記受知於尹繼善之往事，流露感恩之情。

己未朝考❶題是「賦得『因風想玉珂』❷」。余欲刻畫「想」字，有句云：「聲疑來禁院❸，人似隔天河。」諸總裁❹以為語涉不莊❺，將置之孫山❻。大司寇尹公❼，與諸公力爭曰：「此人肯用心思，必年少有才者；尚未解應制體裁❽耳。此庶吉士❾之所以需教習也。倘進呈時，上⑩有駁問，我當獨奏。」群議始息。余之得與館選⑪，受尹公知，從此始。未幾，上命公教習庶吉士。余獻詩云：「琴爨已成焦尾斷⑫，風高重轉落花紅⑬。」（《隨園詩話》卷一）

【注釋】❶己未朝考　乾隆四年（西元一七三九年）朝考。清代新科進士取得出身後，由禮部以名冊送翰林院掌院學士，奏請皇帝，再試於保和殿，並特派大臣閱卷。❷賦得因風想玉珂　清代朝考，要考「試帖詩」，選取古人詩句加上「賦得」兩字作為試題。因風想玉珂，是杜甫〈春宿左省〉五律中語，全詩表現的是「忠勤為國」的思想感情。玉珂，繫在馬脖子上的裝飾品。❸禁院　宮中庭院。❹總裁　指主持考試的正副考官。❺不莊　不莊重。❻置之孫山　即不予取錄。《過庭錄》：「吳人孫山，滑稽才子也。赴舉他郡，鄉人託以子偕往。鄉人子失意，山綴榜末，先歸。鄉人問其子得失，山曰：『解名盡處是孫山，賢郎更在孫山外。』」❼大司寇尹公　尹繼善，字符長，清滿洲鑲黃旗人。雍正進士，累官至文華殿大學士。曾一督雲貴，三督川陝，四督兩江。卒諡文端。他是袁枚的「恩師」。大司寇，清時對刑部尚書的尊稱。❽應制體裁　即「試帖詩」。應制，應皇帝之命寫詩文。❾庶吉士　朝考合格前列者為庶吉士，為翰林院官名，由進士中文學優長者充任。❿上　天子。此指乾隆皇帝。⓫得與館選　入翰林院庶常館深造。⓬琴爨已成焦尾斷　比喻自己在朝考中幾乎落選。琴爨，燒琴（梧桐）。焦尾，漢蔡邕有一次聽到梧桐在火中爆裂的聲音，認為是製琴的上等材料，便取出來做成琴，然琴尾已經燒焦，名為「焦尾琴」。⓭風高重轉落花紅　比喻賴尹繼善鼎力挽回自己的命運。風高，指尹。落花，自喻。

【語譯】乾隆四年己未朝考題是「賦得『因風想玉珂』」。我要刻劃「想」字，有句云：「聽聲音懷疑來到宮中庭院，人似相隔著銀河不能相見。」諸位考官認為語言不莊重，將不予錄取。大司寇尹公，與諸位考官力爭說：「此人肯用心思，必定是年少有才者；只是還不瞭解試帖詩的結構及文詞。這正是庶吉士需要教習的原因。如果進呈時天子有駁問，我會自己進言的。」這樣諸考官的議論才平息。我能夠入翰林院庶常館，得到尹公的賞識，就從此開始。不久，皇帝命尹公教習庶吉士。我獻詩云：「我像火中梧桐已燒焦了琴尾，您如大風把我這落地紅花又重新吹起來。」

【研　析】朝考題目袁枚竟寫出「聲疑來禁院，人似隔天河」之句，涉嫌男女私情，故被考官評為「語涉不莊」並不冤枉。由此可見袁子才風流本性。而尹繼善力挽狂瀾，竭力回護，終於使袁枚「得與館選」，可見尹氏慧眼識珠。袁枚一生比較順利，有尹氏為靠山是重要原因。此是其福份。袁枚撰〈文華殿大學士尹文端公神道碑〉稱「俗傳公貌類佛，而不喜佛法。聞人才後進，則傾衿推轂，提訓孳孳」，可與此條詩話相互發明。

五

【題　解】本條為王次回《疑雨集》被「擯而不錄」抱不平，以肯定情詩。

本朝王次回❶《疑雨集》，香奩❷絕調❸，惜其只成此一家數耳。沈歸愚❹尚書選國朝詩，擯而不錄，何所見之狹也！嘗作書難之❺云：「〈關雎〉為〈國風〉之首，即言男女之情。孔子刪《詩》❻，亦存〈鄭〉、〈衛〉❼，公何獨不選次回詩？」沈亦無以答也。唐李飛譏元、白詩「纖豔不逞，為名教罪人」❽。卒❾之千載而下，知有元、白，不知有李飛。或云飛此言見于杜牧集中❿。牧祖佑年老不致仕⓫，香山有詩譏之；故牧假飛語以詆之耳。（《隨園詩話》卷一）

【注　釋】❶本朝王次回　王彥泓，字次回，金壇（今屬江蘇）人。明崇禎時以歲貢為華亭訓導，卒於崇禎十五年（西元一六四二年）。乃前朝人，此稱「本朝」，誤。其詩近於唐人韓偓之香奩體，《疑雨集》為其代表作。❷香奩　原指婦女梳妝用具。唐韓偓有《香奩集》一卷，寫婦女綺羅香豔之詞，後來即稱此種作品為「香奩體」。❸絕調　絕妙的曲調。此借指絕妙的詩歌。❹沈歸愚　沈德潛，字確士，號歸愚，長洲（今江蘇蘇州）人。乾隆進士，曾任內閣學士兼禮部尚書。論詩主格調，倡導「溫柔敦厚」的詩教。有《沈歸愚詩文全集》。又選有《古詩源》、《唐詩別裁》、《明詩別裁》、《國朝詩別裁》等書。❺作書難之　指〈再與沈大宗伯書〉，現存《小倉山房文集》卷十七。❻孔子刪詩　據《史記》等書記載，孔子以前，有古詩三千多首。經孔子刪定，存三百多首，即現在的《詩經》。❼鄭衛　指《詩．國風》中的〈鄭風〉和〈衛風〉，多愛情詩，被斥為淫靡之音。❽唐李飛譏元白詩纖豔不逞二句　此是唐杜牧引述李戡之言，袁枚誤作李飛。原文是：「元和以來，有元、白詩者，纖豔不逞，非莊士雅人，多為其破壞……」元白，元稹、白居易。❾卒　最終。❿見于杜牧集中　見《樊川集．唐故平盧節度使巡官李府君墓誌銘》。⓫牧祖佑年老不致仕　白居易〈秦中吟．不致仕〉：「七十而致仕，禮法有明文。何乃貪榮利，斯言如不聞？可憐八九十，齒墮雙眸昏……」此詩可能是白居易為杜佑而作。牧祖佑，杜牧祖父杜佑，字君卿，歷任嶺南、淮南等節度使，檢校司徒平章事等職，封岐國公。致仕，辭去官職。

【語　譯】本朝王次回的《疑雨集》，是香奩體的絕妙之作，可惜他只成就這一種風格。沈歸愚尚書選本朝詩歌，擯棄而不採錄，其見地何等狹窄！我曾作〈再與沈大宗伯書〉責備他說：「〈關雎〉為《國風》的首篇，就是說的男女之情。孔子刪《詩》，也保存〈鄭風〉、〈衛風〉，您為何單單不選次回詩呢？」沈也沒有什麼可以回答的。唐代李飛（戡）譏諷元稹、白居易詩歌「細巧豔麗，於人有害，是名教罪人」。最終千年以後，人們知道唐代有元稹、白居易，而不知道有李飛（戡）。有人說此言見於杜牧集子中。杜牧祖父杜佑，年老不辭官，白居易有〈秦中吟．不致仕〉詩譏諷他；所以杜牧借李飛（戡）的話來詆毀白居易。

【研　析】袁枚〈答蕺園論詩書〉云：「且夫詩者，由情生者也，有必不可解之情，而後有必不可朽之詩。情所最先，莫如男女。」可見其對情詩之推重。沈德潛鼓吹保守的詩教觀，故《別裁》中獨不選王次回詩，以為豔體不足重教」（〈再與沈大宗伯書〉）。可見袁、沈於豔體的觀點勢同水火。但袁枚以《詩經》中有「言男女之情」作品予以反駁，可謂「義正辭嚴」，以致「沈亦無以答也」。在這場論戰中，顯然以袁枚占上風收場。袁枚的觀點雖然正確，但也有疏漏，王次回非清朝人，本不在「國朝詩」選錄之列，如果沈德潛以此反駁，「無以答也」的恐怕是袁枚自己矣。或許沈氏也認為王次回是國朝人耶？

六

【題解】本條記某尚書與自己對南齊名伎蘇小小的不同態度，反映了作者重才女輕權貴的品格。

余戲刻一私印❶，用唐人「錢塘蘇小是鄉親」❷之句。某尚書過金陵❸，索余詩冊。余一時率意❹用之。尚書大加訶責。余初猶遜謝❺，既而❻責之不休，余正色曰：「公以為此印不倫❼耶？在今日觀，自然公官一品，蘇小賤矣。誠恐❽百年以後，人但知有蘇小，不復知有公也。」一座囅然❾。（《隨園詩話》卷一）

【注釋】❶私印　個人印章。❷錢塘蘇小是鄉親　唐王建詩。蘇小，即蘇小小，相傳為南齊時著名歌伎，錢塘（今浙江杭州）人。常乘油壁車往來西湖之上。鄉親，袁枚與蘇小小同是錢塘人。❸金陵　今江蘇南京。❹率意　隨意。❺遜謝　道歉謝罪。❻既而　不久；短時間。❼不倫　不成樣子。❽誠恐　唯恐。❾囅然　笑的樣子。

【語　譯】我以遊戲的態度刻了一枚私章，採用的是唐人「錢塘蘇小是鄉親」的句子。某尚書過訪金陵，索取我的詩冊。我一時隨意用了這枚私章。尚書見了嚴厲責備。我開始還道歉謝罪，但他過了一會兒還責罵不停，我就莊重嚴肅地說：「您認為此印不成樣子嗎？在現在來看，您自然是一品高官，蘇小小很低賤了。唯恐百年以後，人們只知道古代有個蘇小小，而不再知道有您了。」滿座的賓客都笑了。

【研　析】歌妓蘇小小與達官某尚書，在袁枚內心的評價天平上，竟是前者遠重於後者。這在男尊女卑的衛道者看來自是石破天驚的怪論。但蘇小小多才多藝，流傳千古；某尚書迂腐無能，將來自是人死燈滅。袁枚所道乃是事實，但敢道出此事實，必須膽識過人才行。袁枚的品格於此可見。

七

【題　解】本條倡言詩創作要即情即景、自然清新的意旨。

陸魯望❶過張承吉❷丹陽❸故居，言：「祐善題目❹佳境，言不可刊置❺別處，此為才子之最也。」余深愛此言。自古文章所以流傳至今者，皆即情即景，如化工肖物❻，著手成春❼，故能取不盡而用不竭。不然，一切語古人都已說盡；何以唐、宋、元、明，才子輩出，能各自成家而光景常新耶？即如一客之招，一夕之宴，開口便有一定分寸，貼切此人、此事，絲毫不容假借❽，方是題目佳境。若今日所詠，明日亦可詠之，此人可贈，他人亦可贈之；便是空腔虛套，陳腐不堪矣。尹文端公❾在制府署❿中，冬日招秦、蔣兩太史⓫及余飲酒，曰：「今日席上，皆翰林⓬，同銜門，各賦一詩。」蔣詩先成，首句云：「卓午⓭人停問字車⓮。」公笑曰：「此教官請客詩也。」秦懼不肯落筆。余亦知難而退。公不許。乃呈一律⓯云：「小集平泉⓰夜舉觴，春風座上不知霜。偶然元老開東閣⓱，難得群仙⓲共玉堂⓳。」公大喜，曰：「開口已包括全題。白傅夸劉禹錫〈金陵懷古〉詩『前四句已探驪珠』⓴，此之謂矣！」（《隨園詩話》卷一）

【注釋】❶陸魯望　即唐詩人陸龜蒙，字魯望，蘇州人。❷張承吉　唐詩人張祜，字承吉，清河（今屬河北）人。有《張處士詩集》。❸丹陽　今屬江蘇鎮江市。❹題目　品評。❺刊置　更改安置。❻化工肖物　如自然造物主刻劃事物。指天然的功夫。❼著手成春　語出司空圖《詩品・自然》：「俯拾皆是，不取諸鄰。俱道適往，著手成春。如逢花開，如瞻歲新。」喻詩文藝術高超，下筆即自然清新。❽假借　借助他力。❾尹文端公　尹繼善，官至文華殿大學士。卒諡文端。❿制府署　總督府。⓫秦蔣兩太史　秦大士與蔣士銓。秦大士，字魯一，號秋田老人，江寧（今江蘇南京）人。官至侍講學士。蔣士銓，字心餘，號藏園，鉛山（今屬江西）人。與袁枚、趙翼並稱為「乾隆三大家」。能詩文，擅雜劇。有《忠雅堂詩文集》、《藏園九種曲》等作品。太史，指翰林院編修等屬官。⓬翰林　指翰林院屬官，即編修等。⓭卓午　正午。李白〈戲贈杜甫〉：「飯顆山頭逢杜甫，頭戴笠子日卓午。」⓮問字車　《後漢書・揚雄傳》：漢學者揚雄家居，常有人車載酒餚來問奇字。⓯乃呈一律　即〈臘月五日，相公招同秦學士大士、蔣編修士銓小集西園，各賦四首〉，收入《小倉山房詩集》卷十八。⓰平泉　洛陽平泉莊，唐李德裕別墅。這裡借用，指尹公總督府。⓱元老開東閣　據《漢書》，漢公孫弘「起賓館，開東閣，以延賢人」。元老指尹公，東閣指款待賓客的地方。⓲群仙　喻參加宴會者。⓳玉堂　神仙的居處。此喻總督府。⓴白傅夸劉禹錫句　《古今詩話》：「長慶中，元微之、劉夢得、韋楚客同會白樂天舍，各賦〈金陵懷古〉詩。劉詩先成，曰：『王濬樓船下益州……』云云。白覽詩曰：『四人探驪龍，子先獲珠，所餘鱗爪何用耶？』於是罷唱。」白傅，白居易，曾任太傅。劉禹錫，字夢得。探驪珠，探驪得珠，指吟詩能抓住關鍵。驪珠，據《莊子・列禦寇》，深淵中有驪龍（黑龍），頷下有千金之珠，很難得到。

【語　譯】陸魯望過訪張承吉的丹陽故居，說道：「張祐善於品評詩文佳境，稱其不可刊置別處，這是才子首要的功力。」我深愛此言。自古以來詩文流傳至今的原因，都是即情即景抒寫，如自然造物主刻劃事物，下筆即自然清新，藝術高超，所以能取之不盡，用之不竭。否則的話，一切話語古人都說完了，為何唐、宋、元、明，才子仍一批一批地出現，能夠各自成家而景象常新呢？就如一位客人的招待，一個晚上的宴飲，開口就有一定的分寸，貼近此人此事，絲毫不容借助他力，才是品評佳境。如果今日所詠，明日也可吟詠，此人可贈，他人也可贈；便是老調子、空洞的虛套，極其陳腐了。尹文端公在總督府中，冬日招秦、蔣兩位太史及我飲酒，說：「今日的酒席上，都是翰林院屬官，同在一個衙門，請各賦一詩。」蔣士銓詩先作好，首句說：「正午時分有人車載酒餚來問奇字。」尹公笑道：「這是教官請客的詩。」秦大士畏懼不敢落筆。我也知難而退。但尹公不許。我就呈上一首七律有云：「在尹公總督府小集夜晚舉起酒杯，滿座春風不覺得有寒霜。尹公偶然興來打開東閣宴客，難得群仙聚集在玉堂。」尹公大喜，說：「開口已經包括了全題的意思。白居易誇獎劉禹錫〈金陵懷古〉詩『前四句已經探驪得珠』，就是說這種詩啊！」

【研析】此條強調創作應該「即情即景，如化工肖物，著手成春，故能取不盡而用不竭」，換言之即從生活、自然出發，在現實情景中發現美，而不是從概念出發，亦不是套用古人。如此方有個人的體驗感受，有獨特的表現，「能各自成家而光景常新」，避免「空腔虛套，陳腐不堪」之弊端。沈德潛的復古格調，翁方綱的以考據為詩，之所以被袁枚批評，即是其皆違背創作應「即情即景」之規律。至於最後引用尹文端公誇獎之語，乃袁枚喜自我標榜之習，可一笑置之也。

八

【題解】本條倡導詩要味真趣鮮的審美愛好。

熊掌、豹胎❶，食之至珍貴者也；生吞活剝，不如一蔬一筍矣。牡丹、芍藥，花之至富麗者也；剪綵❷為之，不如野蓼❸、山葵❹矣。味欲其鮮，趣欲其真；人必知此，而後可與論詩。（《隨園詩話》卷一）

【注　釋】❶豹胎　豹的胎盤，為珍貴的佳餚。❷剪綵　剪裁花紙或彩綢。❸野蓼　植物名。味辛，又名辛菜，可作調味用。❹山葵　蔬菜名。可醃製。

【語　譯】熊掌、豹胎，是食物中非常珍貴的東西；如果不加烹調，那麼就不如蔬菜、竹筍鮮美。牡丹、芍藥，是鮮花中非常富麗的品種；如果靠剪裁花紙或彩綢製成，那麼還不如野蓼、山葵真實。滋味要鮮，趣味要真；人必須知道這個道理，才可與他論詩的真諦。

【研　析】前一處比喻倡導詩「味欲其鮮」，後一處比喻強調詩「趣欲其真」，道出袁枚性靈說的要旨。每處比喻又從正反兩面言之，其本身即味鮮趣真，妙語解頤。

九

【題　解】本條記清初某江陰女子的絕命詩，足以千古流芳。

本朝開國時，江陰城最後降❶。有女子為兵卒所得，紿❷之曰：「吾渴甚！幸❸取飲，可乎？」兵憐而許之。遂赴江死。時城中積尸滿岸，穢不可聞。女子嚙❹指血題詩云：「寄語路人休掩鼻，活人不及死人香。」

（《隨園詩話》卷一）

【注釋】❶江陰城最後降　南明弘光元年（西元一六四五年），清兵南進，江陰百姓奮起抵抗，守城八十一天。最後被清軍占領。江陰，今屬江蘇。❷紿　哄騙。❸幸　期望。❹嚙　咬。

【語譯】本朝建國時，江陰城最後投降。有一女子被士兵俘獲，她欺騙說：「我非常渴，期望取點水喝，可以嗎？」士兵可憐她就同意了。女子就投江而死。當時城中江岸堆滿屍體，腐爛的氣味臭不可聞。女子死前咬破指血題詩云：「傳話給路上的行人不要捂住鼻子，苟活的人不如死去的人芳香。」

【研析】好一個聰明而剛烈的江陰女子！其誓死不降的民族精神，與其所題詩句，皆可百世流「香」。清初漢族抗清鬥爭之慘烈，於此可見一斑。袁枚於乾隆盛世撰詩話猶記載此事，膽量可謂不小。

十

【題　解】本條揭示創作要善於學習的道理。

少陵❶云：「多師是我師❷。」非止可師之人而師之也。村童、牧豎❸，一言一笑，皆吾之師，善取之皆成佳句。隨園❹擔糞者，十月中，在梅樹下喜報云：「有一身花矣！」余因有句云：「月映竹成千『个』字，霜高梅孕一身花。」余二月出門，有野僧送行，曰：「可惜園中梅花盛開，公帶不去！」余因有句云：「只憐香雪梅千樹，不得隨身帶上船。」《隨園詩話》卷二

【注　釋】❶少陵　唐詩聖杜甫，自號少陵野老。❷多師是我師　杜甫〈戲為六絕句〉：「轉益多師是汝師。」❸牧豎　牧童。❹隨園　作者隱居處，在今南京小倉山。

【語　譯】杜甫云：「要多方面學習，人們都是我的老師。」不止向可以學習的人學習。村童、牧

童，一言一笑，都是我的老師，善於汲取都可成為好詩。隨園一個挑糞的傭工，十月中旬，在梅樹下高興地報告說：「有一身梅花了！」我因此有句云：「月亮映照竹葉變成千百個『个』字，秋高氣爽梅樹孕育出一身花。」我二月出門，有山野僧人送行，說：「可惜隨園中梅花盛開，您帶不去。」我因此有句云：「只疼愛香雪一樣的千樹梅花，不能隨身帶上船去。」

【研析】性靈詩通俗易懂，不賣弄學問，故與村夫野民容易溝通。隨園擔糞者之大白話，野僧送行之戲語，一經詩人妙手點化，即成佳句。由此亦可見好詩源於生活與高於生活，實乃顛扑不破之真理。

十一

【題解】本條強調改詩與靈感的重要性。

改詩難于作詩，何也？作詩，興會❶所至，容易成篇；改詩，則興會已過，大局已定，有一二字于心不安，千力萬氣，求易不得，竟有隔一兩月，于無意中得之者。劉彥和❷所謂「富于萬篇，窘于一字」❸，真甘苦之言。荀子❹曰：「人有失針者，尋之不得，忽而得之；非目加明也，眸而得之也❺。」所謂「眸」者，偶睨❻及之也。唐人句云：「盡日覓不得，有時還自來❼。」即「眸而得之」之謂也。（《隨園詩話》卷二）

【注　釋】❶興會　興致；靈感。❷劉彥和　南朝梁劉勰，字彥和。原籍東莞莒（今山東莒縣），世居京口（今江蘇鎮江市）。官至東宮通事舍人。晚年出家，法名慧地。所著《文心雕龍》，是我國古代第一部體大思精的文學理論著作。❸富于萬篇二句　見《文心雕龍・練字》。窘，原作「貧」。❹荀子　戰國思想家、散文家荀況，又稱荀卿，現存《荀子》三十二篇。❺人有失針者五句　見《荀子・大略》，與原文有出入。眸，低頭注視。❻睨　視。❼盡日覓不得二句　見唐貫休〈詠詩者〉詩。

【語　譯】改詩比作詩要難，為什麼呢？作詩，是靈感襲來，容易成篇；改詩，卻是靈感已消失，詩的框架已經確定，有一二字於心不安，花了很多力氣，想改換卻不能做到，竟有相隔一兩個月，在無意中得到的。劉彥和所謂「可以寫出萬篇作品，卻想不出一個字修改好」，真是深知甘苦的話。荀子說：「人有丟掉銀針的，遍尋而不得，卻忽然找到了；不是眼睛明亮了，是眸而得之。」所謂「眸」，就是偶然看到了。唐人有句云：「整日找不到，有時還自己回來。」這就是「眸而得之」的意思。

【研　析】此條標舉「作詩，興會所至，容易成篇」，是性靈說強調作詩需要靈感。有靈感則思維活躍，想落天外。而改詩因為靈感狀態已失，思維遲鈍，故難於推敲。詩話引證豐贍，以顯「興會」之可貴。

十二

【題解】本條記曹氏「父子」與《紅樓夢》的關係。

康熙間，曹練亭❶為江寧織造❷。每出，擁八騶❸，必攜書一本，觀玩不輟。人問：「公何好學？」曰：「非也。我非地方官，而百姓見我必起立，我心不安，故藉此遮目耳。」素與江寧太守陳鵬年❹不相中❺。及陳獲罪，乃密疏薦陳。人以此重之。其子雪芹❻撰《紅樓夢》一部，備記風月繁華之盛。我齋❼讀而羨之。當時紅樓❽中有某校書❾尤艷，我齋題云：「病容憔悴勝桃花，午汗潮回熱轉加。猶恐意中人看出，強言今日較差❿些。」「威儀棣棣⓫若山河，應把風流⓬奪綺羅⓭。不似小家拘束態，笑時偏少默時多。」（《隨園詩話》卷二）

【注釋】❶曹練亭　曹寅，字子清，號荔軒，又號楝亭。此處「練亭」係「楝亭」之誤。清滿洲正白旗人，曾刻印《全唐詩》。❷江寧織造　官名。掌管織造絲織品，供皇室之用。❸八騶　古代貴官外出，車輪前有八名騶從喝道。騶，騶從；騎士。❹陳鵬年　字北溟，又字滄州，湘潭人。康熙進士，擢任江寧知府，人稱「陳青天」。為總督阿山誣劾下獄。事白，起為蘇州知府。官至河道及漕運總督。❺不相中　關係不合。❻其子雪芹　當為其孫雪芹。雪芹，名霑，字夢阮，號雪芹。❼我齋　富察明義，號我齋，滿洲鑲黃旗人。是清朝皇室成員。有〈題紅詩〉二十首，收詩集《綠煙瑣窗集》中。❽紅樓　青樓，妓女居處。❾校書　原為古代校勘書籍的官名。因為唐人詩中稱當時名妓雪濤為「女校書」，後來就成為妓女的尊稱。郭沫若《讀隨園詩話札記．談林黛玉》：「明我齋所詠者毫無問題是林黛玉，而袁枚卻稱之為『校書』。這是把『紅樓』當成『青樓』了。看來袁枚並沒有看過《紅樓夢》，他只是把明我齋的詩加以主觀臆斷而已。」引詩題詠的是《紅樓夢》人物，患病的林黛玉，「意中人」是賈寶玉。袁枚稱其為校書，則把林黛玉當作妓女了，說明袁氏對《紅樓夢》不熟悉，可能沒有看過。❿差　病癒。⓫威儀棣棣　儀態端莊。《詩．邶風．柏舟》：「威儀棣棣，不可選也。」威儀，莊重的儀容舉止。棣棣，雍容嫻雅貌。此當指賈寶玉。⓬風流　瀟灑的風度。⓭綺羅　華貴的絲織品或絲綢衣服。後亦為貴婦、美女的代稱。

【語譯】康熙年間，曹練亭任江寧織造。每次外出，車輪前有八名騎士喝道，他必定帶上一本書，觀賞玩味不停。有人問：「您為何這樣好學？」他答道：「不是好學。我不是地方官，但百姓看見我一定要站起直立，我心裡不安，所以藉此遮住耳目罷了。」曹平素與陳鵬年不合，等到陳獲罪，卻暗裡上疏推薦讚美陳。人們因此敬重他。他兒子雪芹撰寫《紅樓夢》一部，完備地記載了男女情事與奢華風氣的盛行。我齋讀後很是豔羨。當時青樓中有某位校書尤其豔麗，我齋題詩云：「病容憔悴勝似桃花，午汗使面色潮紅熱度升高。還怕意中人看出病情，勉強說今日身體好些了。」

「儀態端莊好似山河，大概以瀟灑的風度勝過美女的風姿。不似出身低微人家的那樣姿態拘束，歡笑的時候少沉默的時候多。」

【研　析】此條是研究《紅樓夢》及曹楝亭、曹雪芹等的重要材料。後來的道光刊本《隨園詩話》於「備記風月繁華之盛」句後還多了「中有所謂大觀園者，即余之隨園也」兩句（但並不可靠）。儘管此條記載的事實不盡準確，作者對《紅樓夢》也未深入瞭解，但至少可知《紅樓夢》為曹雪芹所作，以及當時其為人所熟知的情況。

十三

【題　解】本條記浙江杭州女弟子孫雲鳳及其詩作。

杭州孫令宜❶觀察❷，余世交也。女公子雲鳳❸，幼聰穎，八歲讀書，客出對云：「關關雎鳩❹。」即應聲曰：「嗈嗈鳴雁❺。」觀察大奇之。和余〈留別杭州〉詩四首，錄其二云：「撲簾飛絮一春終，太史❻歸來去又匆。把菊昔為三徑客❼，盟鷗❽今作五湖❾翁。囊中有句皆成錦❿，閨裏聞名未識公。遙憶花間揮手別，片帆天外挂長風⓫。」「未曾折柳⓬倍留連，縱得重來又來年。遠水夕陽青雀舫⓭，新蒲⓮春雨白鷗天⓯。三千歌管⓰歸花縣⓱，十二因緣⓲屬散仙⓳。安得講筵⓴為弟子，名山隨處執吟鞭㉑！」（《隨園詩話》卷二）

【注　釋】❶孫令宜　孫嘉樂，字令宜，杭州人。曾任四川按察使。❷觀察　官名。此指按察使。對道員的尊稱。❸雲鳳　字碧梧，孫嘉樂長女。有詩集《湘筠館詩》，今已佚。❹關關雎鳩　《詩・周南・關雎》中的首句。關關，鳥鳴聲。雎鳩，水鳥名。❺嗈嗈鳴雁　《詩・邶風・匏有苦葉》中的一句。嗈嗈，雁鳴聲。❻太史　明清時翰林院的屬官。這裡指任翰林院庶吉士的袁枚。❼三徑客　指隱士。據《三輔決錄》載：西漢末年，兗州刺史蔣詡，不滿王莽專權，稱病還鄉隱居，在院內闢三徑。因指歸隱後的居所為「三徑」。❽盟鷗　與鷗結成盟友，指歸隱。❾五湖　吳越地區的湖泊。說法不一。❿囊中有句皆成錦　據《新唐書・李賀本傳》：唐詩人李賀常騎驢出，從小奚奴，背古錦囊，途中得佳句，即書投囊中，及暮歸，整理成篇。⓫長風　遠風。⓬折柳　古人送別時，常折柳枝贈給行人，表示惜別。⓭青雀舫　船首畫有青雀的舟。指華美的遊船。青雀，水鳥名。⓮蒲　植物名，香蒲。⓯白鷗天　白鷗飛翔，布滿天宇。⓰歌管　唱歌奏樂。⓱花縣　泛指縣城。晉潘岳為河陽令，遍種桃花，當時有「河陽一縣花」的稱譽。此指代昔日做縣令的袁枚。⓲十二因緣　佛家語，指輪迴的理論。⓳散仙　放蕩不羈、自由閒散的人。此指歸隱的袁枚。⓴講筵　講學的處所。㉑吟鞭　詩人的馬鞭。

【語　譯】杭州孫令宜觀察，是我的世交。他的女兒雲鳳，幼時很聰明，八歲讀書時，有客人出對子說：「關關雎鳩。」她就應聲答道：「嗈嗈鳴雁。」孫觀察對此大為驚奇。雲鳳唱和我的〈留別杭州〉詩四首，錄其中二首：「撲打著簾幕的飛絮暗示春天結束了，太史歸來又匆匆離去。手執菊花當年是位隱士，與鷗結成盟友又做漂遊五湖的老翁。古錦囊中有佳句皆成錦繡，我在閨閣裡曾聞說您大名卻不認識。遙想著花叢裡揮手辭別，一片白帆在天外乘著遠風而去。」「還未曾告別就倍加留連，即使能再回來也要隔上一年。在遠水夕陽下乘著華美的遊船，春雨滋潤著新蒲，白鷗布滿天空。三千歌妓唱歌奏樂都曾歸屬昔日的縣令，十二因緣今又屬於自由閒散的神仙。怎麼能在講筵成為您的弟子，名山處處都手執馬鞭吟詠詩句！」

【研析】孫雲鳳為袁枚第二女弟子，屈居席佩蘭之後，但浙江女弟子「以孫碧梧為首」（潘素心〈湖樓即事呈隨園夫子〉引袁枚語）。袁枚曾作〈二閨秀詩〉云：「掃眉才子少，吾得二賢難。鷲嶺孫雲鳳，虞山席佩蘭。」可見席、孫在女弟子中的地位非同一般。從所錄的孫雲鳳詩作來看，意境闊大，此與其婚前曾從父赴川滇行萬里路的閱歷有關。

十四

【題解】本條評論神韻派詩人王士禎，既不過譽，亦不貶損。

阮亭先生❶，自是一代名家。惜譽之者，既過其實；而毀之者，亦損其真。須知先生才本清雅，氣少排奡❷，為王、孟、韋、柳❸則有餘，為李、杜、韓、蘇❹則不足也。余學遺山❺，〈論詩〉一絕云：「清才未合長依傍，雅調如何可詆娸❻？我奉漁洋如貌執❼，不相菲薄不相師。」

（《隨園詩話》卷二）

【注　釋】❶阮亭先生　即王士禛（西元一六三四—一七一一年），又作王士禎，字子真，號阮亭，又號漁洋山人，新城（今山東桓臺）人。官至刑部尚書，諡文簡。論詩倡導「神韻說」，為康熙詩壇盟主。❷排奡　矯健有力貌。❸王孟韋柳　指唐詩人王維、孟浩然、韋應物、柳宗元。❹李杜韓蘇　唐李白、杜甫、韓愈，宋蘇軾。❺遺山　元好問，字裕之，號遺山，金秀容（今山西忻州）人。官至尚書省左司員外郎，金亡不仕。有《遺山集》。集中有〈論詩三十首〉。對後世影響甚大。❻詆娸　也作「詆諆」，譭謗。❼貌執　以禮貌相待。語出《荀子・堯問》。

【語　譯】阮亭先生，自然是詩壇一代名家。可惜讚揚他的，全都是言過其實；而毀謗他的，也損害其真實。應該知道阮亭先生才情本是清新雅致，風格氣勢卻不夠矯健有力，寫作王維、孟浩然、韋應物、柳宗元風格的詩則綽綽有餘，寫作李白、杜甫、韓愈、蘇軾風格的詩則嫌不足。我學習元遺山，作〈論詩〉一絕句云：「清新的才情不應該長久地模仿，雅致的格調又怎能加以毀謗？我尊奉漁洋山人以禮相待，不予輕視也不加仿效。」

【研析】王阮亭為清康熙詩壇執牛耳者，後人褒貶不同，皆走極端，如「歸愚、子遜奉若斗山，璵沙、心餘棄若芻狗」（《隨園詩話》卷三），就屬於「譽之者，既過其實；而毀之者，亦損其真」的代表。袁枚的態度是「不相菲薄不相師」，同題另詩又評王士禛為「一代正宗才力薄」。「一代正宗」指其詩壇地位，「才力薄」即「氣少排奡」，認為王氏不擅七古，只可寫王孟派神韻悠遠之作，而不能為李杜蒼健沉雄之什。此論大體不錯，王確實有其清才雅調的主體風格，但亦不可絕對化。若評王士禛《蜀道集》，袁枚所謂「蹊徑殊小，尚荼洋比部稱『盆景詩』」（《隨園詩話》卷七），則並不正確，林昌彝即有「直同香象渡河，豈獨羚羊掛角」（《海天琴思錄》）的持平之論。

十五

【題解】本條提出讀史詩須有新義。

詠物詩無寄托，便是兒童猜謎。讀史詩無新義，便成〈廿一史彈詞〉❶；雖著議論，無雋永之味，又似史贊❷一派：俱非詩也。余最愛常州劉大猷〈岳墓〉❸云：「地下若逢于少保❹，南朝天子❺竟生還。」羅兩峰❻詠〈始皇〉云：「焚書早種阿房火❼，收鐵還留博浪椎❽。」周欽來詠〈始皇〉云：「蓬萊覓得長生藥❾，眼見諸侯盡入關。」松江徐氏女詠〈岳墓〉云：「青山有幸埋忠骨，白鐵無辜鑄佞臣❿。」皆妙。尤雋者，嚴海珊⓫詠〈張魏公〉⓬云：「傳中功過如何序？為有南軒下筆難⓭。」冷峭蘊藉，恐朱子⓮在九原，亦當乾笑。

海珊自負詠古為第一，余讀之果然。〈三垂岡〉⓯云：「英雄立馬起沙陀⓰，奈此朱梁跋扈何⓱？赤手難扶唐社稷⓲，連城⓳猶擁晉山河。風雲帳下奇兒在，鼓角燈前老淚多⓴。蕭瑟三垂岡下路，至今人唱〈百年歌〉㉑。」（《隨園詩話》卷二）

【注釋】❶廿一史彈詞　長篇彈詞。明楊慎作，清張三異注。以正史所記的事蹟為題材，用淺近文言寫成。唱文均為十字句，後再繫以詩或曲。其一段略似一回，體例與後來的彈詞相近，故可視為近世彈詞之濫觴。❷史贊　附在史傳後面的評語。❸岳墓　岳墓即南宋抗金將領岳飛之墓。在今杭州西湖畔岳王廟內。❹于少保　明英宗朝兵部尚書、太子少保于謙。正統十年（西元一四四五年），瓦剌首領也先侵擾大同，英宗親征，在土木堡兵敗被俘。一部分大臣主張放棄北京南遷。于謙堅決反對，擁立英宗弟即帝位（景帝），主持軍務，擊退也先軍。景泰元年（西元一四五〇年），也先請和，送回英宗。于謙後被害，昭雪後追封太子少保。❺南朝天子　指宋徽宗、宋欽宗。❻羅兩峰　清代畫家。名聘，歙縣（今屬安徽）人。有〈鬼趣圖〉，為當時所重。❼焚書早種阿房火　意為秦王朝的滅亡起因於秦始皇焚書。阿房，秦宮名。實未建成。項羽入咸陽，燒秦宮室。❽收鐵還留博浪椎　《史記・秦始皇本紀》：秦始皇收天下之兵器聚之咸陽，銷以為鐘、鐻，金人十二。博浪椎，始皇於二十九年（西元前二一八年）東遊至陽武博浪沙，韓國人張良令力士操鐵錘狙擊秦始皇，「誤中副車」。❾蓬萊覓得長生藥　秦始皇為長生不死，派人去蓬萊山採不死藥草。蓬萊，今屬山東煙臺。❿鑄佞臣　岳飛墓前有鐵鑄的秦檜、秦妻王氏、張俊、万俟卨四人的跪像。這四人合謀殺害岳飛、岳雲父子及大將張憲。佞臣，奸邪諂上之臣。⓫嚴海珊　嚴遂成，字崧瞻，號海珊，清烏程（今浙江湖州）人。雍正進士。工詩，有《海珊詩鈔》，所作《明史雜詠》，當時即已風傳。⓬張魏公　即張浚。南宋高宗時任樞密院事，主抗金，曾被貶在外。孝宗時復起，封魏國公。⓭傳中功過如何序二句　朱熹與張浚子張南軒關係親密。朱曾撰〈張魏公行狀〉對張浚應負責任的富平之敗、符離之敗的敘述，措詞有所顧慮。⓮朱子　指朱熹。⓯三垂岡　又名三垂山，在今山西長治。⓰英雄立馬起沙陀　英雄，指唐西突厥沙陀族人李克用，曾帶領沙陀人進攻唐末黃巢軍隊，迫使黃巢退出長安。唐朝任李克用為河東節度使。⓱奈此朱梁跋扈何　黃巢軍將領朱溫，降唐，賜名全忠，先併吞各方割據勢力，後殺唐昭宗自稱帝，國號梁，建都汴京。後追尊為梁太祖。朱溫降唐後受黃巢攻擊，向李克用求救。沙陀軍擊敗黃巢，進入汴州城，卻被朱溫襲擊，從此兩人結下深仇。其後朱溫勢力轉強，兩次圍攻太原，李克用被壓制在河東境內。⓲赤手難扶唐社稷　在朱溫滅唐以後，李克用始終不放棄以擁唐的名義，來取得政治上的主動。⓳連城　城邑相連。指李克用擁有河東一帶，封為晉王。⓴風雲帳下奇兒在二句　唐僖宗光啟四年（西元八八八年）李克用破孟立方後，置酒三垂岡，令人奏〈百年歌〉。當時克用長子存勗五歲，在側，克用指著他說：「吾行老矣，此奇兒也。後二十年，其能代我戰於此乎？」後句「猶」，原作「且」。㉑百年歌　即〈百年詩〉，樂府詩的一種。

【語　譯】詠物詩如果沒有寄情託興，便如兒童猜謎一樣。讀史詩如果沒有新的涵義，便成了〈廿一史彈詞〉；雖然也附有議論，但是沒有深長的意味，又好似史贊一派風格：這都不是詩。我最愛常州劉大猷〈岳墓〉云：「如果岳飛在地下遇到于少保，那麼宋徽宗、宋欽宗終究會活著回來的。」羅兩峰詠〈始皇〉云：「秦始皇焚書早埋下了項羽焚燒阿房宮的火種，收繳兵器但遺留下博浪沙狙擊始皇的鐵錘。」周欽來詠〈始皇〉云：「即使在蓬萊山找到長生不老的仙藥不死，那麼也會親眼看見起事的諸侯都殺入函谷關。」松江徐氏女詠〈岳墓〉云：「青山有幸埋葬了岳飛等忠臣的屍骨，但白鐵無辜卻用來澆鑄成秦檜等奸臣的塑像。」都寫得奇妙。尤其雋永的是嚴海珊詠〈張魏公〉云：「張魏公傳記中的功過如何敘述？因為其子南軒的關係而覺得下筆為難。」寫得冷峭蘊藉，恐怕朱子在九泉之下，也會尷尬地笑。

嚴海珊自負其詠古詩為第一，我讀了覺得確實如此。其〈三垂岡〉云：「英雄李克用短時間內崛起於沙陀族，但面對朱溫的驕橫勇猛又有什麼辦法呢？空手難以扶持起唐朝的江山，城邑相連只擁有河東一帶地盤。風雲帳下他的奇兒存勗尚在，鼓角燈前他為衰老而老淚橫流。在蕭瑟的三垂岡下的路上，至今人們還在唱著〈百年歌〉。」

【研　析】此條對讀史詩提出要求：一要有「新義」，有獨到見解，不可老生常談；二要有「雋永之味」，含蓄「蘊藉」，值得咀嚼。如其引證的讀史名句「青山有幸埋忠骨，白鐵無辜鑄佞臣」，流傳至今，即極為新穎深刻，又耐人尋味。

十六

【題解】本條推崇詩之風格如春蘭秋菊，豐富多樣。

人或問余以本朝詩誰為第一，余轉問其人：《三百篇》❶以何首為第一？其人不能答。余曉之曰：詩如天生花卉，春蘭秋菊，各有一時之秀，不容人為軒輊❷。音律風趣，能動人心目者，即為佳詩；無所為第一、第二也。有因其一時偶至而論者，如「不愁明月盡，自有夜珠來」一首，宋居沈上❸，「文章舊價留鸞掖，桃李新陰在鯉庭」一首，楊汝士壓倒元、白❹是也。有總其全局而論者，如唐以李、杜、韓、白❺為大家，宋以歐、蘇、陸、范❻為大家是也。若必專舉一人，以覆蓋一朝，則牡丹為花王，蘭亦為王者之香❼，人于草木，不能評誰為第一，而況詩乎？《隨園詩話》卷三）

【注　釋】❶三百篇　即《詩經》。❷軒輊　車前高後低叫軒，前低後高叫輊。引申為高低、優劣。此處作動詞用。❸不愁明月盡三句　據《唐詩紀事》卷三〈上官昭容〉：唐中宗遊昆明池，命群臣賦詩，由上官婉兒評定。婉兒認為沈佺期、宋之問兩人詩最好。但沈詩落句「微臣雕朽質，羞睹豫章才」，詞氣已衰；宋詩落句「不愁明月盡，自有夜珠來」，筆力仍然健拔：因此評宋居沈之上。❹文章舊價留鸞掖三句　據王定保《唐摭言》：唐寶曆間，大臣楊嗣復之父楊於陵來到長安。嗣復率領門生迎接，並大宴賓客。元稹、白居易、楊汝士等都在座，即席賦詩。汝士詩最後成，元、白看後為之失色。汝士當日大醉回家，說：「今日壓倒元、白矣！」「文章舊價留鸞掖」兩句，是楊詩中警句。鸞掖，鸞臺，即門下省。楊曾為中書舍人。鯉庭，《論語・季氏》載，孔鯉「趨而過庭」，遇見其父孔子，孔子教他學詩、學禮。後「鯉庭」為受父訓之典。❺李杜韓白　即李白、杜甫、韓愈、白居易。❻歐蘇陸范　即歐陽修、蘇軾、陸游、范成大。❼蘭亦為王者之香　據《琴操》：孔子云：「蘭者，當為王者香。」王者，帝王，此喻花中無與倫比者。

【語　譯】有人以本朝詩歌誰為第一問我，我反過來問這個人：《詩經》以哪一首為第一？這個人不能回答。我告訴他說：詩歌如天生的花卉，春天的蘭花與秋天的菊花，各有一時的秀美，不容勉強地區分高下。詩的音律與風趣，能夠打動人的內心，就是好詩；沒有誰為第一、第二。有根據一時偶然的情況而評論的，如「不愁明月會落下，自會有夜明珠來」一首，上官婉兒評宋之問居於沈佺期之上；「楊嗣復的文章還流傳於鸞臺，其門生又一同領受楊嗣復的父教」一首，楊汝士此詩壓倒元稹、白居易，就屬此類。有的總覽其全局而評論的，如唐代以李、杜、韓、白為大家，宋代以歐、蘇、陸、范為大家，就屬此類。如果一定要專門舉出一個人，用來覆蓋一個朝代，那麼就像牡丹是花王，蘭花也有王者之芳香一樣，人對於草木，都不能評誰是第一，何況詩歌呢？

【研析】此詩推重「佳詩」風格的多樣性，「如天生花卉，春蘭秋菊，各有一時之秀，不容人為軒輊」。「佳詩」的標準是「音律風趣，能動人心目者」，或曰「其言動心，其色奪目，其味適口，其音悅耳，便是佳詩」（《隨園詩話補遺》卷二），亦即所謂「『詩可以興』，以其最易感人也」（《隨園詩話》卷十二）。在「感人」的前提下，則允許詩的風格百花齊放，而不必人為地對其比較優劣。清代詩壇有唐宋之爭，於唐宋之詩亦「人為軒輊」。袁枚主張兼融唐宋，並不對唐宋詩總體強分高下；同樣對於唐宋之個別詩人亦不強分「誰為第一」。這正是袁枚論詩的圓通高明之處。

十七

【題解】本條評論王士禛詩之得失。

阮亭《池北偶談》❶笑元、白作詩，未窺盛唐❷門戶。此論甚謬。桑弢父❸譏之云：「大辯才從覺悟餘❹，香山居士老文殊❺。漁洋❻老眼披金屑❼，失卻光明大寶珠。」余按：元、白在唐朝所以能獨豎一幟者，正為其不襲盛唐窠臼❽也。阮亭之意，必欲其描頭畫角❾若明七子❿，而後謂之窺盛唐乎？要知唐之李、杜、韓、白，俱非阮亭所喜。因其名太高，未便詆毀；于少陵亦時有微詞，況元、白乎？阮亭主修飾，不主性情。觀其到一處必有詩，詩中必用典，可以想見其喜怒哀樂之不真矣。

或問：「宋荔裳⑪有『絕代消魂王阮亭』之說，其果然否？」余應之曰：「阮亭先生非女郎，立言當使人敬，使人感且興，不必使人消魂也。然即以消魂論，阮亭之色，亦並非天仙化人⑫，使人心驚者也。不過一良家女，五官端正，吐屬⑬清雅；又能加宮中之膏沐，熏海外之名香，傾動一時，原不為過。其修詞琢句，大概捃摭⑭于大曆十子⑮，宋、元名家，取彼碎金，成我風格，恰不沾沾于盛唐，蹈七子習氣，在本朝自當算一家數。奈歸愚、子遜⑯奉若斗山，璵沙、心餘⑰棄若芻狗⑱：余以為皆過也。」（《隨園詩話》卷三）

【注釋】❶阮亭池北偶談　清詩人王士禛（號阮亭）所著筆記。❷盛唐　一般以開元到大曆為盛唐。❸桑弢父　清學者，名調元，字弢甫（「弢父」之「父」通「甫」），一字伊佐，錢塘（今杭州）人。雍正進士，官工部主事，引疾歸。講學濼陽書院。有《論語說》、《弢甫集》。❹大辯才從覺悟餘　白氏的詩才是從悟通禪理而來的。辯才，佛教語，指義理圓通，言詞流暢。覺悟，佛家語，從世俗的迷惘中醒悟過來。白居易晚年篤信佛教，故云。❺文殊　即文殊師利，佛教菩薩名。❻漁洋　王士禎號漁洋山人。❼老眼披金屑　指眼睛被金屑遮迷，看不清東西。《五燈會元・臨濟義玄禪師》：「金屑雖貴，落眼成翳。」❽窠臼　舊式門上承受轉軸的臼形小坑。比喻陳舊的格調。❾描頭畫角　刻意模仿。❿明七子　指明代前七子李夢陽、何景明等與後七子李攀龍、王世貞等復古格調派。⓫宋荔裳　宋琬，字荔裳，清初詩人。與施潤章齊名，稱為「南施北宋」。有《安雅堂全集》。⓬化人　仙人。⓭吐屬　談吐。⓮捃摭　摘錄。⓯大曆十子　唐詩人盧綸、吉中孚、林翃、錢起、司空曙、苗發、崔峒、耿湋、夏侯審、李端稱為大曆十子。⓰歸愚子遜　歸愚，清格調派代表沈德潛，字歸愚。子遜，清詩人許完鏻，字子遜。⓱璵沙心餘　璵沙，錢琦，號璵沙。心餘，蔣士銓。⓲芻狗　草紮的狗，古人祭祀時的用物，祭後則棄之於地。藉以喻無用之物。《老子》：「天地不仁，以萬物為芻狗。」

【語譯】阮亭先生《池北偶談》譏笑元稹、白居易作詩，沒有看透盛唐詩的門徑。此論很荒謬。桑弢父譏諷他說：「出色的詩才是從悟通禪理而來的，香山居士就如同是文殊師利菩薩。漁洋山人老眼被金屑遮迷，看不見明亮的大寶珠。」我查考：元稹、白居易在唐朝能獨豎一幟的原因，正是因為他們不模仿盛唐詩的陳舊格調。按阮亭先生的意思，一定要他們刻意模仿明七子，這才算是看透盛唐詩的門徑嗎？應該知道唐代的李白、杜甫、韓愈、白居易，都不是阮亭先生所喜愛的。只是因為他們名聲太高，而不便於詆毀；他對於杜甫也時有隱晦的批評，何況元稹、白居易呢？阮亭重視修飾詞句，不重視抒寫性情。看他到一個地方就一定寫詩，詩中一定用典故，可以想見他的喜怒哀樂並不真實。有人問：「宋荔裳有『絕代銷魂王阮亭』的說法，這是真的嗎？」

我回答他說：「阮亭先生不是女郎，立言應當使人尊敬，使人感發且興起，不需要使人銷魂。就是以銷魂來說，阮亭的詞藻並不是像天仙，使人心中驚艷的那種。不過是像一位良家女子，五官還端正，談吐清新文雅；又能塗抹宮中的脂粉，熏海外的名香，能引起了一時的震動，亦不過份。他的修詞琢句，大概從大歷十子中採集，並拾取宋元名家的碎金，鑄成自己的風格，而恰恰沒有學習盛唐詩人，蹈襲明七子習氣，如此在本朝算是自成一家。無奈的是沈歸愚、許子遜奉之若泰斗，錢璵沙、蔣心餘棄之若豬狗：我認為這都過份了。」

【研析】此條批評王士禛，可與前面有關條目相參照。吳喬曾譏王士禛是「清秀李于鱗」（〈答萬季埜詩問〉），即與明後七子李攀龍（字于鱗）同為模擬盛唐的復古者，只是王模擬王孟「清秀」一格而已。袁枚批評王「主修飾，不主性情」，雖然言之過苛，但未嘗不道出了王某些詩的弊病，即「沾沾于盛唐，蹈七子習氣」。袁枚論詩主性靈，反對模擬復古，因此對王士禛的評價始終留有餘地。

十八

【題解】本條倡言詩歌藝術表現要適當，不可走極端。

詩雖奇偉，而不能揉磨入細，未免粗才。詩雖幽俊，而不能展拓開張，終窘❶邊幅❷。有作用❸人，放之則彌六合❹，收之則斂方寸❺，巨刃摩天❻，金針刺繡❼，一以貫之❽者也。諸葛躬耕草廬，忽然統師六出❾；蘄王中興首將，竟能跨驢西湖❿：聖人「用行舍藏」⓫，可伸可屈，于詩亦可一貫。書家北海如象，不及右軍如龍⓬，亦此意耳。余嘗規蔣心餘⓭云：「子氣壓九州矣；然能大而不能小，能放而不能斂，能剛而不能柔。」心餘折服曰：「吾今日始得真師。」其虛心如此。（《隨園詩話》卷三）

【注釋】❶窘　狹隘。❷邊幅　原指織物的幅面寬度。這裡借指詩文意境的深廣度。《新唐書》：「張九齡如輕縑素練，實濟時用，而窘邊幅。」❸作用　努力用心。❹彌六合　充塞天地四方。❺斂方寸　收縮於一寸見方之地。❻巨刃摩天　比喻風格雄勁。語出韓愈〈調張籍〉：「巨刃磨天揚。」❼金針刺繡　比喻風格纖巧。化用元好問〈論詩〉之三「鴛鴦繡了從教看，莫把金針度與人」語。❽一以貫之　用一個根本性的事理貫通事情的始末。《論語・里仁》：「子曰：『參乎！吾道一以貫之。』」❾諸葛躬耕草廬二句　三國時蜀國諸葛亮原來躬耕於南陽草廬，後來輔佐劉備及其子，為了統一中國，曾六次出師祁山進攻魏國。❿蘄王中興首將二句　宋代中興名將蘄王韓世忠力抗金兵；但自岳飛被害，和議成功以後，杜門謝客，口不言兵，常跨驢攜酒，縱遊西湖以自樂。⓫用行舍藏　《論語・述而》：「用之則行，舍之則藏。」用，被任用。行，出仕。舍，不被任用。藏，退隱。⑫書家北海如象二句　「右軍如龍，北海如象」，董其昌〈跋李北海縉雲三帖〉中語。北海，唐名書法家李邕，官北海太守。象，比喻字體的凝重、穩當。右軍，晉名書法家王羲之，官右軍將軍。龍，比喻字體的夭矯多變。⑬蔣心餘　蔣士銓，字心餘。

【語　譯】詩歌雖然要奇特壯美，但不能琢磨達到細膩，未免還是粗俗之才。詩歌雖然要幽深俊逸，但不能開闊恢宏，終究意境狹窄。用心寫作的詩人，開放時則氣勢充塞天地四方，收縮時則收斂在方寸之地，既像巨刃摩天，又似金針刺繡，這是貫通創作始末的真諦。諸葛亮原來躬耕於南陽草廬，後來卻六次出師祁山進攻魏國；蘄王韓世忠原是中興名將，晚年竟能跨驢攜酒，縱遊西湖：孔聖人所謂「被任用則出仕，不被任用就退隱」，可伸可屈，此理於詩也可貫穿創作始末。書法家李北海書法如大象般穩重，卻不及王右軍書法如蛟龍般多變，也是這個意思。我曾規勸蔣心餘說：「你的詩歌氣勢可壓九州；但是能大而不能小，能開放而不能收斂，能陽剛而不能陰柔。」蔣心餘聽後表示折服說：「我今天才得到真正的老師。」其虛心如此。

【研　析】此條講詩歌創作的表現應多變、恰當，即詩要能大能小，能放能斂，能剛能柔。其目的是反對一味「奇偉」之「粗才」不能「揉磨入細」。蓋詩過粗，過剛，難以深入人心，難以達到「感人」的效果。為論證此理，以諸葛亮與韓世忠之「用行舍藏」的人生，及「書家北海如象，不及右軍如龍」的書法特點為喻，出人意外，奇特新穎。

十九

【題解】本條強調「識」在詩歌創作中的重要。

諺云：「死棋腹中有仙著❶。」此言最有理。余平生得此益，不一而足：要之，能從人而不徇人❷，方妙。樂取于人以為善，聖人也；無稽之言勿聽❸，亦聖人也。作史三長：才、學、識，缺一不可。余謂詩亦如之，而識最為先；非識，則才與學俱誤用矣。北朝徐遵明❹指其心曰：「吾今而知真師之所在。」其識之謂歟？（《隨園詩話》卷三）

【注釋】❶死棋腹中有仙著　喻心有奇計可挽救敗局。翟灝《通俗編・識餘》：「死棋肚裡有仙著，強將手下無弱兵。」❷不徇人　不曲從他人。❸無稽之言勿聽　沒有根據的話不聽。語出《書・大語謨》：「無稽之言勿聽」。❹北朝徐遵明　徐遵明，字子判，北朝後魏華陰（今陝西渭南）人，經學家。據《魏書》徐遵明傳，徐少孤，好學。數次投師都不卒業而去，指其心曰：「吾今知真師之所在矣！」於是苦讀深思，六年不出門院，後來博通諸經。

【語　譯】諺語說：「遇到死棋而心裡有挽救敗局的奇招。」此言最有道理。我平生得到此益處，不是一次兩次；重要的是能聽從人家的建議，但不屈從他人的看法，這樣才好。樂於聽取別人的意見認為是對的，這是聖人；沒有根據的話不聽，也是聖人。寫作歷史有三個條件：才、學、識，缺一不可。我說作詩也像這樣，但識見最為首要；沒有識見，那麼才能與學問都將誤用。北朝徐遵明曾指著其心口說：「我今天才知道真師在什麼地方！」他是在說識見吧？

【研　析】作詩如作史，「才、學、識，缺一不可」，「而識最為先；非識，則才與學俱誤用矣」，此乃承襲唐代史學家劉知幾的觀點。所謂「識」即「不徇人」，有獨到的見解，獨立的人格。此乃從性靈說之個性論角度立論。袁枚又說過「作詩如作史也，才、學、識三者宜兼，而才為尤先」，「詩人無才不能役典籍，運心靈，才之不可已也如是夫！」（〈蔣心餘藏園詩序〉）又似與此條詩論相悖。蓋此是從性靈說之詩才論角度立論也，出發點不同，故側重點亦相異。

二十

【題　解】本條表明了作者對女性纏足的態度。

杭州趙鈞臺買妾蘇州。有李姓女，貌佳而足欠裹。趙曰：「似此風姿，可惜土重。」土重者，杭州諺語：腳大也。媒嫗曰：「李女能詩，可以面試。」趙欲戲之，即以「弓鞋❶」命題。女即書云：「三寸弓鞋自古無，觀音大士❷赤雙趺❸。不知裹足從何起，起自人間賤丈夫！」趙悚然❹而退。（《隨園詩話》卷四）

【注釋】❶弓鞋　舊時纏足婦女穿的鞋。此詩後收黃秩模編《國朝閨秀柳絮集》。作者為江蘇李氏。❷觀音大士　佛教菩薩名。❸趺　腳。❹悚然　恐懼貌。

【語譯】杭州人趙鈞臺到蘇州買小妾。有位姓李的女子，相貌不錯但腳纏裹得不夠。趙說：「似這樣的風姿是不錯，可惜土重。」土重，是杭州諺語：腳大。媒婆說：「李女會作詩，可以當面試試。」趙想調戲李女，就以「弓鞋」命題。李女當即寫道：「三寸弓鞋自古是沒有的，觀音大士也是赤著雙腳的。不知道裹足從哪兒開始的，大概起自人間的賤男人！」趙嚇得趕緊告退。

【研析】纏足是封建社會對婦女的嚴重傷害，卻成為風氣，並造就了以殘缺為美的扭曲審美觀。李姓女沒有受此惡習影響，雙足基本保持了原樣，難能可貴。而面對趙氏的無恥挑釁，更以其不凡的詩才賦詩斥之為「人間賤丈夫」，可謂痛快淋漓。袁枚雖未發一句評論，但其褒貶不言而喻，而且於趙氏頗有幸災樂禍之意。

二十一

【題解】本條批評翁方綱以考據為詩的風氣。

人有滿腔書卷，無處張皇❶，當為考據之學，自成一家；其次，則駢體文，儘可鋪排。何必借詩為賣弄？自《三百篇》至今日，凡詩之傳者，都是性靈❷，不關堆垛❸。惟李義山❹詩，稍多典故；然皆用才情驅使，不專砌填也。余續司空表聖《詩品》❺，第三首便曰〈博習〉❻，言詩之必根于學，所謂「不從糟粕❼，安得精英❽」是也。近見作詩者，全仗糟粕，瑣碎零星，如剃僧髮，如拆襪線，句句加註，是將詩當考據作矣。慮吾說之害之也，故續元遺山〈論詩〉❾，末一首云：「天涯有客❿號詅癡⓫，誤把抄書當作詩。抄到鍾嶸《詩品》⓬日，該他知道性靈時。」（《隨園詩話》卷五）

【注　釋】❶張皇　炫耀；顯揚。唐韓愈〈進學解〉：「補苴罅漏，張皇幽渺。」❷性靈　性情與靈機。袁枚〈錢璵沙先生詩序〉：「今人浮慕詩名而強為之，既離性情，又乏靈機。」❸堆垛　指堆砌典故。❹李義山　唐詩人李商隱，字義山。❺余續司空表聖詩品　唐司空圖，字表聖。著有《詩品》一卷，論列詩的風格，分為「雄渾」、「沖淡」等二十四品。袁枚作〈續詩品〉，小序云：「余愛司空表聖《詩品》，而惜其只標妙境，未寫苦心，為若干首續之。」❻博習　全文見七十二頁。❼糟粕　酒渣，喻事物粗劣無用的部分。但這裡指書籍。《莊子・天道》，輪扁認為聖人已死，桓公所讀只是「古人之糟魄（粕）」。❽精英　即精華。❾元遺山論詩　元好問（遺山）有〈論詩三十首〉。❿客　此為對人客氣的稱呼。實指翁方綱。⓫詅癡　古代方言，稱沒有才學而好誇耀的人為「詅癡符」。此實指翁方綱。⓬鍾嶸詩品　南朝梁鍾嶸著有《詩品》三卷。主張詩吟詠性情，表現自然，反對專用典故、專講聲律。與袁枚性靈說有相同之處。

【語　譯】人有滿腔的書卷，沒地方炫耀，應當去做考據的學問，可以自成一家；其次，就去作駢體文，盡可以去鋪排典故。何必借寫詩賣弄學問？自《詩經》至今日，凡是詩歌作品能流傳下來的，都是抒寫性情與靈機，與堆砌典故無關。只有李義山詩，典故稍微多些；但都運用才情，不是專門堆砌填塞。我續作司空表聖《詩品》，第三首便是〈博習〉，說詩歌一定要以學問為根柢，所謂「不跟隨糟粕，從哪裡得到精華」就是這個意思。近來看見作詩的人，全靠糟粕，瑣碎零星，如剃和尚的頭髮，如拆襪子的線頭，句句詩都加注釋，這是把詩當作考據了。擔心我的說法傷害了他們，所以續作元遺山〈論詩〉，最後一首說：「天涯有客號為詅癡符，錯誤地把抄書當作詩了。如果抄到鍾嶸《詩品》的日子，該是他知道什麼是性靈的時候了。」

【研　析】乾嘉時期漢學考據之風盛行，乃有翁方綱等一批考據家、經學家大張「學人之詩」旗幟。

他們「以學為詩」，則與性靈說所標舉的真情、個性、詩才無關，「所謂學人之詩，讀之令人不歡」（《隨園詩話》卷四），無詩味可言。因此袁枚譏諷其「當為考據之學」，無須「借詩為賣弄」。袁枚正面揭櫫的是：「自《三百篇》至今日，凡詩之傳者，都是性靈，不關堆垛。」並引其〈續詩品・博習〉與仿元遺山〈論詩〉絕句，予以充分論證。袁枚雖然反對以學為詩，但並不排斥「詩之必根于學」，詩人要有學問素養，亦不完全否定用典故，於用典主張「用才情驅使」，為才情服務，而且要如鹽著水，不見堆垛、砌填痕跡。袁枚詩論之圓通由此可見一斑。

二十二

【題　解】本條批評詩壇各派的弊病。

抱韓、杜❶以凌人，而粗腳笨手者，謂之權門託足❷。仿王、孟❸以矜高❹，而半吞半吐者，謂之貧賤驕人。開口言盛唐及好用古人韻者，謂之木偶演戲。故意走宋人冷徑❺者，謂之乞兒搬家。好疊韻❻、次韻❼，刺刺不休❽者，謂之村婆絮談。一字一句，自註來歷者，謂之骨董❾開

店ㄉㄧㄢˋ。（《隨園詩話》卷五）

【注　釋】❶韓杜　唐詩人韓愈、杜甫。❷託足　託身；立足。❸王孟　唐詩人王維、孟浩然。❹矜高　高傲自大。❺宋人冷徑　此指作詩用宋代冷僻的典故材料。❻疊韻　此指賦詩重用前韻。❼次韻　亦稱步韻，和詩的一種方式，就是依次用原韻、原字按原次序相和。❽刺刺不休　話很多的樣子。❾骨董　即古董。原指古器物，此指買賣、鑒賞古玩的人。

【語　譯】抱著韓愈、杜甫以勢壓人，但粗腳笨手者，可說是託身於豪門。模仿王維、孟浩然以高傲自大，但半吞半吐者，可說是以貧賤傲視他人。開口就說盛唐詩以及好用古人韻者，可說是木偶演戲。作詩故意用宋代冷僻的典故材料者，可說是乞丐搬家。好疊韻、次韻，話很多者，可說是鄉村老婦嘮嘮叨叨地閒扯。詩的一字一句，都自己注釋來歷者，可說是買賣古玩的人開店。

【研　析】此條以生動通俗的比喻為清代詩壇各派與各類詩人畫漫畫：「權門託足」喻宗唐詩人，「貧賤驕人」喻神韻派詩，「木偶演戲」喻格調派詩，「乞兒搬家」喻浙派詩，「村婆絮談」喻摹擬古人聲律者，「骨董開店」喻以考據為詩的肌理派。真乃妙語解頤，又發人深思。

二十三

【題　解】本條倡導詩歌風格的多樣性。

詩人家數❶甚多，不可硜硜然❷域❸一先生之言，自以為是，而妄薄前人。須知王、孟❹清幽，豈可施諸邊塞？杜、韓❺排奡❻，未便播之管絃。沈、宋❼莊重，到山野則俗。盧仝❽險怪，登廟堂則野。韋、柳❾雋逸，不宜長篇。蘇、黃❿瘦硬，短於言情。悱惻芬芳⓫，非溫、李、冬郎⓬不可。屬詞比事⓭，非元、白、梅村⓮不可。古人各成一家，業已傳名而去。後人不得不兼綜條貫，相題行事。雖才力筆性，各有所宜，未容勉強；然寧藏拙⓯而不為則可，若護其所短，而反譏人之所長，則不可。所謂以宮笑角⓰、以白詆青者，謂之陋儒。范蔚宗⓱云：「人識同體⓲之善，而忘異量⓳之美。此大病也。」蔣苕生⓴太史㉑題《隨園集》云：「古來只此筆數枝㉒，怪哉公㉓以一手持。」余雖不能當此言，而私心竊向往之。（《隨園詩話》卷五）

【注　釋】❶家數　風格流派。❷硜硜然　淺陋固執。❸域　局限。❹王孟　唐詩人王維、孟浩然。❺杜韓　唐詩人杜甫、韓愈。❻排奡　矯健有力。❼沈宋　唐詩人沈佺期、宋之問。❽盧仝　唐詩人。❾韋柳　唐詩人韋應物、柳宗元。❿蘇黃　宋詩人蘇軾、黃庭堅。⓫悱惻芬芳　憂思抑鬱而令人感動。裴子野〈雕蟲論〉：「若悱惻芬芳，楚騷為之祖。」⓬溫李冬郎　唐詩人溫庭筠、李商隱、韓偓。⓭屬詞比事　連綴詞句，排比史實。語出《禮記．經解》。⓮元白梅村　唐詩人元稹、白居易，清詩人吳偉業（號梅村）。⓯藏拙　掩藏拙劣。⓰以宮笑角　以宮音譏笑角音。宮、角，古代五聲音階的第一音級、第三音級。⓱范蔚宗　名曄，南朝宋頃陽（今河南鄧縣）人。《後漢書》的作者。⓲同體　同一形體。此指相同的風格。⓳異量　不同規格。此指不同風格。⓴蔣苕生　蔣士銓字心餘，一字苕生。㉑太史　翰林院屬官。㉒筆數枝　指代多種風格。㉓公　指袁枚。

【語　譯】詩人的風格流派很多，不可以淺陋固執地局限於一位文人學者之言，自以為是，而隨便地菲薄前人。要知道王維、孟浩然詩的清幽，怎可施加在邊塞詩上？杜甫、韓愈詩的矯健有力，不適合用管絃樂器演奏。沈佺期、宋之問詩的莊重，放到民間就變得俗氣。盧仝詩的險怪，進入朝廷就變得粗野。韋應物、柳宗元詩的俊秀飄逸，不適宜作長篇。蘇軾、黃庭堅詩的瘦硬，不擅長言情。憂思抑鬱而令人感動的詩，非溫庭筠、李商隱、韓偓不可。連綴詞句，排比史實的詩，非元稹、白居易、吳偉業不可。古代詩人各成一家，已經傳名而離去。後來的人不能不綜合條理，看題下筆。雖然才力筆調，各有所適宜的，不容勉強；但是藏拙而不為是可以的，如果掩蓋自己的短處，反而譏諷他人的長處，就不可以。所謂用宮音譏笑角音，用白色詆毀青色，可稱其為見識淺陋的儒生。范蔚宗說：「人往往知道同一形體的好，而不知道不同規格的美。這是大毛病。」蔣苕生太史題《隨園集》云：「自古以來只有這幾種風格，奇異的是您一手都掌握了。」我雖然不能承當此言，但私下裡暗暗嚮往。

【研　析】此條列舉唐宋與清詩壇大家各自擅長的藝術風格，如「清幽」、「排奡」、「莊重」、「險怪」、

「雋逸」、「瘦硬」、「悱惻芬芳」、「屬詞比事」，概括準確，亦具有典型意義，而且既點出其「家數」之長，亦揭示其家數之短。後人面對古人之「家數甚多」的多元藝術格局，不可盲目摹擬，而應「相題行事」，根據自己的「才力筆性」有所選擇，「未容勉強」，若不「藏拙」，難免貽笑大方。而且對自己不喜歡的「家數」要持寬容態度，不可「忘異量之美」。揚長避短，不排斥他人，才能構築萬紫千紅的詩苑。

二十四

【題 解】本條批評宋代王安石。

王荊公❶作文，落筆便古；王荊公論詩，開口便錯。何也？文忌平衍❷，而公天性拗執❸，故琢句選詞，迥不猶人。詩貴溫柔❹，而公性情刻酷❺，故鑿險縋幽❻，自墮魔障❼。其平生最得意句云：「青山捫虱坐，黃鳥挾書眠。」❽余以為首句是乞兒向陽，次句是村童逃學。然荊公恰有佳句，如：「近無船舫猶聞笛，遠有樓臺只見燈。」❾可謂生平傑作

矣。（《隨園詩話》卷六）

【注　釋】❶王荊公　王安石（西元一〇二一－一〇八六年），字介甫，晚號半山，臨川（今江西撫州）人。宋神宗時任宰相，封荊國公。有《臨川集》。散文為唐宋八大家之一。所作詩「既能險絕，復歸平正」（孫過庭語）。❷平衍　平鋪直敘，缺少變化。❸拗執　固執倔強。❹溫柔　溫和柔順。❺刻酷　苛刻、嚴酷。❻鑿險縋幽　比喻追求峻險幽奇的藝術境界。❼魔障　佛教語。指修身成事的障礙、磨難。❽青山捫虱坐二句　引詩為斷句，見宋葉夢得《石林詩話》。❾近無船舫猶聞笛二句　見〈次韻平甫金山會宿寄親友〉。

【語　譯】王荊公作文，落筆便古板；王荊公論詩，開口便錯誤。為什麼呢？文章忌諱平鋪直敘，缺少變化，而荊公天性固執倔強，所以雕琢挑選詞句，與他人大不相同。詩歌貴在溫和柔順，但荊公性情苛刻嚴酷，所以要追求峻險幽奇的藝術境界，結果使自己墮入魔障。他平生最得意的詩句云：「面對青山摸著蝨子而坐，聽著黃鳥啼鳴挾著書卷睡著了。」我認為首句是乞丐曬太陽，次句是村童逃學。但荊公卻有佳句，如：「附近沒有船舫仍聽到笛聲，遠處有樓臺但只看見燈火。」可以說是其平生的傑作了。

【研　析】袁枚論詩，主細反粗，主柔反硬。故王荊公詩不為其習好。袁枚於文反對「平衍」，所以對王作文「迥不猶人」則予一定的肯定，對王詩亦不一筆抹殺，因其「佳句」境界含蓄，耐人咀嚼，啟發人想像，所以譽為「生平傑作」。

二十五

【題解】本條稱詩言情難，寫感人之作不易。

凡作詩，寫景易，言情難。何也？景從外來，目之所觸，留心便得；情從心出，非有一種芬芳悱惻❶之懷，便不能哀感頑豔❷。然亦各人性之所近：杜甫長于言情，太白不能也；永叔❸長于言情，子瞻❹不能也。王介甫❺、曾子固❻偶作小歌詞❼，讀者笑倒，亦天性少情之故。（《隨園詩話》卷六）

【注釋】❶芬芳悱惻　語出裴子野〈雕蟲論〉：「若悱惻芬芳，楚騷為之祖。」芬芳，比喻美好的德行。悱惻，憂思抑鬱。❷哀感頑豔　內容悲傷，文詞豔麗。❸永叔　宋文學家歐陽修，字永叔。❹子瞻　宋文學家蘇軾，字子瞻。❺王介甫　宋文學家王安石，字介甫。❻曾子固　宋古文家曾鞏，字子固。❼小歌詞　按譜填寫的短篇歌詞。

【語譯】凡是作詩，寫景容易，抒情艱難。為什麼呢？景致從外面來，是目光所接觸的，留心就會得到；感情從內心出來，不是有一種憂思抑鬱與美好的情懷，就不能內容悲傷而文詞豔麗。但也要看各人性情所接近的文風：杜甫擅長抒情，李太白不能；永叔擅長抒情，子瞻不能。王介甫、曾子固偶爾作小歌詞，讀者會笑倒，也是天性少情的緣故。

【研析】「寫景易，言情難」，道出詩歌創作真諦。因為景是客觀存在，隨時可描摹。而情是主觀意識，藏在心中，並非時時具備，而且亦並非任何性情都能感人，惟有「芬芳悱惻之懷」，即抑鬱動人之情化為詩才能「哀感頑豔」。而且寫情與人天性有關，「天性少情」或不易動情者亦難有感人之作。

二十六

【題解】本條強調詩以出新意、去陳言為首要。

司空表聖❶論詩，貴得味外味❷。余謂今之作詩者，味內味❸尚不能得，況味外味乎？要之，以出新意、去陳言，為第一著。〈鄉黨〉云：「祭肉❹不出三日；出三日，則不食之矣。」能詩者，其勿為三日後之祭肉乎！（《隨園詩話》卷六）

【注釋】❶司空表聖　唐司空圖，字表聖。著《詩品》。❷味外味　蘇軾《志林》：「司空表聖自論其詩，以為得味外味。」指詩文言辭之外的意境、情味。❸味內味　針對「味外味」而言。指詩文言辭本身表現的意境、情味。❹祭肉　古代祭祀供奉之肉。上引文見《論語》。

【語譯】司空表聖論詩，認為要崇尚味外味。我認為今天作詩的人，味內味還不能做到，何況味外味呢？要之，詩以表達新意、去掉陳言，為第一著。〈鄉黨〉云：「祭祀供奉之肉不能超過三天；超過三天，就不能吃了。」能寫詩的人，不要做超過三天的祭肉啊！

【研析】「味外味」是詩歌的魅力所在，具備「言有盡而意無窮」的審美效果。詩要有「味外味」，必須「出新意、去陳言」，即立意要新，文辭亦要新，陸機〈文賦〉所謂「謝朝華於已披，啟夕秀於未振」，果蔬、祭肉新鮮才有滋味，詩歌亦不例外。所以新鮮有味乃性靈說的要旨之一。

二十七

【題解】本條反對詩堆砌典故，主張以意為主。

「博士賣驢，書券三紙，不見『驢』字。」❶此古人笑好用典者之語。余以為：用典如陳設古玩，各有攸宜❷：或宜堂，或宜室，或宜書舍，或宜山齋❸；竟有明窗淨几，以絕無一物為佳者，孔子所謂「繪事後素」❹也。世家大族，夷庭高堂❺，不得已而隨意橫陳，愈昭名貴。暴富兒自誇其富，非所宜設而設之，置械窬❻于大門，設尊罍❼于臥寢：徒招人笑。吳西林❽云：「詩以意為主，以辭采為奴婢。苟無意思作主，則主弱奴強；雖僮指❾千人，喚之不動。古人所謂詩言志❿，情生文，文生韻，此一定之理。今人好用典，是無志而言詩；好疊韻⓫，是因韻而生文；好和韻⓬，是因文而生情。兒童鬥草，雖多亦奚⓭以為？」（《隨園詩話》卷六）

【注釋】❶博士賣驢三句　語見《顏氏家訓・勉學》。指作文堆砌典故，廢話連篇。博士，學官名。書券，書寫契約。❷攸宜　所宜。❸山齋　山中居室。❹繪事後素　語見《論語・八佾》。繪畫之事後於素，即繪畫先要有純白的底色，然後加上色彩。❺夷庭高堂　平正的華屋。❻械窬　便桶。❼尊罍　酒器。❽吳西林　吳穎芳，字西林，號樹虛，仁和（今浙江杭州）人。清代音韻學家。❾僮指　僮僕；奴婢。❿詩言志　詩歌是表達人的志意的。語見《尚書・堯典》。⓫疊韻　依照自己前詩的韻腳作詩。⓬和韻　依照別人詩的韻腳作詩。⓭奚　何。

【語　譯】「博士賣驢，寫了三張紙的契約，不見『驢』字。」這是古人取笑喜歡用典故者的話。我以為，用典如同陳設古玩，各有所適合的：有的適合廳堂，有的適合居室，有的適合書房，有的適合山齋；竟然還有明窗淨几，以全然沒有一物為佳的，即孔子所謂「繪畫之事後於素」。世家大族，平正的華屋，無可奈何而隨意橫躺著，愈加顯示出名貴。暴發戶自誇其富裕，不適合設置的東西卻亂設置，把便桶放在大門口，把酒器放在臥室：只是招人嘲笑。吳西林說：「詩以意思為主人，以詞采為奴婢。如果沒有意思做主人，那麼主弱奴強；即使有僮僕千人，也使喚不動。」古人所謂詩言志，情生文，文生韻，這是必然的道理。現在人好用典故，這是沒有情志而作詩；好疊韻，這是因韻而生文；好和韻，這是因文而生情。如同兒童鬥草玩耍，即使草很多，又用它們來做什麼呢？」

【研　析】此條以「陳設古玩」比喻用典之道，甚是有趣。用典貴在恰當，用得恰到好處，有時甚至「以絕無一物為佳」，即不用典更佳。用典忌諱的是非所宜而用，如同於大門處置馬桶，在臥室裡放甕罐，徒招人笑。關鍵在於「詩以意為主，以辭采為奴婢」，或如袁枚自己所說：「意似主人，辭如奴婢。主弱奴強，呼之不至。」（〈續詩品・崇意〉）意即詩人的情志，是「主人」；典故辭采是為抒寫情志服務的，是「奴婢」。如果只是「好用典」，而不能表現情志，則「喧奴奪主」，無詩可言矣，「雖多亦奚以為」！

二十八

【題解】本條表明反對詩分唐、宋的看法。

詩分唐、宋，至今人猶恪守。不知詩者，人之性情；唐、宋者，帝王之國號。人之性情，豈因國號而轉移哉？亦猶道者人人共由之路，而宋儒❶必以道統❷自居，謂宋以前直至孟子，此外無一人知道者。吾誰欺？欺天乎？七子❸以盛唐自命，謂唐以後無詩，即宋儒習氣語。倘有好事者，學其附會❹，則宋、元、明三朝，亦何嘗無初、盛、中、晚之可分乎？節外生枝，頃刻一波又起。《莊子》曰：「辨生于末學。」❺此之謂也。（《隨園詩話》卷六）

【注釋】❶宋儒　宋代理學家。❷道統　宋明理學家稱儒家學術思想系統。❸七子　明代前七子李夢陽、何景明等與後七子李攀龍、王世貞等，鼓吹「詩規盛唐」。❹附會　生拉硬扯，把兩種沒關係的事聯繫在一起。❺辨

生于末學　引文見韓愈〈讀墨子〉，今《莊子》未見。辨，通「辯」。爭論。末學，沒有根基的學識。

【語　譯】詩歌界分唐代與宋代，至今人們還在恪守。不知道詩歌是人的性情；唐、宋是帝王的國號。人的性情，豈能因國號不同而轉移嗎？也像道是人人共同經過的路，但宋儒必以承擔道統自居，認為宋代以前直至孟子，此外沒有一個人了解道的。我欺騙誰，欺騙老天嗎？明七子以詩規盛唐自命，說唐代以後沒有詩，就是宋儒習氣的話。如果有喜歡生事的人，學習他們生拉硬扯，那麼宋、元、明三朝，也何嘗沒有初、盛、中、晚可以界分呢？節外生枝，頃刻間一波又興起。《莊子》說：「爭辯生於沒有根基的學識。」就是說這個。

【研　析】自南宋以來，唐宋詩之爭一直延續不斷，至清代尤其激烈。袁枚反對唐宋之爭，而主張唐宋兼容，論詩不以朝代為標準，而以詩工拙為準的。明七子與清沈德潛格調派，片面推崇盛唐，而貶斥宋詩，即是按朝代論詩的代表。袁枚云：「詩者，人之性情；唐、宋者，帝王之國號。人之性情，豈因國號而轉移哉？」可謂誅心之論。

二十九

【題　解】本條認為作詩必須有個性特點。

為人，不可以有我❶，有我則自恃很用❷之病多；孔子所以「無固」、

「無我」❸也。作詩，不可以無我，無我則剿襲❹敷衍❺之弊大；韓昌黎❻所以「惟古于詞必己出❼」也。北魏祖瑩❽云：「文章當自出機杼，成一家風骨，不可寄人籬下❾。」（《隨園詩話》卷七）

【注釋】❶有我　此指品行方面缺點，自以為是，強調自我。❷自恃佷用　自負、剛愎自用。❸無固無我　《四書蒙引》：「子絕四」：「而夫子則無意，無必，無固，無我。」無固，不固執。無我，沒有自我。❹剿襲　剽竊他人言說為己用。❺敷衍　鋪陳發揮。❻韓昌黎　唐文學家韓愈。祖籍河北昌黎，世稱韓昌黎。❼惟古于詞必己出　見於韓愈〈南陽樊紹述墓誌銘〉：「惟古于詞必己出，降而不能乃剽賊。」❽祖瑩　字符珍，北魏范陽人。累遷車騎大將軍。以文學見重於當時。❾文章當自出機杼三句　原文見於《魏書・祖瑩傳》：「文章須自出機杼，成一家風骨，何能共人同生活也。」引文與原文有出入。自出機杼，比喻寫文章要有自己獨創構思與風格。機杼，本指織布機上的筘，織布時每條經線都要從筘齒間穿過，比喻心思、心意。寄人籬下，比喻依附別人。

【語譯】做人處世接物，不可以強調自我，強調自我則自負、剛愎自用的毛病就多；這是孔子所以要「不固執」、「沒有自我」的原因。作詩，不可以沒有個性，沒有個性就會剽竊他人言說為己用、鋪陳發揮的弊端大；這是韓愈所以認為「唯有古人的寫作文詞必定從自己的構思裡創作出來」的原因。北魏祖瑩也說：「文章要有自己獨創的構思與風格，成就獨特的一家風格，不可依附別人。」

【研　析】做人，不可以「有我」，否則容易剛愎自用；作詩則必須有我，否則模擬抄襲，毫無出息。因為作詩乃藝術創造，創造必須要有所發現，有所前進，獨樹一幟，獨具風骨。此乃性靈說個性論的重要思想。此條為申明意旨，廣徵博引，論據充足，頗有說服力。

三十

【題　解】本條分析「作詩必此詩」與「不是此詩」的關係。

東坡云：「作詩必此詩，定知非詩人。」❶此言最妙。然須知作此詩而竟不是此詩，則尤非詩人矣。其妙處總在旁見側出，吸取題神；不是此詩，恰是此詩。古梅花詩佳者多矣！馮鈍吟❷云：「羨他清絕西溪水，才得冰開便照君。」真前人所未有。余詠〈蘆花〉詩，頗刻劃矣。劉霞裳❸云：「知否楊花翻羨汝，一生從不識春愁。」余不覺失色。金壽門❹畫杏花一枝，題云：「香驄❺紅雨上林❻街，墻內枝從墻外開。惟有杏花❼真得意，三年又見狀元來。」詠梅而思至于冰，詠蘆花而思至

于楊花，詠杏花而思至于狀元：皆從天外❽落想❾，焉得不佳？（《隨園詩話》卷七）

【注釋】❶作詩必此詩二句　見蘇軾〈書鄢陵王主簿所畫折枝〉。❷馮鈍吟　馮班（西元一六〇二—一六七一年），字定遠，晚號鈍吟老人，常熟（今屬江蘇）人。工詩文、書法，論詩有卓見。著有《鈍吟雜錄》。❸劉霞裳　袁枚弟子。❹金壽門　金農（西元一六八七—一七六四年），字壽門，號冬心，錢塘（今浙江杭州）人。清書畫家，屬揚州八怪。❺香驄　驄馬的美稱。驄，青白色相雜的馬。❻上林　古宮苑名。❼杏花　據《唐摭言》：唐朝新進士在宮苑杏園舉辦宴會。❽天外　極遠處。此指意想不到處。❾落想　構思。

【語譯】蘇東坡說：「作詩只是表達了此詩的意思，就知道作詩者一定不是詩人。」此言最妙。但是要知道作此詩而竟不能表達出此詩的意思，那麼作詩者尤其不是詩人了。詩的妙處總在於從不同的角度和側面表現意境，吸取詩題的精神；做到好像不是此詩，但恰好是此詩。古代梅花詩好詩很多。馮鈍吟云：「豔羨那清絕的西溪水，才化了冰就照見你梅花。」真是前人所沒有的。我詠〈蘆花〉詩，很是描摹。劉霞裳云：「知道楊花反而羨慕你嗎？你一生從不知道春愁。」我不覺因羞愧而變了臉色。金壽門畫了一枝杏花，題詩云：「驄馬走在鋪滿杏花的宮苑路上，牆內的杏花開出了牆外。只有杏花真是得意，過了三年又看見狀元騎馬來。」詠梅而思緒想到冰，詠蘆花而思緒想到楊花，詠杏花而思緒想到狀元：都是從意想不到處構思，怎能不佳妙？

【研析】袁枚對蘇軾「作詩必此詩，定知非詩人」之說，進行了闡釋補充，更加辯證圓通。袁枚認為作詩首先還應該「是此詩」，「吸取題神」，符合題意，此為前提；其次則「旁見側出」，借題發揮引申，以達到「不是此詩，恰是此詩」的境地。其所引證諸詩，「詠梅而思至于冰，詠蘆花而思至于楊花，詠杏花而思至于狀元：皆從天外落想」，正屬於「不是此詩，恰是此詩」的佳什，可使人浮想聯翩，得「味外味」。

三十一

【題解】本條闡釋詩的「真」與「雅」。

詩難其真也，有性情而後真；否則敷衍❶成文矣。詩難其雅也，有學問而後雅；否則俚鄙❷率意矣。太白「斗酒詩百篇」❸，東坡「嬉笑怒罵，皆成文章」❹：不過一時興到語，不可以詞害意。若認以為真，則兩家之集，宜塞破屋子；而何以僅存若干？且可精選者，亦不過十之五六。人安得恃才而自放乎？惟❺穈❻惟芑❼，美穀也，而必加舂揄❽揚簸；赤堇❾之銅，良金❿也，而必加千辟萬灌⓫之鑄。（《隨園詩話》卷七）

【注　釋】❶敷衍　鋪陳發揮。❷俚鄙　粗俗。❸太白斗酒詩百篇　杜甫〈飲中八仙歌〉：「李白斗酒詩百篇」。❹嬉笑怒罵二句　黃庭堅〈東坡先生真贊〉：「東坡之酒，赤壁之笛，嬉笑怒罵，皆成文章。」❺惟助詞。❻穈　黍。❼芑　粱。❽舂揄　指舂米。於臼中搗米曰舂，舂臼中取出米曰揄。❾赤堇　山名，在今浙江省。相傳歐冶子在這裡造劍。《越絕書》：「當造此劍之時，赤堇山破而出錫。」❿良金　優質的金屬。⓫千辟萬灌　多次冶煉澆鑄。張協〈七命〉：「楚之陽劍，歐冶所營……乃煉乃煉，萬辟千灌。」辟，重複。灌，澆鑄。

【語　譯】詩難的是真實，有性情才會真實；否則鋪陳發揮就可以寫成文章了。詩難的是典雅，有學問才會典雅；否則就粗俗輕率了。李太白「飲了一斗酒可以吟詩百篇」，蘇東坡「嬉笑怒罵，都可以成為文章」：這不過是一時興致來時的話，不可拘泥於詞義而誤解作者的原義。如果認以為真，那麼兩家的集子，應該塞破屋子了；但為何僅存若干？而且可以精選者，也不過十分之五六。人怎能依仗有才而自騁其才氣呢？黍與粱，是很好的穀子，但一定要加以舂米揚簸的功夫；赤堇山的銅，是優良的金屬，但一定要加以反覆澆鑄的功夫。

【研　析】此條標舉詩之真與雅。袁枚強調「性情得其真」（〈寄程魚門〉），「情以真而愈篤」（〈答尹相國〉），因為真是詩歌生命力之所在，其所謂「畫美無寵，繪蘭無香。揆厥所由，君形者亡」（〈續詩品・葆真〉）。詩不僅要真，還要雅，「雖真不雅，庸奴叱咤」（〈續詩品・安雅〉）。雅指典雅，雅馴，雅正，與腹笥豐富有關，與「俚鄙率意」相悖。而在創作態度上，袁枚主張「精思」、「勇改」，所謂「文不加點，興到語耳！孔明天才，思十反矣」（〈續詩品・精思〉）；「人工不竭，天巧不傳。知一重非，進一重境」（〈續詩品・勇改〉）：皆可與「必加舂揄揚簸之功」、「而必加千辟萬灌之鑄」之論相互發明。

三十二

【題解】本條強調詩不可用僻典，用典要無痕迹。

用典一也，有宜近體❶者，有宜古體❷者。有近古體俱宜者，有近古體俱不宜者。用典如水中著鹽，但知鹽味，不見鹽質❸。用僻典如請生客入座，必須問名探姓，令人生厭。宋喬子曠❹好用僻書，人稱「狐穴詩人」❺，當以為戒。或稱予詩云：「專寫性情，不得已而適逢典故；不分門戶，乃無心而自合唐音。」雖有不及，不敢不勉。（《隨園詩話》卷七）

【注釋】❶近體　詩體名。指唐代定型的律詩及絕句，對詩的字數、句數、對仗、用韻、平仄等都有嚴格規定。❷古體　詩體名。與近體詩相對。不要求對仗，用韻也較自由。❸用典如水中著鹽三句　《西清詩話》引杜少陵云：「作詩用事，要如釋氏語『水中著鹽，飲水乃知鹽味』，此說詩家密藏也。」❹宋喬子曠　據周達觀《誠齋雜記》，喬子曠為唐末宋初人，能詩，善用僻典。❺狐穴詩人　狐性狡猾，穴在偏僻處，後因用「狐穴」喻僻典。

【語譯】同是用典，有適宜近體詩的，有適宜古體詩的，有近古體詩都適宜的，有近古體詩都不適宜的。用典好像是在水中放鹽，要只知鹽味，不見鹽的形質。用生僻的典故如請陌生的客人入座，必須要探問名與姓，令人生厭。宋代喬子曠好用冷僻書的典故，人稱「狐穴詩人」，應當以其為戒。有人稱我的詩說：「專門抒寫性情，不得已時而恰好遇到典故；不分門戶，是無心而自與唐詩相合。」我雖然做不到，但不敢不以此勉勵自己。

【研析】此條專講詩歌用典。袁枚倡導「一味白描神活現」（〈仿元遺山論詩〉），並不推崇用典。但亦不排斥用典，關鍵在於如何用典。他強調用典：一是要根據詩歌體裁確定。二是用典要巧妙，不見堆砌痕跡，「如水中著鹽，但知鹽味，不見鹽質」，可謂絕妙的比喻。三是反對用生僻典故，使人如讀天書或看考據文章，故又云：「用一僻典，如請生客。如何選材，而可不擇！」（〈續詩品・選材〉）

三十三

【題解】本條反對論詩講究關係含蓄的詩教觀。

老學究論詩，必有一副門面語。作文章，必曰有關係❶；論詩學，必曰須含蓄。此店鋪招牌，無關貨之美惡。《三百篇》中有關係者，「邇之事父，遠之事君」❷是也。有無關係者，「多識於鳥獸草木之名」❸是也。有含蓄者，「棘心夭夭，母氏劬勞」❹是也。有說盡者，「投畀豺虎」、「投畀有昊」❺是也。（《隨園詩話》卷七）

【注釋】❶關係　指詩文題旨關涉人倫教化。❷邇之事父二句　《論語・陽貨》：「孔子曰：『小子何莫學夫《詩》。《詩》可以興、可以觀、可以群、可以怨：邇之事父，遠之事君……』」❸多識於鳥獸草木之名　見於《論語・陽貨》。❹棘心夭夭二句　《詩・邶風・凱風》：「凱風自南，吹彼棘心，棘心夭夭，母氏劬勞。」凱風，南風。棘心，棘木心。夭夭，茂盛。劬勞，辛苦。❺投畀豺虎投畀有昊　《詩・小雅・巷伯》：「取彼譖人，投畀有北；有北不受，投畀有昊。」譖人，讒毀他人的人。投畀，投給。有北，有，語氣詞。北，北方荒涼之地。有昊，有，語氣詞。昊，上天。

【語譯】老學究論詩，一定有一副門面話。做文章一定說有人倫教化；論詩學，一定是必須含蓄。這是店鋪的招牌，與貨物的美惡無關。《三百篇》中有人倫教化的，「近處侍奉父親，遠處侍奉國君」就是這樣。有無關人倫教化的，「多認識鳥獸草木的名稱」就是這樣。有含蓄的，「棘木心茂盛，母氏辛苦」就是這樣。有說盡的，「（把譖人）投給虎狼」、「（把譖人）交給上天懲治」就是這樣。

【研析】此條實際是批評沈德潛保守的「詩教」觀。袁枚於〈答沈大宗伯論詩書〉亦曰：「至所云詩貴溫柔，不可說盡，又必關係人倫日用，此數語有褒衣大紹氣象」，並舉孔子之言與《詩經》為據予以反駁，可與此條相互印證。詩歌的內容與風格本是多元的，有關係與無關係，含蓄與說盡，應該並存，才能構建百花齊放的詩苑，若必要加以規定限制，既違背詩歌創作的規律，也將使詩苑一片荒蕪。

三十四

【題解】本條主張詩人要博學。

文尊韓❶，詩尊杜❷：猶登山者必上泰山❸，泛水者必朝東海也。然使空抱東海、泰山，而此外不知有天台❹、武夷❺之奇，瀟湘❻、鏡湖❼之勝；則亦泰山上之一樵夫，海船上之舵工而已矣。學者當以博覽為工。

（《隨園詩話》卷八）

【注　釋】❶韓　唐代文學家韓愈。❷杜　唐代詩人杜甫。❸泰山　位於山東泰安。❹天台　山名，在今浙江天台。❺武夷　山名，在今福建。❻瀟湘　湖南湘江。❼鏡湖　又名鑑湖。在今浙江紹興。

【語　譯】古文尊崇韓愈，詩歌尊崇杜甫：猶如登山的人一定要登泰山，渡水的人一定要渡東海。但是假使只抱著東海、泰山，而此外不知有天台山、武夷山之奇觀，瀟湘、鏡湖之勝景；那麼也只是泰山上的一個砍柴人，海船的舵工罷了。學習的人應當以博覽眾家為精妙。

【研　析】韓文、杜詩如泰山、東海，造詣高，地位尊，後人自當用心學習。但如同泰山之外還有天台、武夷之奇，東海之外另有瀟湘、鏡湖之勝一樣，唐宋詩文大家、名家甚多，不可惟韓、杜是崇，應該轉益多師，不拘一家，否則所得有限，難有成就。「博覽」是寫詩作文的必備功夫。此條詩話比喻恰當，文辭優美。

三十五

【題解】本條採錄民間才女佳作，皆具性情。

明季誤國臣馬、阮❶，皆庸人也，奸而不雄，較之曹操❷，直奴才耳！宿遷❸女子倪瑞璇❹嘲之云：「賣國仍將身自賣❺，奸雄兩字惜稱君。」〈憶母〉句云：「暗中時滴思親淚，只恐思兒淚更多。」《隨園詩話》卷八）

【注釋】❶馬阮　指馬士英、阮大鋮，在南明福王朱由崧的小朝廷分別擔任東閣大學士和兵部尚書，專權跋扈。清兵南下，先後被殺。❷曹操　三國時魏國國君。有「奸雄」之稱。❸宿遷　今屬江蘇。❹倪瑞璇　字玉英，清代宿遷著名女詩人。瑞璇出身書香門第，其父倪紹贊為縣學秀才。❺將身自賣　指被殺。

【語譯】明末誤國奸臣馬士英、阮大鋮，都是庸人，奸詐而不雄豪，與曹操相比，簡直就是奴才罷了！宿遷女子倪瑞璇嘲諷他們說：「賣國又把自身也賣了，捨不得用『奸雄』兩個字稱呼你們。」〈憶母〉句云：「我暗裡經常滴灑思念母親的眼淚，只恐怕母親思念女兒的眼淚更多。」

【研析】此條採錄宿遷女子倪氏兩首詩之斷句。前首嘲馬、阮「奸而不雄」，辛辣有力；後首憶母，真摯深沉；皆堪稱警策之句。可見民間有好詩，女子亦有好詩。

三十六

【題解】本條記為金蕊仙、戴三兩位妓女解難之事，可見憐香惜玉之心。

蘇州太守孔南溪❶，風骨冷峭，權貴不敢以情干❷。青樓金蕊仙以事掛法❸，一時交好，無能為之道地❹。乃遣人至白下❺，求余關說❻。余與金甚疏，僅半面耳。竊念書中語倘不佯為親狎，轉生孔之疑；乃寄札云：「僕老矣，三生杜牧❼，萬念俱空；只花月因緣❽，猶有狂奴故態。今春到治下❾，欲為尋春❿之舉；而吳宮花草⓫，半屬虛名；接席銜杯，了無當意。惟女校書⓬金某，含睇宜笑⓭，故是矯矯於庸中⓮。遂同探梅鄧尉⓯而別。刻下接蕭娘一紙⓰，道為他事牽引，就鞫黃堂⓱，將有月缺花殘⓲之恨。其一切顛末，自有令甲⓳，凭公以惠文冠彈治之⓴，非僕所敢與聞。只念此小妮子：蕉葉有心，雖知捲雨；而楊枝無力，只好隨風。偶茵溷之誤投㉑，遂窮民㉒而無告。似乎君家宣聖㉓復生，亦當在『少者懷之』㉔之例，而必不『以杖叩其脛』㉕也。且此輩南迎北送，何路不通？何不聽請於有力者之家，而必遠求數千里外之空山一叟㉖？可想見夫子之門牆，壁立萬仞㉗；而非僕不足以替花請命耶？元微之詩云：『寄與東風好抬舉，夜來曾有鳳凰棲。』㉘敬為明公誦之。」孔得札後，覆云：「鳳鳥曾棲之樹，托抬舉于東風；惟有當作召公之甘棠，勿剪勿伐而已㉙。」二札風傳一時。

未二年，余又往蘇州。過京口㉚，已解纜矣，丹徒㉛徐令挽舟相留道：「妓戴三與太守淮樹章公司閽者㉜狎，章知之，逐閽人，而不罪戴。戴往城隍廟焚香還願，一廟讙然。章怒其張揚，嚴檄㉝拘訊，將使荷校以徇㉞。」徐婉求不聽，乞余解圍。余召見戴三，則霧鬢風鬟㉟，春秋㊱老矣。然馬骨千金㊲，不可以不援手也。草札與太守云：「昔錢穆父刺常州宴客，將笞一妓，妓哀請㊳。錢云：『得座上歐陽永叔㊴一詞，故當貸汝。』歐公為賦一闋，遂釋之。僕雖非永叔，而公則今之穆父也。請為二章，以當小調。詞曰：『東風吹散野鴛鴦，私熟神前一瓣香。為祝長官千萬福，緣何翻惱長官腸？』『樊川㊵行矣一帆斜，那有情留子夜㊶家？只問千秋賢太守，可曾幾個斫桃花？』」交書徐公，即掛帆還白下。終不得消息，心殊惓惓㊷。半月後，章寄函來，開看只七字曰：「桃花依舊笑東風㊸。」（《隨園詩話》卷九）

【注釋】❶孔南溪　孔子第六十三世孫。與袁枚有交往。❷干　干預。❸掛法　觸犯法律。❹道地　代人說情。❺白下　今南京。❻關說　代人說好話。❼三生杜牧　姜夔〈吳都賦〉：「十里揚州，三生杜牧，前事休說。」比況出入歌舞繁華之地的風流才士。三生，佛家語，指前生、今生、來生。杜牧，唐詩人，喜愛聲色，故作者用於自況。❽花月因緣　與花月的緣分。花月，比喻女子。❾治下　所管轄的範圍。此指蘇州。❿尋春　此指狎妓。⓫吳宮花草　比喻蘇州一代妓女。吳宮，指春秋吳王的宮殿。此指代蘇州。⓬女校書　妓女的雅稱。⓭含睇宜笑　含情斜視，笑容很美。⓮矯矯於庸中　在常人中顯得卓然不群。⓯鄧尉　蘇州光福鄧尉山，其梅花甲天下。⓰蕭娘一紙　楊巨源〈崔娘〉詩：「風流才子多春思，腸斷蕭娘一紙書。」蕭娘，古詩中泛指情人。此指金氏。一紙，一封信。⓱就鞫黃堂　在知府衙門受審。黃堂，太守之廳事。鞫，審訊。⓲月缺花殘　此比喻美女之死。溫庭筠〈和友人傷姬歌〉：「月缺花殘莫愴然，花須終發月終圓。」⓳令甲　指司法官員的案卷。

⑳惠文冠彈治之　根據法律懲治。惠文冠，指法冠。

㉑茵溷之誤投　指命運不一樣。《梁書・范縝傳》：「人之生譬為一樹花，同發一枝，俱開一蒂，隨風而墮，自有拂簾幌，墜於茵席之上；自有關籬墻，落於糞溷之側……貴賤雖復殊途，因果竟在何處。」茵，茵席。溷，豬圈。此偏於溷，喻金氏命不好，如花墜於豬圈。

㉒窮民　無依無靠的人。

㉓宣聖　即孔子，孔子在唐開元中被追謚為文宣王。

㉔少者懷之　對少年人包容、愛惜。這是孔子說的話。見《論語・公冶長》。

㉕以杖叩其脛　孔子曾罵原壤，並以杖叩其小腿。見《論語・憲問》。

㉖空山一叟　作者自稱。其隱居金陵小倉山隨園。

㉗夫子之門牆二句　化用《論語・子張》語：「夫子之牆數仞，不得其門而入。」仞，古代七尺為一仞，或說八尺為一仞。

㉘元微之詩云三句　唐詩人元稹，字微之。下引詩見〈襄陽為盧竇紀事五首〉其五。

㉙惟有當作召公之甘棠二句　《詩・甘棠》：「蔽芾甘棠，勿剪勿伐，召伯所茇。」傳說西周的召伯循行南國，宣揚文王之政，曾在甘棠樹下休息，後人乃保留這株甘棠。

㉚京口　今江蘇鎮江市。

㉛丹徒　今屬江蘇鎮江市。

㉜司閽者　看門人。

㉝嚴檄　下嚴厲的命令。檄，原指討伐的檄文。

㉞荷校以徇　戴著枷示眾。

㉟霧鬢風鬟　又作風鬟霧鬢。形容女子頭髮蓬鬆散亂。李清照〈永遇樂〉：「如今憔悴，風鬟霧鬢，怕見夜間出去。」

㊱春秋　指年齡。

㊲馬骨千金　《戰國策》：古有國君懸千金買千里馬不得，後以五百金買來千里馬之骨。於是真正的千里馬接踵而來。

㊳昔錢穆父刺常州宴客三句　此事載《堯山堂外紀》等書：歐陽修任河南推官，親一妓，時錢穆父（勰）為西京（今河南洛陽）留守，一日宴於後園，妓移時方來，錢責問：「未至，何也?」妓云：「中暑，往涼堂睡覺，失金釵，猶未見。」錢曰：「若得歐推官一詞，當償汝金釵。」歐即席賦云：「柳外輕雷池上雨，雨聲滴碎荷聲……」座皆擊節，遂令公庫償釵。

㊴歐陽永叔　北宋文學家歐陽修，字永叔，號醉翁，又號六一居士。

㊵樊川　唐代文學家杜牧，自號樊川居士。此處當指被趕走的司閽者。

㊶子夜　相傳為創製〈子夜歌〉的女子名。此指戴三。

㊷惓惓　深切思念。

㊸桃花依舊笑東風　唐孟棨《本事詩・情感》載崔護〈題都城南莊〉：「去年今日此門中，人面桃花相映紅。人面不知何處去，桃花依舊笑東風。」此喻戴三安然無恙。

【語　譯】蘇州太守孔南溪，品性嚴峻，權貴不敢以私情干預其政事。青樓女子金蕊仙因事犯法，一時的好友，沒有能夠為她說情的。於是派人到南京，求我從中說好話。我與金交往很疏遠，僅是瞥見一面罷了。暗想信中的話如果不假裝親近狎昵，反而讓孔南溪生疑心，於是寄去一信說：「我老了，似三生杜牧，萬念俱空；只有與女子的緣分，還有狂放不羈的老脾氣。今春到蘇州想要享受尋春的樂趣；但蘇州的妓女，大半徒有虛名；坐席相近一起飲酒的，全無合意者。只有女校書金某，含情斜視，笑容很美，所以在常人中顯得卓然不群。於是一起去鄧尉山賞梅後告別。眼下接到金某一信，說為別的事牽連，在知府衙門受審，將有月缺花殘之恨。其一切事情的本末，自有司法官員的案卷記錄，任憑您根據法律懲治，不是我所敢參與過問的。只是念及此小女子：好似芭蕉葉有心，即使知道留住雨水；但是楊柳枝無力，只好隨風飄揚。她如落花偶然墜於豬圈，於是孤苦無依而無處投訴。似乎君家文宣王再生，她也應該在『對少年人包容、愛惜』之例，而一定不會『以杖敲其小腿』。而且這些人南迎北送，哪條路子不通？為什麼不聽從、請求有權勢的人家，而一定要遠求數千里之外的我這空山老翁呢？可以想見夫子之門牆，壁立萬仞；非我不足以替花請命嗎？元微之詩云：『傳送給春風你真是喜歡抬舉，夜來樹上曾有鳳凰棲息。』敬為您背誦這兩句。」孔收到信以後，回覆說：「既然鳳凰曾棲息之樹，託春風所抬舉；那只有當作召伯曾歇息過的甘棠樹，不剪不伐罷了。」這兩封信曾風傳一時。

沒過兩年，我又去蘇州。經過鎮江，已經解開纜繩要啟程了，丹徒徐縣令挽舟相留說：「妓女戴三與樹淮章太守的看門人親近，章知道了，於是趕走看門人，而不歸罪戴。戴去城隍廟燒香還願，一廟的人都歡鬧。章怒其聲張，嚴厲下令拘捕審訊，要把她戴著枷示眾。」徐令婉求不聽，就請我來解圍。我召見戴三，只見她頭髮蓬鬆散亂，年紀很老了。但是千里馬之骨也值千金，不可以不伸手援助。我寫信給章太守道：「當年錢穆父任常州太守宴客，要抽打一個妓女。妓女哀求。錢說：『你能得到歐陽永叔一首詞，一定赦免你。』歐公就為她賦了一首詞，錢於是放了妓女。我雖然不是永叔，但您則是當今的錢穆父啊。請作兩首詩，以當作小詞。詞曰：『春風吹散了野鴛鴦，私下去神前燒了一瓣香。為的是祝願長官千萬福氣，為什麼反而惹惱了長官的肚腸？』『樊川走了一帆傾斜，哪有私情留在子夜家？只是請問千年以來賢明的太守，可曾有幾個砍伐桃花的？』」把信交給徐公，我就掛帆回到白下。始終得不到消息，心中很掛念。半個月後，章寄信來，打開一看只有七個字：「桃花依舊笑東風。」

【研　析】此條記以兩札解救金蕊仙與戴三兩妓女之善舉，反映了袁枚憐香惜玉之「好色」本性，亦可見對弱者的愛護與同情。而兩太守孔南溪與章公接袁枚說情信皆欣然同意，又可見「山中宰相」袁枚當時聲望之不一般。袁枚兩札不僅寫得情意殷殷，足以動人，而且文采斐然，堪稱美文。兩太守亦非俗士，回札雖簡短，但引經據典，極盡典雅之致。故袁信與孔信「二札風傳一時」，絕非偶然。由此也可想見當時文士追求風雅之一斑。

三十七

【題　解】本條批評浙派詩好用替代字的風氣。

吾鄉詩有浙派[1]，好用替代字，蓋始于宋人，而成于厲樊榭[2]。宋人如：「水泥行郭索[3]，雲木叫鉤輈[4]。」不過一蟹一鷓鴣耳。「歲暮蒼官能自保，日高青女尚横陳。含風鴨綠鱗鱗起，弄日鵝黃裊裊垂。」[5]不過松、霜、水、柳四物而已；廋詞謎語[6]，了無餘味。樊榭在揚州馬秋玉[7]家，所見說部書[8]多，好用僻典及零碎故事，有類《庶物異名疏》[9]、《清異錄》[10]二種。董竹枝[11]云：「偷將冷字騙商人。」責之是也。不知先生之詩，佳處全不在是。嗣後學者，遂以「瓶」為「軍持」，「橋」為「略彴」，「箸」為「挾提」，「棉」為「芮溫」，「提燈」為「懸火」，「風箱」為「扇隤」，「熨斗」為「熱升」，「草屨」為「不借」；其他「青奴」[12]、「黃奶」[13]、「紅友」[14]、「綠卿」[15]、「善哉」[16]、「吉了」[17]、「白甲」[18]、「紅丁」[19]之類，數之可盡，味同嚼蠟。余按《世說》[20]：「郝隆[21]為桓溫[22]南部參軍[23]。三月三日作詩曰：『娵隅[24]躍清池。』桓問何物。曰：『魚也。』桓問：『何以作蠻語[25]？』曰：『千里投公，才得蠻部參軍，那得不作蠻語？』」此用替代字之濫觴。《文選》中詩，以「日」為「耀」，「靈風」為「商飆」，「月」為「蟾魄」，皆此類也。唐陳子昂㉖出，始一洗而空之。（《隨園詩話》卷九）

【注釋】❶浙派　清代詩歌流派之一，宗宋詩，喜用冷僻典故。厲鶚為代表人物。❷厲樊榭　厲鶚（西元一六九二—一七五二年），字太鴻，號樊榭，錢塘（今浙江杭州）人。有《樊榭山房集》。❸郭索　螃蟹行走的樣子。見《太玄・銳》。後用以代蟹。❹鉤輈　鉤輈格磔，鷓鴣鳥的叫聲。見《本草》。後用以代鷓鴣。按，上引兩句是宋人林逋的詩。❺歲暮蒼官能自保四句　王安石詩。蒼官指松，青女指霜，鴨綠指水，鵝黃指柳。❻廋詞謎語　都指隱語。《國語》：「秦客廋詞於朝，諸大夫不如也。」❼馬秋玉　馬曰琯，字秋玉，揚州鹽商。與其弟馬曰璐常資助文人。其小玲瓏山館為文人學者的聚會之所。❽說部書　小說筆記、雜著類書籍。❾庶物異名疏　明陳懋仁撰。❿清異錄　宋陶穀撰。⓫董竹枝　康乾間人董偉業和他的作品。因董氏〈揚州竹枝詞〉末首有「問何家世何名目？自號揚州董竹枝」之句，世人咸以「董竹枝」呼之。⓬青奴　竹夫人。夏天置床上取涼的工具。⓭黃奶　《歲時風土記》：「唐人呼晝睡為黃奶。」又，《金樓子》載：有人把卷即睡，因呼黃卷為黃奶。⓮紅友　酒名。《鶴林玉露》：「東坡南遷北歸，地主攜酒來餉曰：『此紅友也。』」⓯綠卿　竹。《清異錄》引王彪賦：「綠卿高佛，宿煙露以參差。」⓰善哉　樹。《太平廣記》：「漢武帝遊上林，見一好樹，問東方朔。朔曰：『名善哉。』」⓱吉了　鳥名。即秦吉了。⓲白甲　菌名。⓳紅丁　菌名。⓴世說　《世說新語》，南朝宋劉義慶組織人撰寫。㉑郝隆　字佐治，山西原平東社鎮上社村人。為東晉名士，無書不讀，有博學之名。後投奔桓溫，官至南蠻府參軍。㉒桓溫　（西元三一二—三七三年），字元子，譙國龍亢（今安徽懷遠西龍亢鎮）

人。相貌溫偉，有奇骨，娶晉明帝之女南康長公主為妻，並擔任琅琊內史，歷任徐州刺史、荊州刺史、江州刺史、揚州刺史、征西將軍、都督天下諸軍事、大司馬等職。戰功累累，威名赫赫。㉓南部參軍　指南蠻府參軍。參軍，武官名。㉔娵隅　古代西南少數民族稱魚。㉕蠻語　南方少數民族語言。㉖陳子昂　（西元六六一—七〇二年）唐代詩人，字伯玉，梓州射洪（今屬四川）人。武則天光宅元年（西元六八四年）進士。於詩標舉漢魏晉風骨，反對六朝柔靡詩風，是唐代詩歌革新的先驅。有《陳拾遺集》。

【語　譯】我的家鄉杭州有浙派，作詩喜歡用替代字，這開始於宋代，而成熟於厲樊榭。宋人如：「水泥行郭索，雲木叫鉤輈。」不過是指一蟹一鷓鴣罷了。「歲暮蒼官能自保，日高青女尚橫陳。含風鴨綠鱗鱗起，弄日鵝黃裊裊垂。」不過是指松、霜、水、柳四物罷了；都是隱語，毫無餘味。樊榭在揚州馬秋玉家，所見說部書很多，好用僻典及零碎故事，就像《庶物異名疏》、《清異錄》二種。董竹枝云：「偷將冷字騙商人。」責備得很對。不知樊榭先生之詩，佳處全不在這兒。以後學詩的人，於是以「瓶」為「軍持」，「橋」為「略彴」，「箸」為「挾提」，「棉」為「芮溫」，「提燈」為「懸火」，「風箱」為「扇隤」，「熨斗」為「熱升」，「草履」為「不借」；其他「青奴」、「黃奶」、「紅友」、「綠卿」、「善哉」、「吉了」、「白甲」、「紅丁」之類，數之可盡，味同嚼蠟。我考察《世說新語》：「郝隆為桓溫南部參軍。三月三日作詩曰：『娵隅躍清池。』桓問是什麼東西。回答說：『是魚。』桓問：『為何說蠻語？』曰：『千里之外來投奔您，才得蠻部參軍的官，哪能不說蠻語？』」這就是用替代字之源頭。《文選》中詩，以「日」為「耀」，「靈風」為「商飆」，「月」為「蟾魄」，都是此類。唐陳子昂出來，才把此風氣一洗而空。

【研　析】厲鶚是浙派代表人物，袁枚對他褒多貶少，如〈仿元遺山論詩〉評云：「小雅才兼大雅才，僧虔用典出新裁。幽懷妙筆風人旨，浙派如何學得來？」評價頗高，且把浙派末流的弊端與其分別開來。但厲鶚因「學問淹洽，尤熟兩宋典實」（沈德潛《國朝詩別裁集》卷二十四），因此於詩中「好用替代字」，「索索然寡真氣」（袁枚〈答沈大宗伯論詩書〉），無法感人。此條詩話探討了替代字的淵源，對於認識用替代字的歷史發展頗有參考價值。

三十八

【題解】本條讚譽畢沅尚書。

吳中❶詩學，婁東❷為盛。二百年來，前有鳳洲❸，繼有梅村❹；今繼之者，其弇山尚書❺乎？〈過吳祭酒❻舊邸〉詩云：「我是婁東吟社❼客，瓣香❽私淑❾不勝情❿。」其以兩公⓫自命可知。然兩公僅有文學，而無功勳；則尚書過之遠矣！尚書雖擁節鉞⓬，勤王事⓭，未嘗一日釋書不觀；手披口誦，刻苦過于諸生⓮。詩編三十二卷，曰《靈巖山人詩集》。靈巖⓯者，尚書早歲讀書地也。（《隨園詩話》卷十一）

【注　釋】❶吳中　今蘇州地區。❷婁東　今江蘇太倉。❸鳳洲　即明後七子代表人物王世貞，字元美，號鳳洲，又號弇州山人，江蘇太倉人。累官至刑部尚書。❹梅村　即吳偉業，字駿公，號梅村，江蘇太倉人。長於七言歌行，後人稱之「梅村體」。❺弇山尚書　即畢沅，字秋帆，號靈巖山人，江蘇太倉人。清乾隆進士，官至湖廣總督、兵部尚書。❻吳祭酒　吳偉業（梅村），曾官國子祭酒。❼婁東吟社　太倉的詩社。❽瓣香　師承；敬仰。❾私淑　古人對自己所敬仰而不得從學的前輩，往往自稱「私淑弟子」。❿勝情　盡情。⓫兩公　指王世貞與吳偉業。⓬節鉞　符節與斧鉞，授予將帥，作為兵權的象徵。⓭勤王事　效力於王事。⓮諸生　秀才。⓯靈巖　山名，在今蘇州西南十五公里。

【語　譯】蘇州一帶的詩學，以婁東為興盛。二百年來，前有鳳洲，後有梅村；現在的承繼者，是弇山尚書嗎？其〈過吳祭酒舊邸〉詩云：「我是婁東詩社裡的人，對兩公很崇仰，願為其私淑弟子還不能盡情。」其以兩公自命可知。但是兩公僅有文學成就，而沒有功勳；那麼尚書超過他們很遠了。尚書雖然擁有兵權，效力於王事，但未嘗一日放下書卷不看；手翻口誦，刻苦程度勝過秀才。其詩編了三十二卷，曰《靈巖山人詩集》。靈巖山，是尚書早年讀書的地方。

【研　析】《隨園詩話補遺》卷四稱：「余編《詩話》，為助刻資者，畢弇山尚書、孫程田（慰祖）司馬也。畢公詩，採錄甚多。」此條即採錄畢沅一首詩，並將畢詩置於吳中婁東詩學發展的鏈條中進行評價，有些許婁東詩史的意味。而將其與王世貞、吳偉業詩壇大家相提並論，不乏溢美之辭，當與畢氏資助作者刻印《隨園詩話》有關，可見《詩話》選詩的人情因素。

三十九

【題解】本條記楊大姑膽大過人之事。

予幼時，大母❶常為予言：大父❷旦釜公，性豪俠，與沈遹聲秀才交好。秀才中表❸楊大姑，有文君夜奔❹之事，託先祖為之道地❺。楊纖足，夜行不能逾溝。先祖助沈，為扶而過之。事發，藏匿余家。大姑纖腰美盼，吐屬❻嫻雅。大母亦憐愛之。母家訟于官。太守某惡其越禮，鬻與駐防旗下❼。大姑佯狂披髮，自啖其溺。旗人不能容。沈暗遣人買歸，終為夫婦，生一女而亡。後閱《香祖筆記》❽載此事，稱武林❾女子王倩玉者，蓋即楊氏，諱其姓為王也。其寄沈〈長相思〉一曲云：「見時羞，別時愁，百轉千回不自由；教奴❿爭⓫罷休！懶梳頭，怕凝眸⓬，明月光中上小樓，思君楓葉秋！」（《隨園詩話》卷十一）

【注釋】❶大母　祖母。❷大父　祖父。❸中表　指與祖父、父親的姐妹的子女的親戚關係，也指與祖母、母親兄弟姐妹的子女的親戚關係。❹文君夜奔　據《史記・司馬相如列傳》：漢臨邛富商卓文孫之女卓文君，寡居在家。司馬相如過飲於卓氏，以琴心挑之，卓文君夜奔司馬相如，同歸成都。❺道地　代人事先疏通，留有餘地。❻吐屬　談吐。❼旗下　旗人。清代編入旗籍的人，指滿族人。❽香祖筆記　清王士禛所撰雜記。❾武林　今浙江杭州。❿奴　婦女自稱。⓫爭　怎。⓬凝眸　注視。

【語譯】我年幼時，祖母曾跟我說：祖父旦釜公，秉性豪邁講義氣，與沈遹聲秀才交好。沈秀才的中表楊大姑，有類似文君夜奔之事，託祖父為她事先疏通。楊小腳，夜行不能過溝。祖父幫沈秀才，就扶她過了溝。事情暴露，藏在我家。大姑細腰，美目流轉，談吐嫺雅。祖母也很憐愛她。娘家把大姑告到官府。太守某厭惡其無禮，就賣給了駐防的旗人。大姑裝瘋，披頭散髮，自喝其尿。旗人不能忍受。沈暗地裡派人買了回來，二人終成夫婦，大姑生下一個女兒後亡故。我後來閱讀《香祖筆記》記載此事，稱武林女子王倩玉，就是楊氏，避諱其楊姓改為王。她寄給沈〈長相思〉一曲云：「見時羞，別時愁，百轉千回不自由；教我怎罷休！懶梳頭，怕凝眸，明月光中上小樓，楓葉紅時思念你！」

【研析】此條是由懷念豪俠的祖父而引出曾得到祖父援助的楊大姑。其所記楊大姑，為追求自由戀愛，學文君夜奔，被迫嫁旗人又佯狂披髮，終與有情人成為眷屬。可謂既有情，又有膽有識。從〈長相思〉一曲也可知她還不乏才情。此真乃為封建禮教所不能束縛的奇女子。

四十

【題解】本條舉例證明考據家不可與其論詩。

考據家不可與論詩。或訾❶余〈馬嵬〉詩❷，曰：「『石壕村裏夫妻別❸，淚比長生殿❹上多。』當日貴妃不死于長生殿。」余笑曰：「白香山〈長恨歌〉『峨嵋山❺下少人行』，明皇幸蜀❻，何曾路過峨嵋耶？」其人語塞。然太不知考據者，亦不可與論詩。余〈錢塘江懷古〉❼云：「勸王妙選三千弩，不射江潮射汴河❽。」或訾之曰：「宋室都汴❾，不可射也。」余笑曰：「錢鏐射潮時，宋太祖❿未知生否。其時都汴者何人⓫，何不一考？」（《隨園詩話》卷十三）

【注釋】❶訾　指責。❷馬嵬詩　見《小倉山房詩集》卷八。馬嵬，馬嵬坡。在陝西興平西。唐安史之亂，玄宗自長安逃往四川，經馬嵬坡時禁軍嘩變，殺死權奸楊國忠，又迫使楊貴妃自縊。❸石壕村裏夫妻別　杜甫敘事名篇〈石壕吏〉，寫安史之亂中，一老嫗被強徵應役，與老翁離散的情景。❹長生殿　唐宮殿名。據白居易〈長恨歌〉及陳鴻〈長恨歌傳〉，唐玄宗與楊貴妃曾在長生殿共度七夕。❺峨嵋山　位於今四川峨嵋山市。❻明皇幸蜀　指唐玄宗自長安逃往四川事。❼錢塘江懷古　見《小倉山房詩集》卷一。相傳五代吳越王錢鏐築「捍海塘」，怒濤洶湧，版築不成。錢鏐造竹箭三千，命水犀軍以強弩五百射潮，迫使潮頭西向，遂奠基成塘。❽汴河　古代開封市區偏南有條通達江、淮的水道，從西到東，橫貫全城，即汴河。❾宋室都汴　北宋以汴河所在地開封為國都。❿宋太祖　宋朝開國皇帝趙匡胤（西元九二七－九七六年），涿州（今屬河北）人。後周殿前都點檢，在「陳橋兵變」中被擁立為帝，建立宋朝，定都開封，一舉結束五代十國分裂混戰的局面，統一了大半個中國。⓫都汴者何人　射潮事係在《十國春秋·武肅王世家下》天寶三年（西元九一〇年），下距宋王朝的建立尚有五十餘年，當時都汴者乃五代梁太祖朱溫。

【語譯】考據家不可和他論詩。有人指責我的〈馬嵬〉詩，說：「『石壕村裡夫妻別，淚比長生殿上多。』可當日貴妃不死於長生殿。」我笑答：「白香山〈長恨歌〉『峨嵋山下少人行』，唐明皇逃到四川，何曾路過峨嵋山呢？」其人說不出話來。但是太不懂考據者，也不可和他論詩。我的〈錢塘江懷古〉詩云：「奉勸吳越王好好挑選三千弓弩，不要去射江潮而去射開封的汴河。」有人指責說：「宋室以汴河所在地開封為國都，不可射汴河。」我笑答說：「錢鏐射潮時，宋太祖不知出生沒有。當時以汴河為國都者是何人，為什麼不去考證一下？」

【研析】袁枚於多處說過考據家不可寫詩，此更說「不可與論詩」。詩是藝術，允許某種程度的想像或虛構，倘若句句要落實，要依據，則不成其為詩。有人批評袁枚「淚比長生殿上多」句為「當日貴妃不死于長生殿」即屬此類。反之，詩特別是詠史懷古詩又不能不懂史實，有人批評袁枚「不射江湖射汴河」為「宋室都汴，不可射也」，其實當時都汴者乃五代梁太祖朱溫，此即是不懂歷史的例證。

四十一

【題解】本條列舉選家七種弊端。

選家選近人之詩，有七病焉；其借此射利❶通聲氣❷者，無論矣。凡人全集，各有精神，必通觀之，方可定去取；倘捃摭❸一二，並非其人應選之詩，管窺蠡測❹：一病也。《三百篇》中，貞淫❺正變❻，無所不包；今就一人見解之小，而欲該❼群才之大，于各家門戶源流，並未探討，以己履為式❽，而削他人之足以就之：二病也。分唐界宋，抱杜❾尊韓❿，附會⓫大家門面，而不能判別真偽，採擷精華：三病也。動稱綱常名教，箴刺⓬褒譏，以為非有關係⓭者不錄；不知贈芍采蘭⓮，有何關係，而聖人不刪。宋儒責蔡文姬⑮不應登《列女傳》⑯；然則「十七史」⑰列傳，盡皆龍逢、比干⑱乎？學究條規，令人欲嘔：四病也。貪選部頭之大，以為每省每郡，必選數人，遂至勉強搜尋，從寬濫錄：五病也。或其人才力與作者相隔甚遠，而妄為改竄，遂至點金成鐵⑲：六病也。徇一己之交情，聽他人之求請：七病也。末一條，余作《詩話》⑳，亦不能免。（《隨園詩話》卷十四）

【注釋】❶射利　謀取財利。❷通聲氣　指朋友間聯絡感情，或溝通旨趣。❸捃摭　摘錄。❹管窺蠡測　東方朔〈答客難〉：「以管窺天，以蠡測海。」比喻眼界狹小，見識短淺。蠡，瓠瓢。❺貞淫　忠貞與淫蕩。❻正變　指《詩經》中的正風、正雅，變風、變雅。❼該　包括；具備。❽式　規格；標準。❾抱杜　尊崇杜甫。❿尊韓　尊崇韓愈。⓫附會　追隨；附和。⓬箴刺　箴切；規諷。⓭關係　指與人倫日用之教化相關。⓮贈芍采蘭　指男女表達愛情。《詩・鄭風・溱洧》：「溱與洧，方渙渙兮。士與女，方秉蕑兮……維士與女，伊其相謔，贈之以芍藥。」蕑，蘭。⓯蔡文姬　蔡琰，字文姬，東漢末陳留人。蔡邕之女。博學有才辯，通音律。初嫁河東衛仲道。夫亡，歸母家。漢末大亂，為董卓部將所虜，歸南匈奴左賢王，居匈奴十二年。曹操以金璧贖歸，再嫁董祀。⓰列女傳　漢劉向撰。⓱十七史　中國史學發展到宋朝，一共編著了正史十七部。《史記》、《漢書》、《後漢書》、《三國志》稱「前四史」，加上《晉書》、《宋書》、《南齊書》、《梁書》、《陳書》、《魏書》、《北齊書》、《周書》、《隋書》就成了「十三史」，在「十三史」的基礎上，加上《南史》、《北史》、《新唐書》、《新五代史》，就形成了「十七史」。宋朝文天祥曾對元代丞相博羅云：「一部十七史，從何說起！我今日非應博學宏詞科，何暇泛論！」⑱龍逢比干　龍逢，夏桀的臣子。比干，商紂的臣子。兩人皆以忠言進諫被殺。⑲點金成鐵　語出《景德傳燈錄》。後喻把好文章改壞。⑳詩話　即《隨園詩話》。

【語　譯】選家選近代人的詩，有七種毛病，其中藉此謀取財利、聯絡感情的不用說了。凡是詩人的全集，各有精神，一定要全部看過，才可以決定捨棄或保留；如果摘錄一二，並不是其人應該選取的詩，管窺蠡測：是第一種毛病。《詩經》中，貞淫正變，無所不包；現在只憑一人見解的狹小，而想包括群才的廣大，對於各種派別源流，並未探討，以自己的鞋子為規格，而削他人的腳來適合它：這是第二種毛病。劃分唐宋詩，尊崇杜甫、韓愈，附和大家的面子，而不能判別真假，採摘精粹的部分：這是第三種毛病。動不動就說綱常名教，規誡、嘉獎、譏諷，認為與人倫日用之教化無關係的不錄；不知贈芍採蘭與人倫教化有何關係，但孔聖人刪詩時沒有刪去。宋代理學家指責蔡文姬不應登錄《列女傳》；那麼「十七史」的列傳，都是龍逢、比干嗎？迂腐的讀書人的規則，令人要嘔吐：這是第四種毛病。貪圖選集部頭的巨大，認為每省每郡，必選數人，於是導致勉強搜尋，以寬宏而過多地選錄：這是第五種毛病。有人才力與作者相距很遠，但胡亂地為他人作品改動，於是導致點金成鐵：這是第六種毛病。曲從自己的私情，聽從他人的請求：這是第七種毛病。最後一條，我作《詩話》，也不能避免。

【研　析】此條列舉「選家選近人之詩，有七病焉」，很是周全。一是管窺蠡測，選擇不當；二是未深入研究，淺嘗輒止；三是分唐界宋，心存成見；四是囿於「關係」，眼光狹窄；五是貪大求全，濫竽充數；六是妄加竄改，失去真貌；七是徇於私情，失去公平。最後一條，袁枚自稱「亦不能免」。此人之常情，古今皆然。

四十二

【題解】本條列舉詠史詩的三種類型。

詠史有三體：一借古人往事，抒自己之懷抱：左太沖之〈詠史〉❶是也。一為隱括❷其事，而以詠嘆出之：張景陽之〈詠二疏〉❸、盧子諒之〈詠藺生〉❹是也。一取對仗之巧：義山之「牽牛」對「駐馬」❺、韋莊之「無忌」對「莫愁」❻是也。（《隨園詩話》卷十四）

【注釋】❶左太沖之詠史　西晉詩人左思，字太沖。十年作〈三都賦〉，洛陽為之紙貴。所作〈詠史〉八首，抒寫對門閥制度的不滿，為古代名篇。❷隱括　概括。❸張景陽之詠二疏　西晉文學家張協，字景陽。二疏，漢疏廣為太傅，其侄疏受為少傅，稱二疏。因年老，同時辭官回里，公卿士大夫在東都門外盛會歡送。❹盧子

諒之詠蘭生　西晉文學家盧諶，字子諒。蘭生，美酒。❺義山之牽牛對駐馬　唐詩人李商隱，字義山。其〈馬嵬〉詩：「此日六年同駐馬，他時七夕笑牽牛。」牽牛，星名。詠唐玄宗與楊貴妃事。❻韋莊之無忌對莫愁　唐詩人韋莊〈憶昔〉詩：「西園公子名無忌，南國佳人號莫愁。」西園公子，指魏文帝曹丕及其弟曹植等；無忌，戰國魏國公子信陵君的名號。詩把曹魏之「魏」與戰國七雄之「魏」牽合在一起，由此引出「無忌」二字。莫愁，傳說中的美麗的歌女。

【語譯】詠史詩有三種類型：一種是借古人的往事，抒寫自己的懷抱：左太沖的〈詠史〉就是這種。一種是概括史事，而以長聲吟嘆來表現它：張景陽的〈詠二疏〉、盧子諒的〈詠蘭生〉就是這種。一種是取對仗之巧妙：義山的「牽牛」對「駐馬」、韋莊的「無忌」對「莫愁」就是這種。

【研析】詠史三體，一借古抒懷，二隱括其事，三取對仗之巧；一重意，二重事，三重詞。其高下不言自明，作者的傾向也不言而喻。但所引詩句未必盡當，如韋莊詩自有其微諷的深意，並非只是「取對仗之巧」而已。

四十三

【題解】本條以親身經歷證明寫詩要刻苦方可進步。

作詩能速不能遲，亦是才人一病。心餘〈賀熊滌齋重赴瓊林〉❶云：

「昔著官袍誇美秀，今披鶴氅❷見精神。」余曰：「熊公美秀時，君未生，何由知之？赴瓊林不披鶴氅也。」心餘曰：「我明知率筆❸，然不能再構思。先生何不作以示我？」余唯唯❹。遲半月，成七絕句，心餘以為佳。余乃出簏中廢紙示之，曰：「已七易稿矣。」心餘嘆曰：「吾今日方知先生吟詩刻苦如是；果然第七回稿勝五六次之稿也。」余因有句云：「事從知悔方徵❺學，詩到能遲轉是才。」（《隨園詩話》卷十四）

【注釋】❶心餘賀熊滌齋重赴瓊林　心餘，蔣士銓字，其與袁枚、趙翼齊名為乾隆三大家。熊滌齋，單名本，滌齋其號，江西南昌人。康熙間曾官翰林院編修，後依其子寓居南京，與袁枚過從甚密。重赴瓊林，清代科舉制度中對考中進士滿六十年者的慶賀儀式。進士於考試中式滿周甲之期，再逢是科考試，經由禮部出面奏准，得與新科進士同赴瓊林宴，謂之重宴瓊林，以慶賀曾取中進士而享高壽。瓊林宴，天子於瓊林苑賜宴新科進士。❷鶴氅　鳥羽所製的裘。❸率筆　敗筆。❹唯唯　恭敬的應答聲。❺徵　證驗。

【語譯】作詩能速不能慢，也是才人的一個毛病。蔣心餘〈賀熊滌齋重赴瓊林〉云：「當年穿著官袍顯示出俊美秀麗，今日披上鶴氅顯得有風采。」我說：「熊公俊美秀麗時，你還未出生，從哪兒知道的？而且赴瓊林宴不披鶴氅。」心餘說：「我明知是敗筆，但不能重新構思。先生為何不作一首給我學習？」我答應了。拖了半個月，寫成七絕，心餘認為很好。我才取出紙簍中的廢紙給他看，說：「已經改了七稿了。」心餘感嘆道：「我今日才知道先生吟詩是這樣刻苦；果然第七回詩稿勝過五六回的稿子。」我因有句說：「做事從知道後悔時起才證驗到學習的重要性，作詩到了能夠慢慢修改的地步反而是一種才能。」

【研　析】此條針對「作詩能速不能遲」的才人之病，強調「詩到能遲轉是才」，道出創作之艱辛，錘煉之必要。既是獨到之見，也是甘苦之言，是袁枚以其「七易稿」之創作實踐總結出來的創作奧秘，具有極強的說服力。

四十四

【題　解】本條讚「同調」詩人趙翼及其詩。

趙雲松觀察❶謂余曰：「我本欲占人間第一流，而無如總作第三人。」蓋雲松辛巳探花❷，而于詩只推服心餘與隨園❸故也。雲松才氣，橫絕一代；獨王夢樓❹不以為然。嘗謂余云：「佛家重正法眼藏❺，不重神通❻。心餘、雲松詩，專顯神通，非正法眼藏。惟隨園能兼二義，故我獨頭低，而彼二公亦心折也。」余有愧其言。然吾鄉錢璵沙❼前輩讀《甌北集》❽而奇賞之，寄以詩云：「忽墮文星❾下斗臺❿，聲華藉藉⓫冠蓬萊⓬。探花春看長安⓭遍，投筆身從絕域回⓮。風雅⓯名誰爭後世？乾坤我欲妒斯才。登壇老將⓰推袁⓱久，不道重逢大敵⓲來。」（《隨園詩話》卷十四）

【注　釋】❶趙雲松觀察　趙翼（西元一七二七—一八一四年），字雲松，號甌北，陽湖（今江蘇常州）人。官至貴西兵備道。詩人、史學家。觀察，官名。趙翼與袁枚、蔣士銓齊名為乾隆三大家。❷辛巳探花　乾隆二十六年辛巳（西元一七六一年）殿試一甲第三名。❸心餘與隨園　蔣士銓與袁枚自己。❹王夢樓　王文治，字禹卿，號夢樓，丹徒（今屬江蘇鎮江）人。清書法家。❺正法眼藏　佛教語。禪宗以全體佛法為「正法」，朗照宇宙謂之「眼」，包含萬物謂之「藏」。正法眼藏即至高無上、無所不包的妙義。❻神通　佛教語。指先天智慧，通達無礙，變化無常。❼錢璵沙　錢琦，字相人，號璵沙，杭州人。曾官布政使等職。❽甌北集　趙翼自編的詩集，五十三卷。❾文星　文曲星。相傳文曲星主文才，後亦指有文才的人。此指趙翼。❿斗臺　星斗。⓫藉藉　顯著。⓬蓬萊　傳說中的神山名。後指仙境。⓭長安　指代北京。⓮投筆身從絕域回　趙翼曾兩參戎幕。第一次參與了用兵緬甸之役，第二次隨軍福建，平定「林爽文之亂」，見《清史稿》。⓯風雅　指詩文之事。⓰登壇老將　錢璵沙自稱。⓱推袁　推舉袁枚。⓲大敵　勁敵。指趙翼。

【語　譯】趙雲松觀察對我說：「我本想占據人間第一流，而無奈總作第三人。」雲松乾隆二十六年辛巳殿試一甲第三名，而於詩只推服心餘與我的原因。雲松的才氣，超出一代；只有王夢樓不以為然。曾對我說：「佛家看重正法眼藏，不看重神通。心餘、雲松詩，專顯神通，不是正法眼藏。惟有隨園先生能兼備二義，所以我特別低頭佩服，而趙、蔣二公亦佩服。」我有愧於其言。但我故鄉的錢璵沙前輩讀了《甌北集》而大為欣賞，寄給他一詩云：「文曲星忽從星斗降落，聲華顯著蓬萊仙境第一。春闈高中探花時看遍長安花，又投筆從戎並平安從邊塞回來。後世誰能和他爭風雅之名？天地中我要嫉妒這樣的才人。我是詩壇老將一直推舉袁枚，不料又遇到勁敵來了。」

【研　析】如果說袁枚是性靈派主將，趙翼則堪稱副將，黃培芳《香石詩話》稱「甌北、子才一時並稱」，可見趙翼之詩壇地位。袁、趙則相互讚賞，趙翼贈袁枚詩云「我最愛君詩，君亦愛我句」。兩人還互稱「同調」，即共同倡導詩寫性靈。袁枚〈覆雲松觀察〉稱趙翼「凡所抒寫，皆枚意中語，未知何時逃入先生腹中，走出先生腕下，使我且妒且舞，因之憬然有悟，先生所以推許我詩，如元相之愛龐巖，為其類己故也」。性靈派於乾隆詩壇獨樹一幟，影響深遠，與袁、趙同心協力、步調一致大有關係。

四十五

【題　解】本條以杜甫為例，說明人必先有深情，然後才有詩作。

人必先有芬芳悱惻❶之懷，而後有沉鬱頓挫❷之作。人但知杜少陵每飯不忘君❸；而不知其于友朋、弟妹、夫妻、兒女間，何在不一往情深耶？觀其冒不韙以救房公❹，感一宿而頌孫宰❺，要鄭虔于泉路❻，招李白于匡山❼：此種風義，「可以興，可以觀」❽矣。後人無杜之性情，學杜之風格，抑末也！蔣心餘❾讀陳梅岑❿詩，贈云：「一代高才有情者，繼袁夫子⓫是陳君。」（《隨園詩話》卷十四）

【注釋】❶芬芳悱惻　南朝梁裴子野〈雕蟲論〉：「若悱惻芬芳，楚騷為之祖。」芬芳，比喻美好的德行。悱惻，憂思抑鬱。❷沉鬱頓挫　深沉蘊藉，抑揚有致。❸杜少陵每飯不忘君　蘇軾〈王定國詩集序〉：「古今詩人眾矣，而杜子美為首，豈非以其流落飢寒，終生不用，而一飯未嘗忘君歟？」意謂杜甫時刻不忘國君。杜少陵，杜甫，自稱少陵野老。❹救房公　唐肅宗時宰相房琯，在安史之亂中，指揮軍事失誤，致有陳濤、青阪之敗，罷相。杜甫時為左拾遺，上疏力救，也獲罪罷官。❺頌孫宰　杜甫避安史之亂，攜家奔竄於彭衙（今陝西澄縣），遇孫宰救濟，有〈彭衙行〉感激孫宰。❻要鄭虔于泉路　杜甫〈贈鄭虔〉：「便與先生應小訣，九重泉路盡交期。」要，要約；約定。泉路，指陰間。❼招李白于匡山　杜甫〈懷李白〉：「匡山讀書處，頭白好歸來。」❽可以興二句　見《論語．陽貨》，謂詩歌可以感發人的意志，考察風俗的盛衰。❾蔣心餘　蔣士銓，字心餘。❿陳梅岑　陳熙，字梅岑，秀州（治所今浙江嘉興）人。官河南南河同知。有《騰笑軒詩鈔》。為袁枚弟子。⓫袁夫子　指袁枚。夫子，老師，尊稱。

【語　譯】人一定要有美德有憂思，才有深沉抑揚的作品。人只知杜甫時刻不忘國君；而不知他對於朋友、弟妹、夫妻、兒女之間，在哪裡不是一往情深呢？觀察他冒著犯錯的風險上疏挽救房公，感激孫宰借一宿之恩而作詩頌揚，與鄭虔要約於泉路相會，邀請李白於廬山相聚：此種情誼，「可以感發人的意志，可以觀察風俗的盛衰」了。後人沒有杜甫的性情，卻學杜詩的風格，或許是下等的詩人。蔣心餘讀陳梅岑詩，贈云：「一代高才有情的人，繼承袁夫子的就是你陳君。」

【研　析】詩人先有真性情而後有真詩。而情的範圍是廣泛的，如少陵並非只有思君愛國，亦有友朋、弟妹、夫妻、兒女之情，都屬於「芬芳悱惻之懷」，亦都可以寫出佳作。此論實際仍是針砭沈德潛的「有關係」、人倫教化的詩教觀。而批評「無杜之性情，學杜之風格，抑末也」，則是諷刺盲目學杜的格調詩。

四十六

【題　解】本條強調創作需有天分，是性靈說的要義。

詩文自須學力，然用筆構思，全憑天分。往往古今人持論，不謀而合。李太白〈懷素❶草書歌〉云：「古來萬事貴天生，何必公孫大娘〈渾

脫〉舞❷？」趙雲松❸〈論詩〉云：「到老始知非力取，三分人事❹七分天❺。」（《隨園詩話》卷十五）

【注釋】❶懷素　唐代僧人，玄奘弟子。著名的書法家，以狂草著稱。❷何必公孫大娘渾脫舞　意謂即使沒有渾脫舞的啟發，懷素的草書也同樣會有成就。據《明皇雜錄》，僧懷素看了公孫大娘舞〈劍器〉、〈渾脫〉，草書大進。公孫大娘，唐開元間教坊的著名舞妓。〈劍器〉、〈渾脫〉，曲名。❸趙雲松　趙翼，字雲松。❹人事　人力之所為。❺天　先天。

【語譯】詩文自然需要一定的學問，但寫作構思，全要憑天分。古今人提出主張往往不謀而合。李太白〈懷素草書歌〉云：「自古以來萬事都重視天生的才能，何必學習公孫大娘〈渾脫〉舞的技巧？」趙雲松〈論詩〉云：「到老才知道作詩不是靠盡力就能成功的，三分是人力之所為，七分是先天具備的。」

【研析】此條是標舉性靈說的詩才論。創作條件有二，一是學力，二是天分，誠然不錯，但「全憑天分」之說，未免絕對化。「三分人事七分天」則庶幾近之。

四十七

【題解】本條藉徐嵩之論評，說爭唐宋詩孰優孰劣之不可取。

徐朗齋嵩❶曰：「有數人論詩，爭唐、宋為優劣者，幾至攘臂❷。乃援嵩以定其說。嵩乃仰天而嘆，良久不言。眾問何嘆。曰：『吾恨李氏不及姬家❸耳！倘唐朝亦如周家八百年，則宋、元、明三朝詩，俱號稱唐詩，諸公何用爭哉？須知論詩只論工拙，不論朝代。譬如金玉，出於今之土中，不可謂非寶也；敗石瓦礫，傳自洪荒，不可謂之寶也。』眾人聞之，乃閉口散。」余謂詩稱唐，猶稱宋之斤、魯之削❹也，取其極工者而言；非謂宋外無斤、魯外無削也。朗齋，癸卯科❺為主考謝金圃❻所賞，已定元❼矣；因三場策❽不到而罷。謝刊其薦卷，流傳京師，故朗齋詠〈唐寅畫像〉云：「錦瑟華年❾廿五春，虎頭金粟是前身❿。虛名麗六⓫流傳遍，下第江南第一人⓬。」「麗六」者，其場中坐號也。次科亦即登第。（《隨園詩話》卷十六）

【注釋】❶徐朗齋嵩　徐嵩，字鑠慶，號朗齋，昆山（今屬江蘇）人。舉人。❷攘臂　捋袖伸臂，形容激憤貌。❸李氏不及姬家　意為李家唐王朝不如姬家周王朝年代長久。❹宋之斤魯之削　《周禮・冬官考工記》：

「鄭之刀，宋之斤，魯之削，吳粵之劍，遷乎其地而弗能為良，地氣然也。」斤，斧頭。削，曲刀（雕刻工具）。❺癸卯科　乾隆四十八年（西元一七八三年）鄉試。❻謝金圃　名墉，字昆城，號金圃、豐甫、東墅，晚號西髯，嘉善（今屬浙江）人。乾隆十七年進士，改庶吉士，授編修。❼定元　此指鄉試選為第一，即解元。❽三場策　第三場考試策問。❾錦瑟華年　即青春歲月。李商隱〈錦瑟〉詩：「錦瑟無端五十絃，一絃一柱思華年。」❿虎頭金粟是前身　說自己生有佛根。佛教有金粟如來，李白〈答湖州司馬問〉詩：「金粟如來是後身。」晉代名畫家顧愷之（小字虎頭）在瓦官寺畫有金粟如來像，畫譜有「虎頭金粟」之稱。⓫麗六　《清稗類鈔》：昆山徐朗齋大令鏴慶，健庵尚書裔孫也，有雋才，鄉試二場畢後，飲於秦淮妓艇，大醉不醒，三場誤點名，未入闈而其卷已掄元矣。闈中遍求三場卷不得，主司嘆惋累日。刊程墨時，錄其文於解首之前，不刊名而刊紅號，曰「麗六」。徐賦詩云：「虛名麗六流傳遍，下第江南第一人。」⓬第一人　即上文「定元」。

【語譯】徐朗齋嵩說：「有幾個人論詩，爭論唐、宋詩誰為優誰為劣，幾乎到了捋袖伸臂的程度。於是拉著我徐嵩來確定其說是否有理。我仰天而嘆，很久不說話。眾人問嘆息什麼。我說：『我恨李氏唐朝不及姬家周朝罷了！如果唐朝亦如周家有八百年那麼長久，則宋、元、明三朝詩，都號稱唐詩，諸公何用爭論呢？須知論詩只論優劣，不論朝代。譬如金玉，出於現在的泥土中，不可說它不是寶貝；敗石瓦礫，傳自遠古，不可說它就是寶貝。』眾人聽完，於是無言地散開。」我認為詩稱唐，好比稱宋國的斧頭、魯國的曲刀，是取其極鋒利者來說的；不是說宋國之外無斧頭、魯國之外無曲刀。朗齋，乾隆四十八年癸卯科鄉試為主考謝金圃所賞識，選定為解元了；因第三場策問考試不到場而落榜。謝刊印其試卷，流傳於首都，於是朗齋詠〈唐寅畫像〉云：「錦瑟華年廿五個春天了，虎頭的金粟如來畫像是我的前身。我『麗六』的虛名流傳各處，卻是落榜的江南第一人。」「麗六」者，其考場中的坐位號碼。下一科鄉試就榜上有名了。

【研析】此條引證徐朗齋針對唐、宋優劣之爭所言「倘唐朝亦如周家八百年，則宋、元、明三朝詩，俱號稱唐詩，諸公何用爭哉」，風趣而有力，堪稱妙論。而「論詩只論工拙，不論朝代」更是至理，袁枚〈答沈大宗伯論詩書〉云「嘗謂詩有工拙，而無今古」，正是「抄襲」徐氏觀點。此條袁枚又發揮說「余謂詩稱唐，猶稱宋之斤、魯之削也，取其極工者而言；非謂宋外無斤、魯外無削也」，則對唐以後之宋詩進行了肯定。袁枚論詩兼容唐、宋，亦正在於此。

四十八

【題解】本條強調詩為抒寫人之性情，旨在感發人心。

詩始于虞舜❶，編于孔子❷。吾儒不奉兩聖人之教，而遠引佛老❸，何耶？阮亭好以禪悟比詩❹，人奉為至論。余駁之曰：「《毛詩三百篇》❺，豈非絕調？不知爾時，禪在何處？佛在何方？」人不能答。因告之曰：「詩者，人之性情也。近取諸身❻而足矣。其言動心，其色奪目，其味適口，其音悅耳：便是佳詩。孔子曰：『不學詩，無以言。』❼又曰『詩可以興』❽。兩句相應。惟其言之工妙，所以能使人感發而興起；倘直率庸腐之言，能興者其誰耶？」（《隨園詩話補遺》卷一）

【注釋】❶詩始于虞舜　「詩」這個詞最先見於《尚書・堯典》虞舜云：「詩言志，歌永言」。虞舜，上古五帝之一，古代傳說中的聖君。❷編于孔子　據《史記》等書記載，孔子以前，古詩有三千餘篇，經孔子編定，存三百餘篇。即今《詩經》。❸佛老　佛家和道家並稱。❹阮亭好以禪悟比詩　清王士禛（號阮亭）論詩，提倡「神韻」，標榜「妙悟」，常用佛教的理論談詩，他說：「嚴滄浪以禪喻詩，余深契其說。」（見《帶經堂詩話》）禪悟，對禪理的洞達，此即指禪理。禪，佛教語，原指靜坐默念，引申為禪理、禪學等。❺毛詩三百篇　即《詩經》。秦代以後，講授《詩經》的有數家，其中由漢代學者毛亨、毛萇兄弟傳授的最流行，稱為《毛詩》。❻近取諸身　《易・繫辭下傳》：「古者包羲氏之王天下也，仰則觀象於天，俯則觀法於地，觀鳥獸之文與地之宜，近取諸身，遠取諸物，於是始作八卦，以通神明之德，以類萬物之情。」❼不學詩二句　意為不學習《詩經》，就不善於辭令。這是孔子對他兒子孔鯉說的話。見《論語・季氏》。❽詩可以興　詩可以感發志意。見《論語・陽貨》。

【語譯】「詩」這個詞最先見於《尚書・堯典》：「詩言志，歌永言」，經孔子編定。我們儒者不奉行兩位聖人的教誨，卻遠引佛家與道家學說，是為什麼呢？阮亭好以禪理比詩，人們奉為精闢的理論。我反駁他們說：「《毛詩三百篇》，豈非絕妙的作品？不知那時，禪在何處？佛在何方？」

人們不能回答。我於是告知他們說：「詩，是表達人的性情。就近取譬於身體的各部分就夠了。其言詞動心，其色彩奪目，其韻味適口，其音律悅耳：便是佳詩。孔子說：『不學詩，就沒什麼可說的。』又說『詩可以感發人的志意』。兩句相互呼應。只因為其言詞的工妙，所以能使人感動而奮起；如果是直率庸腐的言詞，能感發誰呢？」

【研析】此條反對王士禎「以禪悟比詩」，而以「身」論詩：「其言動心，其色奪目，其味適口，其音悅耳：便是佳詩。」此從讀者接受的角度評判詩之優劣。首先是「動心」，亦即「感人」，「使人感發而興起」，此為頭等重要的。其次是「奪目」，即講究文采，「若非華羽，曷別鳳皇」（《續詩品・振采》）。再次是「適口」，有詩味可品。最後是「悅耳」，聲律動聽，所謂「三日繞梁，我思韓娥」（《續詩品・結響》）。袁枚之論通俗易懂，自比以禪喻詩之玄虛更切實際。

四十九

【題解】本條批評肌理派創作以學問考據為詩。

近日有巨公❶教人作詩，必須窮經讀注疏❷，然後落筆，詩乃可傳。

余聞之，笑曰：且勿論建安❸、大曆❹，開府❺、參軍❻，其經學何如；

只問「關關雎鳩」❼、「采采卷耳」❽，是窮何經、何注疏，得此不朽之作？陶❾詩獨絕千古，而「讀書不求甚解」❿；何不讀此疏以解之？梁昭明太子〈與湘東王書〉⓫云：「夫六典⓬、三禮⓭，所施有地，所用有宜。未聞吟詠情性，反擬〈內則〉⓮之篇；操筆寫志，更摹〈酒誥〉⓯之作；『遲遲春日』⓰，翻學《歸藏》⓱；『湛湛江水』⓲，竟同〈大誥〉⓳。」此數言振聾發聵⓴；想當時必有迂儒曲士㉑，以經學談詩者，故為此語以曉之。（《隨園詩話補遺》卷一）

【注釋】❶巨公　大人物。當為翁方綱（官至內閣學士）一類人物，以考據為詩者。❷注疏　注和疏。注是對經書字句的注釋。疏是對注釋的注釋。❸建安　指建安七子。東漢末建安時期，孔融、陳琳、王粲、徐幹、阮瑀、應瑒、劉楨以文學著稱，稱建安七子。❹大曆　指大曆十才子。唐代宗大曆年間，詩人盧綸、吉中孚、韓翃、錢起、司空曙、苗發、崔峒、耿湋、夏侯審、李端等被稱為大曆十才子。❺開府　即庾信，字子山，南陽新野（今屬河南）人。初仕南朝梁，出使西魏，被留。歷仕西魏、北周。官至驃騎大將軍、開府儀同三司，世稱庾開府。前期作品綺麗華靡，後期作品蕭索蒼涼。❻參軍　即鮑照，字明遠，南朝劉宋東海（今江蘇漣水縣）人。詩文超逸工麗。因曾官前軍參軍，世稱鮑參軍。❼關關雎鳩　《詩・周南・關雎》的首句。關關，鳥類雌雄相和的鳴聲。雎鳩，鳥名。❽采采卷耳　《詩・周南・卷耳》的首句。采采，茂盛貌。卷耳，菊科植物名。❾陶　指東晉末期南朝宋初期詩人、散文家。字元亮，號五柳先生，諡號靖節先生，入劉宋後改名潛。❿讀書不求甚解　陶淵明〈五柳先生傳〉：「好讀書不求甚解，每有會意，便欣然忘食。」不求甚解，指不鑽牛角尖。⓫梁昭明太子與湘東王書　下面所引的一段話，出於梁簡文帝蕭綱〈與湘東王書〉，作者不是昭明太子，袁枚誤記。引文與原文有出入，原文：「若夫六典、三禮，所施則有地；吉凶嘉賓，所用則有所。未聞吟詠情性，反擬〈內則〉之篇；操筆寫志，更摹〈酒誥〉之作。『遲遲春日』，翻學《歸藏》；『湛湛江水』，竟同〈大傳〉。」⓬六典　《周禮》所稱六典，治典、教典、禮典、政典、刑典、事典。⓭三禮　這裡指祭天、地、宗廟之禮。⓮內則　《禮記》中的一篇。⓯酒誥　《尚書》中的一篇。⓰遲遲春日　《詩・豳風・七月》的句子，原作「遲遲春日」。遲遲，和煦。⓱歸藏　相傳的三《易》之一。⓲湛湛江水　《楚辭・招魂》：「湛湛江水兮上有楓……」湛湛，形容水深。⓳大誥　《尚書》中的一篇。⓴振聾發聵　比喻喚醒糊塗麻木的人。㉑曲士　鄉曲之士，孤陋寡聞的人。

【語　譯】最近有位大人物教人作詩，說一定要盡力鑽研經籍，讀通注與疏，然後再下筆，詩才能流傳。我聽到此話，笑說：暫且不論建安七子、大曆十子、庾開府、鮑參軍，他們的經學造詣如何；只問「關關雎鳩」、「采采卷耳」，是鑽研什麼經籍、什麼注疏，才得到這樣的不朽作品？陶淵明詩千古無二，但「讀書不求甚解」；他為什麼不讀義疏以求甚解呢？梁昭明太子（梁簡文帝蕭綱）〈與湘東王書〉云：「六典、三禮，實施要有場所，運用要適宜。沒聽說吟詠情性之作，反而模擬〈內則〉之篇；揮筆言志，還摹仿〈酒誥〉之作；寫『遲遲春日』類的詩作，反而去學《歸藏》；寫『湛湛江水』類的美詞，竟會類同〈大誥〉。」這幾句話可以喚醒糊塗麻木的人；想當時必有迂腐的儒生與孤陋寡聞的人，是以經學談詩者，所以說這種話讓他們明白。

【研析】此條批評翁方綱肌理派以學問為詩，即須「窮經讀注疏」後才作詩，認為詩是吟詠性情的，並不依賴於學問，觀點鮮明。所舉從《詩經》到建安、大曆、開府、參軍、陶淵明等名家吟詠性情之例，無一是因窮經讀注疏而寫出「不朽之作」的。又援引「昭明太子」（實為蕭綱）〈與湘東王書〉之言作為批判武器，更令「以經學談詩者」只有舉手投降的份兒。論據充足，具有很強的說服力。但引用有誤記之處，是白璧微瑕，蓋古人引用多憑記憶，不是臨時翻書，不必苛求。

五十

【題解】本條考證隨園的歷史。

余買小倉山❶廢園，舊為康熙間織造隋公❷之園，故仍其姓，易「隋」為「隨」，取隨之時義大矣哉❸之意。居四十餘年矣，忽于小市上購得前朝顧尚書東橋先生❹手書詩幅，題云：「茂慈詞丈❺就北山之麓，構園，名隨園，索余賦詩。因贈云：『霜松雪竹憶歸初，千載猶堪借客居。雨過泉聲飛卷幔，雲生嵐翠❻擁行裾❼。金尊座對賢人酒❽，石室山藏太史書❾。共說高情丘壑在，蒼生凝望意何如❿？』」，又曰：「誰向山居同掞⓫詠？主人原是謝公⓬才。」讀其詩，想見主人亦是詞館⓭文學之士而歸隱者。北山之麓，當即在小倉山左右。末署「天啟五年⓮，友弟⓯顧起元⓰書」。事隔二百年，而園名與余先後相同，事亦奇矣。惜茂慈二字，是字非名，終不知其為誰也。後考邑志：茂慈名潤生，焦弱侯⓱之長子，守雲南殉節。（《隨園詩話補遺》卷一）

【注釋】❶小倉山　在今南京清涼山之東。❷織造隋公　織造隋赫德。織造，官名。掌管織造絲織品，供皇室之用。❸隨之時義大矣哉　按原文應為「隨時之義大矣哉」。見《易．隨》。隨時，順應時勢；切合時宜。❹東橋先生　顧璘，字華玉，號東橋，長洲（今蘇州）人。寓居南京。官至刑部尚書。著有《顧華玉集》。但下文署名為「顧起元書」。❺詞丈　對前輩詩人的敬稱。❻嵐翠　山林中的霧氣。❼行裾　出行時所穿的衣衫。❽賢人酒　古代隱語，謂清酒為聖人，濁酒為賢人。賢人酒即濁酒。杜甫〈對雨書懷走邀許主簿〉：「座對賢人酒，門聽長者車。」這裡亦有賢主人之酒的意思。❾石室山藏太史書　太史公司馬遷〈報任安書〉稱《史記》要「藏之名山，傳之其人」。石室山，浙江衢州爛柯山，此指代南京的山。太史書，此指代著作。❿共說高情丘壑在二句　說茂慈情在山丘歸隱，但蒼生共盼其出山。《晉書．謝安傳》：「功高百辟，情惟一丘。」「安石不出，如蒼生何？」⓫掞　發抒。⓬謝公　謝安（西元三二〇—三八五年），字安石，號東山，東晉政治家，軍事家，會稽（今浙江紹興）人。官至太保兼都督十五州軍事兼衛將軍等職，死後追封太傅兼廬陵郡公。世稱謝太傅、謝安石、謝公等。⓭詞館　翰林院。⓮天啟五年　西元一六二五年。⓯友弟　同「友生」。朋友。⓰顧起元　字太初，江寧（今江蘇南京）人。明萬曆進士，官至吏部侍郎。有《客座贅語》。精金石之學，工書法。⓱焦弱侯　焦竑，字弱侯，江陵（今屬湖北）人。明萬曆十七年（西元一五八九年）殿試第一。明代藏書家。有《焦氏藏書目》、《淡園集》等。

【語　譯】我買的小倉山廢園，以前是康熙間織造隋公的園林，所以沿襲其姓，改「隋」為「隨」，取《易・隨》隨時之義作用很大的意思。我居住四十餘年了，忽於小集市上購得明朝顧尚書東橋先生手書的詩幅，題云：「茂慈詩家前輩靠近北山之麓，構築園林，名隨園，要求我賦詩。於是贈詩云：『看見霜松雪竹憶起您當初歸隱的日子，即使千年仍值得借此處客居。雨過山泉發出聲響，山泉形似飛捲的幕布，行雲化成山林中的霧氣，簇擁著行人所穿的衣衫。座位面對著金樽的濁酒，石室山藏著可以流傳後世的著作。大家都說茂慈情繫山丘隱居，而蒼生共盼其出山他又會怎麼想呢？』」又曰：「誰羨慕山居共同抒情吟詠？主人原是謝公一樣的人才。」讀其詩，想見主人亦是翰林院文學之士而歸隱者。北山之麓，當即在小倉山附近。末署「天啟五年，友弟顧起元書」。事隔二百年，而園名與我的園名先後相同，事亦很奇特了。可惜「茂慈」二字，是字非名，終不知其為誰。後考縣志得知：茂慈名潤生，焦弱侯的長子，守雲南時殉節。

【研　析】此條考述隨園前身的歷史，是一條比較珍貴的資料。二百年前焦弱侯之長子焦潤生，於北山之麓「構園」，園即「名隨園」，而主人「亦是詞館文學之士而歸隱者」，與袁枚園名及袁枚身分竟無二致，造物如此奇妙，世事如此巧合，確實「事亦奇矣」！

五十一

【題解】本條批評詩流「三病」桎梏詩人之性靈。

孔子論詩，但云興、觀、群、怨❶，又云「溫柔敦厚」❷，足矣！孟子論詩，但云「以意逆志」❸，又云「言近而指遠」❹，足矣！不料今之詩流，有三病焉：其一填書塞典，滿紙死氣，自矜❺淹博。其一全無蘊藉，矢口❻而道，自誇真率。近又有講聲調而圈平點仄以為譜者❼，戒蜂腰、鶴膝、疊韻、雙聲❽以為嚴者，栩栩然❾矜獨得之秘。不知少陵❿所謂「老去漸於詩律細」⓫，其何以謂之律，何以謂之細？少陵不言。元微之⓬云：「欲得人人服，須教面面全。」⓭其作何全法，微之亦不言。蓋詩境甚寬，詩情甚活，總在乎好學深思，心知其意，以不失孔、孟論詩之旨而已。必欲繁其例，狹其徑，苛其條規，桎梏⓮其性靈，

使無生人之樂，不已傎⓯乎！唐齊己有《風騷旨格》⓰，宋吳潛溪有《詩眼》⓱：皆非大家真知詩者。（《隨園詩話補遺》卷三）

【注　釋】❶興觀群怨　《論語・陽貨》：孔子曰：「《詩》，可以興，可以觀，可以群，可以怨。」興，感發志意。觀，考察風俗盛衰。群，相互感染。怨，怨刺上政。❷溫柔敦厚　《禮記・經解》引孔子的話：「溫柔敦厚，《詩》之教也。」孔穎達《疏》：「溫，謂顏色溫潤；柔，謂情性和柔。詩依違諷諫，不指切事情，故言溫柔敦厚，是《詩》教也。」❸以意逆志　《孟子・萬章上》：「故說《詩》者，不以文害辭，不以辭害志。以意逆志，是為得之。」意謂對《詩》琢磨作品的主旨，不要鑽個別字眼。❹言近而指遠　《孟子・萬章下》：「言近而指遠者，善言也。」指，同「旨」。❺矜　自誇；自恃。❻矢口　隨口。❼近又有講聲調而圈平點仄以為譜者　當時王士禛、趙執信、翁方綱等都有關於古近體詩聲調平仄的著作。某處應平，某處應仄，都作了標記，要求是嚴格的。分見王士禛《王文簡古詩平仄論》、翁方綱《五七言詩平仄舉隅》、趙執信《聲調譜》等書。❽蜂腰鶴膝疊韻雙聲　南齊沈約等講求韻律，探討詩文聲病，創立「四聲八病」之說。蜂腰、鶴膝是所謂八病中的兩病。五言詩每句中只有第三字是清音，其餘四字皆濁音叫蜂腰；反之為鶴膝。疊韻，就是同韻母的字構成疊韻。雙聲，就是同聲母的字構成雙聲。❾栩栩然　歡喜自得貌。❿少陵　杜甫號少陵野老。⓫老去漸於詩律細　見杜甫〈遣悶呈路十九曹長〉。⓬元微之　元稹字微之。⓭欲得人人服二句　見元稹〈見人詠韓舍人新律詩因有戲贈〉：「欲得人人優，能教面面全。」引詩略有出入。⓮桎梏　束縛。⓯傎　荒謬。⓰唐齊己有風騷旨格　晚唐著名詩僧齊己的《風騷旨格》專注於詩歌藝術形式問題的探討。⓱宋吳潛溪有詩眼　此書未詳。另有《潛溪詩眼》，北宋范溫撰。范溫號潛溪，故名。此書宋以後即散佚。當時各家稱引皆簡稱《詩眼》。僅在《說郛》中保存三則，郭紹虞《宋詩話輯佚》輯得二十九則。所謂「詩眼」，即闡述作詩之訣竅和技巧。所謂「宋吳潛溪有《詩眼》，或即此書而袁枚誤記耶。

【語　譯】孔子論詩，只是說興、觀、群、怨，又說「溫柔敦厚」，足夠了！孟子論詩，只是說「用自己的想法去揣度作者的心思」，又說「語言通俗易懂，意義深遠富有哲理」，足夠了！不料今天的詩人，有三種毛病：其一是填書塞典，滿紙死氣，自恃淵博。其一是全無含蓄，隨口而道，自誇真率。最近又有講聲調圈平點仄而著為聲調譜者，戒蜂腰、鶴膝、疊韻、雙聲以為嚴格者，歡喜自得，自誇得到獨有的奧秘。不知少陵所謂「老去漸於詩律做得很細緻」，其用什麼稱之為詩律，用什麼稱之為細緻？少陵沒有說。元微之說：「要能夠讓人人信服，必須做到面面齊全。」其怎麼樣做到全法，微之也沒有說。詩的境界很寬廣，詩的感情很鮮活，總的說在於好學深思，心知其意，以不失去孔、孟論詩的意思而已。若一定要使其規則繁瑣，使其途徑狹窄，使其條規苛刻，束縛其性情靈思，使人沒有活人的樂趣，不太荒謬了嗎！唐齊己有《風騷旨格》，宋吳潛溪有《詩眼》：他們都不是大詩人和真正懂得詩的人。

【研　析】袁枚論詩雖時引孔、孟之言作為批評的利器，但含義已經過其改造，這是子才聰明之處。此條批評今之詩流三病：一是以考據為詩，滿紙死氣；二是粗才，無含蓄蘊藉之致；三是大講聲律，死守教條。三病的要害在於「桎梏其性靈，使無生人之樂」，即全不合袁枚性靈說之旨。至於「不失孔、孟論詩之旨」，不過是袁枚的障眼法而已。

五十二

【題　解】本條主張詩人應才學兼備，缺一不可。

劉知幾❶云：「有才無學，如巧匠無木，不能運斤❷；有學無才，如愚賈操金❸，不能屯貨。」余以為詩文之作意用筆，如美人之髮膚巧笑❹，先天也；詩文之徵文用典，如美人之衣裳首飾，後天也。至于腔調塗澤❺，則又是美人之裹足穿耳，其功更後矣！（《隨園詩話補遺》卷六）

【注　釋】❶劉知幾　唐代史學家，《史通》的作者。下面的話，引自《唐書》本傳。❷運斤　揮斧。❸操金　操縱、運用錢幣。❹巧笑　美好的笑。《詩·衛風·碩人》：「巧笑倩兮，美目盼兮。」❺塗澤　指辭藻的修飾。

【語　譯】劉知幾說：「有才無學，如靈巧的木匠無木料，不能揮動斧子；有學無才，如笨拙的商人運用錢幣，不能聚集起貨物。」我認為詩文的立意運筆，如美人的頭髮皮膚、美好的笑容，是先天具備的；詩文的引徵成文與使用典故，如美人的衣裳首飾，是後天得到的。至於格律與辭藻的修飾，那又是美人的纏足穿耳洞，其功夫更在後面了！

【研析】此條引劉知幾論史之言而發揮之，論「才」與「學」的關係。「作意用筆」，是靠先天詩才，如「我來天外」（《續詩品・精思》）的構思，「星月驅使，華嶽奔馳」（《續詩品・用筆》）的想像，皆是「筆性靈」的體現。「徵文用典」，則靠後天博習，「日不關學，終非正聲」（《續詩品・博習》）。詩人兩者俱備，自有佳作。至於「腔調塗澤」，在聲律、文辭上雕琢，已不足道矣！

五十三

【題解】本條主張詩人應天分與學力兼具方能成功。

詩如射也，一題到手，如射之有鵠❶，能者一箭中，不能者千百箭不能中。能之精者，正中其心；次者中其心之半；再其次者，與鵠相離不遠；其下焉者，則旁穿雜出，而無可捉摸焉。其中不中，不離「天分學力」四字。孟子曰：「其至爾力，其中非爾力。」❷至是學力，中是天分。（《隨園詩話補遺》卷六）

【注釋】❶鵠　箭靶。❷其至爾力二句　《孟子・萬章》：「智譬則巧，聖譬則力也。由（猶）射於百步之外也：其至爾力也，其中非爾力也。」

【語譯】作詩如射箭，一題到手，如射箭的有靶子，有本領的人一箭就射中，沒有本領的人千百箭都不能射中。本領高精的人，正好射中靶心；本領稍低點的人射中靶心的半邊；本領再低點的人，箭與箭靶距離不遠；那些本領低下的人，箭就射偏或亂射，讓人不可捉摸。其射中與射不中，不離「天分學力」四個字。孟子說：「達到是你的臂力，射中則不是你的臂力。」達到是學力，射中是天分。

【研析】此條以射箭為喻，論天分與學力的結合。「能者一箭中，不能者千百箭不能中」。中與不中關乎「天分」，瞄得準是先天的才能。「至是學力」，是後天鍛鍊，要有足夠的臂力使箭插入靶心。天分與學力缺一不可，無學力雖有天分亦難成功；而無天分再有學力亦是徒勞。所言大致不錯。

五十四

【題解】本條記第一女弟子席佩蘭之詩才。

女弟子席佩蘭❶，詩才清妙，余嘗疑是郎君孫子瀟❷代作。今春❸到虞山❹訪之，佩蘭有君姑之戚❺，縞衣❻出見，容貌婀娜，克稱其才。以小照屬題，余置袖中，即拉其郎君同往吳竹橋太史❼家小飲。日未暮，而見贈三律來。讀之，細膩風光，方知徐淑之果勝秦嘉❽也。其詩云：「慕公名字讀公詩，海內人人望見遲。青眼❾獨來幽閣裡，縞衣無奈浣妝❿時。蓬門昨夜文星⓫照，嘉客先期喜鵲知。願買杭州絲五色，絲絲親自繡袁絲⓬。」「深閨柔翰學塗鴉⓭，重荷先生借齒牙⓮。漫擬劉公知道韞⓯，直推徐淑勝秦嘉。解圍敢設青綾障⓰？執贄遙褰絳帳紗⓱。聲價自經椽筆⓲定，掃眉筆上也生花⓳。」「南極、文昌⓴應一身，幸瞻藜杖㉑拜星辰。一編㉒早定千秋業，片語能生四海春。詩格要煩裁偽體㉓，畫圖敢自秘丰神？問公參透拈花旨，可是空王座下人㉔？」佩蘭小照幽豔，余老矣，不敢落筆，帶至杭州，屬王玉如夫人㉕為之佈景，孫雲鳳、雲鶴㉖兩女士題詩詞，余跋數言，以志一時三絕㉗云。（《隨園詩話補遺》卷八）

【注釋】❶席佩蘭　字韻芬，號浣雲，昭文（今江蘇常熟）人。袁枚第一女弟子，孫原湘之妻。❷孫子瀟　孫原湘（西元一七六〇－一八二九年），字子瀟，一字長真，晚號心青，自署射姑仙人侍者，昭文人。袁枚大弟子。嘉慶十年（西元一八〇五年）榜眼，官編修。著《天真閣集》。❸今春　此指乾隆五十九年（西元一七九四年）春。❹虞山　山名，在常熟。此指代常熟。❺君姑之戚　指婆婆亡故的悲傷。❻縞衣　白衣，孝服。❼吳竹橋太史　吳蔚光，字哲甫，號竹橋，別號湖田外史，昭文人。乾隆四十五年（西元一七八〇年）進士，選庶吉士，授禮部主事，旋引疾歸，鄉居終老。太史，翰林院屬官，指庶吉士。❽徐淑之果勝秦嘉　秦嘉是東漢隴西人，字士會，妻徐淑，俱有文才，徐淑尤勝。這句是獎許席氏詩才勝過其丈夫孫氏。❾青眼　與白眼相對。指喜歡或器重。❿浣妝　洗去鉛華。⓫文星　星名。文昌星，又曰文曲星。喻有才的人。⓬袁絲　即漢文景時大臣袁盎，字絲。這裡借指袁枚。⓭塗鴉　比喻書畫或文詞稚嫩拙劣。⓮借齒牙　受到稱讚。蘇軾〈與王荊公書〉之二：「願公少借齒牙，增重於世。」⓯劉公知道韞　劉公，晉名士劉柳。道韞，即晉才女謝道韞，謝安侄女。據《世說新語》及《晉書》說：劉柳聞道韞之名，請與談論。謝素知劉名，亦不自阻。劉退而嘆曰：「使人心形俱服。」⓰解圍敢設青綾障　據《晉書》謝道韞丈夫王凝之之弟獻之，嘗與賓客談論，詞理將屈，道韞遣婢告獻之說：「願為小郎解圍。」乃施青綾步障自蔽，申獻之前議，客不能屈。⓱執贄遙褰絳帳紗　此句再申願為袁氏弟子的誠意。贄，專指獻給老師的禮物。褰，揭起。絳帳紗，老師的帷帳。⓲椽筆　大筆。⓳掃眉筆上也生花　指女子也能寫出好詩。掃眉，描畫眉毛。此指掃眉才子，即有才的女子。筆上也生花，即妙筆生花，比喻傑出的寫作才能。王仁裕《開元天寶遺事・夢筆頭生花》：「李太白少時，夢所用之筆頭上生花，後天才贍逸，名聞天下。」⓴南極文昌　南極星主壽，文昌星主文才。㉑藜杖　用藜的老莖做的手杖。此指代袁枚。㉒一編　當指袁枚的詩文集。㉓詩格要煩裁偽體　請求袁枚裁正作者詩格中不純正的東西。本杜甫〈戲為六絕句〉：「別裁偽體親風雅，轉益多師是汝師。」㉔問公參透拈花旨二句　意謂您精於佛學，看過我的肖像之後，請問我能否進入佛門。拈花，佛教故事，如來說法，拈花示眾，弟子阿難領悟，微笑頷首。空王，即如來佛。㉕王玉如夫人　王玉如，字清閣，雲南人。四川按察使杭州孫嘉樂妾。善詩畫，與女雲鳳、雲鶴等閨中唱和，頗有林下風。㉖孫雲鳳雲鶴　孫雲鳳（西元一七六四—一八一四年），字碧梧，仁和人。孫嘉樂女。能詩，善寫花卉。後適某氏子，見筆硯輒憎，反目歸母家。有《湘筠館詩》。孫雲鶴，字蘭友，一字仙品，仁和人。孫嘉樂女，縣丞金瑋妻。善畫，工填詞，兼長駢體文，與姊雲鳳齊名。二人皆袁枚女弟子。㉗絕　獨特；獨一無二。

【語譯】女弟子席佩蘭，詩才清妙，我曾懷疑其詩作是丈夫孫子瀟代作。今春到常熟走訪她，佩蘭正有婆婆亡故的悲傷，穿著白衣出見，容貌輕盈柔美，與其才很相配。席佩蘭取出其畫像請我題詩，我放到袖管中，即拉其丈夫往吳竹橋太史家小飲。天還沒黑，而席佩蘭派人送來三首律詩。讀下來，覺得風光細膩，這才知道徐淑果然超過秦嘉。其詩云：「仰慕您的名字閱讀您的詩，海內人人都覺得看見您太晚了。您以讚賞的眼光獨自來到我的幽閣裡，無奈我穿著孝服沒有裝扮。我的草房昨夜有文曲星光臨，佳客將到來喜鵲都預先知曉。我願買來杭州的五色絲，每根絲都親自來繡您袁公的畫像。」「我在閨房裡揮筆學塗鴉，又承蒙先生之口給予讚賞。沒有效仿劉柳婉轉地讚嘆謝道韞，而是直接推崇徐淑勝過秦嘉。我哪裡敢像謝道韞一樣設青綾步障自蔽為小叔子解圍？只是想給先生送上禮物，揭起老師的帷帳。我詩作的聲價自經先生大筆判定，我小女子的筆頭也會開花。」「您壽星、文曲星都應驗於一身，我僥倖瞻仰到您的手杖謁見到星辰。您的詩文集早已確定了千秋大業，片言隻語能使四海生春。我的詩格要煩請您裁去不純正的東西，我的畫像豈敢不公開？您精於佛學，看過我的肖像之後，請問我能否進入佛門？」佩蘭小照幽豔，我老了，不敢落筆，帶至杭州，囑託王玉如夫人為之添畫背景，孫雲鳳、雲鶴兩女士題詩詞，我題跋了幾句，以記錄一時的「三絕」。

【研析】此條記錄了與第一女弟子席佩蘭首次相見的情景，對席氏才貌讚許之意，溢於楮墨，甚至有「徐淑果勝秦嘉」之評。重視女子詩才，不失袁子才憐香惜玉的本色，也以實例反擊了「女子不宜為詩」的腐朽偏見。

子不語選

趙大將軍刺皮臉怪

【題解】趙大將軍，趙良棟，字擎宇。康熙時官至大同總兵、寧夏提督，授勇略將軍。破吳三桂，擢雲貴總督，加兵部尚書。諡襄忠。皮臉，二皮臉。北方民間俗語，多指臉皮厚，不知羞恥。本文原載《子不語》卷一。

趙大將軍良棟，平三藩亂❶後，路過四川成都，川撫❷迎之，授館❸於民家。將軍嫌其隘，意欲宿城西察院❹衙門。撫軍曰：「聞此中關鎖百餘年，頗有怪，不敢為公備。」將軍笑曰：「吾蕩平寇賊，殺人無算❺，妖鬼有靈，亦當畏我。」即遣丁役掃除，置眷屬於內室，而己獨佔正房，枕軍中所用長戟而寢。

至二鼓，帳鉤聲鏗然❻，有長身而白衣者，垂大腹，障❼床面，燭光青冷。將軍起，厲聲喝之。怪退行三步，燭光為之一明，照見頭面，儼然俗所畫方相神❽也。將軍拔戟刺之，怪閃身於梁；再刺，再走，逐入一夾道❾中，隱不復見。將軍還房，覺有尾❿之者，回目之，此怪微笑躡⓫其後。將軍大怒，罵曰：「世那得有此皮臉怪耶！」眾家丁起，各持兵仗⓬來。怪復退走，過夾道，入一空房，見沙飛塵起，簇簇有聲，似其醜類共來格鬥者。怪至中堂，挺然立，作負嵎⓭狀。家丁相視無敢前。將軍愈怒，手刺以戟，正中其腹，膨亨⓮有聲，其身面不復見矣，但有兩金眼在壁上，大如銅盤，光睒睒⓯射人。眾家丁各以刀擊之，化為滿房火星，初大後小，以至於滅。東方已明。

將軍次日上馬行，以所見語闔城⓰文武，咸為咋舌⓱。終不知何怪。

【注釋】❶三藩亂　清初封吳三桂為平西王，守雲南；尚可喜為平南王，守廣東；耿繼茂為靖南王，守福建。是謂三藩。康熙十二年（西元一六七三年）朝廷撤藩，吳三桂、尚可喜之子尚之信、耿繼茂之子耿精忠相繼謀反作亂，但失敗。❷川撫　四川巡撫。巡撫，總管省務的長官。❸授館　此指安排住宿。❹察院　巡按御史駐蹕的府第。❺無算　不計其數。❻鏗然　聲音響亮貌。❼障　遮擋。❽方相神　驅疫避邪的神。❾夾道　指兩壁間的狹窄小道。❿尾　尾隨。⓫躡　跟蹤。⓬兵仗　兵器。⓭負嵎　指負隅頑抗。嵎，同「隅」。⓮膨亨　腹部膨脹如鼓。亨，通「脝」。腹大。⓯睒睒　閃爍貌。⓰闔城　全城。⓱咋舌　因驚異而說不出話。

【語譯】趙良棟大將軍，平定三藩之亂後，路過四川成都，四川巡撫迎接他，安排住宿於一民家。將軍嫌地方狹窄，想要借宿城西察院衙門。巡撫說：「聽說這裡關鎖了百餘年，頗有妖怪，不敢為公準備。」將軍笑道：「我蕩平賊寇，殺人無數，妖鬼有靈，也當怕我。」於是派遣服役壯丁打掃房間，安置眷屬住在內室，而自己獨佔正房，枕著軍中所用長戟而睡。

至二更天，帳鉤發出響聲，有一個高個子穿白衣的人，垂著大肚子，遮擋住整個床面，燭光都顯得青冷。趙將軍起身，厲聲喝斥。怪退行三步，燭光因此而明亮起來，照見其頭臉，彷彿是民間所畫的方相神。將軍拔戟刺他，怪躲閃至房梁上；將軍再刺，怪再逃，被趕進一夾道中，隱匿不見了。將軍回到房內，覺得有人尾隨自己，回頭一看，此怪微笑著跟蹤其後。將軍大怒，罵道：「世間哪能有如此臉皮厚的妖怪！」眾家丁也驚起，各持兵器趕來。怪又退走，穿過了夾道，進入一間空房子，見沙飛塵起，發出簌簌的聲音，好似其醜類同來格鬥的樣子。怪至廳堂，挺身而立，作出負隅頑抗的樣子。家丁們相互看著，不敢向前。將軍愈怒，以戟刺怪，正中其肚子，膨脹如鼓的肚子發出響聲，但其頭臉又不見了，只有兩隻金眼留在牆壁上，大如銅盤，光芒閃閃射人。眾家丁各自用刀砍去，於是金眼化為滿房火星，開始很大，後來變小，直至熄滅。此時東方已發亮。

將軍次日上馬出行，將所見情景告訴全城的文武官員，官員都為此驚異得說不出話來。但始終不知是什麼妖怪。

【研析】此文刻劃趙良棟不畏鬼怪、勇猛英武的形象。首先寫其思想上不怕鬼怪，因為曾「殺人無算，妖鬼有靈，亦當畏我」。其次寫其行動上不怕鬼怪，一旦遇鬼怪，即「拔戟刺之」，且一刺到底，直至刺中其腹，打敗為止。文中頗注意趙氏神態細節的變化，由當初的「笑曰」，到遇鬼後的「厲聲喝之」，再到「大怒」、「愈怒」，形象十分生動，使人如聞其聲，如見其貌，可體會到其內心的變化，亦推動了情節的發展。

平陽令

【題解】平陽令，浙江平陽縣令。本文原載《子不語》卷二。

平陽令朱鏁，性慘刻❶，所宰邑❷別造厚枷巨梃❸，案涉婦女，必引入奸情訓之。杖妓，去小衣❹，以杖抵其陰，使腫潰數月，曰：「看渠❺

如何接客！」以臀血塗嫖客面。妓之美者加酷焉：髡其髮❻，以刀開其兩鼻孔，曰：「使美者不美，則妓風絕矣。」逢同寅❼官，必自詫❽曰：「見色不動，非吾鐵面冰心，何能如此！」以俸滿❾，遷山東別駕❿。挈眷至茌平⓫旅店，店樓封鎖甚固。朱問故，店主曰：「樓中有怪，歷年不啟。」朱素愎⓬，曰：「何害？怪聞吾威名早當自退。」妻子苦勸，不聽，乃置妻子於別室，己獨攜劍秉燭⓭坐。

至三鼓⓮，有扣門進者，白鬚絳冠，見朱長揖⓯。朱叱何怪，老人曰：「某非怪，乃此方土地神也。聞貴人至，此正群怪殄滅⓰之時，故喜而相迎。」且囑曰：「公少頃怪至，但須以寶劍揮之，某更相助，無不授首⓱矣。」朱大喜，謝而遣之。須臾，青面者、白面者以次第⓲至，朱以劍斫，應手而倒。最後，有長牙黑嘴者來，朱以劍擊，亦呼痛而隕⓳。朱喜自負，急呼店主告之。時雞已鳴，家人秉燭來照，橫尸滿地，悉其妻妾子女也。朱大叫曰：「吾乃為妖鬼所弄⓴乎！」一慟而絕。

【注　釋】❶慘刻　兇狠刻毒。《後漢書・和帝紀》：「今秋稼方穗而旱，雲雨不霜，疑吏行慘刻，不宣恩澤，妄拘無罪，幽閉良善所致。」❷所宰邑　所治理的縣。❸梃　棍棒。❹小衣　內褲。❺渠　他；她。❻髡其髮　剃掉其頭髮。❼同寅　同僚。❽自詫　自誇。❾俸滿　官吏任滿一定年限依例升調。❿別駕　官名。此當指州通判。⓫茌平　縣名，今屬山東。⓬愎　剛愎任性。⓭秉燭　手持蠟燭照明。⓮三鼓　三更，指半夜十一時至翌晨一時。⓯長揖　拱手高舉，從上而下行禮。⓰殄滅　滅絕。⓱授首　被殺。⓲次第　依次。⓳隕　死亡。⓴弄　戲弄。

【語　譯】平陽縣令朱鑠，性格兇狠刻毒，他所治理的縣特別製造了厚枷巨棒，遇到涉案的婦女，一定要拐到奸情上審訊。鞭打妓女，要脫掉其內褲，用棍棒頂住其陰部，使腫潰數月，說：「看她如何接客！」還以妓女屁股上的血塗抹在嫖客的臉上。妓女長得美的懲治加倍殘酷：要剃掉其頭髮，用刀割開她的兩個鼻孔，說：「讓美的變得不美，那麼妓女賣淫的風氣就斷絕了。」遇到同僚，必自誇說：「見到美色心不動，不是我鐵面冰心，怎能如此！」因為平陽令任滿依例升調，朱改任山東通判。攜帶家眷來到茌平縣旅店，見店樓封鎖得很牢固。朱問原因，店主說：「樓中有怪，常年不開。」朱素來剛愎自用，說：「怕什麼？妖怪聽到我的威名早該自己退卻了。」妻子苦勸，不聽，於是安排妻子在另外房間，自己獨自帶著寶劍點著蠟燭坐店樓等待。

到了三更，有一個人敲門進來，一臉白鬍鬚，頭戴紅帽子，看見朱就長揖。朱喝叱什麼妖怪，老人答：「我不是妖怪，是此方的土地神。聽說貴人到來，這正是群怪滅亡之時，所以高興地來相迎。」而且囑咐說：「過一會兒妖怪至，您只須用寶劍去砍殺，我再相助，妖怪就都會被殺掉。」朱大喜，表示感謝並送走了他。沒多久，青面的、白面的妖怪按順序來到，朱用劍砍，妖怪隨手而倒。最後，有個長牙黑嘴的過來，朱用劍擊，亦呼痛而死。朱欣喜自負，急忙告訴店主。當時雞已啼鳴，家人手持蠟燭來照看，只見橫屍滿地，都是他的妻妾子女。朱大叫道：「我是被妖鬼所戲弄啊！」悲痛而死。

【研析】此文似不無宣揚因果報應之嫌，但告誡惡有惡報之理，亦具積極意義。而且刻劃平陽令朱鑠的性格缺陷，還是寫出了其可悲結局的合理性。此人一是「性慘刻」，對女子尤無人性，所描述「杖妓」之殘忍令人髮指。二是「自詑」其慘刻，以「鐵面冰心」不好色自炫，心理變態。三是剛愎自用，不聽善言。故事情節安排頗具匠心，結局有出人意料之妙，令人震驚；但又令人覺得大快人心，其罪有應得也。

鬼畏人拼命

【題解】本文原載《子不語》卷二。

介侍郎❶有族兄某，強悍，憎人言鬼神事，每所居喜擇其素❷號不祥❸者而居之。過山東一旅店，人言西廂有怪，介大喜，開戶直入。坐至二鼓❹，瓦墜于梁。介罵曰：「若❺鬼耶，須擇吾屋上所無者而擲焉，吾方畏汝。」果墜一磨石。介又罵曰：「若厲鬼耶，須能碎吾之几，吾方畏汝！」則墜一巨石，碎几之半。介大怒，罵曰：「鬼狗奴，敢碎吾之首，吾方服汝！」起立，擲冠於地，昂首而待。自此寂然無聲，怪亦永斷矣。

【注釋】❶介侍郎　介福，字受茲，號景庵、野園，滿洲鑲黃旗人。雍正年間官至禮部侍郎。❷素　平素。❸不祥　不吉利。❹二鼓　二更，指晚上九時至十一時。❺若　你。

【語譯】介侍郎有族兄某，為人強悍，憎惡人說鬼神事，每次居住的地方都喜歡挑選平素號稱不吉利的處所居住。一次經過山東一家旅店，人說西廂房有妖怪，介大喜，開門直入。

坐至二更，房梁上墜下瓦片。介罵道：「你是鬼嗎，你須選我屋上沒有的東西扔下，我才怕你。」果然墜下一片磨石。介又罵道：「你是惡鬼嗎，你須能砸碎我的桌几，我才怕你！」於是墜下一塊巨石，砸碎桌几的一半。介大怒，罵道：「鬼狗奴，你敢砸碎我的頭，我才服你！」於是站起身來，把帽子扔在地上，昂首等待。自此寂然無聲，妖怪也永遠斷絕了。

【研析】人鬼相對，人於明處，鬼於暗處。寫鬼只寫其動作，墜瓦、墜磨石、墜巨石，直至「寂然無聲」，表現出鬼步步進逼，而終於偃旗息鼓，落荒而逃的過程。寫介某主要寫其罵聲，從「罵」、「又罵」，直至「大怒，罵」，並輔以「起立，擲冠於地，昂首而待」之連續動作，就凸顯出其「強悍」遞增的氣勢，亦凸顯出其與鬼「拚命」之雄豪氣概。此文短小精悍，以少勝多。

李香君薦卷

【題　解】李香君，又名李香。明末南京秦淮名妓，屬「金陵八豔」。與河南商丘侯方域相愛。孔尚任《桃花扇》即借其與侯方域之愛情寫滄桑興亡之感。本文原載《子不語》卷三。

吾友楊潮觀❶，字宏度，無錫人，以孝廉❷授河南固始縣知縣。乾隆壬申鄉試❸，楊為同考官❹。閱卷畢，將發榜矣，搜落卷❺為加批焉。倦而假寐❻，夢有女子，年三十許，淡妝，面目疏秀，短身，青紺❼裙，烏巾束額，如江南人儀態，揭帳低語曰：「拜託使君❽，『桂花香』一卷，千萬留心相助。」楊驚醒，告同考官，皆笑曰：「此噩夢也，焉有❾榜將發而可以薦卷者乎？」楊亦以為然。偶閱一落卷，表聯❿有「杏花時節桂花香」之句，蓋壬申二月表題即謝開科事也⓫。楊大驚，加意翻閱，表頗華贍⑫，五策⑬尤詳明，真飽學者，以時藝⑭不甚佳，故置之孫山外⑮。楊既感夢兆⑯，又難直告主司⑰，欲薦未薦，方徘徊間，適正主試錢少司農東麓⑱先生嫌進呈策通場未得佳者，命各房搜索，楊大喜，即以「桂花香」卷薦上。錢公如得至寶，取中八十三名。拆卷填榜⑲，乃商丘⑳老貢生㉑侯元標，其祖侯朝宗㉒也，方疑女子來託者，即李香君。楊自以得見香君誇於人前，以為奇事。

【注釋】❶楊潮觀　即楊笠湖，詳參《小倉山房尺牘》所選〈答楊笠湖書〉。❷孝廉　指舉人。❸乾隆壬申鄉試　乾隆十七年（西元一七五二年）選拔舉人的考試。鄉試，每三年於省城舉行一次，考中為舉人。❹同考官　協助主考官閱卷的考官，多由本省州縣官擔任。❺落卷　落選的試卷。❻假寐　不脫衣而睡；打瞌睡。❼青紺　青中透紅色。❽使君　漢時官名，即刺史。後亦指稱地方官。❾焉有　哪裡有。❿表聯　首聯。⓫表題即謝開科事也　表題，科舉考試中表章體的試題。謝開科，乾隆壬申為太后六十壽恩科。⓬華贍　富有文采。⓭五策　五篇時務策奏議。《北堂書鈔》引《晉令》：「策秀才，必五策皆通，拜為郎中。」⓮時藝　八股文。⓯置之孫山外　落榜。據范公偁《過庭錄》：吳人孫山赴考，攜鄉人之子同去。孫山中最後一名，鄉人之子未中。孫山先歸，鄉人問其子中否，孫山答：「解名盡處是孫山，賢郎更在孫山外。」⓰夢兆　夢中所預示的徵兆。⓱主司　主考官。⓲錢少司農東麓　錢汝誠，字立之，號東麓，嘉興（今屬浙江）人。歷官編修、戶部右侍郎、刑部右侍郎。少司農，即戶部侍郎。⑲拆卷填榜　拆開糊名密封的試卷，檢視姓名，填寫榜文。⑳商丘　今屬河南。㉑貢生　考選府、縣生員（秀才）送到國子監肄業的人。㉒侯朝宗　侯方域，字朝宗，號雪苑。屬明末「四公子」。入清後應河南鄉試，中副榜。著有《壯悔堂集》。

【語　譯】我的朋友楊潮觀，字宏度，無錫人，以孝廉授河南固始縣知縣。

乾隆壬申鄉試，楊為同考官。閱畢考卷，將發榜了，又搜查落選者的考卷為之加批語。因疲倦而打瞌睡，夢見有位女子，年三十左右，淡妝，面目疏朗清秀，小個子，著青中透紅色的裙子，黑頭巾束在額頭，如江南人的儀態，揭開帳子低語說：「拜託使君，『桂花香』一卷，請千萬留心相助。」楊驚醒，告知同考官，同考官皆笑道：「這是惡夢，哪有榜將發而可以舉薦落選卷的呢？」楊也認為是這樣。偶然閱一落選者的考卷，首聯有「杏花時節桂花香」之句，是乾隆壬申二月表章體的試題，即太后六十壽恩科時的事。楊大驚，特別注意翻閱，表寫得頗有文采，五策尤其寫得詳明，真是飽學之士，因為八股文不甚好，所以名落孫山。楊感受到夢中所預示的徵兆，又難以直告主考官，想薦還沒薦，正猶豫不定之時，正好正主考官錢少司農東麓先生嫌進呈的策議全考場未發現好的文章，命各房搜索，楊大喜，就以「桂花香」卷薦上。錢公如得至寶，取中八十三名。拆開糊名密封的試卷，檢視姓名，填寫榜文，是商丘老貢生侯元標，其祖為侯朝宗，這才懷疑來託情的女子，就是李香君。楊自以能見到香君於人前誇耀，認為是奇事。

【研　析】楊潮觀「自以得見香君誇於人前，以為奇事」，袁枚乃有心人，聞後將此「奇事」編入《子不語》。未料後來楊見到此文，惱羞成怒，寫信大加批評。除了訂正此文細節錯誤外，尤不滿

「誇於人前」諸語，稱是「污蔑舊交」，並謾罵李香君為「婊子」，「弟生平非不好色，獨不好婊子之色」，「名妓二字，尤所厭聞」，「似此乃佻達下流，弟雖不肖，尚不至此」。總之，全盤賴帳「翻供」。可見楊潮觀虛偽的道學面孔。袁枚讀罷來信，亦不甘示弱，連寫三封〈答楊笠湖書〉，逐條反駁楊氏謬論，痛快淋漓。後來未見楊氏再駁，當是理屈詞窮矣。此文本身固奇，而所引發的楊、袁二公論戰，尤其是一段富有奇趣的文壇公案。

鬼有三技過此鬼道乃窮

【題 解】窮，困窘。本文原載《子不語》卷四。

蔡魏公孝廉❶常言：「鬼有三技：一迷、二遮、三嚇。」或問：「三技云何？」曰：「我表弟呂某，松江❷廩生❸，性豪放，自號豁達先生。嘗過泖湖❹西鄉，天漸黑，見婦人面施粉黛，貿貿然❺持繩索而奔，望見呂，走避大樹下，而所持繩則遺墜地上。呂取觀，乃一條草索，嗅之，有陰霾之氣❻，心知為縊死鬼，取藏懷中，逕向前行。其女出樹中，往前遮攔，左行則左攔，右行則右攔。呂心知俗所稱『鬼打牆』是也，直衝而行。鬼無奈何，長嘯一聲，變作披髮流血狀，伸舌尺許，向之跳躍。呂曰：『汝前之塗眉畫粉，迷我也；向前阻拒，遮我也；今作此惡狀，嚇我也。三技畢矣，我總不怕，想無他技可施，爾亦知我素名豁達先生乎？』

「鬼仍復原形，跪地曰：『我城中施姓女子，與夫口角，一時短見自縊。今聞泖東某家婦亦與其夫不睦，故我往取替代，不料半路被先生截住，又將我繩奪去。我實在計窮，只求先生超生。』呂問：『作何超法？』曰：『替我告知城中施家作道場❼，請高僧多念往生咒❽，我便可託生。』呂笑曰：『我即高僧也。我有往生咒，為汝一誦。』即高唱曰：『好大世界，無遮無礙。死去生來，有何替代？要走便走，豈不爽快！』鬼聽畢恍然大悟，伏地再拜，奔趨而去。後土人云：此處向不平靜，自豁達先生過後，永無為祟❾者。」

【注釋】❶孝廉　指舉人。❷松江　府名。治所今屬上海。❸廩生　府、縣學生員成績優者升廩生。廩生可升國子監學生。稱歲貢。❹泖湖　在松江西。❺貿貿然　輕率、冒失的樣子。❻陰霾之氣　指血腥陰冷的氣息。❼作道場　請僧道念經祈福。❽往生咒　使死者可超生投胎的咒語。❾為祟　鬼神的禍害。

【語譯】蔡魏公孝廉常說：「鬼有三技：一迷、二遮、三嚇。」有人問：「三技怎麼樣？」答道：「我表弟呂某，松江的廩生，性格豪放，自號豁達先生。曾經經過泖湖西鄉，天漸黑，看見一婦人面施粉黛，冒失地拿著一根繩索而奔，望見呂，走避在大樹下，而所拿的繩子卻遺墜在地上。呂拾取一看，是一條草繩，嗅了一下，有血腥的氣味，心知其為吊死鬼，就把草繩藏在懷中，逕直向前走。那個婦人走離大樹，往前遮攔，呂某左行就左攔，右行就右攔。呂心知這是民間所稱的『鬼打牆』，於是直衝而行。鬼沒辦法，長嘯一聲，變作披髮流血的樣子，伸出長舌一尺左右，朝著呂某跳躍。呂說：『你之前的塗眉畫粉，是迷惑我；向前阻拒，是遮攔我；今作此醜樣子，是嚇唬我。三技用完了，我都不怕，想來無別的伎倆可用，你也知我素名豁達先生嗎？』

「鬼就恢復了原形，跪地道：『我是城中姓施的女子，與丈夫吵嘴，一時想不開上吊。今聽說泖湖東的某家婦也與她丈夫不和睦，所以我去取她命來替代，不料半路被先生截住，又把我草繩奪去。我實在沒辦法，只求先生超生。』呂問：『怎麼超生？』答：『替我告知城中施家作道場，請高僧多念往生咒，我便可託生。』呂笑道：『我就是高僧。我有往生咒，為你朗誦。』即高唱道：『好大世界，無遮無礙。死去生來，有何替代？要走便走，豈不爽快！』鬼聽畢恍然大悟，伏地一再叩拜，奔跑而去。後來當地人說：此處向來不平靜，自豁達先生來過後，永無鬼神的禍害了。」

【研　析】豁達先生呂某果然豁達。因為他掌握了「鬼有三技」：迷人、遮人、嚇人，更知鬼「三技畢矣」，就「無他技可施」的弱點，所以他面對女鬼之三技，毫不畏懼；而且有追窮寇的勁頭，不為女鬼的可憐相所動，不為其超生，而「死去生來」。呂某的「豪放」並無多少行為動作，全憑其與女鬼的對話顯示，「咄咄逼鬼」，有沛然莫之能禦的勇氣與生氣。

陳清恪公吹氣退鬼

【題　解】陳清恪公，據正文疑為陳鵬年。陳鵬年，字北溟，號滄州，湘潭（今屬湖南）人。歷官江寧知府、河道總督，謚恪勤。標題言「清恪」，有誤。本文原載《子不語》卷四。

陳公鵬年未遇❶時，與鄉人李孚相善。秋夕，乘月色過❷李閒話。李故寒士，謂陳曰：「與婦謀酒不得，子少❸坐，我外出沽酒，與子賞月。」陳持其詩卷，坐觀待之。

門外有婦人，藍衣❹蓬首❺，開戶入，見陳便卻去❻。陳疑李氏戚也，避客故不入，乃側坐避婦人。婦人袖物❼來，藏門檻下，身走入內。陳心疑何物，就檻視之，一繩也，臭有血痕。陳悟此乃縊鬼，取其繩置靴中，坐如故。少頃❽，蓬首婦出，探藏處，失繩，怒，直奔陳前，呼曰：「還我物！」陳曰：「何物？」婦不答，但聳立張口吹陳。冷風一陣如冰，毛髮噤齘❾，燈熒熒❿青色將滅。陳私念：「鬼尚有氣，我獨無氣乎？」乃亦鼓氣吹婦。婦當⓫公處成一空洞，始而腹穿，繼而胸穿，終乃頭滅，頃刻⓬如輕煙散盡，不復見矣。

少頃，李持酒入，大呼婦縊於床。陳笑曰：「無傷⓭，鬼繩尚在我靴。」告之故，乃共入解救，灌以薑湯，甦。問何故尋死，其妻曰：「家貧甚，夫君好客不已，頭止一釵，拔去沽酒。心悶甚，客又在外，未便聲張。旁忽有蓬首婦人，自稱左鄰，告我以夫非為客拔釵也，將赴賭錢場耳。我愈鬱恨，且念夜深，夫不歸，客不去，無面目辭客。蓬首婦手作圈曰：『從此入即佛國，歡喜無量⓮。』余從此圈入而手套不緊，圈屢散。婦人曰：『取吾佛帶⓯來則成佛矣。』走出取帶，良久不來。余方冥然⑯若夢，而君來救矣。」訪⑰之鄰，數月前，果縊死一村婦。

【注釋】❶未遇　未入仕途。❷過　走訪。❸少　稍。❹藍衣　同「襤衣」。破衣。❺蓬首　形容頭髮散亂如飛蓬。《詩・衛風・伯兮》：「自伯之東，首如飛蓬。」❻卻去　退去。❼袖物　袖子裡藏著東西。❽少頃　片刻。❾毛髮噤齘　汗毛豎立，牙齒打戰。齘，切齒。❿熒熒　光微弱貌。⓫當　面對。⓬頃刻　片刻。⓭無傷　無妨。⓮無量　不可計算。蘇軾〈副使啟〉：「感佩於懷，愧作無量。」⓯佛帶　即縊繩。⓰冥然　恍惚貌。⓱訪　尋問。

【語譯】陳鵬年公未發達時，與鄉人李孚關係很好。一個秋日的晚上，陳踏著月色走訪李孚去聊天。李本是寒士，對陳說：「與老婆討酒沒討到，您稍坐，我外出買酒，與您賞月。」陳手持李的詩卷，坐著閱讀等待他。

門外有個婦人，破衣爛衫，頭髮散亂，開門進來，看見陳就退去。陳懷疑是李氏親戚，因為迴避客人所以不進來，於是側坐迴避婦人。婦人袖子裡藏著東西走進來了，東西藏在門檻下，自己走入內室。陳心裡疑問是什麼東西，就走近門檻去觀察，是一根繩子，有臭味還有血痕。陳明白這是吊死鬼，就取來繩子放在靴子裡，仍然坐在那裡。過了一會兒，滿頭亂髮的婦人走出來，摸取藏東西處，繩子不見了，大怒，直奔陳面前，呼叫：「還我東西！」陳問：「什麼東西？」婦不答，只是聳立著張口吹陳。陳只覺冷風一陣如冰涼，汗毛豎立，牙齒打戰，燈光微弱變成青色即將滅掉。陳暗想：「鬼還有氣，我難道沒氣嗎？」於是也鼓氣吹婦人。婦人面對陳公處出現一個空洞，開始腹部穿洞，接著胸部穿洞，最後就頭也沒有了，片刻間如輕煙散盡，看不見了。

過了一會兒，李孚端著酒進來，大呼其婦在床上吊死了。陳笑道：「沒關係，鬼繩還在我靴子裡。」並告訴他原因，於是一起進室解救，灌上薑湯，李婦甦醒了。問她何故尋死，李妻說：「家很窮，丈夫好客不止，頭上只有一釵，也被他拔去買酒了。心裡很苦悶，客人又在外室，不便聲張。身旁忽出現一位滿頭亂髮的婦人，自稱是鄰近人家的，告訴我丈夫不是為客人拔釵買酒，而是要赴賭錢場。我愈加鬱悶憤恨，且想到夜深，丈夫不歸，客人不離去，無臉面辭客。滿頭亂髮的婦人手作圓圈說：『從此進去就是佛國，歡喜不可計算。』我從此圈進入但手套不緊，圈一再散掉。婦人說：『取我的佛帶來就成佛了。』她走出取佛帶，卻很久不來。我正恍惚若夢時，而您來解救了。」詢問了鄰居，幾個月前，果然上吊死了一個村婦。

【研　析】此文寫陳鵬年遇縊死鬼，表現出智勇雙全。智者，藏起鬼的縊繩，使其無法再害李孚妻，無意中救了李妻一命。勇者，面對縊死鬼口吹冷氣，毫不畏懼，亦鼓氣吹鬼，而陽氣終勝陰氣，使鬼「頃刻如輕烟散盡，不復見矣」。可見人終勝鬼。

秦毛人

【題　解】秦，秦朝，指秦始皇時期。毛人，即今所謂野人。本文原載《子不語》卷六。

湖廣鄖陽房縣❶有房山，高險幽遠，四面石洞如房。多毛人，長丈餘，遍體生毛，往往出山食人雞犬，拒之者必遭攫搏❷，以槍炮擊之，鉛子皆落地，不能傷。相傳制之之法，只須以手合拍叫曰「築長城，築長城」，則毛人倉皇❸逃去。余有世好❹張君名敔者，曾官其地，試之果然。土人曰：「秦時築長城，人避入山中，歲久不死，遂成此怪。見人必問城修完否，以故知其所怯而嚇之。」數千年後，猶畏秦法，可想見始皇❺之威。

【注　釋】❶湖廣鄖陽房縣　指湖北鄖陽府治所鄖縣。今屬神農架地區。❷攫搏　抓取、襲擊。❸倉皇　慌張。❹世好　世交。❺始皇　秦始皇。統一中國後築長城。

【語　譯】湖北鄖陽府治所鄖縣有座房山，高聳險峻，林木幽深，四面的石洞有如房屋。此山有很多毛人，身長一丈多，渾身長毛，經常出山吃百姓的雞犬，誰若阻止他們吃雞犬必定被他們襲擊或抓走。百姓用槍炮打他們，鉛子兒都落在地上，不能傷害到他們。相傳制服他們的辦法是只要拍手叫喊說「築長城，築長城」，他們就慌忙逃跑。我有世交張敔君，曾在那裡做官，嘗試過此法，確實如此。當地人說：「秦朝時期修築長城，有些人逃避到山中，長生不死，於是變成此怪。他們看見人必問長城修完沒有，所以知道他們害怕之事而用來嚇唬他們。」經過幾千年後，毛人還懼怕秦朝法律，可以想見秦始皇的威嚴。

【研析】此文所敘毛人乃作者世交張敔所親見，當非虛構。關於湖北鄖陽神農架地區是否有「野人」，一直是當今人們關注的焦點。此文的毛人即是當代所傳野人的前輩，野人應該是存在的。此文亦提供了有關歷史資料，彌足珍貴，不可僅以逸聞視之。當然說毛人是秦朝時百姓避入山中，「歲久不死，遂成此怪」云云，只能姑妄聽之，不可當真。

道士作祟自斃

【題解】作祟，妖怪害人。自斃，自殺。本文原載《子不語》卷八。

杭州趙清堯好弈，聞落子聲，必與對枰❶。偶遊二聖庵，見道人貌陋，與客方弈，而棋甚劣，自稱煉師❷。趙意薄❸之，不與交言，隨即辭出。

是夕上床就寢，有鬼火二團繞其帳上，趙不為動。俄❹有青面鋸齒鬼持刀揭帳，趙厲聲呵之，旋❺即消滅。次夕，滿床作啾啾聲如童子學語，初不甚分明，細聽之，乃云：「我棋劣，自稱煉師，與汝何干，而敢輕我？」趙方知是道士為祟，愈加不恐。旋又聞低聲云：「汝大膽，刀劍不畏，我將以勾魂法取汝性命！」遂咒云：「天靈靈，地靈靈，當門頂心下一針。」趙聞之覺滿身肉趯趯然❻如欲顫者，乃強制其心，總不一動，兼以手自塞其耳，然臨臥則咒聲出於枕中。趙堅忍月餘，忽見道士涕泣於床前曰：「我以一念之嗔❼，來行法怖汝，要汝央求，好取些財帛。不料汝總不動心，我悔之無及。我法不行於人者，反殃其身，故我昨日已死，魂無所歸，願來服役，作君家樟柳神❽，以贖前愆❾。」趙卒不答。

明日，遣人往二聖庵視之，道士果自剄❿。嗣後，趙君一日前之事必先知之，或云道士為服役也。

【注釋】❶對枰　對弈；下圍棋。❷煉師　對懂得養生、煉丹之法的道士的尊稱。❸薄　鄙薄；看不起。❹俄　短暫的時間；一會兒。❺旋　不久；立刻。❻趯趯然　跳動、抖動貌。❼嗔　生氣。❽樟柳神　傳說道教術士用樟、柳木刻成神像，攝生人魂附之，以供役使。❾愆　罪過。❿自剄　自殺。剄，用刀割頸。

【語譯】杭州的趙清堯喜歡下圍棋，聽到落棋子聲，一定要和人家對弈。一次偶遊二聖庵，見一道人相貌醜陋，正與一客人下圍棋，但棋藝很低劣，還自稱是「煉師」，趙很是看不起他，不和他說一句話，隨即離開了。

這天晚上上床睡覺，見有兩團鬼火在帳子上移動，趙不去理睬。一會兒有青面長著鋸子一樣牙齒的惡鬼，持刀掀開帳子，趙厲聲呵斥他，惡鬼立刻就消失了。次日晚上，滿床發出啾啾的聲音，如同小孩子學說話，開始不很清楚，仔細聽後，才聽出是說：「我棋藝低劣，自稱『煉師』，關你什麼事，竟敢輕視我？」趙這才知道是道士在作怪，更加不怕。不久又聽到惡鬼低聲說：「你膽子大，不怕刀劍，我將用勾魂法取你性命！」於是念咒語道：「天靈靈，地靈靈，當門頂心下一針。」趙聽了覺得渾身肌肉跳動，身體像要顫抖，於是盡力控制內心，一直不動一下，還用手堵住耳朵，但到睡下又聽到咒罵聲從枕頭裡發出。趙堅持忍耐了一個多月，忽然見到道士在床前哭泣說：「我因為一時生氣，來施法嚇你，要你央求我，我好取些錢財。不料你一直不動心，我後悔也來不及了。我的法術對別人沒有效，反而害了自己，所以我昨日已死了。現靈魂沒有歸處，願來你這兒服役，做你家的樟柳神，以此來贖前罪。」趙始終沒有回答。

第二天，派人往二聖庵查看，道士果然自剄而死。以後，趙君一日前的事一定先知曉，有人說這是道士在為他服役。

【研析】袁枚向不喜道士。此文中的道士，即寫得令人憎惡。一是醜化其容貌，所謂「貌陋」。

二是寫其「棋劣」。三是突出描寫其心胸狹窄，報復心強，因趙氏薄之，竟欲「以勾魂法」取其性命，只是趙氏不為其所動。四是寫其貪財，欲以恐嚇趙氏「好取些財帛」。但惡有惡報，「法不行於人者，反殃其身」。此文寫道士主要借助其語言，反映其內心的卑鄙；而寫趙清堯無一句語言，全靠寫行為細節來表現其鎮定無畏。

官癖

【題解】官癖，做官有癮。本文原載《子不語》卷十一。

相傳南陽府❶有明季❷太守某歿於署中，自後其靈不散。每至黎明發點❸時，必烏紗束帶❹，上堂南向坐，有吏役叩頭，猶能領❺之作受拜狀。日光大明，始不復見。

雍正❻間，太守喬公到任，聞其事，笑曰：「此有官癖者也。身雖死，不自知其死故耳。我當有以曉之。」乃未黎明即朝衣冠❼，先上堂，南向坐。至發點時，烏紗者遠遠來，見堂上已有人占坐，不覺趑趄❽不前，長吁一聲而逝。自此怪絕。

【注釋】❶南陽府　治所在今河南南陽。❷明季　明末。❸發點　點卯，官衙官員查點到班人數。❹烏紗束帶　指烏紗帽與官服。❺頷　點頭。❻雍正　清世宗胤禛朝代名，一七二三至一七三五年。❼朝衣冠　指穿戴好上堂的官服與帽子。❽趑趄　欲進不進，猶豫不決。漢張載〈劍閣銘〉：「一人荷戟，萬夫趑趄。」

【語譯】相傳南陽府有明末某太守死於官署中，自後其幽靈不散。每至黎明官員點卯時，必定頭戴烏紗帽身穿官服，上堂朝南向坐著，有吏役叩頭，還能點頭向吏役作出受拜的樣子。日光大亮，才看不見了。

雍正年間，太守喬公到任，聽說了這件事，笑說：「這是有官癮的人。身雖死了，卻不自知其死的原因罷了。我會有辦法讓他明白的。」於是天未亮就穿戴好上堂的官服與帽子，先上堂，朝南坐好。到點卯時，戴烏紗帽的幽靈遠遠走過來，看見堂上已有人占了座位，不禁猶豫不前，長吁一聲而消失。從此以後此怪絕跡。

【研析】人常說某人有「官癮」，但比之文中某太守之「官癖」，則是小巫見大巫也。做官可以成癖，死後亡靈不散，每天黎明還來點卯，「作受拜狀」，可見其生前為官時，一定享受到作威作福的好處。如果是清官，為百姓辛苦勞累，恐無此癖矣！諷刺之意，含而不露。

秀民冊

【題解】秀民，原指德才出色者。此指「有文而無祿者」。本文原載《子不語》卷十一。

丹陽❶荊某，應童子試❷。夢至一廟，上坐王者，階前諸吏❸捧冊立，儀狀甚偉。荊指冊詢吏：「何物？」答曰：「科甲冊❹。」荊欣然曰：「為我一查。」吏曰：「可。」荊生平以鼎元❺自負，首請鼎甲❻冊，遍閱無名。復查進士、孝廉冊，皆無名。不覺變色。一吏曰：「或在明經❼、秀才冊乎？」遍查亦無。荊大笑曰：「此妄耳！以某文學❽，可魁天下，何患不得一秀才！」欲碎其冊。吏曰：「勿怒。尚有秀民冊可查。秀民者，皆有文而無祿者也。人間以鼎甲為第一，天上以秀民為第一。此冊為宣明王❾所掌，君可向王請之。」

如其言，王於案上出一冊，黃金絲穿白玉牒❿。啟第一頁，第一名即丹陽荊某。荊大哭。王笑曰：「汝何痴也！汝試數，從古有幾個名狀元、名主試乎？韓文公孫兗⑪中狀元，人但知韓文公，不知有兗。羅隱⑫終身不第⑬，至今人知有羅隱。汝當歸而求之實學⑭可耳。」荊問：「科第中皆無實學乎？」王曰：「既有文才，又有文福，一代不過數人，如韓、白、歐、蘇⑮是也。此其姓名別在紫瓊宮⑯上，與汝尤無分也。」荊未對。王拂衣起，高吟曰：「一第區區何足羨，貴人傳者古無多。」荊驚醒怏怏⑰，卒⑱不第以終。

【注釋】❶丹陽　今屬江蘇鎮江市。❷童子試　低級考試。童生應試合格者為生員，通稱秀才。❸諸史　眾史官。❹科甲冊　記載科舉出身的簿冊。❺鼎元　科舉考試中狀元、榜眼、探花的總稱。❻鼎甲　同「鼎元」。以鼎有三足，一甲共三名，故稱。❼明經　貢生。考取生員送國子監肄業者。❽文學　才學，有學問者。❾宣明王　宋代對陶唐氏之大正閼伯的封號。傳說其為高辛氏子，居商丘，奉祀大火之星，後世祭大火，因以其配。❿牒　表冊。⓫韓文公孫兗　韓愈之孫韓兗。韓愈諡號「文」，故稱文公。⓬羅隱　字昭諫，新登（今屬浙江）人。唐末文學家。以《讒書》著名。⓭不第　科舉未考取；落第。⓮實學　切實有用的學問。⓯韓白歐蘇　唐韓愈、白居易，宋歐陽修、蘇軾。⓰紫瓊宮　道教所傳仙宮，又名紫霞宮。⓱怏怏　悶悶不樂貌。⓲卒　終於；最後。

【語　譯】丹陽荊某，參加童子試。夢至一廟，上坐的是宣明王，階前有眾史官捧著簿冊站立，儀容形貌很不一般。荊某手指簿冊詢問吏役：「這是什麼東西？」答道：「科甲冊。」荊某高興地說：「為我查一查。」吏役說：「可以。」荊某生平以鼎元自負，請吏役先看鼎甲冊，遍閱無他的名字。又查進士、孝廉冊，都無其名。荊某不覺改變臉色。一吏役說：「或許在明經、秀才冊？」遍查亦沒有其名。荊某大笑道：「這些簿冊不真實！以我的才學，可以奪魁天下，何怕得不到一個秀才！」想要扯碎其簿冊。吏役說：「請勿發怒。還有秀民冊可查。秀民，都是有文名而無祿位的人。人間以鼎甲為第一，天上以秀民為第一。此冊為宣明王所掌握，你可向王請求查看。」

正像吏役所說，宣明王在案上出示一簿冊，是用黃金絲穿的白玉表冊。打開第一頁，第一名就是丹陽荊某。荊某大哭。王笑道：「你多麼傻啊！你試著數數，從古以來有幾個名狀元、名主試？韓文公之孫韓兗考中狀元，人只知曉韓文公，不知有韓兗。羅隱終身落第，至今人們都知曉有羅隱。你應當回去，求得實學就可以了。」荊某問：「科舉出身的都沒有實學嗎？」王答：「既有文才，又有文福，一代不過幾個人，如韓愈、白居易、歐陽修、蘇軾就是。他們的姓名另外在紫瓊宮上，和你更無緣分。」荊某未回答。宣明王撩起衣衫站起來，高吟道：「錄取了區區功名何足羨慕，貴人自古傳名的就不多。」荊某驚醒後悶悶不樂，最後以落第而死。

【研　析】此故事反映了袁枚反對封建科舉制的態度。袁枚認為如今靠八股文而中「鼎甲」者絲毫不說明他們有真才實學，歷史上的科舉狀元亦不例外。此文以韓愈之孫韓兗雖中狀元，卻毫無文學建樹，羅隱一生未仕，卻名垂千古為例，從正反加以論證，十分有力。故借王者言曰：「一第區區何足羡，貴人傳者古無多。」明代文學家凌濛初早言：「話說人生只有科第一事，最是黑暗，沒有甚準的。自古道：『文齊福不齊。』隨你胸中錦繡，筆下龍蛇，若是命運不對，倒不如乳臭兒、賣菜傭早登科甲去了。」可先後發明。

鬼借官銜嫁女

【題解】本文原載《子不語》卷十二。

新建❶張雅成秀才，兒時戲以金箔紙製盔甲、鑾笄❷等物，藏小樓上，獨製獨玩，不以示人。忽有女子，年三十餘，登樓求製釵、釧、步搖❸數十件，許以厚謝。秀才允之，問安用此，曰：「嫁女奩❹中所需。」張以其戲，不之異❺也。明日，女來告張曰：「我姓唐，東鄰唐某為某官，我欲倩郎君求其門上官銜封條一紙，借同姓以光蓬蓽❻。」張戲寫一紙與之。次夕釵釧數足，女攜餅餌數十、錢數百來謝。及旦視之，餅皆土塊，錢皆紙錢，方知女子是鬼。

數日後，半夜山中燭光燦爛，鼓樂喧天，村人皆啟戶遙望，以為人家來卜葬❼者。近視之，人盡披紅插花，是吉禮❽也。山間萬家，素無居人，好事者欲追視之，相去漸遠，惟見燈籠題唐姓某官銜字樣。方知鬼亦如人間愛體面而崇勢利，異哉！

【注　釋】❶新建　縣名，今屬江西。❷鸞笄　鳳形的簪子。❸步搖　婦女首飾名。❹奩　女子盛放梳妝用品的盒子。❺不之異　對此不奇怪。❻蓬蓽　蓬門蓽戶；草屋。❼卜葬　擇墓地殯葬。❽吉禮　指婚禮。

【語　譯】新建縣的張雅成秀才，兒時玩遊戲，用金箔紙做成奩甲、鸞笄等物，藏在小樓上，自己做自己玩，不給人看。忽有一女子，三十餘歲，登樓要求製釵、釧、步搖等飾品數十件，許諾給豐厚的酬謝。張秀才答應了她，問用來做什麼，女子回答說：「嫁女首飾盒中需要。」張以為她開玩笑，對此並不奇怪。第二天，女子來告張說：「我姓唐，東邊的鄰居唐某是某官，我想請郎君求得其門上官銜封條一張，可借同姓唐使我蓬蓽生輝。」張戲寫了一張給她。次日晚上所做釵、釧飾品的數目湊足了，女子帶來數十個餅類、數百枚銅錢來致謝。等到早上一看，餅都是土塊，錢都是紙錢，才知女子是鬼。

數日後，半夜時分山中燭光燦爛，鼓樂喧天，村人都開門遙望，以為是人家來殯葬的。就近一看，人盡披紅插花，原來是婚禮。山間都是大片墳墓，向來無人居住，好事者想追上去看，但相離漸遠，只見燈籠上題有唐姓某官銜字樣。這才知道鬼也如人間一樣愛體面而崇尚勢利，真是奇怪！

【研析】鬼嫁女借人間官銜以炫耀，故事雖荒誕不經，但折射出「人間愛體面而崇勢利」的不良社會風氣。此「鬼」不過是世間人的化身而已。記事比較生動，而且有出人意料之感，曲折回旋之妙。

擇風水賈禍

【題解】風水，指住宅地與墳地周圍的風向、水流、山脈等形勢，被認為能決定人的禍福。賈禍，惹禍。本文原載《子不語》卷十二。

湖北孝感縣張息村明府❶，葬先人於九嵕山❷。事畢，別買隙地❸五畝許，將造宗祠❹。

工人動土豎柱，得一朱棺，蓋已朽壞，中露一尸，骷髏甚大，體骨長過中人，胸貫三鐵釘，長五六寸，腰有鐵索，環繞數匝。工人不敢動，告知明府。一時賓客盡勸掩埋，另擇豎柱之所。張不可，曰：「我用價買地，本非強佔。且風水所關，尺寸不可移。此古墓也，可以遷葬。」乃自作祭文，具牲牢❺祭之，祭畢仍令遷棺。

工人鍬方下，遽仆地，噴血，罵曰：「我唐朝節度使崔洪❻也，以用法過嚴，軍人作亂，縛我釘死。國家衰亂，不能為我洩忿誅凶，葬此八百餘年。張某何人，敢擅遷我墓，必不能相恕也！」言畢，工人起，而張明府病矣。諸賓客群為祈請，病竟不減，舁❼歸數日而卒。

【注　釋】❶明府　漢魏時對郡守的尊稱。唐以後指縣令。❷九嵕山　位於今陝西禮泉縣東北。其主峰有唐太宗昭陵。❸隙地　空閒的土地。❹宗祠　同族人祭祀祖先的祠堂。❺牲牢　祭祀用的牲畜。❻節度使崔洪　節度使，官名。總攬數州軍事、財政。崔洪，係「崔珙」之誤。崔珙，唐文宗朝曾任節度使。崔洪，乃晉朝人。此當袁枚誤書。❼舁　同「輿」。轎子。此指用轎子抬。

【語　譯】湖北孝感縣張息村縣令，於九嵕山殯葬先人。事畢，另買了閒地五畝左右，用來建造祠堂。

工人挖土豎柱子，發現一只紅色棺材，其蓋子已經腐朽破爛，棺材中露出一具屍骨，骷髏很大，體骨長過一般人；胸部貫穿著三根鐵釘，長五六寸，腰部有鐵索，環繞數圈。工人不敢動，告知縣令。賓客立刻都勸縣令快掩埋掉，另外選擇豎柱建祠堂的地方。張縣令不同意，說：「我花錢買地，並不是強佔。而且事關風水，一尺一寸都不可移動。這是古墓，可以遷葬別處。」於是自作祭文，備好祭祀用的牲畜，來祭奠古墓屍骨，祭祀完畢仍令遷走棺材。

一工人鐵鍬剛挖下，就迅速倒在地上，口中噴血，罵道：「我是唐朝節度使崔珙，因為用法過嚴，軍人叛亂，把我綁起來釘死。當時國家衰亂，不能為我洩忿誅凶，葬此處八百餘年了。張某是什麼人，敢擅自遷我墓，我一定不會寬恕他！」說完，工人就站起來了，但張縣令卻病倒了。張眾賓客一起為張縣令祈請，病竟未見好轉，用轎子抬回家沒幾天就死了。

【研　析】袁枚自稱一生「不信風水」（《牘外餘言》），其所謂「不知《青烏經》（按，《葬經》）幾卷」（〈子才子歌示莊念農〉）。〈與張司馬〉更云：「青囊一書，皆術者之妄詞，古之賢聖，未有聞焉。」本文從張息村明府因迷信風水而招災惹禍的角度，說明風水之說的荒謬，儘管其故事本身亦荒謬不經。《牘外餘言》云「惑風水以其吉利」者，乃「所謂庸而已矣」。張明府為造宗祠，相信風水，選中古墓地，且死不改變地方，以為「風水所關，尺寸不可移」，可謂「庸」，結果因古墓中鬼魂附身，大病而卒。這說明相信風水者難有好下場，警誡之意甚明。

僵尸貪財受累

【題　解】僵尸，此指尸體。本文原載《子不語》卷十三。

紹興❶王生❷某，食餼❸有年。村中富家延之為師，因屋宇湫隘❹，適相距里許，有新室求售者，遂買使居，且曰：「家中摒擋❺未盡，學徒暨館童❻輩明晨進館，先生一夜獨眠，能無懼乎？」王自負膽壯，且新室也，何畏之有？乃命童攜茗具❼，引至書齋。王周視室內畢，復至門前徙倚❽。時，已夜矣，月色大明，見山下燐火❾熒熒，趨往視之，光出一白木棺中。王念：「此鬼磷耶？色宜碧，而焰帶微赤，得無為金銀氣乎？」憶《智囊》❿所載有胡人⓫數輩，凶服⓬輿櫬⓭而藁葬⓮城外者，捕人迹之，櫬中皆黃白⓯也。「此棺毋乃⓰類是？幸無人，可攫⓱而取也。」遂取石塊，擊去其釘，從棺後推卸其蓋，則赫然一尸，面青紫而腹膨亨⓲，麻冠草履。越俗：凡父母在堂，而子先亡者，例以此殮⓳。王愕然退縮，每一縮則尸一躍，再縮而尸蹶然⓴起。王盡力狂奔，尸自後追之，王入戶登樓，閉門下鍵，喘息甫定，疑尸已去，開窗視之，窗啟，而尸昂首大喜，從外躍入，連扣門，不得入。忽大聲悲呼，三呼而諸門洞開，若有啟之者，遂登樓。王無奈何，持木棍待之。尸甫上，即擊以棍，中其肩，所掛銀錠，散落於地。尸俯而拾取，王趁其傴僂㉑時盡力推之，尸滾樓下。旋聞雞啼，從此寂無聲響矣。明日視之，尸跌傷腿骨，橫臥於地，遂召眾人扛而焚之。

王嘆曰：「我以貪故招尸上樓，尸以貪故被人燒毀。鬼尚不可貪，而況於人乎？」

【注釋】❶紹興 今屬浙江。❷生 對讀書人的統稱。❸食餼 秀才補廩生，官府供給廩餼。餼，糧食，引申為俸祿、補貼。❹湫隘 狹小。❺摒擋 收拾料理。❻館童 學館裡的書童。❼茗具 茶具。❽徙倚 徘徊。❾爝火 小火。《莊子・逍遙遊》：「日月出矣，而爝火不息；其於光也，不亦難乎！」此指鬼火。❿智囊 明馮夢龍所編之筆記小說。⓫胡人 少數民族。⓬凶服 喪服。⓭輿櫬 載棺以行。⓮藁葬 草草埋葬。⓯黃白 黃金白銀。⓰毋乃 莫非。⓱攫 奪取。⓲膨亨 膨脹。⓳殮 給死者穿衣入棺。⓴蹶然 快速。㉑傴僂 彎腰。

【語　譯】紹興王生某，做了多年的吃公家俸祿的廩生。村中一富家聘請他為私塾老師，因屋宇狹小，恰好相距一里左右的地方，有出售新房子的，於是買來讓王生居住，並且說：「家中還沒收拾好，學員和書童等要明晨進館，先生一夜獨眠，不會害怕嗎？」王自負膽子大，而且是新房子，有什麼可怕的？於是主人命書童攜帶茶具，把王生引到書齋。王環視了室內後，又走到門前徘徊了一會兒。當時，已天黑了，月色大明，見山下有小火苗閃亮，趕往察看，見火光出自一口白木棺材中。王暗想：「此為鬼火嗎？鬼火顏色應碧綠，但此光焰帶微紅，難道是金銀光氣？」想起《智囊》所載有胡人數輩人，穿著喪服載棺以行，草草埋葬城外者，捕役追蹤他們，發現棺材裡都是黃金白銀。「此棺內莫非也像這樣？幸虧無人，可攫取帶走。」於是取來石塊，敲掉棺材鐵釘，從棺後推卸掉棺蓋，則令人驚悚地看見一具屍體，面青紫而腹膨脹，頭戴麻冠腳穿草鞋。越地風俗：凡是父母健在，而子女先亡者，按規矩都是這種入殮法。

王驚愕地退縮，每一退屍縮則殭屍一躍，再退縮而殭屍快速立起。王盡力狂奔，殭屍自後追他，王進門登樓，關門下門閂，喘息方始平定，疑殭屍已離去，就開窗察看，窗開後，見殭屍正昂首大喜，從室外躍入，接連扣門，不能入。殭屍忽大聲悲呼，三呼而諸門都大開，好像有人打開一樣，於是登樓。王沒辦法，手持木棍等著它。殭屍剛上來，就用木棍一擊，正中其肩，所掛的銀錠，都散落在地。殭屍俯身拾取，王趁其彎腰時盡力一推，殭屍滾到樓下。很快聽到雞叫，從此寂無聲響了。翌日查看，見殭屍跌傷腿骨，橫臥在地上，於是召眾人扛走去焚燒掉。

王嘆道：「我因為貪婪所以招來殭屍上樓，殭屍因為貪婪所以被人燒毀。鬼尚且不可貪婪，何況人呢？」

【研析】全文圍繞「貪」做文章。王生想得意外之財，半夜大膽開棺攫金，引來殭屍追殺，幾乎喪命。殭屍追殺王生被王木棍擊落所掛銀錠，急於彎腰拾取，而被王乘機從樓上推下跌斷腿骨，天亮被焚。其所貪幾無二致。故事結尾借王生之口道出主旨：貪婪招災。「鬼尚不可貪，而況於人乎？」屬畫龍點睛之筆，可為貪者戒。

科場二則（選一）

【題解】科場，科舉考試的場所。本文原載《子不語》卷十四。

雍正丙午❶，江南鄉試❷，其時聘各近省甲科❸司分校❹事，皆少年英俊，有張壘者科分❺既久，自居前輩，性尤迂滯❻，每晚必焚香祝天曰：「壘年衰學荒❼，慮不稱閱文之任，恐試卷中有佳文及其祖宗有陰德者，求神明暗中提撕❽。」眾房考❾笑其痴，相與戲弄之，折一細竿，伺其燈下閱卷有所棄擲，則於窗紙外穿入挑其冠。如是者三，張大驚，以為鬼神果相詔❿也，即具衣冠向空拜，又祝曰：「某卷文實不佳，而神明提我，想必有陰德之故。如果然者，求神明再如前指示我。」眾房考愈笑之，俟其將棄此卷，復挑以竿。

張不復再閱，直捧此卷上堂，而兩主司⓫已就寢矣。乃扣門求見，告以深夜神明提醒之故。大主考沈公近思⓬閱其卷，曰：「此文甚佳，取中有餘，君何必神道設教⓭耶？」眾房考噤口不敢言。及榜發，見此卷已在榜中，各嘩然，笑告張曰：「我輩弄⓮君。」張正色曰：「此非我為君等所弄，乃君等為鬼神所弄耳！」眾亦折服。

【注釋】❶雍正丙午　雍正四年（西元一七二六年）。❷鄉試　考舉人的考試，三年一次，在省會舉行。❸甲科　中進士。❹司分校　擔任校閱試卷的考官。❺科分　科舉中榜的年分。❻迂滯　迂腐遲滯。❼學荒　學業荒疏。❽提撕　提醒。顏之推《顏氏家訓・序政》：「業以整齊門內，提撕子孫」。❾房考　即分房閱卷的考官，同分校。❿詔　告知。⓫主司　主考官。⓬沈公近思　沈近思，字位山，號闇齋，錢塘（今浙江杭州）人。累官至左都御史。卒謚端格。⓭神道設教　利用鬼神之道教化。《易・觀》：「聖人以神道設教，而天下服矣。」⓮弄　戲弄。

【語譯】雍正丙午年江南鄉試，其時聘請各近省中進士者擔任校閱試卷的考官，這些人大都少年英俊，但其中有位名張壘的，科舉中式的年分比較久，以前輩自居，性情特別迂腐遲滯，每天晚上必焚香向天禱告說：「我年老學業荒疏，擔心不能勝任閱文的工作，恐怕試卷中有好文章及其祖宗有陰德的，請求神明暗中提醒我。」眾考官譏笑他癡傻，一起戲弄他，折了一根細竹竿，窺探其燈下閱卷有棄掉的試卷，就在窗紙外穿入挑他的帽子。連挑了三次，張大驚，以為鬼神果然來告知他，就整理好衣帽向空作揖，又祝禱說：「某卷文其實不好，但神明提醒我，想必是有陰德的緣故。如果是這樣，請求神明再如前指示我。」眾考官更加嘲笑他，等他想棄擲此試卷時，又用竹竿去挑他。

張不再閱卷，直捧此卷上堂，但兩主考官已睡覺了。於是敲門求見，告訴深夜神明提醒的事情。大主考沈近思公看了此卷，說：「此文甚好，錄取綽綽有餘，你何必利用鬼神之道搞這套呢？」眾考官閉口不敢言。等到發榜，見此卷已在榜中，引起轟動，笑著告訴張說：「是我們戲弄了你。」張神色莊重地說：「這不是我被你們所戲弄，而是你們被鬼神所戲弄！」眾考官也表示信服。

【研　析】考官張壘性迂滯，年衰學荒，僅因「科分既久」，即參加閱卷，已是荒唐，而求神明暗中提醒之舉，尤其可笑。由此可見封建科舉之弊端。更可怕的是張壘受人戲弄將棄卷拾起呈主考官，竟被主考官譽為「此文甚佳，取中有餘」，其水平甚至不及張壘。文末寫其餘「少年英俊」諸房官，竟被張壘「君等為鬼神所弄」之言所「折服」，則可悲矣。科場諸公無一明白人，科舉之腐敗寫到極致。袁枚晚年〈示兒〉云「不教應試只教吟」，良有以也。

全姑

【題解】全姑，人名。本文原載《子不語》卷十六。

蕩山❶茶肆全姑，生而潔白婀娜，年十九。其鄰陳生，美少年，私與通，為匪人❷所捉。陳故富家，以百金賄匪。縣役知之，思分其贓，相與牽扭到縣。縣令某自負理學❸名，將陳決❹杖四十。女哀號涕泣，伏陳生臀上願代。令以為無恥，愈怒，將女亦決杖四十。兩隸❺拉女下，私相憐，以為此女通體嬌柔，如無骨者，又受陳生金，故杖輕扑地而已。令怒未息，剪其髮，脫其弓鞋❻置案上，傳觀之，以為合邑戒，且貯庫焉；將女發官賣。案結矣。

陳思女不已，賄他人買之，而己仍娶之。未一月，縣役紛來索賄，道路喧嚷。令訪聞大怒，重擒二人至案。女知不免，私以敗絮草紙置褲中，護其臀。今望見曰：「是下身累累者何物耶？」乃下堂扯去褲中物，親自監臨，裸而杖之。陳生抵攔，掌嘴數百後，乃再決滿杖❼，歸家月餘死。女賣為某公子妾。

有劉孝廉❽者，俠士也，直入署責令曰：「我昨到縣，聞公呼大杖，以為治強盜積賊❾，故至階下觀之。不料一美女，剝紫綾❿褲受杖。兩臀隆然，如一團白雪，日炙之猶慮其消，而君以滿杖加之，一板下便成爛桃子色。所犯風流小過，何必如是？」令曰：「全姑美，不加杖，人道我好色；陳某富，不加杖，人道我得錢。」劉曰：「為父母官，以他人皮肉，博自己聲名，可乎？行當⓫有報矣。」奮衣⓬出，與令絕交。

未十年，令遷守松江⓭。坐公館，方午餐。其僕見一少年從窗外入，以手拍其背者三，遂呼背痛不食。已而背腫尺許，中有界溝，如兩臀然。召醫視之，醫曰：「不救，而⓮成爛桃子色矣。」令聞，心惡⓯之，未十日卒。

【注　釋】❶蕩山　雁蕩山，在今浙江溫州一帶。❷匪人　行為不端的人。❸理學　宋代儒家的哲學思想。此實指處事迂腐、拘泥禮法的道學。❹決　判決。❺隸　皂隸；衙役。❻弓鞋　舊時纏足婦女所穿的鞋子。❼滿杖　杖刑打滿一百下。❽孝廉　指舉人。❾積賊　慣偷。❿綾　絲織品。⓫行當　將會。⓬奮衣　拂袖，表示憤怒。⓭松江　府名，治所華亭，今屬上海松江。⓮而　通「爾」。你。⓯惡　畏懼。

【語　譯】雁蕩山一茶館的全姑，長得潔白，身材婀娜，十九歲。其鄰居陳生，是個美少年，暗裡與其通奸，被行為不端的人發現。陳生乃富家，就把百兩銀子贈送給了此人。縣役知道了，想分其財產，就把陳生與全姑一起扭送到縣衙門。縣令某自負其理學名聲，將陳判決打四十棍。全姑哀號流淚，伏在陳生屁股上願意代其受罰。縣令認為無恥，更加惱怒，對全姑也判決打四十棍。兩個衙役拉全姑到堂下，暗自憐憫，認為此女通體嬌柔，好像沒有骨頭的人，又接受了陳生的銀子，所以木棍只是輕輕地擊打地面而已。縣令惱怒未止，剪掉全姑頭髮，又脫掉其弓鞋放在桌子上，傳給眾人觀看，作為全縣的警戒，而且存放在倉庫裡；最後將全姑由官衙賣掉。於是結案了。

陳生思念全姑不已，花錢請其他人買下全姑，而自己仍娶了她。不到一個月，縣役都來索取財物，道路上吵鬧不停。縣令查知後大怒，重新抓來二人至縣衙。全姑知道免不了挨打，就偷偷把敗絮、草紙放在褲子裡，保護自己的屁股。縣令看見了說：「你這個下身裡重疊的是什麼東西啊？」於是下堂扯去全姑褲中的東西，親自監督，脫掉全姑褲子打屁股。陳生阻攔，被掌嘴數百下後，縣令竟然又判決杖刑打滿一百下，陳生歸家月餘就死了。全姑被賣給某公子為妾。

有一位劉孝廉，是俠士，直入縣署譴責縣令說：「我昨到縣，聽見你呼用大棍棒，我以為是懲治強盜慣偷，所以到階下觀看。不料見一美女，被剝掉紫綾褲挨打。兩臀隆起，如一團白雪，日曬它還擔心它消溶，而你卻以滿杖擊打她，一板子打下去便成了爛桃子顏色。她所犯不過是風流小錯，何必這樣呢？」縣令答道：「全姑長得美貌，不加杖刑，人說我好色；陳某富，不加杖刑，人說我得錢。」劉說：「你身為父母官，用他人的皮肉，博得自己的聲名，行嗎？你將會有報應的。」劉孝廉拂袖而出，與縣令絕交。

不到十年，縣令升遷為松江太守。一日坐公館，正在午餐。其僕人看見一少年從窗外跳入，在原縣令背上拍了三下，原縣令就呼背痛，吃不下東西。過了一會兒背腫起約一尺，當中有界溝，如兩片屁股。召醫生來診視，醫生說：「沒救了，你背成爛桃子色了。」縣令聽後，心裡畏懼，不到十日就死了。

【研　析】此文乃反理學的力作。「縣令某自負理學名」，嘲諷之意甚明。而其作為就是嚴懲一對自由戀愛的青年男女，酷刑達無以復加的地步，且將全姑「發官賣」。事後因故又再對全姑施滿杖之刑，又賣為某公子妾。如此狠毒，只為「全姑美，不加杖，人道我好色；陳某富，不加杖，人道我得錢」的假道學。而劉孝廉斥之曰：「為父母官，以他人皮肉，博自己聲名，可乎？」一針見血地戳穿縣令惡行的卑劣目的，可視為袁枚親自所下的針砭。再與前所言「自負理學名」一掛鉤，則「理學」殺人之意亦甚明，可謂春秋筆法。至於縣令的下場則是對惡人懲罰的構想而已。

狐道學

【題解】道學，即理學。本文原載《子不語》卷二十二。

法君❶祖母孫氏外家有孫某者，巨富也。國初海寇之亂❷，移家金壇❸。一日，有胡姓攜其子孫、奴僕數十人，行李甚富，過其門，云是山西人，「遇兵不能行，願假❹尊居暫住」。孫接❺其言貌，知非常人，分一宅居之。暇日過與閒話，見其室中有琴劍書籍，所讀者皆《黃庭》、《道德》❻等經，所談者皆心性、語錄❼中語，遇其子孫、奴僕甚嚴，言笑不苟。孫家人皆以「狐道學」稱之。

孫氏小婢有姿，一日遇翁之幼孫於巷，遽❽抱之，婢不從，白❾於胡翁。翁慰之曰：「汝勿怒，吾將杖之。」明日日將午，胡翁之門不啟，累叩不應。遣人逾墻開門閱之，宅內一無所有，惟書室中有白金❿三十兩置几上，書「租資」二字。再尋之，階下有一掐死小狐。

法子⓫曰：「此狐乃真理學也。世有口談理學而身作巧宦⓬者，甚愧狐遠矣。」

【注釋】❶法君　法嘉蓀，字莘侶，丹徒（今屬江蘇鎮江市）人。工篆刻。❷海寇之亂　指順治十六年（西元一六五九年）六月，鄭成功率軍攻佔鎮江事。❸金壇　縣名。位於今江蘇西南部。❹假　借。❺接　接觸；觀察了解。❻黃庭道德　《黃庭經》，道家經名。《道德經》，即《老子》。❼心性語錄　指宋明理學家著作。❽遽　急迫。❾白　告訴。❿白金　銀子。⓫法子　對法嘉蓀的尊稱。⓬巧宦　善於鑽營諂媚的官吏。陳子昂〈題祀山烽樹贈喬十二侍御〉：「漢庭榮巧宦，雲閣薄邊功。」

【語譯】法嘉蓀君祖母孫氏娘家有孫某人，是巨富。國初因為海寇之亂，移家金壇。一日，有胡姓的人攜其子孫、奴僕數十人，所帶的東西很多，經過其門前，說是山西人，「遇見亂兵不能再走了，願借尊屋暫住」。孫某觀察了解其言語形貌，知道不是一般人，就分了一宅供其居住。孫某空閒的日子走訪胡翁與其聊天，見其室中有琴劍書籍，所讀的皆是《黃庭》、《道德》等經，所談的皆是心性、語錄中語，對待其子孫、奴僕甚嚴厲，不隨便說笑。孫家人皆用「狐道學」來稱呼他。

孫氏一小婢女頗有姿色，一日在小巷遇到胡翁的幼孫，胡幼孫急迫地抱住她調戲，小婢女不服從，告訴了胡翁。胡翁安慰她說：「你不要惱怒，我將用棍棒揍他。」次日快中午時分，胡翁的門還不開，多次敲門都不回應。於是孫氏派人跳牆開門查看，發現宅內已一無所有，只見室中有銀子三十兩放在桌几上，寫著「租資」二字。再尋看，臺階下有一隻被掐死的小狐狸。

法子說：「此狐是真理學。世上有口談理學而行動善於鑽營諂媚的官吏的，應該慚愧其距離狐狸很遙遠了。」

【研析】袁枚一生反理學，特別是反偽道學家。故事中的「狐道學」，乃是「真理學」。其幼孫調戲小婢，被「狐道學」處死，其搬家時還留下「租資」。比起人世「口談理學而身作巧宦者」，其「真理學」還是有值得稱道處的。故事以反襯之法，批判偽道學之無恥，十分深刻。

鐵公雞

【題解】鐵公雞，比喻人吝嗇，一毛不拔。本文原載《子不語》卷二十三。

濟南❶富翁某，性慳吝❷，綽號「鐵公雞」，言一毛不拔也。忽呼媒納妾，價欲至廉，貌欲至美，媒笑而允之。未幾，攜一女來，不索價，但取衣食充足而已。翁大喜過望，女又甚美，頗嬖❸之。

一日，女置酒勸翁曰：「君年已老，有此多錢無用處，何不散之貧人，使感德耶？」翁大怒拒之，嗣後且防之，慮其花費。如是者半年，啟其所藏，已空矣。翁知女所竊，拔刀問之。女笑曰：「君以我為人乎？我狐也。君家從前有後樓七間，是我一家所居。君之祖父每月以雞酒相餉❹，已數十年。自君掌家，以多費故罷之，轉租取息，俾❺我一家無住宿處，懷恨在心，故來相報耳！」言訖不見。

【注釋】❶濟南 今屬山東。❷慳吝 吝嗇；小氣。❸嬖 寵愛。❹餉 贈送；款待。❺俾 使。

【語譯】濟南某富翁，性格小氣，綽號「鐵公雞」，是說他一毛不拔。一日富翁忽然叫來媒人說要納妾，要求價錢要極其便宜，相貌要極其美麗，媒人笑著答應了他。不久，帶一女子來，不討價錢，只要求衣食滿足而已。富翁大喜過望，女子又甚美，頗寵愛她。

一日，妾擺酒勸富翁說：「您年已老，有這麼多錢也沒用處，為何不散發給窮人，讓他們感激您的恩德呢？」富翁大怒，拒絕了她，此後還防備她，擔心她花費錢財。這樣有半年後，富翁打開其藏錢的地方，見已空空如也了。富翁知道是妾所偷，就拔刀威脅問她。妾笑道：「您認為我是人嗎？我是狐狸。您家從前有後樓七間，都是我一家所居。您的祖父每月還以雞酒相款待，已幾十年了。自從您掌家後，因為費用大所以就停止款待了，還改為租借取租息，使我一家無住宿處，我懷恨在心，所以來報復罷了！」說罷就不見了。

【研析】「鐵公雞」富翁某，名副其實。由納妾「價欲至廉，貌欲至美」一事即已暴露無遺。而寫其婚後，妾以「君年已老，需此多錢無用，何不散之貧人，使感德耶」相勸，他仍寧要錢而不要德，又進一步突出其「慳吝」。最後其錢財被狐妾盜空的下場，亦是因慳吝使狐妾「一家無住宿處」所遭的報復。故事始終在富翁「慳吝」上做文章，「鐵公雞」形象躍然紙上。

沙彌思老虎

【題解】沙彌，佛教稱男子出家初受十戒的和尚。本文原載《子不語》續編卷二。

五臺山❶某禪師❷收一沙彌，年甫三歲。五臺山最高，師徒在山頂修行，從不一下山。

後十餘年，禪師同弟子下山。沙彌見牛、馬、雞、犬，皆不識也。師因指而告之曰：「此牛也，可以耕田；此馬也，可以騎；此雞、犬也，可以報曉，可以守門。」沙彌唯唯❸。少頃❹，一少年女子走過，沙彌驚問：「此又是何物？」師慮其動心，正色❺告之曰：「此名老虎，人近之者，必遭咬死，尸骨無存。」沙彌唯唯。

晚間上山，師問：「汝今日在山下所見之物，可有心上思想他的否？」曰：「一切物我都不想，只想那吃人的老虎，心上總覺捨他不得。」

【注　釋】❶五臺山　佛教四大名山之一，在今山西五臺東北。❷禪師　和尚的尊稱。❸唯唯　恭敬的應答聲。❹少頃　一會兒。❺正色　面色莊重。

【語　譯】五臺山某禪師收了一個小和尚，年才三歲。五臺山最高，師徒在山頂修行，從未下山過一次。

後過了十幾年，禪師同弟子下山了。小和尚看見牛、馬、雞、犬，都不認識。禪師於是手指這些動物一一告訴他說：「這是牛，可以耕田；這是馬，可以騎；這是雞、犬，可以報曉，可以守門。」小和尚恭敬地說是是。一會兒，一少年女子走過，小和尚驚問：「這又是什麼東西？」禪師擔心他動心，就面色莊重地告訴他說：「這個名老虎，人靠近她，必遭咬死，屍骨無存。」沙彌恭敬地說是是。

晚間上山，禪師問：「你今日在山下所見之物，有沒有心上想念他的？」答說：「一個東西都不想，我只想那吃人的老虎，心上總覺放不下他。」

【研　析】孔子說：「飲食男女，人之大欲存焉。」（《禮記・禮運》）告子說：「食色，性也。」（《孟子・告子上》）但佛教要禁欲，宋理學家亦要「去人欲」。而故事中的小和尚自從初見了被禪師誑說為「人近之者，必遭咬死」的「老虎」——女子後，就一切都不想了，總是放不下那「老虎」。這無疑是人情欲本性使然。這種「大欲」是無法扼殺的。在人的自然本性前，禪師的威脅著實軟弱無力。本文作者評判語「不著一字」，只是客觀記述，但諷刺意義「盡得風流」（司空圖《詩品・含蓄》）。

附錄

袁枚新傳

王英志

袁枚字子才，小字瑞官，號簡齋，又號存齋❶，晚年號隨園老人、倉山叟、倉山居士，世稱隨園先生。祖籍慈溪（今屬浙江寧波）。錢塘（今浙江杭州）人。生於清康熙五十五年三月二日（西元一七一六年三月二十五日）。曾祖袁象春曾任知府。祖袁錡、父袁濱、叔袁鴻，皆飄遊在外任幕府。年少受教於祖母柴氏、母章氏與早寡歸奉母守志之姑母。幼有異稟，勤奮好學。康熙六十一年（西元一七二二年）七歲，開始受業於史玉瓚先生，學四書，習四子文。雍正五年（西元一七二七年）十二歲中秀才，入縣學學習。十一年（西元一七三三年）十八歲，受知於浙江總督程元章，被薦入萬松書院，受教於「古文名家」楊文叔❷。

西元一七三六年清高宗弘曆登基，是為乾隆元年丙辰。袁枚自萬松書院結業後，日用艱難，乃遵父命投奔於廣西巡撫金鉷幕中謀事之叔父袁鴻。沿途多有吟詠，其《小倉山房詩集》收詩即從是年始。金鉷見袁枚狀貌不俗，又工詩，乃試以〈銅鼓賦〉。袁枚援筆立就，金鉷以國士相目。八月，金鉷保薦袁枚

---

❶ 蔣敦復《隨園軼事・存齋》：「隨園先生別字簡齋，而其先則曰存齋。」《袁枚全集》第八冊，江蘇古籍出版社一九九七年版。

❷ 見袁枚〈楊文叔先生文集序〉，《小倉山房續文集》卷三十五，《袁枚全集》第二冊。

赴京參加乾隆元年博學鴻詞試。袁枚九月抵京，其間結識胡天游、周大樞、萬光泰、杭世駿、商寶意、張鷺洲諸應試文士，尤心折於胡天游。博學鴻詞試報罷。此後先後於同鄉高景藩、大宗伯嵇公家坐館，並苦攻八股文。乾隆三年（西元一七三八年）八月，應順天鄉試，榜上有名。翌年三月，又參加會試，名列二甲第五名進士，得授庶吉士。冬返鄉與王氏完婚。

乾隆四年（西元一七三九年），入庶常館深造。袁枚才高，免課漢文，而從刑部尚書史貽直專習滿文。乾隆七年（西元一七四二年）春，庶吉士三年期滿，袁枚滿文考試竟最下等，因而被迫外放任縣令。五月至江蘇溧水任職；六月調任江浦縣令；年底又調沭陽縣令。沭陽兩年，曾率領民眾滅蝗、抗旱，備嘗艱辛。乾隆十年（西元一七四五年），調任江寧縣令，善斷獄，江寧大治。公務之餘，設帳教學；更吟詩作文。是年所作〈答曾南村論詩〉云：「提筆先須問性情，風裁休劃宋元明。」❸乃其《小倉山房詩集》所見最早之性靈說詩學思想。乾隆十至十一年間，其門下士談毓奇為刻《雙柳軒詩文集》二冊，是袁枚詩文首次編集付梓。到江寧不久，開始厭倦為大官作奴之縣令，初萌退意。延至乾隆十二年（西元一七四七年）六月十一日，高郵州缺，時尹繼善正任江南總督，乃以枚表薦，未果。袁枚由此決心歸隱而提出乞養辭官。並於七月以三百金購得小倉山原江寧織造隋赫德之隋園，改為「隨園」，作為隱居之所。

乾隆十三年（西元一七四八年）底辭官，十四年入住隨園，開始隱居生活，實現以文章報國之人生理想，此年所作〈讀書二首〉不僅提出了其性靈說重獨創、個性與反模擬的思想，而且宣示了獨立文壇、創建「隨園派」❹的雄心。

---

❸ 見《小倉山房詩集》卷四，《袁枚全集》第一冊。

❹ 《隨園詩話補遺》卷八有「余道此詩，亦『隨園派』」之語。

乾隆十六年（西元一七五一年），經濟拮据，幾經猶豫，終無奈向吏部申請復官。翌年四月被派往陝西任縣令，關中多勝跡，「近陝山河壯」❺，一路頗多懷古詩。七月至長安（今陝西西安）。時陝甘總督黃廷桂，曾與袁枚有過節。二人臭味差池，不久又傳來父喪噩耗，袁枚乃借機辭歸。

此次被迫出山，袁枚悟出「但念人為歡，須財與之俱」❻，乃重視營財之道。一是將隨園田地、山池分十三戶承領種植收租利。二是「賣文潤筆，竟有一篇墓志送至千金者」❼。三是自刻其著作，公刷公賣。四是設帳收徒，學生皆敬奉束修。此外，四方官僚、朋友饋贈之財物亦甚多。待暮年，已有「田產萬金餘，銀二萬」，而書畫、圖章、法帖等文物亦不少❽。正因有此雄厚經濟基礎，方能三改隨園，四處周遊，安心著述。袁枚的營財實踐也是對孔孟傳統義利觀的突破。

王氏婚後無子，袁枚又生性風流好色，故一再納妾：乾隆八年（西元一七四三年）納陶姬，十三年（西元一七四八年）納方聰娘，二十二年（西元一七五七年）納陸姬，二十五年（西元一七六〇年）納金姬，四十二年（西元一七七七年）納鍾姬。鍾姬嫁枚次年終產一子，名遲。袁枚更時常出遊蘇州、揚州，尋花問柳，憐香惜玉，甘當護花使者。乾隆四十年（西元一七七五年）蘇州青樓女子金蕊仙以事掛法，而蘇州太守孔南溪又風骨冷峻，但袁枚仍斗膽為金氏求情，終使金氏獲救。

隱居後主要精力從事詩文創作，乾隆三十二年（西元一七六七年）所作〈續詩品〉三十二首，其反

❺〈峽石望二陵〉，《小倉山房詩集》卷八。

❻〈秋夜雜詩并序〉十五首其四，《小倉山房詩集》卷十。

❼〈隨園老人遺囑〉，《小倉山房文集》卷首，《袁枚全集》第二冊。

❽〈隨園老人遺囑〉，《小倉山房文集》卷首，《袁枚全集》第二冊。

對重教化、崇復古格調的沈德潛格調說，而主性情、尚個性、重詩才的性靈說思想已趨於成熟，性靈說終成為乾隆詩壇的主流思潮。袁枚又廣交文友，提攜後學，逐漸形成著名的「隨園派」（即今所稱性靈派），袁枚也於乾隆三十年代取代了沈德潛而成為詩壇盟主。故舒位〈乾嘉詩壇點將錄〉以晁蓋比沈德潛，以宋江喻袁枚。

袁枚早在乾隆元年博學鴻詞試即與沈德潛相識，又同於乾隆十三年（西元一七四八年）乞歸。兩人於乾隆三十年（西元一七六五年）前曾發生了一場詩學論爭，沈氏先致信袁枚，不滿其反傳統的觀點，袁枚先以〈答沈大宗伯論詩書〉反駁其詩分唐宋以及鼓吹「溫柔敦厚」的詩教觀，後又寫〈再與沈大宗伯書〉批評其選詩。此論爭以袁枚佔上風結束。

鼓吹「性靈」之「同調」有趙翼。乾隆十九年（西元一七五四年）趙翼於尹繼善署中見袁枚詩冊而題詩，翌年袁枚有詩回贈。後常有詩書來往。乾隆四十一年（西元一七七六年），袁枚贈趙氏詩文集一部。乾隆四十四年（西元一七七九年）初春，二人於杭州初次相會，趙翼贈袁枚《甌北集》一部。五月袁枚回隨園，途經陽湖（今江蘇常州）又造訪了已先返鄉的趙翼。趙翼〈再贈子才〉，再表傾倒之意。趙翼於乾隆五十六年（西元一七九一年）、五十七年（西元一七九二年）二訪隨園。袁枚故去，趙翼〈袁子才挽詩〉其二由衷悲嘆「衰杇只悲同調盡，獨搔白首覽蒼茫」❾。

與袁、趙齊名者為蔣士銓，趙翼所謂「三家旗鼓各相當」❿。袁枚初知蔣士銓始於乾隆十九年（西元一七五四年），於南京宏濟寺見蔣氏署名「苕生」的題壁詩。乾隆二十二年（西元一七五七年）蔣氏中

---

❾ 《甌北集》卷三十九，上海古籍出版社一九九七年版。

❿ 〈袁子才挽詩〉，《甌北集》卷三十九。

進士，二十九年（西元一七六四年）秋乞假養母，年底即至江寧與袁枚見面，翌年客居江寧，與袁枚往來頻繁，時有倡和。雖然二人論詩不合，蔣氏重詩教，非隨園派人，但不影響袁枚對其詩的讚賞。四十三年（西元一七七八年）因經濟拮据，蔣氏曾應詔入京五年，四十八年（西元一七八三年）因風痹之疾而辭歸。四十九年（西元一七八四年），袁枚南下探望端州太守從弟袁樹，途經南昌，專訪患病家居之蔣氏。蔣氏自知來日無多，乃請袁枚一為其詩集作序，二為自己作墓誌銘，袁枚皆應諾。翌年蔣氏病故，袁枚果恪守諾言。

袁枚居江寧，與揚州一江之隔，同揚州八怪多位成員秉性相合而有所交往。其中交往最密者為李方膺。李氏曾任安徽合肥等地縣令，因脾性耿直，得罪上司，乾隆十四年（西元一七四九年）被劾官，寓居江寧項氏花園，與袁枚結識，氣味相投。其性好畫松竹蘭菊，猶長於梅，不拘古法，以賣畫為生。袁枚因李氏被罷官，特作〈釋官一篇送李晴江〉慰之。乾隆十九年（西元一七五四年），袁枚邀李氏隨園賞梅，請其畫梅，作〈白衣山人畫梅歌贈李晴江〉，大讚李氏之「傲骨」、「奇才」。翌年秋李方膺病故於故鄉通州（今江蘇南通）。袁枚為之作〈李晴江墓志銘〉。袁枚與揚州八怪中堅鄭燮亦有來往。鄭燮乾隆十八年（西元一七五三年）辭官客居揚州，二十三年（西元一七五八年）揚州轉運使盧見曾招集文士於紅橋三賢祠集會。袁、鄭乃意外相會，似乎也惺惺相惜，互有贈詩。但二人分開後卻未見來往。蓋二人雖皆為狂士，個性亦不無相通之處，但彼此內心實相輕也。袁枚與金農、羅聘師生亦有較密切交往。金氏為袁同鄉，年長袁二十九歲。乾隆元年二人同與博學鴻詞試，早已相識。金農乾隆十五年（西元一七五〇年）客居揚州，二十八年（西元一七六三年）逝於揚州。其間二十三年（西元一七五八年）二人同與盧見曾三賢祠集會，後又曾互通書信，金氏故去十九個年頭後，袁枚〈仿元遺山論詩〉其十四仍懷念之。

羅聘小袁枚十七歲，袁枚與其關係更親近。羅聘乾隆二十二年（西元一七五七年）拜金農為師，後曾兩赴京師漫遊。乾隆四十六年（西元一七八一年），羅聘至江寧賣畫，得以結識袁枚，袁枚三次為羅聘畫題詩，〈題兩峰鬼趣圖〉最為著名。羅聘拮据，袁枚派人送米，羅為報答，羅聘為袁枚畫像，並引發一場像與不像的爭論，袁枚乃作〈戲題小像寄羅兩峰〉調解之，頗有彼亦一是非，此亦一是非之意。

袁枚文壇名聲日隆，青年士子追隨仰慕者頗多，袁枚於後學也樂於鼓勵、提攜。其中如黃景仁、姚鼐等後學皆曾受袁枚影響。乾隆三十九年（西元一七七四年）秋，二十六歲的常州「天才」詩人黃景仁應江寧鄉試，袁枚早知黃氏〈觀潮行〉、〈後觀潮行〉詩，故欲設宴招請，黃以病未往。但冬季黃景仁卻主動拜訪隨園，時年五十九歲的袁枚熱情款待，留住隨園過年。黃氏作〈呈袁簡齋太史〉四首表仰慕之情。後黃氏遠遊求仕，而仕途多舛，乾隆四十八年（西元一七八三年），黃氏客死山西解州，年僅三十五歲，袁枚聞訊痛賦〈哭黃仲則有序〉。姚鼐小袁枚十五歲，其伯父姚範乾隆七年（西元一七四二年）中進士，與即將外放江南之袁枚結識於京師，故姚鼐對袁枚甚尊敬。兩人初次相見在乾隆四十八年（西元一七八三年）袁枚出遊安徽黃山時。七年後姚鼐主講金陵崇正書院，乃至隨園與袁枚重逢。袁枚不時饋贈禮物與姚鼐。袁、姚雖哲學思想不同，文學觀也有異，但並未影響二人友誼，以及姚對袁的尊重。姚鼐〈簡齋年七十五腹疾累月不救邀作挽詩〉以「一代文章作滿家，爭求珠玉散天涯」[11]等句譽之。袁枚棄世，姚鼐特作〈袁隨園君墓志銘并序〉[12]予以高度評價。袁枚乾隆五十八年（西元一七九三年）與小其四十八歲的張問陶因洪亮吉介紹而結識並成忘年交，相互欣賞。雖然袁、張至死都未見面，但二人論詩

[11]《惜抱軒詩集》卷十，四部叢刊本。

[12]《惜抱軒文集》卷十三。

同主性靈，張也成為隨園派的殿軍。

袁枚扶持後進最用心的是招收弟子，有何士顒、劉霞裳、黃允修、韓廷秀、孫原湘、高青士、左蘭城等二十餘人，韓廷秀有「隨園弟子半天下，提筆人人講性情」⑬之言。如秀才何士顒論詩亦主性情、重個性，深得袁枚欣賞。其《南園詩選》，袁枚不僅作序，而且於其歿後付梓行世。第一弟子孫原湘對袁枚甚崇拜，稱「乾隆三十年以前，歸愚宗伯主盟壇坫」，以後則「小倉山房出而專主性靈」⑭，乾隆五十一年（西元一七八六年）作〈呈袁隨園太史枚〉，稱「海內詞壇幾個賢，風流文采讓公先」⑮。五十三年（西元一七八八年）袁枚過虞山（今江蘇常熟），收孫原湘為弟子。五十九年（西元一七九四年）袁枚二訪虞山會見孫氏與孫妻女弟子席佩蘭。嘉慶元年（西元一七九六年）袁枚三訪虞山，臨別孫氏贈詩〈隨園先生過訪，同飲吳氏光霽堂即送之郡〉，有「女門生喜逐年增」⑯之句，蓋袁枚晚年廣收女弟子已成文壇佳話也。袁枚女弟子有五十餘人。其家族女弟子有袁機（三妹）、袁杼（四妹）、袁棠（四堂妹）等。其他女弟子多為江浙閨秀，以蘇杭二地為中心。其中江蘇以席佩蘭為首，浙江以孫雲鳳為首，關係密切者為蘇州金逸，吳江嚴蕊珠、汪玉軫，常熟席佩蘭、屈秉筠，武進錢浣青，青浦廖雲錦，鎮江駱綺蘭，杭州孫雲鳳、孫雲鶴，嘉興戴蘭英；席佩蘭、金逸、嚴蕊珠被袁枚視為「閨中三大知己」。袁枚此舉是以實際行動批判「女子不宜為詩」的腐朽觀念，鼓勵女子作詩。而女弟子也成為隨園派的一支偏師。

---

⑬《隨園詩話》卷八引。

⑭〈籟鳴詩草序〉，《天真閣集》卷四十一，清嘉慶五年昭文孫氏刻本。

⑮《天真閣集》卷四。

⑯《天真閣集》卷十三。

袁枚晚年「遊踪萬里詩千首」⑰，「海角天涯處處遊」⑱，親近自然山水，汲取創作源泉。乾隆四十七年（西元一七八二年）正月廿七日，六十七歲的袁枚由弟子劉霞裳陪同，出遊浙江天台、雁蕩，訪國清寺、高明寺，攀華頂峰作〈登華頂作歌〉詩，觀石梁飛瀑作〈到石梁觀瀑布〉詩；遊雁蕩山，又作〈觀大龍湫作歌〉詩。五月廿七日還山。乾隆四十八年（西元一七八三年）四月六日，六十八歲的袁枚仍由劉霞裳陪同出遊黃山。登文殊院，於立雪臺觀前、後海雲霧奇觀，又過黃山最險處百步雲梯、一線天，攀光明頂、始信峰。六月五日還山。此行除了寫詩，更有〈遊黃山記〉記述。乾隆四十九年（西元一七八四年）二月中旬，又應從弟袁樹之邀，與劉霞裳作嶺南之遊。此行乘船溯江而上，歷盡艱難險阻，進嶺南遊丹霞山，有〈遊丹霞記〉等。在端州期間，又遊羅浮山。告別袁樹後，從端江到桂林，舊地重遊，感慨係之，有〈重入桂林城作〉詩、〈遊桂林諸山記〉等。待回到隨園已是次年正月十一，出遊一年。此後乾隆五十一年（西元一七八六年）七十一歲出遊福建武夷山；五十七年（西元一七九二年）七十七歲二遊天台；五十九年（西元一七九四年）七十九歲二月與友人有三遊天台之約，但據袁枚日記，並未遊至天台，而南遊至奉化、慈溪；六十年（西元一七九五年）八十歲，仍出遊杭州。

嘉慶二年（西元一七九七年），袁枚病痢不癒，自知大限已到，寫下〈隨園老人遺囑〉與絕命詞，於十一月十七日（西元一七九八年一月三日）辭世，噩耗傳開，各地挽詩唁文如雪片飛傳。

袁枚長身鶴立，性通脫。一生致力於詩文創作，乃清乾隆詩壇盟主、性靈派主將，其倡導的性靈說影響深遠，又擅長古文、筆記小說，不愧是成就卓著的文學家。而他反理學，批漢學，尊孔而疑孔，入

⑰《續同人集・生存類》，《袁枚全集》第六冊。

⑱《隨園八十壽言》卷二，《袁枚全集》第六冊。

俗又超俗，舊習未盡卻思想解放，又是封建盛世向近代社會過渡時期的思想學術批評家。其著作有《小倉山房詩集》三十九卷，《小倉山房文集》三十五卷，《小倉山房外集》八卷，《袁太史稿》一卷，《小倉山房尺牘》十卷，《牘外餘言》一卷，《子不語》（《新齊諧》）三十四卷，《隨園詩話》二十六卷，《隨園隨筆》二十八卷，《隨園食單》二卷，早年談毓奇刊刻本《雙柳軒詩文集》。另有蔣敦復所編《隨園集外詩》（今所見為上海國學研究會藏版，上海大東書局民國九年初版）四百餘首。西元二〇〇八年王英志從袁枚八代孫袁建揚處覓得原以為失傳之手抄本袁枚《紀遊冊》一冊，二〇一二年又得《庚午辛未王申手稿》一部，收詩近二百三十首。袁枚編纂之作有《續同人集》、《隨園八十壽言》、《隨園女弟子詩選》等。

考異

民國時期坊間有數種署名「袁枚」或「隨園老人」，而實為偽託之作：《隨園詩法叢話》八卷，署名「袁枚」，民國碧梧山莊石印本，實為苕水蔣潤雲會氏纂輯之《藝苑名言》；《隨園遊戲奇文》四卷、續集一、續集二，署名「隨園老人」，民國上海文寶書局印刷發兌，書中有「自入十九世紀以來」之語，內容更不堪，明顯書商偽託；《鏡花水月》十二卷、續集六卷，署名「隨園老人」，據《中國叢書綜錄》，實為婁東羽衣客所著；《詳注圈點詩學全書》四卷，民國十年上海華美書局石印本，署名「袁枚」，書中鼓吹詩教觀，自稱「余有《字韻連珠》四十卷嗣出」，皆與袁枚思想及生平不合，可斷為偽託；《隨園戲墨》十六卷，民國十六年上海校經山房成記書局本，署名「袁枚」，但作者自稱「己未鄉試」，「三場畢後，遊玩浣花草堂」，與袁枚乾隆三年戊午（西元一七三八年）鄉試、四年己未（西元一七三九年）會試生平不合，且袁枚一生未入四川。據《文獻》二〇〇〇年第一期〈清末民初偽稗叢考〉考證，《隨園戲墨》所收文選自《陽明鏡》，真正作者是四川文士咸豐同治年間的湯承萁。

袁枚年譜簡編

王英志

袁枚年譜見到四種。最早為方濬師於清同治九年庚午（西元一八七〇年）所撰之《隨園先生年譜》，是譜雖係簡譜，但有開拓之功，且甚簡潔，其「以詩集編年為綱，而於《文集》、《詩話》中所記述，悉心考證，書其行誼之大者，其餘瑣屑不關輕重之事，概從刪削」，並對袁枚著作訛誤處有所訂正（見〈凡例〉）。但其引述袁枚著作，或不注出處，或出處不具體，讀者不便核查，為此筆者曾對其加以注釋（見拙編《袁枚全集》附錄〈隨園先生年譜〉）。其次是楊鴻烈所著《袁枚評傳》第二章之〈年譜〉（下簡稱楊譜），篇幅大增，事無巨細，儘量記載，引述詳細，出處大都較具體（偶有疏漏），尤重引證袁枚作為其所謂「偉大的思想家」的言論，紀年或有訛誤。晚者為傅毓衡著《袁枚年譜》（下簡稱傅譜），約二十萬字，後來居上，但紀年偶有錯誤。最新的袁枚年譜是鄭幸博士的《袁枚年譜新編》（上海古籍出版社二〇一一年版），記述更加全面，內容更為豐富。以上四譜各有千秋，但也有共同的不足，即傳主思想特別是作為乾隆詩壇盟主、性靈說的倡導者的詩學思想的發展脈絡不甚清楚，缺乏歷史嬗變的軌跡勾勒。鑑於此，撰此簡譜，在參考四譜的基礎上，希望對四譜之不足有所彌補，試圖在有限的篇幅內，抓住傳主思想行狀之大者，簡述其發展的歷程。

康熙五十五年丙申（西元一七一六年）　一歲

三月初二日（西元一七一六年三月二十五日），袁枚生於杭州。祖錡，父濱，母章氏。祖籍慈溪（今浙江寧波）。

四部叢刊本姚鼐《惜抱軒文集》卷十三〈袁隨園君墓志銘并序〉云：「祖諱錡，考諱濱，叔父鴻，皆以貧遊幕四方。」

康熙五十九年庚子（西元一七二〇年）　五歲

受孀姑沈氏啟蒙教育。

《小倉山房詩集》（下簡稱《詩集》）卷十〈秋夜雜詩十五首〉其八云：「我年甫五歲……其時有孀姑，亦加鞠育恩。授經為解義，噓背分餘溫。」

康熙六十一年壬寅（西元一七二二年）　七歲

接受正式私塾教育。

《隨園詩話》（下簡稱《詩話》）卷九：「康熙壬寅，余七歲，受業於史玉瓚先生。」

雍正二年甲辰（西元一七二四年）　九歲

學習作詩❶。

《詩話》卷六云：「余幼時家貧，除四書五經外，不知詩為何物。一日，業師外出，其友張自南先生攜

❶ 傳譜云：雍正元年癸卯（西元一七二三年）八歲，「是年，與其同庚友仲蘊檠初學作詩，彼此吟成，便攜袖中，冒雨欣賞。」（《詩話》卷十三）按，《詩話》所記乃雍正十一年癸丑（西元一七三三年）事，傳譜誤作「癸卯」而提前。

書一冊，到館求售，留札致師云：『適有亟需，奉上《古詩選》四本，求押銀二星，實荷再生，感非言罄。』予舅氏章升扶見之，語先慈曰：『張先生以二星之故，而詞哀如此，急宜與之。留其詩可，不留其詩亦可。』予年九歲，偶閱之，如獲珍寶。始〈古詩十九首〉，終於盛唐，伺業師他出，及歲終解館時，便吟詠而摹倣之。嗚呼！此余學詩所由始也。」

雍正五年丁未（西元一七二七年）　十二歲

舉秀才，入縣學。

《詩話》卷九云：「受業師史玉瓚先生，雍正丁未年同入學。」《隨園集外詩》卷一〈入學雍正五年丙午❷科試〉：「不會文章也秀才，功名遲早有應該。」

雍正六年戊申（西元一七二八年）　十三歲

賦詩言志。

《詩集》卷三十六〈記得〉云：「記得兒時語最狂：『立名最小是文章。』（十三歲先生命賦詩言志。）」

《詩話》卷十四：「余幼〈詠懷〉云：『每飯不忘惟竹帛，立名最小是文章。』先師嘉其有志。」

雍正七年己酉（西元一七二九年）　十四歲

作〈郭巨埋兒論〉。

《詩話》卷十二云：「余集中有〈郭巨埋兒論〉，年十四所作，秉姑訓也。」

雍正八年庚戌（西元一七三〇年）　十五歲

補為增生。

---

❷「丙午」係「丁未」之誤。

《詩話補遺》卷二云：「十五歲，受李安溪先生清植知，補增。」

雍正十一年癸丑（西元一七三三年）　十八歲

受知於浙江總督程元章，入萬松書院。

《詩話補遺》卷八云：「雍正癸丑，余年十八，受知於吾鄉總督程公元章，送入萬松書院肄業。其時，掌教者為楊文叔先生，諱繩武，癸巳翰林，豐才博學，蒙有國士之知。」

雍正十二年甲寅（西元一七三四年）　十九歲

受知於帥蘭皐學使，食餼，補廩生。

《詩話補遺》卷一：「十九歲，受帥蘭皐先生念祖知，食餼。」

雍正十三年乙卯（西元一七三五年）　二十歲

應杭州博學鴻詞試（落選）。應科試（獲鄉試資格）。

《詩話》卷十四云：「雍正乙卯春，余年二十，與周蘭坡先生同試博學鴻詞於杭州制府。其時，主考者總督程公元章、學使帥公念祖。」《詩話》卷十二云：「余乙卯科試，考列前茅。其時在帥學使幕中，閱卷者邵君昂霄也。」

乾隆元年丙辰（西元一七三六年）　二十一歲

赴廣西投奔叔父袁鴻（字健磐）。被廣西撫軍金鉷（字震方）舉薦參加博學鴻詞試，報罷。

《小倉山房文集》（下簡稱《文集》）卷首〈隨園老人遺囑〉云：「汝祖（引者按，袁濱）因叔父健磐公在廣西金撫軍幕中，與我二金，託柴東升先生帶至江西高安署中；借我二十金，坐倒划船到廣，受盡飢寒。時乾隆丙辰端午前一日也……次日引見金公，蒙國士之知，非常矜寵，留住三個月，保薦博學鴻詞，送銀一百二十金，遣人辦裝，護送至京。此六十年來，生平第一知己也。廷試報罷，落魄一年。」《小倉山房詩集》收詩從此年起。卷一收丙辰、丁巳、戊午三年詩，首篇〈錢塘江懷古〉。

乾隆三年戊午（西元一七三八年）　二十三歲

中順天戊午鄉試舉人。

《詩集》卷二十一〈戊午榜發作一詩寄戊午座主鄧遜齋先生〉有句云：「觥觥鄧夫子，兩目秋光鮮，書我到榜上，拔我出深淵。」

乾隆四年己未（西元一七三九年）　二十四歲

春闈中進士，名列第五，選庶吉士，入翰林院，習滿文。

《詩集》卷二〈臚唱〉云：「一聲臚唱九天聞，最是三株樹出群。我愧牧之名第五，也隨太史看祥雲。」〈入翰林〉有句云：「弱水蓬山路幾重，今朝身到蕊珠宮。」《文集》卷首〈隨園老人遺囑〉云：「乾隆四年，蒙皇上恩點入詞林，以少年故派習清書。」

冬乞假歸娶王氏。有〈乞假歸娶留別諸同年〉、〈到家〉、〈催妝〉諸詩。

《詩話》卷四云：「己未冬，余乞假歸娶。」

乾隆七年壬戌（西元一七四二年）　二十七歲

庶吉士三年期滿，滿文考試不及格，外放江南縣令。有〈散館紀恩〉諸詩。

《文集》卷八〈武英殿大學士太傅鄂文端公行略〉云：「壬戌，試翰林翻譯，枚最下等，公所定也。啟糊名，大恨，召枚往賜飯，與深語，且曰：『觀汝狀貌，天子必用汝。汝為外吏，必職辦。或憂汝能文不任吏事，非知汝者。』」《詩集》卷三〈改官白下留別諸同年四首〉其一有句云：「生本粗才甘外吏，去猶忍淚為諸公。」其三云：「此去好修〈循吏傳〉，當年枉讀〈上清書〉。」

五月抵江蘇溧水任縣令，六月即改任江浦縣令，年底又調任沭陽縣令。

《詩集》卷三有〈自溧水移知江浦留別送者〉、〈從江浦移知沭陽，秀才李應、熊成元等送余渡江，淹留彌日，贈之以詩〉。

乾隆八年癸亥（西元一七四三年）　二十八歲

改任沭陽縣令，率領百姓抗災、捕蝗。有〈沭陽雜興八首〉諸詩。

《詩話》卷十六云：「乾隆癸亥，余宰沭陽。」《詩集》卷三有〈捕蝗曲〉（見本書二十頁）。

乾隆九年甲子（西元一七四四年）　二十九歲

秋赴江寧任江南鄉試同考官閱卷。有〈就聘南緯舟中作〉諸詩。

《詩話》卷十三云：「余甲子分校南闈，題〈樂則舞韶〉。」

乾隆十年乙丑（西元一七四五年）　三十歲

沭陽政績佳，春移知巨邑江寧。有〈沭陽移知江寧，別吏民於黃河岸上〉諸詩。

《詩集補遺》卷一〈出沭陽口號〉云：「征衫斜掛早春天，綰綬潼陽愧兩年。路餞酒傾七十里，贈行詩載一千篇。無情胥吏多垂淚，滿地兒童盡折鞭。平日使君嫌枳棘，者回回首亦潸然。」

雖仍勤於政務，而厭於作俗吏，萌生歸隱之意。

《詩集》卷四〈俗吏篇〉云：「勸食升米把酒止，古來作吏俗而已。矧我作吏赤緊全，請言其俗一䩄然：三年沒階趨下風，九轉丹成拜跪工。金雞初鳴出門去，夕陽來下牛羊同。有時供具應四方，縫人染人兼酒漿……」《詩集補遺》卷一〈俗吏篇〉更有句云：「何不高歌〈歸去來〉，也學先生種五柳。」程綿莊

《青溪文集》卷九〈與江寧袁簡齋明府〉後所附〈袁明府覆札〉云：「僕性懶散，於官無所宜，猶不宜縣令。既已無可奈何，則拳韝鞠跽，隨行而趨。譬如深山之鶴，養之甚馴，其意未嘗忘烟霄也，一旦得間則引去。」

論詩初重性情、反格調。

《詩集》卷四〈答曾南村論詩〉云：「提筆先須問性情，風裁休劃宋元明。八音分列宮商韵，一代都存〈雅〉、〈頌〉聲。秋月氣清千處好，化工才大百花生。憐予官退詩偏進，雖不能軍好論兵。」

廣招弟子，徐園高會。

《詩話》卷十三：「徐園高會時，余首唱一首，諸生和者十九人。」

門下士談毓奇為刻《雙柳軒詩文集》二冊，是袁枚詩文首次編集付梓。

《詩話補遺》卷四：「余宰江寧時，門下士談毓奇為刻《雙柳軒詩文集》二冊。罷官後，悔其少作，將板焚毀。後《小倉山房集》中，僅存十分之三。」據陳正宏〈從單刻到全集：被粉飾的才子文本〉（《中山大學學報》二〇〇八年第一期）考證，《雙柳軒詩文集》刻於乾隆十年與十一年之間，姑置此年。

乾隆十二年丁卯（西元一七四七年）　三十二歲

尹繼善表薦知高郵州，部議不果。有〈奏擢高郵牧部議不果〉諸詩。

《詩集》卷五〈秋夜與故人同宿作〉小序云：「余與同年曾南村、黃笠潭改翰林為令，官江南六年。丁卯九月，二公校秋闈畢，來宿署中。時南村已遷廣德，而余刺秦郵之信，部議不果。」

購得隋赫德織造隋園，改名「隨園」❸。有〈初得隨園，王孟亭、沈補蘿、商寶意載酒為賀

---

❸ 傳譜云：乾隆十三年戊辰秋，購得隋氏織造園。乃據《詩話》所記，不確，應以編年詩為準。

得「園」字〉詩。

《詩話》卷五云：「戊辰（按，乾隆十三年）秋，余初得隋織造園，改為『隨園』。王孟亭太守，商寶意、陶西圃二太史，置酒相賀，各有詩見贈。」按，此說與是年所作〈初得隨園，王孟亭、沈補蘿、商寶意載酒為賀得「園」字〉詩相較，年代晚一年，相賀人名也不同，當係晚年撰《詩話》誤記，應以編年詩年代為準。

乾隆十三年戊辰（西元一七四八年）　三十三歲

冬，辭官歸隨園，年底返鄉。

《詩集》卷五〈解組歸隨園二首〉其二云：「滿園都有山，滿山都有書。一一位置定，先生賦歸歟。兒童送我行，香烟滿路隅。我乃顧之笑：浮名亦空虛。只喜無愧怍，進退頗寬如。仰視天地間，飛鳥亦徐徐。」

乾隆十四年己巳（西元一七四九年）　三十四歲

春節後攜從弟袁樹（字豆村，號香亭）、甥陸建（字豫庭，號湄君）入住隨園，建造隨園。有〈與家弟香亭、甥陸豫庭家居隨園……〉詩。三月作〈隨園記〉（見本書一三三頁）。

論詩重個性，尚天機、巧匠，加上上引重性情、反格調，性靈說內涵基本具備。

《詩集》卷六〈讀書二首〉其二：「我道古人文，宜讀不宜仿。讀則將彼來，仿乃以我往。面異斯為人，心異斯為文。橫空一赤幟，始足張吾軍。」〈示香亭〉：「對景生天機，隨心發巧匠。」

乾隆十七年壬申（西元一七五二年）　三十七歲

經濟拮据，出山赴陝任職；丁父憂，年底即返歸隨園。沿途有〈赴官秦中〉、〈峽石望二陵〉、

〈潼關〉諸詩。

《續文集》卷二十七〈先妣章太孺人行狀〉有云：「壬申，枚改官秦中。」《詩集》卷八〈歸隨園後陶西圃需次長安，入山道別三首〉其一句云：「策馬西歸日未曛，河梁重向草堂聞。對床燭剪三更雪，開卷詩添萬里雲。」

乾隆十八年癸酉（西元一七五三年）　三十八歲

改造隨園，入山志定。七月作〈隨園後記〉。

《文集》卷十二〈隨園後記〉有云：「余居隨園三年，捧檄入陝，歲未周，仍賦歸來，所植花皆萎，瓦斜墮，梅灰脫於梁，勢不能無改作……余今年裁三十八，入山志定，作之居之，或未可量也。乃歌以矢之曰：『前年離園，人勞園荒。今年來園，花密人康。我不離園，離之者官。而今改過，永矢勿諼！』癸酉七月記。」

賦詩批程朱理學。

《詩集》卷九〈題竹垞《風懷》詩後有序〉序云：「竹垞晚年自訂詩集，不刪〈風懷〉一首，曰：『寧不食兩廡特豚耳！』此隱言也。按元明崇祀之典頗濫，蓋有名行無考，附會性理數言，遽與程朱並列。竹垞恥之，託詞自免，意蓋有在也。不然，使竹垞刪此詩，其果可以廁兩廡乎？亦未必然矣。」詩云：「尼山道大與天侔，兩廡人宜絕頂收。爭奈升堂寮也在，楚狂行矣不回頭！」

乾隆十九年甲戌（西元一七五四年）　三十九歲

趙翼（字雲松，號甌北）於尹繼善署中見袁枚詩冊而題詩。

《隨園詩話》卷十云：「乾隆癸酉❹，尹文端公總督南河，趙雲松中翰入署，見案上有余詩冊，戲題云：

「八扇天門詄蕩開，行間字字走風雷。子才果是真才子，我要分他一斗來。」❺」

邀李方膺（字虬仲，號晴江、白衣山人）至隨園賞梅畫梅。

《詩集》卷十〈白衣山人畫梅歌贈李晴江〉有句云：「隨園二月中，梅蕊初離離。春風開一樹，山人畫一枝。春風不如兩手速，萬樹不如一紙奇。」

初知蔣士銓（字心餘、苕生，號藏園）詩。

《詩話》卷一云：「余甲戌春，往揚州，過宏濟寺，見題壁云……末無姓名，但著『苕生』二字。余錄其詩，歸訪年餘。熊滌齋先生告以苕生姓蔣，名士銓，江西才子也。且為通其意。苕生乃寄余詩云：『鴻爪春泥迹偶存，三生文字繫精魂。神交豈但同傾蓋，知己從來勝感恩。』」

終養文書，吏部批覆，與仕途徹底告別。

《詩集》卷十〈喜終養文書部覆已到〉句云：「一紙陳情奉板輿，九重恩許賦閒居。」

乾隆二十年乙亥（西元一七五五年）　四十歲

見趙翼題詩冊詩，回贈七律一首，此為二人相交之始。

《詩集》卷十一〈題慶雨林詩冊并序〉序云：「甲戌春，在清江為雨林公子（按，尹繼善子）書詩一冊。隔年，公子隨宮保渡江，余病起入見，見甌北趙君題墨矜寵，不覺變慚顏為欣矚。重書長句呈公子，並呈趙君。」詩有句云：「海內芝蘭憐臭味，鈞天絲竹奏〈簫韶〉。何時同作蕭郎客，君奪黃標我紫標。」

---

❹ 據《詩集》卷十一〈題慶雨林詩冊并序〉，「癸酉」係「甲戌」之誤，詳後文「乾隆二十年乙亥（西元一七五五年）四十歲」條。

❺ 《甌北集》卷三〈尹制府幕中題袁子才詩冊四首〉，刪去此詩，可能戲題之作與四首風格不合。

自編新詩十卷。

《詩集》卷十一〈編得〉二首其二云：「編得新詩十卷成，自招黃鳥聽歌聲。臨池照影私心語：不信吾無後世名！」

乾隆二十一年丙子（西元一七五六年） 四十一歲

還杭州，重過舊居。有〈還武林出城作〉諸詩。

《詩集》卷十二〈過葵巷舊宅〉云：「久將桑梓當龍荒，舊宅重過感倍長。夢裡煙波垂釣處，兒時燈火讀書堂。難忘弟妹同嬉戲，欲問鄰翁半死亡。三十三年多少事，幾間茅屋自斜陽。」

乾隆二十二年丁丑（西元一七五七年） 四十二歲

再改隨園。三月作〈隨園三記〉。

《文集》卷十二〈隨園三記〉有云：「……孟子亦云：『人有不為也，而後可以有為。』吾於園則然。棄其南，一椽不施，讓雲煙居，為吾養空遊所；棄其寢，墮剝不治，俾妻孥居，為吾閉目遊所。山起伏不可以牆，吾露積不垣，如道州城，蒙賊哀憐而已；地隆陷不可以堂，吾平水置槷，如史公書，旁行斜上而已……此治園法也，亦學問道也。丁丑三月記。」

乾隆二十三年戊寅（西元一七五八年） 四十三歲

蔣士銓入翰林，作詩寄之。

《詩集》卷十四〈寄蔣苕生太史二首并序〉其一云：「豆蔻花開月二分，揚州壁上最憐君。應、劉才調生同世，嵇、呂交情隔暮雲。〈大禮賦〉成南內獻，清商歌滿六宮聞。為他蕭寺題詩者，曾把紗籠手自薰。」

赴揚州轉運使盧見曾（字抱孫，號雅雨山人）招遊紅橋集三賢祠，結識鄭燮（字克柔，號板橋），互有贈詩。有〈揚州轉運盧雅先生招遊紅橋，集三賢祠賦詩〉諸詩。

《詩集》卷十四〈投鄭板橋明府〉云：「鄭虔三絕聞名久，相見邗江意倍歡。遇晚共憐雙鬢短，才難不覺九州寬。（君云：「天下雖大，人才有數。」）紅橋酒影風燈亂，山左官聲竹馬寒。底事誤傳坡老死，費君老淚竟虛彈？（有誤傳余死者，板橋大慟。）」❻《鄭板橋集》有鄭燮〈贈袁枚〉斷句云：「室藏美婦鄰誇豔，君有奇才我不貧。」四川博物館藏有全詩墨蹟，字句不同：「晨星斷雁幾文人，錯落江河湖海濱。抹去春秋自花實，逼來霜雪更枯筠。女稱絕色鄰誇豔，君有奇才我不貧。不買明珠買明鏡，愛他光怪是先秦。」

乾隆二十四年己卯（西元一七五九年）　四十四歲

有重要詩作〈子才子歌示莊念農〉（見本書五十七頁）抒懷，為自己半生畫像。

賦〈隨園二十四詠〉，全面介紹隨園景物處所，如金石藏、綠曉閣、柳谷、因樹為屋、回波閘、小棲霞、南臺、水精域、渡雀橋、蔚藍天等。

《詩集》卷十五〈隨園二十四詠〉，如〈書倉〉云：「聚書如聚穀，倉儲苦不足。為藏萬古人，多造三間屋。書問藏書者：幾時君盡讀？」〈小眠齋〉云：「秋齋號小眠，空廊無響屧。讀倦偶枕書，書痕印滿頰。不知窗外花，飛過幾蝴蝶。」〈雙湖〉云：「我取西子湖，移在金陵看。時將雙鏡白，寫出群花寒。前湖饒荷葉，後湖多釣竿。」

---

❻ 據喻蘅〈鄭燮與袁枚交誼考辨〉（《復旦學報》一九八七年第四期），此詩當時只有「遇晚」一聯，全詩則是晚年「自我作古，精心杜撰」。蓋袁小鄭二十三歲，當時卻稱鄭為「君」，而自稱「坡老」，亦不可能。甚是。

乾隆二十七年壬午（西元一七六二年）　四十七歲

為弟子陳梅岑詩卷題詩。

《詩集》卷十七〈題陳梅岑詩卷二首〉其一云：「元郎秋夕清都夜，都是吟成十六時。似爾一編清似雪，論年還更小微之。」

返鄉掃墓。有〈舟近錢塘望西湖山色，因感舊遊〉諸詩。

《詩集》卷十七〈隴上作〉云：「掃墓先為別墓愁，此來又隔幾經秋。每思故國期還趙，忍向重泉說報劉。華表風前烏繞樹，紙灰煙裡客回頭。懷中襁褓今斑白，地下相看也淚流。」

乾隆二十八年癸未（西元一七六三年）　四十八歲

詩贈沈德潛。重要詩學文獻〈答沈大宗伯論詩書〉（見本書一五二頁）、〈再與沈大宗伯書〉約亦寫於此年或其前一二年的時間。

《詩集》卷十七〈贈歸愚尚書二首〉其一云：「九十詩人衛武公，角巾重接藕花風。手扶文運三朝內，名在東南二老中。（上賜詩：「二老江浙之大老。」）健比張蒼偏淡泊，廉如高允更清聰。當時同詠〈霓裳〉客，得附青雲也自雄。」《文集》卷十七〈再與沈大宗伯書〉有云：「聞《別裁》中獨不選王次回詩，以為豔體不足垂教。僕又疑焉。夫〈關雎〉即豔詩也，以求淑女之故，至于『輾轉反側』。使文王生于今，遇先生，危矣哉！《易》曰：『一陰一陽之謂道。』又曰：『有夫婦然後有父子。』陰陽夫婦，豔詩之祖也。傅鶉觚善言兒女之情，而臺閣生風；其人，君子也。沈約事兩朝，佞佛，有綺語之懺；其人，小人也。次回才藻豔絕，阮亭集中，時時竊之。先生最尊阮亭，不容都不考也。選詩之道，與作史同……」

與施蘭垞論詩（同與沈德潛論詩時間接近，故亦列於此）。

《文集》卷十七〈答施蘭垞論詩書〉有云：「足下見僕〈答沈宗伯書〉，不甚宗唐，以為大是。蒙辱讜言，欲相與倡宋詩以立教。嘻，子之惑，更甚於宗伯。僕安得無言？夫詩，無所謂唐、宋也。唐、宋者，一代之國號耳，與詩無與也。詩者，各人之性情耳，與唐、宋無與也。若拘拘焉持唐、宋以相敵，是子之胸中有已亡之國號，而無自得之性情，於詩之本旨已失矣……」

乾隆三十年乙酉（西元一七六五年）　五十歲

蔣士銓乞假養母，寄居江寧。袁枚與蔣氏相會，來往頻繁。有〈題蔣苕生太史歸舟安穩圖〉詩。

蔣士銓《忠雅堂詩集》卷十三〈偕袁簡齋前輩遊棲霞十五首〉其一有句云：「春風來城隅，吹我出東郭。言偕瀟灑人，取徑度林薄。」〈邀尹公子似村、陳公子梅岑、李大令竹溪過隨園看梅小飲用前韻〉云：「池館都無一點塵，濠梁魚鳥自來親。看花時節閒非易，招隱情懷嬾是真。久託龍眠圖雅集，竟邀宋玉過東鄰。紅綃綠萼皆仙眷，解勸深杯莫厭頻。」

乾隆三十一年丙戌（西元一七六六年）　五十一歲

三月作〈隨園四記〉。

《文集》卷十二〈隨園四記〉有云：「今視吾園，奧如環如，一房畢復一房生，雜以鏡光，晶瑩澄澈，迷乎往復，若是者於行宜。其左琴，其上書，其中多尊罍玉石，書橫陳數十重，對之時倜然以遠，若是者於坐宜……余得園時，初意亦不及此。二十年來，庸次比偶，艾殺此地，棄者如彼，成者如此。既鎮其甍矣，夫何加焉？年且就衰，以農易仕，彈琴其中，詠先王之風，是亦不可以已乎？後雖有作者，不過洒潸之事，丹堊之飾，可必其無所更也。宜為文紀成功，而分疏名目，以效輞川云。」

乾隆三十二年丁亥（西元一七六七年）　五十二歲

三妹袁機乾隆二十四年（西元一七五九年）卒，是年冬落葬隨園。作〈祭妹文〉（見本書一三八頁）。

作〈續詩品三十二首有序〉。性靈說詩學思想已成熟。此期間袁枚已漸取沈德潛而代之，為詩壇盟主。

《詩集》卷二十〈續詩品三十二首有序〉序云：「余愛司空表聖《詩品》，而惜其只表妙境，未寫苦心，為若干首續之。」三十二首為〈崇意〉、〈精思〉、〈博習〉、〈相題〉、〈選材〉、〈用筆〉、〈理氣〉、〈布格〉、〈擇韻〉、〈尚識〉、〈振采〉、〈結響〉、〈取徑〉、〈知難〉、〈葆真〉、〈安雅〉、〈空行〉、〈固存〉、〈辨微〉、〈澄滓〉、〈齋心〉、〈矜嚴〉、〈藏拙〉、〈神悟〉、〈即景〉、〈勇改〉、〈著我〉、〈戒偏〉、〈割忍〉、〈求友〉、〈拔萃〉、〈滅迹〉。《清詩話》本楊復吉跋云：「簡齋先生之詩，梨棗久登，傳佈未廣。今讀〈三十二品〉而《小倉山房全集》可概見矣。鴛鴦綉出，甘苦自知，直足補表聖所未及，續云乎哉！」

孫原湘《天真閣集》卷四十一〈籟鳴詩草序〉，稱「乾隆三十年以前，歸愚宗伯主盟壇坫」，以後則「小倉山房出而專主性靈」。

乾隆三十三年戊子（西元一七六八年）　五十三歲

三改隨園。作〈隨園五記〉。

《文集》卷十二〈隨園五記〉有云：「余離西湖三十年，不能無首丘之思。每治園，戲仿其意，為堤為井，為裡、外湖，為花港，為六橋，為南峰、北峰。當營構時，未嘗不自計曰：以人功而仿天造，其難成乎？縱幾於成，其果吾力之能支，吾年之能永否？今年幸而皆底於成。嘻！使吾居故鄉，必不能終日離其家以遊於湖也。而茲乃居家如居湖，居他鄉如故鄉。驟思之，若甚幸焉；徐思之，又若過貪焉……戊子三月記。」

乾隆三十五年庚寅（西元一七七〇年）　五十五歲

作〈隨園六記〉，記上年葬父與是年為自己營造生壙事。

《文集》卷十二〈隨園六記〉有云：「……有形家來謀園西為兆域者。余聞往視，則小倉山來脈平遠夷曠，左右有巘隒岸匜，草樹䰄髳，封以為塋，宰如也。因思予有地，廿年不知，一旦而知，毋亦先君子之靈有以詔我乎？遂請於太夫人，以己丑十二月十六日扶柩窆焉。」「塋旁隙地曠如，余仿司空表聖故事，為己生壙。將植梅花樹松，與門生故人詩飲其中。若是者何？子隨父也。壙界為二，俾異日夾溝可瘞。若是者何？妻隨夫也。壙尾留斬板者又數處。若是者何？妾隨妻也。沿塋而西，有高嶺窒衍而長，凡傔從、扈養、婢嫗之亡者，聚而瘞焉。若是者何？僕隨主也。嗟乎！古人以廬墓為孝，生壙為達，瘞狗馬為仁。余以一園之故，冒三善而名焉。誠古今來園局之一變，而『隨』之時義通乎死生晝夜，推錫類，則亦可謂大矣，備矣，盡之矣。今而後，其將無記，則尤不可不記也。庚寅五月記。」

乾隆三十六年辛卯（西元一七七一年）　五十六歲

恩師尹繼善去世。作〈哭望山相公六十韻〉、〈文華殿大學士尹文端公神道碑〉。

《詩集》卷二十二〈哭望山相公六十韻〉有句云：「上界臺星落，空山老淚流。安危天下繫，知己一生休。竟捨蒼黎去，誰分聖主憂。」

在杭州與蔣士銓見面。

《詩集》卷二十二〈在杭州晤苕生太史，即事有贈〉有句云：「聞君遠在會稽山，欲往從之江水艱；聞君近來會城裏，未見君顏心已喜……烏鴉飛飛暮色蒼，與君重登太守堂。新詩未讀一卷盡，夜鼓已作千回撾。我歸蕭寺君渡江，相思明日仍茫茫。」蔣士銓《忠雅堂詩集》卷十九辛卯年有〈杭州〉一詩。

乾隆四十年乙未（西元一七七五年）　六十歲

春赴蘇州賞梅，避生日，集女校書百人「雅集」。為金三姊官司事向蘇州太守孔南溪求情。

《小倉山房尺牘》（下簡稱《尺牘》）卷四〈與蘇州孔南溪太守〉：「僕老矣！三生杜牧，萬念俱空。只花月因緣，猶有狂奴故態。今春六十生辰，仿康對山故事，集女校書百人，唱〈百年歌〉，作雅會。買舟治下，欲為尋春之舉；而吳宮花草，半屬虛名，接席銜杯，了無當意。惟有金三姊者，含睇宜笑，故是矯矯于庸中，遂同探梅鄧尉而別。刻下接蕭娘一紙，道為他事牽引，就鞫黃堂，將有月缺花殘之恨。其一切顛末，自有令甲，憑公以惠文冠彈治之，非僕所敢與聞。但念小妮子，蕉葉有心，雖知捲雨，而楊枝無力，只好隨風。偶茵溷之誤投，遂窮民而無告。管敬仲女閭三百，生此厲階，似乎君家宣聖復生，亦當在少者懷之之例，而必不以杖叩其脛也。且此輩南迎北送，何路不通？何不聽請于有力者之家，而必遠求數千里外之空山一叟，可想見夫子之門牆，壁立萬仞，而非僕不足以替花請命耶？元微之詩云：『寄語東風好擡舉，夜來曾有鳳凰棲。』敬為明公誦之。」《詩話》卷九：「孔得札後，覆云：『鳳鳥曾棲之樹，托抬舉于東風；惟有當作召公之甘棠，勿剪勿伐而已。』一札風傳一時。」（見本書三一二頁）

編成《全集》六十卷。後高麗使臣朴齊家等欲以重價購之。

《詩集》卷二十四〈《全集》編成自題四絕句〉其二云：「不負人間過一回，編成六十卷書開。莫嫌覆甕些些物，多少功勛換得來。」《詩話補遺》卷四：「方明府於禮從京師來，說高麗國使臣朴齊家以重價購《小倉山房集》及劉霞裳詩，竟不可得，快快而去。」按，此事年代當在《全集》編成後不久。

乾隆四十一年丙申（西元一七七六年）　六十一歲

贈趙翼《全集》一部，翌年趙翼有題詩。

《甌北集》卷二十三〈題袁子才小倉山房集〉二首其一云：「其人與筆兩風流，紅粉青山伴白頭。作宦不曾逾十載，及身早自定千秋。群兒漫撼蚍蜉樹，此老能翻鸚鵡洲。相對不禁慚飯顆，杜陵詩句只牢愁。」

乾隆四十二年丁酉（西元一七七七年）　六十二歲

《隨園隨筆》編成❼。有〈平生觀書必摘錄之，歲月既多卷頁繁重，存棄兩難，感而賦詩〉詩。

《隨園隨筆》自序有云：「入山三十年，無一日不觀書，性又健忘，不得不隨時摘錄：或識大於經史，或識小於稗官；或貪述異聞，或微抒己見。疑信並傳，回冗不計，歲月既久，卷頁遂多，皆有資於博覽，付之焚如，未免可惜。乃題《隨園隨筆》四字，以存其真。」

乾隆四十三年戊戌（西元一七七八年）　六十三歲

二月九日，母章太孺人棄養，年九十有四。作〈先妣章太孺人行狀〉（見本書一六四頁）。

七月二十三日得子阿遲。有〈七月二十三日阿遲生〉詩。

《詩話》卷十二云：「余六十三歲，方生阿遲。」

乾隆四十四年己亥（西元一七七九年）　六十四歲

❼ 傳譜云：乾隆四十三年《隨園隨筆》編成。不確。

正月出遊杭州、紹興。三四月之間與趙翼初晤於杭州。

《詩集》卷二十六〈謝趙耘崧觀察見訪湖上，兼題其所著《甌北集》二首〉其一云：「乍投名紙已心驚，再讀新詩字字清。願見已經過半世，深談爭不到三更。花開錦塢登樓宴，竹滿雲棲借馬行。待到此間才抗手，西湖天為兩人生。」

繼續搜集材料，撰寫《夷堅志》（《子不語》）。

《詩集》卷二十六〈余續《夷堅志》未成，到杭州得逸事百餘條，賦詩志喜〉云：「老去全無記事珠，戲將小說志《虞初》。徐鉉懸賞東坡索，載得杭州鬼一車。」

作〈自題〉詩（見本書七十九頁），自評詩之風格。

乾隆四十五年庚子（西元一七八〇年）　六十五歲

賦詩首標性靈。

《詩集》卷二十六〈靜裡〉：「靜裡工夫見性靈，井無人汲夜泉生。」

作文詮釋「性靈」含義：「性情」與「靈機」。

《文集》卷二十八〈錢璵沙先生詩序〉：「庚子秋……嘗謂千古文章，傳真不傳偽。故曰：『詩言志。』又曰：『修詞立其誠。』然而傳巧不傳拙，故曰：『情欲信，詞欲巧。』又曰：『神也者，妙萬物而為言。』古之名家，鮮不由此。今人浮慕詩名而強為之，既離性情，又乏靈機，轉不若野氓之擊轅相杵，猶應〈風〉、〈雅〉焉。」

乾隆四十六年辛丑（西元一七八一年）　六十六歲

與羅聘（字遯夫，號兩峰）結識，題其〈鬼趣圖〉等。

《詩集》卷二十七〈題兩峰鬼趣圖〉三首其一云：「我纂鬼怪書，號稱《子不語》。見君畫鬼圖，方知鬼如許。得此趣者誰？其惟吾與汝！」

作〈仿元遺山論詩三十八首〉。論及康熙至乾隆朝詩人七十人。有王新城、吳梅村、查他山、厲樊榭、黃仲則、夫己氏（翁方綱）等著名詩人。明確倡導詩歌之「性靈」。

《詩集》卷二十七〈仿元遺山論詩〉小序云：「遺山〈論詩〉古多今少，余古少今多，兼懷人故也。其所未見與雖見而胸中無所軒輊者，俱付闕如。」評夫己氏：「抄到鍾嶸《詩品》日，該他知道性靈時。」

乾隆四十七年壬寅（西元一七八二年）　六十七歲

與劉霞裳正月出遊天台、雁蕩，五月回歸，賦詩甚多。有〈將至天台，溪急嶺高，勢難遽上〉、〈從國清寺到高明寺看一路山色〉、〈到石梁觀瀑布〉、〈觀大龍湫作歌〉諸詩與〈浙西三瀑布記〉等文。

《詩集》卷二十八〈正月廿七日出門，五月廿七日還山〉云：「為訪名山別故山，還山諸事喜平安。到門細數養成竹，入戶喜逢初放蘭。過眼雲巒魂尚繞，扶身笻杖露初乾。挑燈急寫新詩稿，多少風人要索看。」

乾隆四十八年癸卯（西元一七八三年）　六十八歲

四月與劉霞裳出遊黃山，六月歸。有〈從慈光寺步行，穿石洞上木梯到文殊院〉、〈雨後自文殊院左折而下，過百步雲梯、一線天、鰲魚洞，是黃山最高處〉諸詩與〈遊黃山記〉等文。

《詩集》卷二十九〈四月六日出門，六月五日還山〉有云：「自是出山雲，來去總隨意。」

遊黃山期間與姚鼐相見。

姚鼐《惜抱軒文集》卷十四〈《隨園雅集圖》後記〉有云：「……其後鼐以疾歸，閒居於皖，簡齋先生遊黃山過皖，鼐因得見先生於皖。」

黃仲則客死山西，作〈哭黃仲則有序〉。

《詩集》卷二十九〈哭黃仲則有序〉云：「仲則名景仁，常州秀才，工詩，七古絕似太白。流落不偶，年三十餘，客死山西。」詩云：「嘆息清才一代空，信來江夏喪黃童。多情真個損年少，好色有誰如〈國風〉？半樹佛花香易散，九天仙曲韻難終。傷心珠玉三千首，留與人間唱〈惱公〉。」

乾隆四十九年甲辰（西元一七八四年） 六十九歲

花朝後三日（二月初五），應端州太守從弟袁樹之邀，與劉霞裳出遊嶺南，翌年正月十一日還山，行程萬餘里，歷時近一年。往返有〈登小姑山〉、〈過梅嶺〉、〈端州紀事詩〉、〈從端江到桂林一路山水奇絕……〉、〈瀟湘〉、〈過洞庭湖水甚小〉、〈臘月二十六日阻風彭澤，諒歲內不能還家，賦詩自遣〉諸詩與〈遊廬山黃崖遇雨記〉、〈遊丹霞記〉（見本書一七八頁）等文。

赴嶺南途中抵南昌探望病廢家居的蔣士銓，許諾為其詩集作序，來日為其撰墓志銘。

《詩集》卷三十〈蔣苕生太史病廢家居，因余到後力疾追陪作平原十日之飲，臨別贈歌〉有云：「……膝前森立三瓊枝：長君獻賦趨南畿，仲子鳴鞭試禮闈，三郎長齋步步隨，搔摩疴養扶履綦。見贈五言玉雪霏，才子孝子人中師。手抱萬首藏園詩，拜述爺命言偲偲。屬我細讀加檢披，意若難逢某在斯。士安一序千秋垂，其餘作者肱可麾……恨我粵行難久稽，遨遊山川老更痴。上堂再拜將歌驪，先生掩面心凄其。自取行狀付我窺，公雖不言我已知：果然賤子死或遲，貞銘捨我將尋誰？我亦自傷兩鬢絲，臨行涕下如綆縻。今生休矣來生期，雲龍相逐苔岑依，天上地下無參差。長江知我難別離，逆風日日船頭吹。」

乾隆五十年乙巳（西元一七八五年）　七十歲

作〈七十生日作〉詩抒懷。

《詩集》卷三十一〈七十生日作〉有云：「解龜四十年，著述百餘卷。多少顯榮人，隨風作雲散。而我獨逌然，青蓮留一瓣。愛惜一山雲，不肯三公換。悟徹萬緣空，不屑空門竄。食不喜重味，而恰精殺饌；氣不識金銀，而亦多清玩。心安身即行，陰陽非所憚；理足口即言，往往翻前案。樂自尋孔、顏，學不拘宋、漢……」

作詩嘲諷考據。

《詩集》卷三十一〈考據之學莫盛於宋以後……〉：「東逢一儒談考據，西逢一儒談考據。不圖此學始東京，一丘之貉於今聚……」

乾隆五十一年丙午（西元一七八六年）　七十一歲

八月與劉霞裳出遊武夷山。有〈過仙霞嶺〉、〈到武夷宮望幔亭峰作〉、〈登天游一覽樓覽武夷全局，是夕月明如晝〉諸詩與〈遊武夷山記〉文（見本書一九五頁）。

《詩集》卷三十一〈八月二十八日出遊武夷〉云：「半生夢想武夷遊，此日裁呼江上舟。山抱文心傳九曲，水搖花影正三秋。神仙半面何時露，錦幔諸君識我不？擬唱〈賓雲〉最高調，支笻直上碧峰頭。」

乾隆五十三年戊申（西元一七八八年）　七十三歲

赴常熟，收孫原湘（字子瀟，號心青）為弟子。

《詩話》卷十一云：「戊申過虞山，竹橋太史薦士六人。孫子瀟〈長干里〉云……」

乾隆五十四年己酉（西元一七八九年）　七十四歲

收孫雲鳳（字碧梧）為女弟子。

《詩集》卷三十二〈答碧梧夫人附來札〉小序有云：「夫人名雲鳳，字碧梧，吾鄉令宜觀察之長女。余年十四，與其曾祖諱陳典者同赴己酉科試，今六十年矣。夫人自稱女弟子，和余〈留別杭州〉詩見寄，來札云：『……雲鳳得蒙清訓，已列門牆。忝在弟子之班，妄竊詩人之號。自顧彌增慚汗，問世益覺厚顏。務祈先生，即加針砭，附便擲還，萬勿災諸梨棗，徒滋貽笑方家。』」

乾隆五十五年庚戌（西元一七九〇年）　七十五歲

揚州洪建侯代刊《隨園尺牘》，作詩贈之。

《詩集》卷三十二〈贈揚州洪建侯秀才〉有句云：「特借僧廚款摩詰，代刊尺牘寵陳遵。（蒙刻《隨園尺牘》。）」

自刻《隨園詩話》。

顧學頡校點本《隨園詩話．校點後記》有云：「本書根據乾隆庚戌和壬子隨園自刻本，加以校訂和標點」。

袁枚致李憲喬書：「僕近梓《隨園詩話》二十卷……約今冬明春可以告成，即當馳寄……況僕已加聖人一年……尚何不足？」❽此書寫於上年七十四歲。

暮春回杭州掃墓，四月十三日與眾才女大會湖樓，廣收女弟子。

《詩話補遺》卷一云：「庚戌春，掃墓杭州，女弟子孫碧梧邀女士十三人，大會於湖樓，各以書畫為贄。余設二席以待之。」《隨園女弟子詩選》卷一附雜作孫雲鳳〈湖樓送別序〉有云：「吾隨園夫子……庚戌四月十三日，因停掃墓之車，遂啟傳經之帳。鳳等摳衣負笈，問字登堂。一束之禮未修，萬頃之波在

---

❽ 引自包志雲〈從袁枚佚札佚文看《隨園詩話》版本及刻書時間〉，《古籍整理研究學刊》二〇〇四年第一期。

望。暢幽情於觴詠，雅會耆英；作後學之津梁，不遺閨閣。持符招客，女弟子代使者之勞；置酒歌風，武夷君作幔亭之會……」

姚鼐至金陵主講崇正書院，訪隨園，袁枚與之重逢。

姚鼐《惜抱軒文集》卷十四〈〈隨園雅集圖〉後記〉有云：「（乾隆四十八年）簡齋先生遊黃山過皖，鼐因得見先生於皖。又後七年，鼐至金陵，始獲入隨園覲之，魚門語不虛也。」

秋腹疾久而不癒，「有感于相士壽終七六之言，戲作生挽詩，招同人和之」（《詩話補遺》卷六）。有〈腹疾久不愈作歌自挽，邀好我者同作焉，不拘體，不限韻〉諸詩。

《詩集》卷三十二〈諸公挽章不至，口號四首催之〉其二云：「久住人間去已遲，行期將近自家知。老夫未肯空歸去，處處敲門索挽詩。」

乾隆五十六年辛亥（西元一七九一年）　七十六歲

作〈遣興〉七絕組詩明志。

《詩集》卷三十三〈遣興二十四首〉其六云：「獨來獨往一枝藤，上下千年力不勝。若問隨園詩學某，三唐兩宋有誰應？」其二十二云：「鄭、孔門前不掉頭，程、朱席上懶勾留。一帆直渡東沂水，文學班中訪子游。」

除夕作告存詩。

《詩集》卷三十三〈除夕告存戲作七絕句〉小序云：「三十年前，相士胡文炳道余六十三而生子，七十六而考終。後生子之期絲毫不爽，則今年七六之數，似亦難逃。不料天假光陰，已屆除夕矣，桑田之巫不召，狸脤之夢可占。將改名為劉更生乎，李延壽乎？喜而有作。」其六云：「相術先靈後不靈，此中消息欠分明。想教邢璞難推算，混沌初分蝙蝠精。」

乾隆五十七年壬子（西元一七九二年） 七十七歲

二月二十八日出門與陳斗泉秀才重遊天台❾。歸來於杭州再招女弟子七人作詩會，於蘇州召諸閨秀聚會於綉谷園。五月二十一日還山。

《詩集》卷三十四〈二月二十八日出門重遊天台〉二首其一云：「一息尚存我，千山不讓人。重攜靈壽杖，直渡大江春。柳絮飛如雪，桃花吹滿身。親朋齊莞爾，此老越精神。」《隨園女弟子詩選》卷三孫雲鶴〈隨園先生再遊天台歸，招集湖樓送別，分得「歸」字〉云：「斯樓曾宴集，此日復登臨。（庚戌先生來杭，亦以是日宴於此樓。）浮荇涵芳沼，餘花綴綠陰。舊遊還歷歷，弟子更森森。（潘、錢兩女史新受業。）講席奇方問，離宴酒又斟。教人歌折柳，看客寫來禽。（時夢樓年伯在座作書。）」《續同人集·閨秀類》有張滋蘭、顧琨、江珠、尤澹仙、金兌、金逸、周澧蘭、何玉仙〈集綉谷園送隨園先生還金陵〉詩。顧琨有句云：「吟遍天台歸路遙，吳門餞別雨瀟瀟。」

乾隆五十八年癸丑（西元一七九三年） 七十八歲

洪亮吉（字稚存）推薦張問陶（字仲冶，號船山），袁枚與張氏相知交往。

《詩話補遺》卷六云：「余訪京中詩人于洪稚存，洪首薦四川張船山太史，為遂寧相國之後；寄〈二生歌〉見示，余已愛而錄之矣。」張問陶《船山詩草》卷十有〈癸丑假滿來京師，聞法庶子云同年洪編修亮吉寄書袁簡齋先生，稱道予詩不置。先生答書曰：吾年近八十可以死，所以不死者，以足下所云張君詩猶未見耳。感先生斯語，自檢己酉以來近作，手寫一冊，千里就正，以結文字因緣，書畢並上絕句一

❾ 傳譜云：乾隆五十八年癸丑重遊天台。誤。

首。先生名滿天下，頌讚之詞日滿耳目。此二十八字不過留為吾家記事珠而已。然他日有為先生作志傳者，欲形容先生愛才之心，老而彌篤，或即引予此詩以為佳證，不又為後人增一段佳話耶〉詩。

作〈二閨秀詩〉（見本書一〇五頁），讚譽女弟子席佩蘭、孫雲鳳。

乾隆五十九年甲寅（西元一七九四年）　七十九歲

《詩話補遺》卷七云：「甲寅花朝前一日（引者按，指二月初一），余赴友人三遊天台之約。」但並未成行，不僅詩集中毫無反映，且據新發現之手抄本袁枚《紀遊冊》：二月七日出門，五月二十四日到家，只南遊至嘉興⑩。

《尺牘》卷九〈謝奇中丞〉⑪有云：「今春，自二月七日渡江後，一路揚帆打槳，遊歷於吳山越水之間，直至看過水嬉，遊畢洞庭（引者按，指太湖洞庭山），才歸白下，業已百有餘日矣。」

張問陶贈〈寄簡齋先生〉，袁枚作〈答張船山太史寄懷即仿其體〉⑫。

〈寄簡齋先生〉有句云：「公八十，我三十，前世已堪稱父執。我庚戌，公己未，二十三科前後輩。人海何茫茫，望公如隔世，因緣畢竟緣文字。」〈答張船山太史寄懷即仿其體〉有句云：「忽然洪太史，（稚存。）誇我得奇士：西川張船山，槃槃大才子。」

---

⑩ 袁枚與友人有「三遊天台之約」，實未到天台。傳譜確定是年「三遊天台」，不確。手抄本袁枚《紀遊冊》係筆者從袁枚第八代孫袁建揚處覓得，詳參筆者〈手抄本袁枚日記現身〉，《光明日報》二〇〇八年十月六日國學版。

⑪ 此信楊譜置於乾隆六十年。誤。

⑫ 〈寄簡齋先生〉見於《船山詩草》卷十一〈京朝集〉甲寅年，袁枚答詩亦作於是年，見於《小倉山房詩集》卷三十五，卷三十四詩署壬子、癸丑，卷三十六詩署乙卯，而卷三十五亦署為乙卯，誤，應為甲寅。

乾隆六十年乙卯（西元一七九五年）　八十歲

據手抄本袁枚《紀遊冊》，先記二月初一南遊，至二十九日抵鎮江而止；後記閏二月初八出遊杭州、四明山等地，五月二十七日到家。其間三月子阿遲於苕溪（今浙江湖州）完婚。

《尺牘》卷九〈謝李河臺香林先生〉有云：「今春閏月八日，枚率阿遲渡江，了向平之願，作列子之遊。稚子索婦苕溪，賤叟看山雪竇；走屐齒未經之地，補奚囊未有之詩。一路花月流連，直至五月下旬，才還白下。」

嘉慶元年丙辰（西元一七九六年）　八十一歲

朱石君尚書來書，教將集中華言風語刪去，作〈答朱石君尚書〉明反理學之志。

《尺牘》卷九〈答朱石君尚書〉有云：「枚今年八十一矣，夕死有餘，朝聞不足，家數已成。試稱於眾曰『袁某文士』，路行之人或不以為非；倘稱於眾曰『袁某理學』，行路之人必掩口而笑……孔門四科，因才教育，不必盡歸德行，此聖道之所以為大也。宋儒硜硜然，將政事、文學、言語一繩捆綁，驅而盡納諸德行一門，此程朱之所以為小也……」

冬下蘇州、松江又得女弟子五人。

《詩集》卷三十七有翌年作〈昨冬下蘇松喜又得女弟子五人〉云：「夏侯衰矣鬢雙皤，桃李栽完到女蘿。從古詩流高壽少，於今閨閣讀書多。畫眉有暇耽吟詠，問字無人共切磋。莫怪溫家都監女，隔窗偷窺老東坡。」

嘉慶二年丁巳（西元一七九七年）　八十二歲

病痢。有〈余病痢醫者誤投參耆，遂至大劇〉、〈病痢劇甚，蒙張止原老友饋以所製大黃，聞者驚怖搖手。余毅然服之，三劑而逾，賦詩致謝〉諸詩。

《詩集》卷三十七〈病痢劇甚，蒙張止原老友饋以所製大黃，聞者驚怖搖手。余毅然服之，三劑而愈，賦詩致謝〉云：「藥可通神信不誣，將軍竟救白雲夫。（大黃俗名將軍。）醫無成見心才活，病到垂危膽亦粗。豈有酖人羊叔子，欣逢聖手謝夷吾。全家感謝回生力，料理花間酒百壺。」

作〈示兒〉詩，叮囑勿參加科舉考試。

《詩集》卷三十七〈示兒〉二首其二云：「可曉而翁用意深，不教應試只教吟。九州人盡知羅隱，不在〈科名記〉上尋。」

作〈後知己詩〉十一首，懷念故人，多為名卿巨公，如追封郡王福文襄公、大學士孫文靖公、四川總督和公琳等十人，而第十一人卻是女弟子金逸。

《詩集》卷三十七〈後知己詩〉其十一〈纖纖女子金逸〉有句云：「梁朝簡文帝，愛讀謝朓詩。道不一日讀，口臭卻自知。纖纖一女子，愛我頗似之。道樂有八音，金石絲竹好。其餘匏土革，愛者大抵少。倉山音節佳，餘音常裊裊。兼之情最深，字外皆繚繞。宜乎感頑豔，傳抄到海島。斯言一以出，使我心傾倒……」

自知來日無多，閏六月五日給阿通、阿遲立遺囑。

《文集》卷首〈隨園老人遺囑〉有云：「遺囑付阿通、阿遲知悉：我以八十二之年，遭百餘日之病，自知不起；故於嘉慶丁巳年閏六月五日，將田產、衣裘分單交代……」

九月二十夜疾作。

《詩集》卷三十七〈九月二十夜疾又作〉云：「一病經年矣，周流總不除。升沉似飛鳥，來往類游魚。

未泊先催棹，將行又卸車。小兒真造化，戲我欲何如？」

病劇，知大限已至，作絕命詞，留別隨園。

《詩集》卷三十七〈病劇作絕命詞留別諸故人〉云：「每逢秋到病經旬，今歲悲秋倍愴神。天教袁絲亡此日，人知宋玉是前身。千金良藥何須購，一笑凌雲便返真。倘見玉皇先跪奏：他生永不落紅塵。」〈再作詩留別隨園〉云：「我本楞嚴十種仙，揭來遊戲小倉巔。不圖酒賦琴歌客，也到鐘鳴漏盡天。轉眼樓臺將訣別，滿山花鳥尚纏綿。他年丁令還鄉日，再過隨園定惘然！」

十一月十七日（西元一七九八年一月三日）去世。

姚鼐《惜抱軒文集》卷十三〈袁隨園君墓志銘并序〉序有云：「君卒於嘉慶二年十一月十七日，年八十二。」

參考文獻：

1. 《小倉山房詩集》、《文集》、《詩話》、《尺牘》、《隨園女弟子詩選》等皆又見校點本《袁枚全集》，江蘇古籍出版社一九九七年修訂版。
2. 《甌北集》，上海古籍出版社一九九七年版。
3. 《惜抱軒詩文集》，四部叢刊本。
4. 《忠雅堂詩文集》，上海古籍出版社一九九三年版。
5. 《船山詩草》，中華書局一九八六年版。
6. 方濬師《隨園先生年譜》，大陸書局一九三三年版。
7. 楊鴻烈《袁枚評傳》，商務印書館一九二三年版。
8. 傅毓衡《袁枚年譜》，安徽教育出版社一九八六年版。

我與袁枚的因緣

王英志

因緣，乃佛教語，有所謂「前緣相生，因也；現相助成，緣也」之說，俗世則藉以表示一種機會、緣分。清代乾隆文壇盟主袁枚曾云：「余不喜佛法，而獨取『因緣』二字，以為足補聖經賢傳之失。身在名場五十年，或未識而相憎，或未識而相慕：皆有緣無緣故也。」（《隨園詩話》卷三）袁枚是相信因緣的，我回首三十甚至四十來年的袁枚學習與研究，也不能不相信「因緣」說，證據恰巧是與獨取「因緣」二字的袁枚「有緣」，這很有意思。

我初知袁枚始於一九六四年十月十一日，當時我剛升入北京大學中文系二年級。北大位於西郊海淀，遠離市中心王府井商業區。因為阮囊羞澀，我輩窮學子一年也難得進一次京城去閒逛。但是十一日這天是星期日，似乎鬼使神差，我竟破費乘上三十二路公交車進了城，直奔王府井去瀟灑，經過新華書店就拐了進去。當時享受著國家助學金，以餵飽肚子為第一，平時幾乎不買雜書，此次也無買書的打算，不過是「過屠門而大嚼」的意思，瀏覽而已。但櫥窗裡的一本書卻在我眼前一亮：《讀隨園詩話札記》，作者郭沫若。郭沫若可是我欽佩得五體投地的大文豪，《隨園詩話》則聞所未聞，不禁激起好奇心，因為我正熱衷於寫詩，詩話一定有寫詩的「秘訣」吧？請營業員取出細看：價格〇．三二元人民幣（馬上想到是我兩頓飯錢）；作家出版社一九六二年九月北京第一版；《隨園詩話》是清代袁枚之作，郭序稱：袁枚是「二百年前的文學鉅子，其《隨園詩話》一書曾風靡一世」，「近見人民文學出版社鉛印出版（一九六〇年五月），殊便攜帶。旅中作伴，隨讀隨記。其新穎之見已覺無多，而陳腐之談卻為不少」，於是以

「今日之意識」，「揭其糟粕而糟粕之，凡得七十有七條」。這是我平生首次見到「袁枚」大名。薄薄一百來頁的小冊子，價格並不低，但奇怪的是我竟毫不猶豫地掏錢買下，返校後就在書的扉頁上寫下「英志一九六四年十月十一日購於王府井」的字樣。從此與二百多年前的「文學鉅子」袁枚結下「因緣」。

此後二年級學習、勞動無餘暇，三年級又下鄉搞「四清」近一年，四、五年級更忙於參加「文革」，寫大字報，打派仗，徹底拋棄了書本，所以直到一九六八年底畢業離開北大也沒看到《隨園詩話》原著，就被分配到了浙江新昌中學任教。原以為身處浙東偏僻一隅，此生與《隨園詩話》是無緣相見了，未料「踏破鐵鞋無覓處，得來全不費功夫」，一天我居然在學校小圖書館發現了心儀已久的袁枚《隨園詩話》！當時可讀之書實在寥寥，我在圖書館四處尋覓，忽然於角落裡發現了幾捆塵封的「禁書」，我斗膽上去查閱，竟從書脊上看到「《隨園詩話上》」、「《隨園詩話下》」一厚一薄兩本書，皇天在上，這不是做夢吧？我驚呆了，看看周圍無人，興奮而緊張，竟「目無法紀」，解開麻繩，抽出二書，一看正是郭沫若所看的版本；於是再捆好其他書，又迅速擦去二書的灰塵，好像是從書架上取下的一樣，拿著就去辦理借閱手續。管理員眼神似乎有些狐疑，我心裡有點打鼓，但一定是冥冥之中有袁枚保佑，書竟順利借到手，我立即甩開腳步奔回宿舍。

《隨園詩話》我借閱了很長時間，抽空就翻翻，漸漸覺得其稱得上是一位略有瑕疵的美女，卻被郭沫若塗抹成了醜婆。「陳腐之談」自然難免，但其主旨是強調詩歌抒寫性情、表現個性的本質；倡導藝術獨創精神，反對復古摹擬；主張語言自然，批評堆砌典故；標舉詩歌感人的魅力，不滿沈德潛鼓吹的溫柔敦厚詩教觀等：都具有價值。郭沫若以偏概全，類似吹毛求疵了。不過此時也就是心中暗自評判而已，並不知以後會與袁枚有更深的因緣。

粉碎「四人幫」後，迎來文化教育的春天，一九七九年我考取江蘇師範學院（今蘇州大學）中文系錢仲聯教授的首屆研究生，獲得廣泛接觸袁枚詩集、文集、尺牘等其他著作的機會，並瞭解到建國前後袁枚研究的信息，發現建國後袁枚研究論著不僅極少，而且多持否定態度。我感覺袁枚性靈說不僅極具理論價值，而且是研究清代詩學的重要樞紐，必須做篇翻案文章。於是決定以《袁枚性靈說新探》作為我的碩士論文。我為自己與袁枚正式結緣而欣喜。但未料自我把此打算向錢先生彙報後，卻感到了無形的壓力：錢先生並不喜歡我的選題。先生於清詩推重宗宋派，如對同光體評價甚高；而對袁枚人品庸俗一面與詩歌纖佻一面皆頗不以為然。這大概是先生對我選題不看好的原因。當然先生心地仁厚，並未提出反對，命我改題，而只是在講課時經常有意無意地說幾句袁枚「壞話」，我知道這是對我旁敲側擊，啟發我「覺悟」，他十分擔心我選錯題，影響畢業，實際希望我改題卻不願強我所難。我本不是乖巧的人，更因為與袁枚「因緣」的關係，儘管聽課時如坐針氈，但您老既然沒有明確命我改題，我就揣著明白裝糊塗，最後還是戰戰兢兢地於一九八二年完成了這篇碩士論文，經過錢先生與徐中玉、王運熙、顧易生諸先生組成的答辯委員會的評審，順利過關。先生自然很高興，我則十分感激先生成全了我的論文。也許這是新時期第一篇比較全面地肯定袁枚性靈說的論文，後來還入選了全國優秀博士碩士論文選。而讓我驚喜的是一九九四年第二期《文學遺產》發表了錢先生領銜署名的〈袁枚新論〉大文，對袁枚性靈說與詩壇地位給予了全新的極高的評價，先生與時俱進的精神使我深受感動，同時我心頭積壓多年的有違師意的歉疚也隨之化解，繼續深入研究袁枚的信心則更足矣。

研究生畢業後，我陸續出版多本有關袁枚的研究著作。最早的一本是一九九〇年七八萬字的小冊子《袁枚與隨園詩話》，最滿意的是二〇〇二年近五十萬字的專著《袁枚評傳》，而影響最大，使友人戲稱我是「袁枚功臣」的則是四百二十三萬字的《袁枚全集》。此書一九九三年初版，一九九七年修訂再版，海內外發行量超過六千套。此書收袁枚著作十種，還有編輯之作等多種，應該是目前收集最全的「全集」。但是有兩種手抄本未見而闕如：一是《州縣心書》一卷，當為縣譜之作；二是「日記」，或曰「隨園紀遊冊」。袁枚《隨園詩話補遺》卷七云：「余所到必有日記，因師丹之老而善忘也。」俞樾《春在堂隨筆》卷十記曰：「袁枚隨園紀遊冊，乃其元孫潤字澤民所藏。」二書是否留存，一直是個謎。

但一個富於戲劇性的機緣，我竟然得到了認為已經失傳的手抄本袁枚日記。那是二〇〇七年的某一天，我忽然接到《揚子晚報》記者楊娟的來電，告知有讀者要找尋袁枚的後人，但無處可尋，南京師範大學某人介紹說可向我打聽。我回答說，我主編《袁枚全集》時就想找到袁枚後人，希望得到些「秘籍」，但孤陋寡聞，沒有結果，我也不知道袁枚是否有後人健在。此次採訪見報不久，我收到一封陌生來信，說看了報紙對我的採訪，並自報家門就是袁枚第八代孫女袁建中。有這等巧事？我半信半疑，但經過後來的電子郵件往來，特別是建中傳給我其父當年因南京要修建體育場，寫給市政府要求保留其先祖袁枚墓地的申訴函以及政府的批覆等材料，還有一張從未見過的袁枚像，使我確信「袁枚後人」不假，非常欣慰。於是我們見了面，建中帶來一大本相冊有八九十張照片，竟是我渴望已久的手抄本袁枚日記的翻拍本。我當時的興奮已非言語可表述。但遺憾的是照片較小，手書字跡看不大清楚。於是我問可有原件，答曰原件在其生活於海外的兄長袁建揚處；我又得寸進尺，問可否用數碼相機翻拍一套供我研究，建中慨然答應。過了些日子，我終於見到翻拍清晰的袁枚日記。建揚先生於信中說：「袁枚這本晚年遊記經歷了太平天國的煙火，逃避了日本人的炸彈，躲開了紅衛兵的視線，抗過了二百多季江南黃梅天的潮濕及蛀蟲的侵犯，終於找到了理想的歸宿。也許，這正是她生命的新開端！」令人感慨係之。日記有草書、楷書、行書等四人筆跡，其中約四分之一為袁枚親筆，張祥河〈關隴輿中・偶憶篇〉讚袁枚書法有云：「隨園老人不以書名，而船山太史（按，張問陶）盛稱其書，以為雅淡如幽花，秀逸如美士。」日記內容則是掌握袁枚晚年人生與思想的生動資料，也是瞭解乾隆盛世後期社會生活與習俗的鮮活教材，彌足珍貴（詳參拙文〈手抄本袁枚日記現身〉，《光明日報》二〇〇八年十月六日國學版）。此日記經我整理，已開始在《古典文學知識》上連載。我至今還感嘆不已的是：人海茫茫，此日記獨為我所得，非因緣而何耶？

二〇〇二年我在《袁枚評傳・後記》曾宣稱，「至此我長期的袁枚研究亦暫時告一段落」。實際卻是欲罷不能，因為此後我仍有關於袁枚的著作不斷出版，看來我與袁枚的因緣還未了啊！

（原載《文匯報》二〇〇九年四月十六日）

◎新譯方苞文選

鄔國平、劉文彬／注譯

方苞是清代桐城派古文的創始人，他繼承明季歸有光之後，再次力圖另闢一條超乎於唐宋派、秦漢派爭論之上的古文寫作道路，主張以「義法」為核心，以《左傳》、《史記》和韓愈文章為典範，以雅潔為語言特色，藉此整合文學批評史上的秦漢派和唐宋派，使文章不再被簡約為某一斷代文學史上的古文，還原其為古往今來互相貫穿交通之古文的本色。為文簡潔有力，見事明透，擅長議論，善於說理，與歸有光同被譽為明清古文傳統的代表。本書選錄其論說、序跋、書信、傳記和遊記等各類文章一一六篇，詳為導讀、注譯和評析，帶領讀者領略方苞的文章造詣。

◎新譯閱微草堂筆記

嚴文儒／注譯

清代文人紀昀（紀曉嵐）以飽讀詩書、學問淵博而著名，他不僅主編中國最偉大的叢書《四庫全書》，還撰有一部堪稱與《聊齋》齊名的筆記小說《閱微草堂筆記》。全書近一千二百則，內容豐富龐雜，包括社會生活、學術思想、官場世態、風土人情、鬼狐妖魅、物產異聞等，無所不有。作者透過質樸淡雅、亦莊亦諧的文筆，融合深刻睿智、情理兼具的思想，寫成一則則生動有趣的狐鬼故事，讀來令人不忍釋手。

◎新譯清詞三百首

陳水雲等／注譯

清詞是千年詞史的終結，作品豐富，流派眾多，風格多樣，在文學史上占有重要的地位。不同於以流行歌曲在社會上流傳的唐宋詞，清詞已蛻變為一種以抒懷言志為主要功能的雅文學，雖然沒有唐五代詞的清新活潑和兩宋詞的絢麗多姿，卻有一種歷經燦爛後的成熟醇厚之美。本書以反映清詞發展脈絡為主線，參照清詞的主要流派，並以作品的思想性和藝術性為前提，選取清代詞家一百人，詞作三〇四

◎新譯清詩三百首

王英志／注譯

清詩是中國古典詩歌的總結期。由於清代詩人既能取法唐宋詩的優點，並記取元明詩復古失誤的經驗教訓，因而在藝術上能有所創新；清代政治風雲之激盪、詩人生活遭際之複雜、思想觀念之變革，都是前所未有的，因而使清詩具有了空前廣泛豐富的創作題材與主題；加上清代詩人較歷代更重視學問，素養更高，且多具有明確的詩學觀念與審美追求，因而使清詩流派紛呈迭現，蔚為大觀，形成中國古典詩歌晚霞滿天的光輝結局。其中尤以題材內容的豐富與生新，是清詩最為突出且超越唐宋的一大特點。本書精選一三二位清代詩人之詩作三百零六首，按題材內容分為十二類，深入注譯解題研析，幫助現代讀者認識、涵泳清詩之精華。

國家圖書館出版品預行編目資料

新譯袁枚詩文選／王英志注譯.－－初版二刷.－－臺北市：三民，2020
面；　公分.－－(古籍今注新譯叢書)

ISBN 978-957-14-5883-0（平裝）

847.5　　102027336

古籍今注新譯叢書
新譯袁枚詩文選

注譯者　王英志
發行人　劉振強
出版者　三民書局股份有限公司
地　址　臺北市復興北路 386 號 (復北門市)
臺北市重慶南路一段 61 號 (重南門市)
電　話　(02)25006600
網　址　三民網路書店 https://www.sanmin.com.tw

出版日期　初版一刷 2014 年 1 月
初版二刷 2020 年 6 月
書籍編號　S033390
I S B N　978-957-14-5883-0